ullstein

ÅSA HELLBERG wurde 1962 in Fjällbacka geboren. Heute lebt sie mit Sohn, Katze und ihrem Lebensgefährten in Stockholm. Sie arbeitete unter anderem als Flugbegleiterin, Coach und Dozentin, bevor sie mit dem Schreiben begann. Mit ihren Bestseller-Romanen schrieb sie sich auf Anhieb in die Herzen der Leserinnen.

Von Åsa Hellberg sind in unserem Hause bereits erschienen:

Willkommen im Flanagans · Wiedersehen im Flanagans ·
Das Hotel unserer Träume
Sommerfreundinnen · Herzensschwestern
Sommerreise · Mittsommerleuchten
Wir sehen uns im Sommer

ÅSA
HELLBERG

Ein Besuch im Sommer

Roman

Aus dem Schwedischen
von Stefanie Werner

Ullstein

Besuchen Sie uns im Internet:
www.ullstein.de

Deutsche Erstausgabe im Ullstein Taschenbuch
1. Auflage April 2022

Die schwedische Originalausgabe erschien 2018 unter dem Titel
Ett oväntat besök bei Forum, Stockholm.
Umschlaggestaltung: bürosüd° GmbH, München, München
Titelabbildung: © StockFood /People Pictures (Karaffe, Gläser);
bürosüd° GmbH
Gesetzt aus der Quadraat Pro powered by pepyrus.com
Druck und Bindearbeiten: CPI books GmbH, Leck
ISBN 978-3-548-29095-9

Teil 1

1

Nikki wusste nicht, was schlimmer war: ihren Vater beerdigen zu müssen oder der plötzliche Besuch ihrer Mutter auf Gyllentofta.

»So eine Vorstellung lasse ich mir nicht entgehen«, zwitscherte die Mama aus ihrer Stockholmer Wohnung. »Ich lasse Steven natürlich zu Hause, er ist so schrecklich eifersüchtig, aber ich werde kommen und hoffe, dass ich einen der großen Räume auf dem Gut zum Übernachten bekommen kann. Meine Klaustrophobie ist mit den Jahren leider nicht besser geworden. Es wird *herrlich* sein, mal wieder nach Hause zu kommen.«

Diesem sogenannten Zuhause hatte sie den Rücken gekehrt, als Nikki gerade zwei Jahre alt gewesen war. In regelmäßigen Abständen war die Mutter zwar zu Besuch gekommen, aber ihr »Zuhause« war es seitdem nicht mehr gewesen.

Und wie sehr hatte Nikki sie vermisst. Alle anderen Kinder hatten eine Mama gehabt, die sie verhätschelt und ihnen große Schleifen in die Haare gebunden hatte, die sie an der Hand gehalten hatte und stolz auf sie gewesen war. Nikki war mit ihrem Kindermädchen und ihrem Papa groß geworden, und mit den Jahren hatte sich die Sehnsucht nach ihrer Mutter gelegt. Heute wusste sie nicht einmal mehr, ob sie sie überhaupt richtig kannte.

»Ich kann gern ein Zimmer für dich vorbereiten, aber bist du dir sicher, dass du wirklich hier übernachten willst? Ich kann dich vom Zug abholen und auch hinterher wieder zum Bahnhof bringen, das ist gar kein Problem.«

»Sei doch nicht kindisch. Selbstverständlich fahre ich mit dem Wagen.«

»Ich weiß nicht, ob das in deinem Alter so selbstverständlich ist, Mama.«

»Ich bin neunundsechzig Jahre alt und habe einen hervorragenden sicheren Volvo. Steven hat darauf bestanden. Er ist so lieb, mein Steven. Unglaublich, dass ich am Anfang gedacht habe, er sei ein *Sozi*.« Sie lachte aus vollem Hals über diese ungeheuerliche Vermutung.

Darüber, dass Birgitta Andersson vor neunund*siebzig* Jahren in einer Einzimmerwohnung in Södermalm das Licht der Welt erblickt hatte und ihr Vater Schuhmacher und aktiv bei den Sozialdemokraten gewesen war, verlor sie niemals ein Wort. Sie hatte Nikkis Vater geheiratet, der aus einer völlig anderen Schicht kam, und hatte ihren Mädchennamen danach nie wieder in den Mund genommen. An ihrem Hochzeitstag hatte sie sich auch von ihrem Vornamen verabschiedet und sich fortan nur noch Bibbi genannt. »Jeder hat doch einen Spitznamen«, erklärte sie, wenn jemand sie darauf ansprach.

Und »lieb« war wohl auch nicht die richtige Bezeichnung

für Mutters vierten Mann. »Reich« passte eher. Auch dass Steven auf etwas bestand, war die Übertreibung des Tages. Mama sagte, wo es langging, und Steven, mit all seinen Millionen, trottete hinterher.

»Okay, wann kann ich mit dir rechnen? Die Beerdigungszeremonie beginnt um ein Uhr.« Nikki wusste, wann eine Diskussion mit ihrer Mutter sinnlos war. Es war besser, sich die schwere Artillerie noch aufzuheben.

»Ich nehme an, dass du vorher irgendeine Art Mittagessen anbietest?«

»Nein, Mama, hinterher sind alle auf dem Hof herzlich willkommen, aber es gibt nichts Großartiges. Ein Salatbüfett, eine Kanne Kaffee und ein Stückchen Kuchen.«

»Das wird ja nett. Ich denke, ich werde sicherheitshalber schon am Vortag anreisen. Bei einer so wichtigen Veranstaltung will ich ja nicht zu spät kommen. Bis dann, meine Kleine.«

Diese unangebrachten Kommentare schossen einer nach dem anderen ungebremst aus ihrem Mund. Nett? An einer Beerdigung gab es doch nun wirklich nichts Nettes. Nikki konnte sich kaum vorstellen, dass selbst ihre Mutter es so empfand.

Oberon scharrte mit den Hufen, als Nikki in den Stall kam. Vom Feld hörte man den Lärm der Mähdrescher, und der vertraute Duft von frischem Heu lag in der Luft. Das Pferd wartete nur darauf, aus dem Stall geholt zu werden, und gleich würden sie an ihrem weißen, viel zu großen Haus vorbeitraben. An der Reithalle entlang zu den unberührten

Wiesen und zum Stoppelfeld, wo er sich austoben durfte, wenn er es wollte. Zumindest schien er in Stimmung zu sein, dachte Nikki, als sie sah, wie sein Kopf hin- und herschaukelte und er die Ohren gespitzt hielt.

Obwohl er schon ein Senior und sein Körper etwas müde war, sah er jetzt, da er den Hals über die Kante der Box reckte, aus wie ein junges Pferd. Eine Fliege schwirrte um ihn herum, und er warf den Kopf hin und her, um sie zu vertreiben. Nikki hatte fast den Eindruck, dass er lächelte.

Sein Talent und seine Gutmütigkeit hatten seinem Reiter viele schöne Siege beschert, und eigentlich war es ein Jammer, dass es damit ein Ende hatte. Man konnte sich vorstellen, wie gut er hätte werden können. Aber als er sich für die richtig großen Reitturniere qualifiziert hatte, hatte Nikki abgelehnt. Die Arbeit auf dem Hof war so zeitraubend. Ihr Vater hatte vorgeschlagen, noch mehr Personal einzustellen, doch Nikki hatte diese Idee nicht gefallen. Sollten doch die anderen reiten und auf Wettbewerbe fahren. Heute waren sie mit fast zwanzig erfolgreichen Springpferden belegt.

»Ich komme gleich«, rief sie und sprang in die kleine Stallküche hinüber, wo sie einen Schrank öffnete und ein paar Mohrrüben herausnahm, die sie sich in die Taschen steckte. Sie warf einen Blick auf die Wanduhr und lächelte. Halb elf. Ihr grau-weiß gesprenkelter Kater Trassel lag mit dem Kopf auf den ausgestreckten Tatzen auf dem Brett neben der Uhr. Nikki streckte die Hand aus und streichelte ihm über den Kopf. Dann sah sie nach unten und kontrollierte seine Fressnäpfe. Wunderbar, jemand hatte ihm Futter gegeben und auch die Wasserschale aufgefüllt. Genau so, wie es sein sollte.

Die Müdigkeit des Tieres war ansteckend. Nikki gähnte, reckte und streckte sich. Wie an jedem Morgen war sie um sechs Uhr aufgestanden. Einen Wecker brauchte sie nicht, denn der Tagesablauf war immer derselbe: Zehn nach sechs frühstückte sie – meist Porridge mit einem Löffel selbst gemachtem Preiselbeerkompott –, bevor sie in den Stall hinüberging. Dort verabreichte sie den Pferden ihre erste Mahlzeit und striegelte Oberon, während die anderen Pfleger sich auch an die Arbeit machten. Dann marschierte sie zurück ins Haus, trank drei Tassen Kaffee, las die Zeitung im Web, erledigte Bestellungen für den Betrieb, warf einen Blick in den Kalender, machte Termine, telefonierte mit Pferdehaltern, hörte im Radio den Wetterbericht und wusch die Decken.

Um zehn Uhr war sie wieder im Stall, wo sie ihren Vorarbeiter Anders traf. Ihr Vater hate ihn vor langer Zeit angestellt, und er war so kompetent, dass Nikki ihm meist freie Hand ließ. Und dies viel öfter, als sie es eigentlich vorhatte. Mitunter tat er aber nicht das, was sie ihm aufgetragen hatte, und dann kam es vor, dass sie ihn kurzerhand rauswarf. Seine Reaktion darauf war in der Regel nur eine hochgezogene Augenbraue. Und sie nahm die spontane Kündigung schon bald wieder zurück, wenn ihr klar wurde, dass sie überreagiert hatte. Nach einunddreißig Jahren kannte Anders seinen Arbeitgeber nur zu gut. Sie brummte *Entschuldigung,* und dann waren sie wieder Freunde.

Schon früh am Morgen war Nikki von Box zu Box gegangen, so wie immer. Sie hatte mit den Pferden gesprochen, sie von Kopf bis Fuß unter die Lupe genommen und ihre Knochen abgetastet, damit ihr nicht entging, wenn sich ein Körperteil warm oder geschwollen anfühlte. Sie hatte in ihre Augen gesehen und sofort gewusst, wie ihre Tagesform war. Heute hatte es nichts Besonderes gegeben, daher musste sie Anders nicht informieren. Die Wettkampfpferde waren schon auf dem Weg in den Süden, und der Stall stand, von ihrem eigenen Pferd und ein paar jungen Vollblütern und einem Nordschwedischen Kaltblut abgesehen, jetzt leer.

Nikki würde die Falsterbo Pferdeshow dieses Jahr verpassen, denn da fand die Beerdigung statt.

»Jaja, mein Guter, du kriegst ja was.« Sie hängte den Sattel, den sie aus der Kammer geholt hatte, kurz an die Tür der Box und kramte in ihrer Jackentasche. Vorsichtig mopste er sich die Mohrrübe, die sie ihm hinhielt. Dann kaute er zufrieden mit schwingendem Kopf. Nikki kraulte ihn unter dem Pony. »So ein Glück, dass du mir über den Weg gelaufen bist, Oberon«, flüsterte sie. »Ohne dich hätte ich nicht überlebt.«

Es hatte drei Monate gedauert, bis sie das Vertrauen des talentierten Hengstes gewonnen hatte. Als sie ihn in einem Gestüt in Deutschland zum ersten Mal gesehen hatte, stand er ganz hinten auf einer Koppel, verängstigt und zitternd vor Kälte. Da war er zwei Jahre alt gewesen und groß wie ein Haus, niemand hatte sich in seine Nähe gewagt, daher hatte er den ganzen Winter draußen verbringen müssen. Fellzotten hatten von seinem Bauch abgestanden. Der Schwanz und die Mähne hätten einen radikalen Schnitt dringend nötig gehabt. Der Besitzer hatte einen Haufen Geld in Oberon investiert und ihn schwer misshandelt, als sich herausstellte, dass das Tier störrisch war. Die lange Peitsche war durch die Luft geflogen, und hätte Nikki an diesem Tag nicht eingegriffen, hätte der Hengst wohl nicht mehr lange gelebt.

Sie hatte laut geschrien, als sie beobachtete, was dort auf der Koppel geschah, und ohne nachzudenken, war sie auf den Stallbesitzer losgegangen. »Sind Sie verrückt? Schlagen Sie ein Pferd?« Sie hatte mit den Fäusten auf ihn eingetrommelt, bis er die Peitsche in die Ecke geworfen hatte.

Eine Stunde später war das Geschäft perfekt gewesen. Ein bodenloser Preis für ein Pferd, mit dem vermutlich nichts anzufangen war. Die Chance war gering, dass ein misshandeltes Jungpferd jemals wieder Vertrauen zu einem Menschen fasste, hatte der Tierarzt sie vorgewarnt.

Ihre Tierärztin war jetzt immer dabei. Bei ihren ersten Pferdekäufen hatte Nikki sich manchmal mit gefälschten Bescheinigungen übers Ohr hauen lassen, und da hatte sie begriffen, dass sie eine Stange Geld sparen konnte, wenn sie Lucia mitnahm beim Pferdekauf.

Um Oberon transportieren zu können, das erste und letzte Pferd, das sie von diesem Züchter kaufte, hatte das Tier eine Beruhigungsspritze bekommen. So bewegten sie ihn in den Pferdehänger, wo er neben einem zweiten Pferd stand, als sie zurück zu ihrem Hof nach Östergötland fuhren. Lucia hatte ihn untersucht, als er noch unter dem Einfluss der Medikamente stand, und festgestellt, dass er rein körperlich gesund war, auch wenn er schlecht behandelt worden war. Wie sich die vielen Wunden auf seiner Haut auswirken würden, blieb abzuwarten. Seine seelischen Verletzungen waren viel schwerer zu heilen.

Als sie auf dem Hof angekommen waren, hatten sie ihn in die größte Box gebracht, die ganz hinten im Stall lag. Nikki hatte ihn möglichst in Ruhe gelassen, aber immer, wenn sie auf seine Box zugelaufen war, hatte sie leise gepfiffen. Sie hatte ihm Futter gebracht und den Stall ausgemistet, während Oberon sich mit weit aufgerissenen Augen an die Stallwand gedrückt hatte. Aber nicht ein einziges Mal war er auf sie losgegangen. Und sie hatte nicht ein einziges Mal versucht, ihn anzufassen. Stattdessen pfiff sie leise vor sich hin und tat so, als sei alles in Ordnung.

Nach ein paar Wochen war sie einmal etwas länger bei ihm geblieben. Sie hatte an der Tür gestanden, und als sie nicht mehr ständig seinen weißen Augapfel sah, hatte sie ihm ein paar Leckereien auf den Boden gelegt, bevor sie die Box verließ.

Es dauerte vier Monate, bis sie ihn ohne Probleme aus dem Stall auf eine Wiese mit frischem Gras führen konnte.

Nach wie vor mochte er Pferde lieber als Menschen, und nach zwanzig Jahren war Nikki immer noch die Einzige, der er wirklich vertraute, auch wenn er so gnädig war, Anders in seiner Nähe zu akzeptieren, wenn sein Lieblingsmensch nicht verfügbar war. Niemand außer Nikki ritt Oberon. Er war ihr Pferd, und alle anderen, die versuchten aufzusitzen, warf er ab.

»Und was sagst du dazu?«, fragte sie den großen Schimmel und kraulte ihn hinter den Ohren. »Papa ist tot, und ich bin jetzt die neue Besitzerin von Gyllentofta.« Er knuffte sie noch einmal. »Keine Chance«, sagte sie. »Mehr kriegst du heute nicht.«

Sie gab ihm ein Küsschen aufs Maul. »Hast du Lust auf einen kleinen Ausflug, wenn ich dich gestriegelt habe? Durch *meinen* Wald«, sagte sie lachend, wobei ihr sehr bewusst war, wie unpassend es war, den Mund jetzt überhaupt zu einem Lächeln zu verziehen.

Sie war nicht annähernd so traurig, wie sie es hätte sein sollen.

Wenn ein Elternteil stirbt, sollte man trauern, dachte sie. Zusammenbrechen, zumindest fast. Aber es war mittlerweile schon dreißig Jahre her, dass ihr Vater ihr mitgeteilt hatte, dass er Schweden leid war und ins Ausland ziehen wolle. Dreimal im Jahr sahen sie sich, wenn er nach Hause kam und den Großgrundbesitzer spielte. Er riss Witze und gab an, war charmant und ein großartiger Unterhalter, wenn sie Feste feierten, er war alles, nur nicht väterlich.

Die elterliche Fürsorge hatte Nikki bei ihrem Kindermädchen Eva erlebt, die schon auf dem Gut war, als Nikkis Mutter auszog. Als Eva später kündigte, um zu heiraten, brach für Nikki eine Welt zusammen. Elf Jahre alt war sie da. Ihr Vater hatte danach Lotten angestellt, eine widerwärtige Person in Krankenschwesteruniform, die Nikki versuchte zu erziehen, indem sie nicht mit ihr sprach oder das Mittagessen strich. Vor Sehnsucht nach Eva hatte Nikki sich in den Schlaf geweint.

Ihre Mutter hatte damals gesagt, dass ihr Vater seine Finger immer unter dem Rock irgendeiner Frau hätte, und das war offensichtlich wahr. In der Zeit auf dem Hof bekam er jede Menge Damenbesuch. Irgendwann hatte es Nikki nicht mehr interessiert. Das letzte Kindermädchen war schreiend vom Hof gerannt und hatte gerufen, er solle sich zum Teufel scheren, und danach hatte Nikki darum gebeten, die Kindermädchen abzuschaffen. Damals war sie dreizehn Jahre alt gewesen und hatte auf sich selbst achtgeben können.

Nein, viel Trauer konnte Nikki weiß Gott nicht aufbringen. Allerdings auch keine Freude darüber, dass ihr jetzt das Gut gehörte. Das Leben würde einfach weitergehen wie bisher. Wahrscheinlich benötigte sie Hilfe bei all den ökonomischen Fragen, um die sich ihr Vater noch gekümmert hatte.

Nikki öffnete die Tür der Box und führte Oberon in den Gang. Eine Stunde Freiheit auf seinem Rücken war genau das, was sie jetzt brauchte. Im Moment war sie völlig leer, und das war fast schlimmer, als wenn sie traurig gewesen wäre, weil ihr Vater gestorben war.

Ihr Grundbesitz war nicht unendlich groß, doch wenn sie über das weite Feld sah, fühlte es sich so an. Ganz weit in der Ferne lag der Wald, in dem sie mit ihrer kleinen Jagdgemeinschaft jagen ging und der sie mit Fleisch, Pilzen und Beeren so gut versorgte, dass es den ganzen Winter lang reichte. Rechts hinter dem Hügel lag der See Långevatten, wo sie schwimmen und angeln gelernt hatte. Ihr Kindermädchen Eva hatte ihr beides beigebracht.

Die Duftmischung aus Kuhfladen, Gras und Hafer war so vertraut und heimelig. Nikki gab Oberon die Sporen, sodass er einen kurzen Galopp einlegte. Sie stand in den Steigbügeln. Der Kies knirschte unter den Hufen, als das Pferd sie zurück auf den Heimweg führte. An der Kreuzung hielt sie ihn an. Im Schritt bewegten sie sich über den kleinen Pfad, der vor zu der Lichtung am Bach führte, dort war eine Wiese, auf der er fressen konnte. Sie saß ab und sammelte einen Armvoll wilde Blumen. Hier wuchsen nämlich sowohl Glockenblumen als auch Margeriten.

Die nahm sie für ihre beste Freundin mit, die bereits unterwegs nach Gyllentofta war.

Sie würde ihr den Blumenstrauß ins Zimmer stellen.

2

Es fühlte sich an, als würde das Kollar ihr die Luft nehmen, und als sie an den Petunien in dem kleinen gepflegten Gärtchen hinter dem Pfarrhaus vorbeikam, knöpfte Annie es endlich auf und atmete tief durch.

Reiß dich zusammen, sagte sie zu sich selbst. *Dies ist weder der richtige Ort noch der richtige Zeitpunkt für Grübeleien.*

Die Mitglieder der Gemeinde hatten sich bestimmt ihren Teil dabei gedacht, als Annie das Gotteshaus an diesem Samstag so übereilt verlassen hatte, doch das kümmerte sie wenig, ihr ging es um ihre Selbstachtung, die es zu wahren galt. Sie hatte einen Vertrag unterschrieben und damit die Aufgabe übernommen, die Gemeinde in Tapperhult zu leiten, also tat man einfach das, was man versprochen hatte.

Sie hörte die Schritte des Küsters. Er schlurfte derart über den Boden, dass er die geharkten Kieswege regelmäßig ruinierte. Verärgert richtete sie sich auf.

»Ich bin hier«, rief sie.

Er keuchte. »Ja, wo ist sie denn?«

»Sie ist hier, wie Sie sehen«, antwortete Annie. Nicht besonders freundlich. Sie war jetzt nicht in der Stimmung für

Gespräche und vielleicht etwas ungerecht, denn von Karlssons schludrigem Gang abgesehen, war an ihm eigentlich nichts auszusetzen. Er erledigte seine Arbeit so, wie es sich gehörte. Doch im Moment spielte das keine Rolle. Sie hatte einen Moment Ruhe gesucht, und er störte sie.

»Die Besucher fragen sich ...« Er brachte seinen Satz nicht zu Ende.

»Dann fragen sie sich eben«, sagte sie. »Ich muss einen Moment alleine sein.«

»Dann werde ich ihnen sagen, dass Sie ... dass Sie ... austreten mussten.« Er klang erleichtert.

»Ja, wenn Ihnen nichts Besseres einfällt«, erwiderte sie trocken und wedelte mit der Hand, auf dass er verschwinde. Sie wollte ins Haus gehen und einen Kaffee aufsetzen. Den Rest des Mandelkuchens essen, den sie noch im Kühlschrank stehen hatte. Sich jetzt zusammenzureißen würde ihr niemals gelingen. Natürlich erwartete das Brautpaar, das sie soeben getraut hatte, dass sie noch lächelnd an der Kirchentreppe stand und dann beim Festessen im Stora Hotel am Ehrentisch Platz nahm. Den Gedanken daran musste sie ganz einfach verdrängen.

Achtundachtzig Kilo. Tja, das war doch gar nicht so schlecht, dachte sie, als sie ein paar Stunden später wieder von der Waage stieg. Mit ihren 1,59 m hatte sie schon mehr gewogen. Weniger allerdings auch. Beim Essen mit dem Brautpaar hatte sie sich nur ein paar Salatblätter von dem veganen Büfett in den Mund geschoben. Ganz sicher lag es daran, dass sie jetzt nicht mehr auf die Waage brachte. Annie schüttelte den Kopf und drehte den Wasserhahn auf, öffnete den Badezimmerschrank und holte ein Zahnputzglas heraus, platzierte ein bisschen Zahncreme auf ihrer Bürste und zog sie schnell durch das laufende Wasser, bevor sie sie sich in den Mund schob. Der altbekannte Colgate-Geschmack breitete sich in ihrem Mund aus, als sie jeden einzelnen Zahn sorgfältig bearbeitete. Eine elektrische Zahnbürste, von der manche Leute so viel hielten, kam ihr nicht ins Haus. Ebenso wenig legte sie Wert darauf, dass Zahnärzte, andere Doktoren oder eine Gemeinde ihr vorschrieben, wie sie ihr Leben zu leben hatte. Und veganes Essen? Nie wieder.

Sie füllte ihren Gefrierschrank mit Fleisch, das sie direkt von den Höfen aus der Gegend kaufte, um sichergehen zu können, dass die Tiere ein schönes Leben gehabt hatten – und mit dem Elchfleisch, das sie von ihrer besten Freundin bekam. Sollte sich herausstellen, dass auch diese Tiere irgendwelchen Quälereien ausgesetzt gewesen waren, musste sie sich etwas anderes einfallen lassen.

In der vergangenen Woche war sie zu ihrem jährlichen Check-up bei Dr. Lindström gewesen. Wie immer hatte er ihr Salat verordnet und gesagt, dass sie zwanzig Kilo zu viel auf den Rippen habe, und sie hatte wie immer erwidert, dass sie ernsthaft daran arbeiten werde. Dann war sie nach Hause gegangen und hatte Mandelkuchen gebacken, zu dem sie die Gemeindemitglieder einlud, wenn sie gut gelaunt war. Doch das kam so selten vor, dass sie den Kuchen meistens selbst verspeiste. Mit ihrem Gewicht hatte nur der Arzt ein Problem, sie selbst überhaupt nicht.

Wenn sie es mitunter nicht umgehen konnte, Menschen ins Haus einzuladen, dann durften die nur das Büro betreten, das sich gleich am Flur hinter der Eingangstür befand. Annie bemerkte zwar die neugierigen Blicke zu den übrigen Räumen des Pfarrhauses, doch es kam gar nicht infrage, dass ihre Gäste eine Hausbesichtigung machten. Das konnten sie gerne tun, wenn sie hier nicht mehr wohnte – was möglicherweise nicht in weiter Ferne lag. Schließlich war ihr Job hier nicht gerade komplikationslos.

Das Brautpaar, das sie heute getraut hatte, hatte im Arbeitszimmer gesessen und von der Liebe gezwitschert.

Wie naiv.

Natürlich waren sie jung und unerfahren, aber dennoch. Keiner von beiden hatte vor Intelligenz gestrotzt, und vielleicht würde sie genau das zusammenschweißen, dachte Annie und spuckte die Zahncreme wieder aus.

In einem Jahr würden sie mit einem Spross zurückkommen, den sie taufen sollte. Vierzehn Jahre später würde eine picklige, aufsässige Variante desselben Kindes konfirmiert werden, dann würden die Eltern sterben und begraben werden, und immer würde man erwarten, dass Annie sie mit einem frohen Gesichtsausdruck auf ihrem Weg begleitete. Vielleicht nicht bei der Beerdigung, aber sie müsste jedenfalls am Grab stehen und eine Menge Unsinn darüber erzählen, welch gute Menschen das gewesen seien. Und das, obwohl sie mehrfach Gelegenheit gehabt hatte, sich vom Gegenteil zu überzeugen. Derjenige, der nun unter die Erde sollte, war ein richtiger Mistkerl gewesen. Die Witwe würde heulen, und Annie würde sich fragen, ob die Frau taub und blind gewesen war.

Wenn sie es sich recht überlegte, so waren die pickligen, aufsässigen Jugendlichen eigentlich die, die sie am ehesten aushielt, aber eine Gemeinde hatte ja bekanntlich noch andere Mitglieder.

Annie ließ Wasser in ihr Glas und fantasierte beim Gurgeln, wie ihr Leben aussehen könnte, wenn sie nicht im Pfarrhaus dahinsiechte. Es stand für sie jetzt schon fest, dass sie als die langweiligste, unfreundlichste und grimmigste Pastorin in die Geschichte von Tapperhult eingehen würde. Sie nahm an, dass ihre Gemeindemitglieder irgendeinen Grund hatten, ein frohes Gesicht aufzusetzen. Sie hatte ihre Gründe, es nicht zu tun. Doch weiter war sie bislang nicht gekommen.

»Winston, es ist Zeit zum Schlafen«, rief sie und hörte, wie er die Treppe hinaufgelaufen kam. Kurz darauf erschien er in der Tür. Sein wedelnder Schwanz peitschte den Holzrahmen.

In zwei Sätzen war er da, und mit einem kurzen Kläffen, das seine Sabberspritzer über dem Zimmer verteilte, sprang die neunundsiebzig Kilo schwere Deutsche Dogge hoch ins Schlafzimmer und legte sich auf ihre Seite im Doppelbett des Pfarrhauses.

3

Zac trank die letzten Tropfen aus einer Kaffeetasse und lauschte, doch es war kein Ton aus Bonnies Zimmer zu hören, obwohl er sie vor einer Viertelstunde bereits geweckt hatte. Er stand vom Küchenstuhl auf.

»Hallo, aufwachen! Wir müssen gleich los, wenn du gebracht werden willst …«, rief er, als er in der Türöffnung stand und lächelnd seiner Tochter zusah, die mit einem Mal aufrecht im Bett saß. Ihr noch immer babyweiches Haar stand in alle Richtungen ab. Was jetzt völlig egal war, denn gleich würde sie sowieso eine Cap über ihren Kurzhaarschnitt ziehen.

»Ich flitze unter die Dusche«, rief sie ihm zu. »Kannst du mir vielleicht schon ein Brot schmieren, Daddy?«

Das hatte er bereits getan. Und auch ein Glas Saft eingeschenkt.

Er ging hinüber ins Schlafzimmer an den Kleiderschrank und nahm zwei Krawatten heraus. Dann hielt er sie vor sich und sah in den Spiegel. Als ob es eine Rolle spielte. Er trug sowieso immer einen dunklen Anzug mit weißem Hemd, da reichte ein kleiner Farbtupfer. Früher, als seine Frau ihn noch sexy gefunden hatte, auch wenn sie nicht getrunken hatte, hatte sie die leuchtend blauen Krawatten geliebt. »Sie haben dasselbe tiefe Blau wie deine Augen, Schatz«, hatte sie gesagt und ihre Hand seinen Rücken hinunterwandern lassen. Doch das war lange her.

Wenn sie heute das Schlafzimmer betrat, wenn er da war, ging sie zielstrebig vor zu ihrem eigenen Kleiderschrank und begann zu wühlen. Er sah immer nur ihren Rücken. Das Unterkleid saß wie angegossen. Sie hatte noch immer eine fantastische Figur, das konnte er ganz objektiv feststellen. Denn sie machte ihn nicht an, die ganze Frau machte ihn nicht mehr an. Wenn er sie ansah, fühlte er gar nichts mehr. Er war innerlich tot. Das Einzige, was ihn dann umtrieb, war die Vorstellung, sie verlassen zu müssen. Es konnte nicht der Sinn des Lebens sein, dass man mit 42 Jahren so eine leblose Beziehung führte.

Nicht wahr?

Seine Gedanken machten ihm Angst. Die Hand, die die Krawatten hielt, zitterte. Bonnie war das Wichtigste, und fünfzehn war ein sensibles Alter, das hatte er in Büchern gelesen, da seine eigene Teeniezeit schon so weit zurücklag. Er hatte Angst, den Kontakt zu ihr zu verlieren, da war er ganz egoistisch, das würde er nicht aushalten.

»Was meinst du?«, fragte er Katarina, die mit ihrem Frühstücksbrot vor dem Fernseher hockte. Sie drehte sich zu ihm um und betrachtete die Krawatten, die er ihr vor die Nase hielt.

Dann zuckte sie mit den Schultern. »Beide sehen gut aus, nimm irgendeine.«

Ihr Blick war nicht mehr vernebelt vom Alkohol. Sie lallte nicht, das war das Erste, was er wahrnahm, wenn sie den Mund aufmachte. Für Bonnie war es gut, wenn ihre Mutter nüchtern war, für Zac spielte es längst keine Rolle mehr.

Er sah sie eine Weile still an.

»Was starrst du mich an?«, zischte sie.

»Ich musste nur denken, wie tief du gesunken bist. Das ist alles.«

Sie fuhr mit der Hand über den Couchtisch und wischte die Krümel zusammen, die sie dann auf ihren Teller fallen ließ. Das Service hatten sie von seiner Mutter geschenkt bekommen. Wahrscheinlich würde er es bei der Scheidung behalten. War das nicht so? Man teilte seine sieben Sachen und richtete den Blick nach vorn.

Sie stand auf, den Teller in der Hand, und ging an ihm vorbei, ohne ihn eines Blickes zu würdigen.

»Nimmst du Bonnie mit?«, fragte sie ihn.

»Tu ich das nicht jeden Morgen?«, antwortete er ihrem Rücken, der auf dem Weg in die Küche war.

»Du musst doch nicht gleich schnippisch sein.«

Er seufzte leise. Dann sagte er, nur um freundlich zu sein: »Entschuldige.«

An guten Tagen dachte er, dass es überhaupt keinen Anlass gab, sich Sorgen um den Umgang mit seiner Tochter zu machen, auch wenn sie geschieden wären. An schlechten Tagen überkam ihn die Angst, dass Katarina die Beziehung zwischen Bonnie und ihm vergiften könnte.

Wenn sie wieder anfinge zu trinken, dann wäre die Katastrophe absehbar.

Eigentlich dachte er auch nicht mehr an den Seitensprung, der hatte das Fass nur zum Überlaufen gebracht. Sie hatte alles abgestritten, behauptet, er sei verrückt. Nie im Leben würde sie ... Bis die Ehefrau dieses Mannes Zac kontaktiert hatte. Dann war Katarina in Tränen ausgebrochen, hatte behauptet, dass es genauso sehr Zacs Schuld gewesen sei, und dann hatten sie eine Paartherapie gemacht, und sie hatte mit dem Trinken aufgehört.

Dann war Zac auf eine Konferenz gefahren und mit Chlamydien nach Hause gekommen. Nun waren sie quitt, dann folgte eins aufs andere, und eine Flasche nach der anderen wurde geöffnet.

Behandlungen, Therapien, und am Ende hatten sie das Gefühl, dass sie etwas entdeckt hatten, das klein und zerbrechlich war, aber so etwas wie ein neuer Anfang. Das Lachen war zurückgekommen. Aber es hatte nicht angehalten, denn nun, im Jahr danach, war kaum ein Lächeln übrig geblieben. Sie sprachen nicht mehr miteinander. Keiner von ihnen gab sich mehr Mühe.

Er warf noch einen letzten Blick auf die Krawatten, dann ging er zurück ins Schlafzimmer, entschied sich für die gelbe und legte sie sich um den Hals. Wenn es jetzt etwas zu lachen gab, dann nur mit Bonnie. Mit Katarina konnte er nicht einmal Späße machen, und das lag natürlich nicht nur an ihr, dachte er, während er seinen Knoten wie gewohnt band. Er warf einen Blick auf den Wecker am Bett.

»Bonnie«, rief er. »Wir müssen los.«

»Zeit zum Mittagessen?« Sein bester Freund Matteo zog Grimassen und gestikulierte draußen vor der Glasscheibe. Zac nickte und zeigte aufs Telefon.

»Mama, ich muss los, aber wir können vor dem Wochenende doch noch einmal telefonieren? Ich werde mit Bonnie reden, aber ich bin sicher, dass sie mitkommt. Katarina ist beschäftigt, fürchte ich.«

Einen Moment lang spielte er mit dem Gedanken, das Sakko überzuwerfen, doch da sie draußen über zwanzig Grad hatten, ließ er es sein.

Matteo sah auf die Uhr. »Halb zwölf. Vielleicht ist im Il Cibo noch Platz. Was meinst du?«

»Perfekt.«

Das Büro war halb leer, viele waren bereits im Urlaub. In der nächsten Woche würden Katarina, Bonnie und er den obligatorischen Sommerhausurlaub an der Westküste verbringen. Doch in diesem Jahr verursachte ihm allein die Vorstellung davon Magenschmerzen. Schlagartig hatte sich sein Appetit verzogen.

Aber sie würden auf jeden Fall fahren, keine Frage. Er selbst hatte, schon seit er sechs war, jeden Sommer dort verbracht. Seine Mutter und er hatten noch am letzten Schultag den alten Saab vollgepackt und waren erst am Wochenende vor Schulbeginn wieder nach Norrköping zurückgekehrt. Bonnie hatte die gleichen herrlichen Sommerurlaube erlebt, wenn auch nicht ganz so viele Wochen.

Den Kahn hatte er immer noch. Jetzt lag das Boot auf dem Grundstück, unter einer Plane geschützt, und wurde nur dann ins Wasser gelassen, wenn Zac sich in Hunnebostrand aufhielt. Die Seelage war ein Riesenvorteil. Es war einfach, das Boot ins Wasser zu ziehen, und ebenso unkompliziert, den Außenborder anzubringen, der im Winter immer im Keller stand. Er transportierte sie dann mit fünf Knoten zu all den größeren und kleinen Inseln, und mittlerweile konnte Bonnie es auch selbst steuern.

Seine Mutter war immer noch unterm Jahr im Ferienhaus. Meist nahm sie noch eine Freundin aus Norrköping mit. Sie stiegen in den Zug, und nach mehrmaligem Umsteigen und sechs Stunden Fahrt waren sie dann endlich vor Ort. Doch wenn Katarina dabei war, wollte seine Mutter nicht kommen. Sie habe das Gefühl, dann immer im Weg zu sein, hatte sie erklärt. Nicht, dass die beiden sich nicht mochten, aber das Häuschen war nicht sonderlich groß, und wenn man unterschiedliche Tagesrhythmen hatte, konnte man sich schnell in die Quere kommen. So hatte Zacs Mutter beschlossen, zum Sommerhaus lieber mit einer gleichaltrigen Freundin zu fahren, die ebenfalls nach dem Mittagessen gern ein Schläfchen hielt. Nie hatte sie ein Wort über den Alkoholkonsum ihrer Schwiegertochter verloren, und das war vor allem darauf zurückzuführen, dass Zac sich alle Mühe gab, ihn vor ihr zu verbergen. Und aus unerklärlichen Gründen war es Katarina gerade dann auch gelungen, nüchtern zu bleiben. Doch sobald die Mutter abgereist war, sah das ganz anders aus …

»Was ist mit dir los, du machst so ein trauriges Gesicht.« Matteo griff nach dem Brotkorb, den die Bedienung schon bei der Aufnahme der Bestellung auf den Tisch gestellt hatte. »Sprich schon, was hast du?« Er ließ Olivenöl auf den

Vorspeisenteller tröpfeln und tunkte das Brot hinein, um es anschließend mit etwas Salz zu bestreuen.

»Eigentlich gar nichts Besonderes. Mir geht unser Urlaub an der Westküste durch den Kopf. Wie ich es dort aushalten soll mit ihr.«

Nach all den Jahren war es Zac noch immer unangenehm, über Katarina schlecht zu reden. Doch sie war ja das Problem, daher blieb ihm nichts anderes übrig. Er fragte sich, ob sie jemandem erzählte, wie es bei ihnen lief. Er konnte es nur hoffen. Sie ging brav zu den Treffen der Anonymen Alkoholiker, und er vermutete, dass sie sich dort immerhin Luft machte. Hätte er nicht seinen Freund Matteo gehabt, dann hätte er seine Gedanken mit niemandem teilen können, er hätte sich nur noch tiefer vergraben.

Natürlich sollte Zac mit seiner Frau reden, doch das war nicht leicht. Wenn er sie fragte, wie es ihr ging, zuckte sie nur mit den Schultern und antwortete: *Gut*. So weit war er mit seinen Fragen bislang gekommen. Was er eigentlich meinte, war: *Bist du zufrieden mit unserer Situation? Hast du nicht auch das Gefühl, dass es vorbei ist? Sollten wir nicht darüber nachdenken, getrennte Wege zu gehen und alles im Sinne unserer Tochter zu regeln?* Aber dazu kam es nie. Und auf seine unbeholfene Frage, wie es ihr ging, antwortete sie genau so, wie es zu erwarten war.

»Ich sollte dich vielleicht mal auf mein Boot mitnehmen. Wenn man damit losheizt, verfliegen auch die Gedanken.« Matteo grinste, er wusste genau, wie gern Zac auf seinem schnellen Motorboot den Kapitän spielte.

»Danke, wahrscheinlich ist das genau das, was ich brauche. Salzwasser und ein Pils auf dem Kai. Wann fährst du nach Smögen?«

Die Bedienung servierte die Teller mit den hausgemachten Fleischbällchen, und Zac spürte, wie der Hunger zurückkam. Er würde mit Katarina reden, bevor sie in den Urlaub aufbrachen, das versprach er sich selbst. Sie waren jetzt fünfzehn Jahre verheiratet, und früher hatten sie nächtelang reden können, so schwer konnte es doch wirklich nicht sein?

Er beschloss, früh Feierabend zu machen und Bonnie von ihrem Training abzuholen. Gerade als sie aus der Sportanlage kam, die Sporttasche über der Schulter baumelnd, fuhr er vor. Sie rannte auf ihn zu und strahlte ihn an, dann öffnete sie die Wagentür und sprang auf den Beifahrersitz. Sie roch nach Schweiß. Als sie den Sicherheitsgurt anlegte, lächelte sie ihn an. »Ich war krass heute. Echt krass«, sagte sie und riss die Arme in die Luft. »Meinst du, wir sollten den Trainer der Nationalmannschaft jetzt anrufen oder doch noch ein paar Jahre damit warten?«

»Ich bin fürs Warten.«

Zac und Katarina begleiteten sie, wann immer es ging, zu ihren Fußballspielen, meist jedoch war es Zac, der am Spielfeldrand stand. Ihre Tochter hatte Talent und durfte schon bei den Älteren spielen, was seine Vor- und Nachteile hatte. Sie hatte nicht viele Freunde in ihrem Alter, und noch hatte Zac nicht kommentiert, dass sie meist mit 16-Jährigen in Kontakt war, weil sie gemeinsam Sport trieben und sich auf dem Platz trafen. Aber wenn Bonnie auf die Idee kam, auch an den Partys teilnehmen zu wollen, dann musste er es verbieten. Dafür war sie nach seiner Auffassung noch viel zu jung. Katarina ließ sie an der etwas längeren Leine laufen und vertrat die Ansicht, dass Bonnie immerhin so reif sei, selbst zu merken, was gut für sie war und was nicht. Zum Glück mussten sie diese Diskussionen jetzt noch nicht führen.

Als sie in die Straße einbogen, in der sie wohnten, sah Zac Katarinas Wagen, und sofort spürte er den Druck im Magen. Das unangenehme Gefühl wurde stärker, bis er seinen Vorsatz, sofort mit ihr zu reden, wieder aufschob. Sie konnten ebenso gut nach dem Urlaub reden, dann konnte das Gespräch Bonnie auch nicht die Ferien vermasseln.

Da hörte er seine Tochter etwas brummeln.

»Sorry, was hast du gesagt?« Er schaltete den Motor ab und drehte sich zu ihr um.

»Ich freue mich so auf Hunnebostrand. In den Wochen fällt das Fußballtraining sowieso aus, daher passt es perfekt. Ich bin wahrscheinlich die einzige Fünfzehnjährige auf der ganzen Welt, die gern mit ihren Eltern abhängt«, sagte sie lachend.

Das war natürlich ein Statement. Zac würde seiner Ehe im Urlaub noch eine letzte Chance geben, und sollte es nicht funktionieren, dann würde er das Gespräch mit seiner Frau im August führen.

Das flaue Gefühl im Magen verzog sich nach und nach. Das war der Vorteil, wenn man Konflikten aus dem Weg ging.

4

Nikki stand auf dem Hof und sah sich ungeduldig um. Immer wieder warf sie einen Blick auf die Uhr. Annie hätte längst hier sein sollen, doch wahrscheinlich führte sie dieses Monster noch Gassi und kam deswegen zu spät. Auch wenn die Fahrt nur eine halbe Stunde dauerte, musste sie wegen ihm sicherlich einmal anhalten.

Der Lärm des kaputten Auspuffrohrs an ihrem alten Auto verriet schließlich, dass sie im Anflug waren. Nikki hatte vorgeschlagen, ihr ein neues Auto zu kaufen, doch Annie hatte das großzügige Angebot mit den Worten »nie im Leben« abgelehnt.

Nikki winkte freudig, als Annie auf den Hof getuckert kam. Als der Wagen hielt, riss Nikki die Fahrertür des Ford Focus auf und schloss Annie innig in die Arme, kaum dass sie ausgestiegen war.

»Mein Gott, bin ich froh, dass du da bist. Danke.«

Es gab niemanden, den Nikki lieber traf, eigentlich nie.

Annie war ihre beste Freundin, ihr vertraute sie alles an. Annie hatte sie mitten in der Nacht angerufen, als ihr Vater gestorben war. Und Annie hatte schon eine Stunde später bei ihr in der Küche gestanden und Milch mit Honig warm gemacht. Annie war bis zum Morgen geblieben und hatte sich vergewissert, dass es Nikki so weit gut ging, bevor sie sich wieder auf den Weg zu ihrer Gemeinde machte und die Predigt am Mittsommertag hielt. Seitdem hatte sie jeden Tag angerufen, nur um ein paar Worte mit ihr zu wechseln. Nikki wusste, dass Annie ein Auge auf sie hatte, und dagegen hatte sie nicht das Geringste einzuwenden.

»Du erstickst mich ja«, hörte Nikki von irgendwoher auf Brusthöhe. Lachend ließ sie die Freundin los. »Warum hörst du eigentlich nicht auf zu wachsen, so wie es anständige Menschen tun?«, fragte Annie und zupfte ihr kurzes Haar zurecht. »Und du hast einen größeren Busen bekommen, seit wir uns zuletzt gesehen haben, obwohl das erst ein paar Wochen her ist.«

»Alles ist mehr geworden, weil ich ein Frustesser bin, aber gewachsen bin ich sicherlich nicht. Bist du vielleicht eingegangen?«, fragte Nikki, während sie versuchte, Winston wegzuschieben, der sie einfach nicht in Ruhe ließ. »Und ihn solltest du in der Hundeschule anmelden«, sagte sie. »Oder ihn einreiten lassen. Meine Güte, er ist ja mehr ein Pony als ein Hund.«

»Winston«, sagte Annie streng. »Platz.«

Die beiden Frauen betrachteten den Hund. Er blickte erstaunt zurück, die Ohren gespitzt und mit Schwanzwedeln, das nie aufhörte. Und natürlich setzte er sich nicht. Annie wandte den Blick ab und sah Nikki scharf an.

»Und wann soll ich Zeit für solche Kurse haben, hast du darüber schon mal nachgedacht?«, zischte sie. »Ich bin vollauf mit Menschen beschäftigt, die ihr Leben nicht im Griff haben und es mir erwartungsvoll in den Schoß legen.« Sie streichelte Winston, der nun dicht neben ihr stand. Er reichte ihr etwa bis zur Taille. »Die böse Tante versteht nicht, was bei uns los ist«, erklärte sie ihm. »Sie hat Pferde, die dumm wie Kühe sind, während du intelligent genug bist, nicht zu tun, was ich sage. Du bist Frauchens Liebling.« Sie kraulte ihn hinter den Ohren.

Nikki musste lachen.

»Es tut gut, dass du da bist. Jetzt komm, und erzähl mir alles von deiner furchtbaren Arbeit und was die Menschen alle so *Schreckliches* von dir wollen. Mama wird irgendwann am Nachmittag eintrudeln, nur dass du Bescheid weißt.«

Nikki griff nach Annies abgewetzter Reisetasche und ging langsam auf das Haus zu. Sie hatte ein kleines Mittagessen vorbereitet. Fleischwurst aus dem Ofen und Kartoffelmus. Annies Leibgericht.

»Was hat sie denn hier zu suchen?«

»Sie muss wohl feiern, dass Nikodemus unter der Erde ist, nehme ich an. Ich hab ehrlich gesagt keine Ahnung.«

»Die übliche nette Stimmung in deiner Familie, wie ich höre.«

Nikki schüttelte den Kopf. »Lass uns nicht über meine Familie reden. Wie geht's dir? Noch immer keine Dates?«

Sie liefen durch die offene Tür und stiegen die Treppe hinauf, wo das Zimmer war, in dem Annie üblicherweise übernachtete, wenn sie Gyllentofta besuchte. Annie zu sagen, dass der Hund in der Küche oder besser noch im Stall schlafen solle, war aussichtslos. Dann würde Annie ihn unter den Arm klemmen und auf dem Absatz kehrtmachen.

»Ich bin gar nicht daran interessiert, jemanden kennenzulernen. Warum erkundigst du dich jedes Mal danach, wenn wir uns sehen?« Annie schob sich an ihr vorbei und öffnete die Zimmertür.

»Du hast recht, tut mir leid, ich werde kein Wort mehr darüber verlieren.« Nikki stellte Annies Tasche auf dem Boden ab. Sie ging vor ans Fenster und zog die Vorhänge auf. Das Licht flutete das Zimmer und fiel auf den blitzblanken Holzboden, der kurz vor Mittsommer frisch gebohnert worden war.

Einmal im Jahr kam ein Reinigungsunternehmen und nahm sich zwei Wochen lang alle Zimmer des Herrenhofes vor. Nikkis Vater hatte darauf bestanden, dass alle Räume jederzeit benutzbar waren, aber damit war es jetzt nach seinem Ableben vorbei. Künftig würde sie die Hälfte der Zimmer in der kalten Jahreszeit abschließen. Der ganze Westflügel würde im Winter nicht voll geheizt werden: der Salon, der Speisesaal und sechs Schlafzimmer im Obergeschoss. Die Stromkosten, die dieses riesige Anwesen verursachte, fraßen vermutlich die Einnahmen aus der Verpachtung komplett auf, aber nun war es an der Zeit, dass Nikki sich damit intensiv auseinandersetzte. Bald schon musste sie sich einen Überblick über ihre wirtschaftliche Lage verschaffen.

»Du redest von dir selbst. In diesem Haus kommt bestimmt jeder auf die Idee, den Nächstbesten zu heiraten, nur um hier nicht allein sein zu müssen. Und wer soll das alles nach dir übernehmen?« Annie griff nach ihrer Reisetasche und stellte sie auf dem großen Bett ab.

Nikki zuckte mit den Schultern. Sie war ja noch gar nicht richtig im Bilde. Aber es stimmte. Einen Erben gab es nicht, und über all das würde sie sich in den kommenden Jahren Gedanken machen müssen. Sie öffnete den Kleiderschrank und nahm ein paar Bügel heraus.

»Hier«, sagte sie und reichte sie Annie. »Wir wollen ja nicht, dass deine Kleider Falten kriegen.«

»Haha, sehr witzig.« Dann erstarrte Annie vor Schreck. »Ich muss doch wohl auf Nikodemus' Beerdigung kein Kleid tragen? Ich habe einen schwarzen Rock dabei, ich dachte, das reicht.«

»Ja, sicher. Zieh an, was du willst.«

Nikki war es völlig egal, was Annie oder ein anderer Gast trug. Für sie markierten Reitstiefel die Grenze. Das einzige schwarze Kleid, das ihr noch passte, hatte sie in die Reinigung gegeben.

»Ich nehme an, die Kirche wird morgen voll sein?«

»Ja, mehr als voll. Und etwa hundert Gäste werden hinterher noch zu uns kommen. Aber daran will ich gar nicht denken. Kannst du nicht lieber was von deiner verrückten Gemeinde erzählen?«

Nach dem Mittagessen spannte Nikki Britta vor den Wagen.

Das große Nordschwedische Kaltblut war denselben Weg schon hundertmal gegangen, und Nikki ließ die Zügel los, während sie Annie lauschte.

Britta trottete vor dem Wagen in einem gemächlichen

und bequemen Takt, während Annie von den Zweifeln sprach, die sie umtrieben. Sie erklärte, sie spüre die Gegenwart Gottes nicht mehr so wie früher, und das mache ihr Angst. Diese Gefühle hatte sie schon eine ganze Weile mit sich herumgetragen, wusste aber einfach nicht, wie sie damit umgehen sollte. Diese Entscheidung, die sie einst als Berufung empfunden hatte, rückgängig zu machen, war weitreichend, aber war es eine Alternative, ihren Beruf weiter auszuüben, wenn die Verbitterung immer schlimmer wurde? Davon hatte niemand etwas. Weder die Gemeinde noch sie selbst.

»Früher ist es mir leichtgefallen, empathisch zu sein«, sagte sie offen. »Heute rege ich mich über die Menschen auf, die ihre Probleme nicht in den Griff kriegen, ich verachte diejenigen, die springen, wenn ich sie nur streng ansehe, und ich ertrage es nicht, mir das Gejammer von Paaren anzuhören, die sich über ihren Partner beschweren, ohne ihren eigenen Anteil am Scheitern ihrer Beziehung zu erkennen. Aber wenn ich keine Pastorin bin, wer bin ich dann? Soll ich Gott verraten? Er ist der einzige Mann, mit dem ich es je ausgehalten habe.« Sie lächelte betrübt.

»Bist du sicher, dass es ein Mann ist?«

»Überhaupt nicht. Aber mir gefällt die Vorstellung, dass es heutzutage immerhin *ein* Exemplar davon gibt, das perfekt ist.«

Nikki brach in Gelächter aus und schlug die Zügel leicht, um Britta zum Trab anzuspornen. Als sie den Bach passiert hatten, steuerte Nikki das Pferd nach rechts und hielt an. Sie befestigte die Zügel an einem Baum, so wie immer.

»Komm«, sagte sie zu Annie und hielt ihr die Hand hin, um ihr beim Aussteigen zu helfen.

Der große, flache Stein in der Mitte des Wassers war warm und trocken. Wenn sie dicht aneinanderrückten, war Platz für sie beide. Das Wasser rauschte um sie herum. Annie zog einen Schuh aus, streckte das Bein und tunkte ihren Zeh ins kalte Nass, doch zog ihn schnell wieder zurück.

»Es ist kälter, als man denkt, oder?«, sagte Nikki.

»Wie haben wir hier früher baden können?«, fragte Annie.

»Wir waren Kinder, anders kann ich es mir nicht erklären«, antwortete Nikki, die, seit sie zehn war, kein Bad mehr hier genommen hatte.

Annie warf einen Blick auf die Uhr. »Wenn wir Bibbi bei ihrer Ankunft begrüßen wollen, sollten wir uns wieder auf den Weg machen.«

»Einen kleinen Moment noch«, sagte Nikki und holte einmal tief Luft. Diesen Druck auf dem Brustkorb wollte sie noch loswerden, bevor sie ihrer Mutter in die Augen sah. Irgendwas fühlte sich komisch an, aber das war einen Tag vor der Beerdigung wohl auch kein Wunder. Wahrscheinlich musste sie nur ein paarmal tief durchatmen.

»Ist es nicht herrlich, all die alten Freunde wiederzusehen?«, rief Bibbi, als sie in die Halle rauschte.

»Willkommen, Mama, ich hoffe, du hattest eine gute Reise.«

Nikki streichelte ihr über den Arm und nahm ihrer Mutter den Koffer ab, den sie ihr hinhielt.

Eine zärtlichere Begrüßung fand nicht statt. Bei allen anderen wurden Küsschen rechts und links und innige Umarmungen ausgetauscht, aber Mutter und Tochter gingen auf Abstand. Nikki hielt es nicht aus und hatte sich all diese Berührungen verbeten, da sie ja doch nichts bedeuteten. Sie nahm diejenigen in den Arm, die sie mochte, so wie Annie, aber ihre Mutter war ein viel zu komplizierter Mensch, als dass sie ihr so nah sein wollte.

Annie war die Einzige, die Nikkis Mutter vorbehaltlos mochte. Sie hatten sich bei Nikkis Hochzeit gesucht und gefunden, Annies erste Trauung nach der Priesterweihe. Nikki und Magnus waren an diesem Tag so glücklich gewesen, dass Annies Nervosität niemandem aufgefallen war. Strahlend hatten sie Ja gesagt, völlig im siebten Himmel, und hatten so die Versprecher der Pastorin gar nicht gehört.

Hinterher hatte Nikkis Mama Annie einen großen Whisky in der Sakristei eingeschenkt, um deren Nerven zu beruhigen, was natürlich höchst unchristlich war. Schließlich stand Annie als beste Freundin der Braut auch noch eine Rede beim Festessen bevor. In Annies Augen war das jedoch weniger ein Ausdruck von Gotteslästerung als von Empathie. Statt blinden Gehorsams lieber das Wohlergehen eines Menschen im Blick zu haben, war doch eine wunderbare Eigenschaft.

Dann waren sie sich nicht mehr über den Weg gelaufen. Erst fünf Jahre später trafen sie bei Magnus' Beerdigung wieder aufeinander. Ohne ein Wort hatte Nikkis Mutter ihr den Flachmann gereicht.

Nikki dachte gern an ihren Hochzeitstag, sich an die Beerdigung zu erinnern, fiel ihr jedoch immer noch schwer. Ein glänzender Mahagonisarg. Entsetzliche Musik. Ein schwarzer Wagen mit abgedunkelten Scheiben.

Hinterher hieß es, es sei schön gewesen. Nikki verstand nicht, was die anderen damit meinten. Magnus war gerade dreißig geworden und an einem Schlaganfall gestorben. Was sollte daran schön sein?

Sie wurde aus ihren Gedanken gerissen, als Annie in dem Moment aus ihrem Zimmer kam, als sie mit ihrer Mutter im Schlepptau den Flur betrat. Diese streckte die Hand aus und lief auf sie zu. »Annie, wie schön, dich zu sehen. Es gibt so viel zu erzählen, aber du musst dein Hundemonster wirklich an die Leine nehmen, wenn wir einen Spaziergang machen wollen.«

Nikki öffnete die Tür vom Zimmer nebenan. »Hier ist dein Bett, Mama. Mach es dir bequem, dann gibt es nachher einen Kaffee. Ich muss kurz in den Stall.«

Schließlich konnte sie den Hof nicht vernachlässigen, nur weil sie Gäste hatte, und sobald sie sich überzeugt hatte, dass alle versorgt waren, lief sie hinüber ins Stallgebäude. Trassel kam ihr schon auf halbem Wege entgegen und strich ihr um die Beine. Sie beugte sich zu ihm hinunter und kraulte ihn hinter dem Ohr. »Wo bist du denn gewesen, ich habe dich tagelang nicht gesehen?«, fragte sie. »Hast du Hunger?« Sie setzte sich in Bewegung, und der Kater folgte ihr, denn er schien zu wissen, was es gab.

Nikki warf einen Blick zu Oberons Box, als sie auf die Küche neben dem großen Stalltor zuging. Er hielt seinen Kopf über den Rand der Box, und es sah aus, als nicke er ihr zu. Er war das intelligenteste Pferd, das sie kannte.

Als Magnus plötzlich starb, hatte sie Oberon erst zwei Monate gehabt. Doch es war ihr vorgekommen, als ob das Pferd es verstanden hätte. Immer wieder hatte es sie angeschaut und sich etwas näher an sie herangetraut, wenn sie in seiner Box saß und weinte. Oberon hatte den Hals ausgestreckt und ihr Luft zugepustet, bis er es schließlich gewagt hatte, sie mit dem Maul zu berühren.

Einen Monat nach der Beerdigung hatte sie ihren Kopf schluchzend in seiner Mähne vergraben, und er hatte leise geschnaubt.

Annie und er waren ihre allerbesten Freunde.

5

Die Dorfkirche war brechend voll. Nikki ging langsam zwischen den Reihen hindurch und nickte den Gästen diskret zu. Sie kannte jeden Einzelnen, das Dorf war nicht groß. Und alle waren da. Nikodemus war beliebt gewesen, obwohl er schon vor so vielen Jahren nach Mallorca übergesiedelt war. Jemand reichte Nikki die Hand zum Trost, und Nikki erwiderte den Händedruck, bevor sie zu ihrem Platz in der Bank vor dem Altar ging.

Sie nahm den dünnen schwarzen Schal von den Schultern, den sie über das schwarze Kleid gelegt hatte. Es war schwer, den Blick vom Sarg, der direkt vor ihnen stand, abzuwenden, obwohl sie schon eine Stunde vor den anderen in der Kirche gewesen war. Sie war absichtlich schon so früh dort gewesen, denn sie hatte keine Ahnung gehabt, welche Gefühle sie möglicherweise übermannten. Daher hatte sie sich entschlossen, dem Sarg mit ihrem toten Vater gegenüberzutreten, bevor sich die Kirchenbänke füllten. Anders hatte sie, ihre Mutter und Annie gefahren. Sie hatten mit dem Pastor gesprochen und die Blumenkränze bestaunt. *Mehr als dreißig Kränze, das ist nicht schlecht*, hatte Nikkis Mutter ihr zugeflüstert. Nikki hatte gar nichts gefühlt, als sie den schwarzen glänzenden Sarg ansah. Vielleicht etwas Nervosität vor der Zeremonie, aber mehr nicht. Sie hatte das Bild ihres Vaters aufgestellt und es kurz mit den Fingern berührt, doch es kamen nicht die Gefühle auf, die sie erwartet hatte. Das Porträt ihres Vaters war etwa zehn Jahre alt. Nikki mochte es gern. Darauf sah er verschmitzt aus, und genau so hatte sie ihn erlebt. Es war schwer gewesen, ihm für längere Zeit böse zu sein, auch wenn er es nicht immer verdient hatte, dass man ihm verzieh. Müsste sie dann nicht doch die eine oder andere Träne über seinen Tod vergießen? Was war bloß mit ihr los?

Die drei Frauen, die in der ersten Bank saßen, waren ganz in Schwarz gekleidet. Warum Mutter sich aufführte, als sei sie die trauernde Witwe, war unbegreiflich, aber wahrscheinlich wollte sie als seine einzige Ex-Frau etwas Besonderes sein. Vielleicht war das der Fingerzeig darauf, dass Nikkis Vater nie wieder geheiratet hatte, sondern immer nur vorübergehende Beziehungen eingegangen war? Ob wohl seine letzte Freundin, Rafaela, auch gekommen war? Nikki sah sich diskret um. Möglicherweise hatte sie ganz hinten Platz genommen. Er hatte immer von seiner »Nachbarin« gesprochen, aber das hatte Nikki ihm nicht abgenommen. Auf diesem Hügel von Mallorca wohnten nur reiche Ausländer, kein Spanier konnte sich diese Immobilien leisten, das hatte er selbst gesagt.

Dann gehört mir jetzt wohl ein Haus in Spanien, dachte Nikki. Ihr war klar, dass sie nie die Zeit haben würde, dorthin zu fahren. Dieses Haus musste natürlich verkauft werden, aber das hatte im Moment keine Priorität. Um all den Papierkram würde sie sich kümmern, wenn ihre Anwältin aus dem Urlaub zurück war. Sie war vor Mittsommer weggefahren, bevor Nikkis Vater gestorben war, und Nikki hatte ihr am Telefon mitgeteilt, dass kein Grund zur Eile bestand: »Alles gut, wir beide müssen uns doch nur hinsetzen und alles durchgehen, melde dich einfach, wenn du aus den USA zurück bist.« Sylvia hatte geantwortet, dass sie einen Kollegen informiert habe, falls doch etwas erledigt werden müsse, aber das konnte Nikki sich kaum vorstellen.

Vielleicht sollte sie das Gut Gyllentofta lieber verkaufen und sich irgendwo anders niederlassen, ein einfacheres Haus suchen, mit nur einem Pferd und einem Kater? Nein, zwei Pferde mussten sein, denn Oberon brauchte Gesellschaft, aber eigentlich musste sie keinen großen Stall, die Reithalle und zweitausend Hektar Grund besitzen, um zufrieden zu sein. Brauchte sie selbst denn all das, was sie jetzt hatte? Ihr Vater war nicht mehr da, und zudem hatte er ja selbst den Absprung gemacht, als ihm die Lust an dem Gehöft abhandengekommen war.

Würde sie Gyllentofta verlassen können? Würde sie es überhaupt halten können?

Die wirtschaftliche Lage war etwas, über das sie keinen Überblick hatte, und das nagte an ihr. Sie beglich alle Rechnungen, aber wie viel Geld eigentlich *insgesamt* vorhanden war, wusste sie nicht. Nur, was auf den Konten lag, von denen sie die Rechnungen bezahlte. *Mach dir keine Sorgen*, hatte ihr Vater geantwortet, wenn sie ihn danach gefragt hatte.

Und, klar. Es war sein Geld. Sie hatte ja nichts damit zu tun. Bis jetzt.

Das Gemurmel in den Bänken verstummte, jemand hustete, und dann ertönte der traurige Klang der Kirchenglocken. Immer und immer wieder. Ganz unerwartet spürte sie einen Stich in der Brust. Sie griff nach der Hand ihrer besten Freundin, die sie innig drückte. Ihre andere Hand legte sie über die ihrer Mutter. Als sich ihre Blicke trafen, bemerkte sie, dass ihr Tränen in den Augen standen.

Annie hatte Nikki geholfen, würdevolle Musik auszusuchen, Musik, die zu einem Großgrundbesitzer passte, aber nicht zu pompös war. Sie hatte versucht, sich vorzustellen, was ihr Vater für ein Mensch gewesen war. Er war gern gesegelt, und als Nikki klein war, hatten sie ihr Boot an der Westküste liegen. Auch wenn sie daran nicht mehr viele Erinnerungen hatte, wusste sie noch, dass sie das sehr gemocht hatte, denn sie hatte sich gern dicht an ihn gekuschelt, das kam so selten vor. Im Boot hatten sie nebeneinander in der Kajüte im Bug geschlafen. Ob das Kindermädchen Eva dabei gewesen war? Vermutlich. Später würde Nikki die alten Fotoalben herausholen, davon müsste es Bilder geben. Fotografieren war auch ein Hobby ihres Vaters gewesen. Wenn er in der richtigen Stimmung gewesen war, hatten sie miteinander viel Spaß gehabt, und so lernte sie mit der Zeit, wie man seine Aufmerksamkeit gewann, zumindest für eine Weile. Man musste etwas mit ihm unternehmen, was er gern machte.

Sie war tief in ihre Erinnerungen versunken, als die Musik verklang, und musste sich kurz wachrütteln, um wieder im Hier und Jetzt zu sein. Als der Pastor die ersten Worte sprach, hatte sie noch den Duft des feuchten Schlafsacks, des frisch gebrühten Kaffees und des Salzwassers in der Nase.

Sie hatten sich zusammengesetzt und über Vaters Leben gesprochen, der Pastor und sie. Eine Stunde lang hatte er bei ihr in der Küche in Gyllentofta verbracht. Er hatte ihren Vater fast genauso gut gekannt wie sie. Sie waren Freunde gewesen, waren zusammen auf die Jagd gegangen und hatten das ganze Jahr über Kontakt gehabt, auch wenn Nikodemus auf Mallorca gewesen war.

»Gibt es eine besondere Erinnerung, von der ich in der Trauerfeier erzählen soll?«, hatte er sie gefragt.

Aber so was besaß Nikki nicht. »Ich glaube, er hat sein Leben geliebt«, sagte sie stattdessen. »Er hat immer wieder etwas Neues angefangen, hat nie zurückgeschaut. Für ein Kind war das nicht gut, für ihn hingegen sehr, sehr schön.«

»Aber als du Magnus verloren hast, ist er doch nach Hause gekommen und eine Zeit lang geblieben?«

»Ja, ich konnte mich in der Zeit ja nicht um den Hof kümmern, du erinnerst dich. Aber er war einen Monat lang hier, dann beschloss er, dass ich mit meiner Trauer fertig wäre.« Sie verzog den Mund zu einem schiefen Lächeln und fuhr fort: »Vaters Mitgefühl reichte so weit, bis es ihm langweilig wurde, aber das musst du ja nicht unbedingt in der Trauerrede erwähnen.«

Weder ihre Mutter noch ihr Vater hatten gespürt, wie gebrochen sie noch Jahre danach war. Sie hatten nicht danach gefragt, und von selbst hatte Nikki es nicht angesprochen.

Vater hatte gemeint, sie bräuchte ein neues Auto. Das war typisch für ihre Beziehung.

Zu den Klängen von Peterson-Bergers *Sommerlied* verließen sie die Kirche. Draußen stellte sich Nikki so hin, dass sie allen für ihr Kommen danken konnte. Viele waren betrübt und sagten, dass sie Nikodemus gemocht hatten und ihn vermissen würden. Andere sprachen ihr Beileid aus. Mancher nickte ihr nur kurz zu.

Auf dem Weg zurück drehte Nikkis Mutter sich um und warf einen Blick auf den Wagen mit der getönten Scheibe. Er fuhr langsam an allen Gästen vorbei, die sich nun zum Leichenschmaus und zum Gedenken an Nikodemus auf den Weg zum Hof machten.

»Das wird viel Gerede geben, aber das weißt du ja sicher. Nimm dich vor den Klatschweibern in Acht, sie werden nicht immer nett zu dir sein, nun, da du auf dem Thron sitzt. Ich weiß noch genau, wie sie hinter meinem Rücken getuschelt haben, als ich auf dem Gut die Herrscherin war.«

Nikki sah, wie Annie sich ein Lachen verkneifen musste und Anders erstaunt in den Rückspiegel blickte. *Herrscherin.* Nur Mutter konnte sich selbst so nennen.

»Ich werde mich schon vorsehen«, antwortete sie. »Anders, kannst du hinters Haus fahren, ich würde gern den Kücheneingang nehmen?«

Er nickte.

Bislang hatte Nikki von ihm nicht ein einziges Wort gehört. Wahrscheinlich war Anders traurig, dass Papa nicht mehr lebte. Sie war so sehr mit sich selbst beschäftigt gewesen, dass sie nicht einmal nachgefragt hatte.

»Danke, dass du uns gefahren hast«, sagte sie beim Aussteigen zu ihm. »Wenn du den Wagen abgestellt hast, sehen wir uns doch noch bei dem, was meine Mutter ›das Fest‹ nennt?«

Seine Antwort war ein stummes Nicken.

»Mir tut Anders leid, er ist so still«, sagte sie zu Annie, als sie die Tür hinter sich schlossen. »Könntest du dich nicht als eine, die Männer mag, ein bisschen um ihn kümmern?«

Annie sah Nikki mit weit aufgerissenen Augen an, dann fiel der Groschen.

»Meine Güte, einen Moment lang habe ich gedacht, du meinst das ernst!«

»Dass du zu einem Mann nett sein könntest? Nein, das würde ich im Leben nicht von dir verlangen.« Sie grinste und ging vor in den Salon, wo das gebuchte Servicepersonal bereits den Tisch gedeckt hatte. Große Schüsseln mit Salat, Butter und Brot. Auf allen Tischen lagen weiße gemangelte Leinentischdecken, die sie seit Weihnachten nicht mehr aus den Schränken geholt hatten. Auf einem Büfett-Tisch standen Kaffee und Kuchen. Riesige Sahnetorten mit üppigem Erdbeerbelag. Etwas bizarr für eine Beerdigung, aber so war der Brauch.

Sie versuchte, einem der Pächter zuzulächeln, Lennartsson. Ein Mann, der ihr Lächeln nie erwiderte, weil sie ihm mal einen Korb gegeben hatte, als er mit ihr vor knapp vierzig Jahren auf einen Schulball gehen wollte.

»Und, willst du jetzt verkaufen?«, fragte er sie.

Nikki sah ihn verwundert an. »Wie bitte?« Sie schüttelte den Kopf. »Nein, warum sollte ich?« Sie bemühte sich sehr, freundlich zu bleiben. Ihre Mutter hatte schon recht, es war besser, eine Weile lang auf der Hut zu sein.

»Na, so erstaunlich wäre das nicht. Wo willst du denn das ganze Geld hernehmen?«

»Geld wofür?«

»Hoppla, weißt du das gar nicht? Na, dann werde ich auch nichts verraten«, sagte Lennartsson und schob den Snus mit der Zunge zurecht. »Du wirst es in absehbarer Zeit eh erfahren.«

6

Der muffige Geruch des Sommerhäuschens schlug ihnen entgegen, so wie immer am ersten Ferientag, bevor der Duft von frisch gemähtem Rasen und den blühenden Rosensträuchern am Zaun ins Haus drang, wenn sie alle Türen und Fenster aufrissen.

Bald war alles offen, von der Haustür bis zu den Fenstern in den Schlafräumen, die sich im ersten Stock befanden. Zac liebte die alte knarrende Holztreppe. Sie wurde langsam glatt, weil fast die ganze Farbe abgewetzt war, aber ihm gefiel es so. Seine Mutter überließ die Entscheidung über eine Renovierung ihm, schließlich war seine Familie am längsten im Haus. Und wenn man ein bisschen achtgab, passierte auch nichts.

Gemeinsam nahmen sie die Laken ab, mit denen sie über den Winter die Möbel abgedeckt hatten, und dann machten Zac und Bonnie sich daran, den Motor an den Strand zu tragen, bevor sie zurück zum Haus gingen und die Plane vom Kahn zogen, der noch an Land lag. Nach so vielen Jahren hatten sie darin schon Routine. Bonnie seufzte glücklich, als das alte Boot zum Vorschein kam, und Zac konnte sich noch gut daran erinnern, dass es ihm früher genauso gegangen war. Die Freude darüber, dass alles so sein würde, wie es immer gewesen war. Er lächelte seine fünfzehnjährigen Nostalgikerin an und legte den Arm um Bonnie, doch sie schüttelte ihn ab. »Doch nicht jetzt, Papa, wir müssen das Boot ins Wasser lassen. Komm, jetzt ziehen wir es hinunter.«

Der Rasen musste warten, dachte Zac, während Bonnie und er den Kahn auf dem Wägelchen durch mehr als zehn Zentimeter hohes Gras zogen. Es musste nicht alles am ersten Tag erledigt sein.

Bonnie wollte später mit Matteo raus auf den See, und Zac wollte einen Rundgang durchs Haus machen und nachsehen, was in den Ferien dort zu tun war.

Katarina hängte die Bettdecken aus dem Fenster im Obergeschoss, und Zac schielte zu ihr hoch, als sie sie ausschüttelte. Er hielt das Versprechen, das er sich gegeben hatte, es noch einmal mit ihr zu versuchen, und ein wenig war er dafür schon belohnt worden. Sie war netter zu ihm. Und wenn sie nett war, war er es auch.

Der alte Trick, sie mit einem Geschenk zu überraschen, funktionierte immer noch. Gemeinsam mit Bonnie hatte er ein breites Silberarmband für sie ausgesucht und es Katarina geschenkt, bevor sie in den Wagen gestiegen waren. Sie hatte sich richtig gefreut, gar nicht nachgefragt, wieso sie plötzlich ein Geschenk bekam, aber sie hatte ihm einen Kuss auf die Wange gegeben. Für den Bruchteil einer Sekunde hatte er das Gefühl gehabt, einen vagen Duft von Alkohol wahrzunehmen, doch er hatte es sofort wieder abgetan.

Er hatte ständig damit zu kämpfen, dass er ihr nicht vertrauen konnte, denn ihre Trunksucht hatte die großen Ferien der letzten Jahre so dominiert. Trotzdem war er mit ihr jeden Sommer an die Westküste gefahren, immer in der schwachen Hoffnung, dass sie ihre Gäste dieses Mal aufrecht und nicht torkelnd begrüßen würde. Dass sie sich wie ein normaler Mensch unterhalten würde, nicht brüllen, nicht die Beherrschung verlieren. Nicht mit anderen Männern flirten. Doch das war nie geschehen.

Aber jetzt würde sie es vielleicht schaffen, den ganzen Abend mit ihnen zu verbringen, anstatt gleich nach dem Essen einzunicken. Früher hatte er nur darauf gewartet, dass sie sich die Treppe hochschleppte, denn erst wenn sie im Bett war, hatte er richtig abschalten können. Und wenn es ihm gelungen war, all die vorwurfsvollen Blicke auszublenden, dann waren die letzten Stunden ihrer Gartenfeste oft richtig schön gewesen. Er freute sich darauf, in diesem Sommer *gemeinsam* schöne Abende zu verbringen.

Und er fragte sich, ob sie wohl miteinander schlafen würden. Es war nicht so, dass er sich danach sehnte. Zac entwickelte Lust, wenn er sich geliebt und geschätzt fühlte, doch wenn ihm nichts dergleichen entgegengebracht wurde, war er wie tot, und es war ihm egal. Aber jetzt wollte er noch einen Versuch starten, und dann sollte er ihr vielleicht signalisieren, dass er Interesse hatte, falls Katarina es wollte. Bei ihr konnte man nie wissen. Früher war er manchmal davon aufgewacht, dass sie seinen morgendlichen Ständer liebkoste, während sie in anderen Situationen eine einfache Umarmung abwehrte. Im letzten Jahr war allein der Gedanke an eine innige Berührung absurd gewesen.

Als sie merkte, dass er sie ansah, winkte sie ihm zu. »Ich hole Saft, Kaffee und belegte Brote«, rief sie und machte das alte Fenster am Haken fest, bevor sie im Zimmer verschwand.

Als der Motor an Ort und Stelle war, schoben Bonnie und Zac das Boot ins Wasser und zogen es vor zum Steg.

»Hier.« Er gab ihr das Tau, als er den Anker ins Wasser geworfen hatte. »Mach du das mal fest.«

Als sie einen perfekten Webleinenstek um den Pfahl gemacht hatte, strahlte sie. »Jetzt ist richtig Sommer, Papa.« Sie zeigte aufs Haus. Katarina hatte rot-karierte Shorts angezogen und kam mit einem Tablett heraus.

»Hier sind Kaffee und Kuchen«, rief sie. »Was für einen *wunderbaren* Sommertag wir heute haben.«

Und da auf dem Steg verspürte Zac einen Augenblick lang so etwas wie einen Hoffnungsschimmer.

Zac hatte seine Mutter nie gefragt, wie sie sich eigentlich dieses Haus hatte leisten können. Das gehörte zu den Dingen, über die sie nicht sprach. Vielleicht hatte es mit seinem Vater zu tun, und in dieser Wunde wollte er nicht bohren, weder damals noch heute.

Wie es kam, dass sie nie heilte, wusste er nicht. Er hatte seinen Vater nie kennengelernt, er war gestorben, bevor Zac auf die Welt gekommen war, und seine Mutter hatte sich um alles allein kümmern müssen. Was sie auch getan hatte.

Sie waren mit dem Gehalt einer Büroangestellten zurechtgekommen, zumindest konnte er sich nicht erinnern, dass es ihm an etwas gefehlt hätte. Das Einzige, was er sich gewünscht hätte, war, dass er manchmal über seinen Vater hätte reden können. Aber sie schwieg zu seinen Fragen oder brach in Tränen aus. Das führte schließlich dazu, dass er aufhörte zu fragen, doch die Sehnsucht nach den Antworten trug er mit sich herum. All seine Freunde hatten einen Vater. Und auch Großeltern von väterlicher Seite. Cousinen und Onkel. Zac blieb nur seine Mutter.

Aber sie war eine gute Mutter gewesen. Hatte alles für ihn getan. Hatte ihn mit dem alten Saab überallhin gebracht, ihn von überall abgeholt. Er wollte immer, dass sie stolz auf ihn war, und als er sein Examen in Betriebswirtschaft ablegte, tat er das ebenso sehr für sie wie für sich selbst. Sein Diplom hing immer noch über ihrem Schreibtisch.

Sein Kinderzimmer hatte sie erst umgeräumt, als Bonnie auf die Welt gekommen war. Ein Schreibtisch, ein bequemer Stuhl und dann rosa Bettwäsche. Schließlich hatte sie eine Enkeltochter bekommen.

Bonnie mochte Rosa ungefähr zwei Jahre lang, dann hatte sie die Decke bei ihrer Großmutter auf den Boden geworfen und *Blau* geschrien, eins der wenigen Worte, die sie in diesem Alter beherrschte. Verdutzt hatte die Großmutter eingesehen, dass Bonnie ihren eigenen Weg einschlug und nicht in die Fußstapfen von anderen treten wollte. Zac machte das unglaublich stolz. Sie war mutig, und von ihm hatte sie das wirklich nicht. Von Katarina ebenso wenig, die sofort zur Flasche griff, wenn etwas nicht lief.

»Hallöchen, ist jemand zu Hause?«, hörten sie plötzlich aus dem Flur, und schon tauchte Matteos sonnengebräuntes Gesicht in der Tür zur Küche auf. Er sah sich um. »Hi, wo ist denn mein Patenkind? Sie hat doch wohl nicht vergessen, dass sie heute mit mir segeln wollte?«

»Mach's dir bequem«, sagte Zac grinsend. »Sie wird gleich da sein. Magst du Kaffee?«

Er stand auf und ging zur Kaffeemaschine, um ihnen einzuschenken und die Tüte mit den Zimtschnecken zu holen.

Bonnies eilige Schritte waren von der Treppe zu hören, und schon stand sie in der Tür. »Ich habe deinen Göteborger Dialekt bis in den ersten Stock gehört«, rief sie. »Das klingt ein bisschen wie Hysén, dieser Fußballspieler.«

»Stimmt doch gar nicht«, lachte Matteo und kraulte ihre Haare. »Oh, Entschuldigung, habe ich deine Frisur zerstört? Manchmal vergesse ich einfach, dass du nicht mehr sieben bist.«

»Ist doch egal«, sagte Bonnie. »Und jetzt trink aus, damit wir endlich loskönnen.«

»Bedien dich doch auch«, sagte Zac und hielt seiner Tochter die Tüte von der Bäckerei hin.

Bonnie setzte sich auf einen der Barhocker. Sie schlenkerte mit den Beinen. »Kannst du mir bitte auch ein Glas Saft einschenken? Zimtschnecken ohne Saft gehen gar nicht. Bitte Orangensaft. Willst du auch einen?«, fragte sie Matteo.

»Vielen Dank, aber ich begnüge mich hiermit«, sagte er und hielt seine Kaffeetasse in die Luft.

»Prima, dann kann es ja gleich losgehen«, erwiderte Bonnie, die noch nie lange still sitzen konnte. »Ich kann die Zimtschnecke auch im Auto essen.«

»In meinem Auto? Meine Kleine, die isst du jetzt hier oder gar nicht.«

Zac begleitete die beiden nach draußen. »Kommst du nicht mit?«, fragte Matteo ihn und öffnete das weiße Gartentor, das Zac erst im letzten Sommer gestrichen hatte. Es quietschte besorgniserregend. Zac nahm sich vor, es später zu ölen.

Er lehnte sich gegen den Zaunpfahl. »Nein, diesmal nicht. Ich hab einiges zu tun, aber gern beim nächsten Mal.«

»Aber du bist bei unserem Männerabend heute dabei?«

»Ja, auf jeden Fall.«

Der Männerabend.

Ein Klassiker, der seit Jahren immer am Freitag in der Kalenderwoche 27 stattfand. Alte Freunde, die sich von der Insel kannten, trafen sich an diesem Abend und wärmten Erinnerungen auf. Manche waren nur für den Sommer auf Smögen, andere lebten dort das ganze Jahr über. Einige waren dorthin gezogen, um ihr Leben etwas zu entschleunigen, und genau das habe Matteo auch im Auge, hatte er gesagt. Er war Rechtsanwalt und auch Dozent für Jura, an der Universität hatten Zac und er sich kennengelernt. Sie hatten beide ihre Kurse abgehalten und sich trotz des Altersunterschiedes schnell angefreundet. Im Sommer danach hatte

Matteo die Wohnung auf Smögen gekauft, und als Bonnie ein paar Jahre später zur Welt gekommen war, war es für Zac selbstverständlich gewesen, ihn zu fragen, ob er Patenonkel werden wollte.

Zac wusste, dass Bonnie bei ihm in guten Händen war, und sollte ihm jemals etwas zustoßen, dann würde Matteo immer mit ihr Kontakt halten, selbst wenn Katarina wieder heiratete oder nach Sibirien zog. Matteo liebte Bonnie fast so sehr, wie Zac es tat.

Er winkte ihnen hinterher, als sie losfuhren, und drehte sich wieder zum Garten um.

»Sind sie fort?«

Katarina sah nicht auf, als er zu ihr hinters Haus kam. Sie lag ausgestreckt auf einer Sonnenliege und trug einen Bikini, der am besten aussah, wenn sie mucksmäuschenstill lag. Dass man für so wenig Stoff überhaupt Geld verlangen konnte.

»Ja. Ich werde jetzt den Rasenmäher anwerfen, nur dass du vorgewarnt bist. Ich wollte es eigentlich später machen, aber das ist ja schnell erledigt.«

»Kannst du dich nicht vorher noch ein bisschen zu mir legen? Es ist herrlich hier.« Sie klopfte auf die leere Sonnenliege neben sich.

»Später vielleicht.«

Katarina hob den orangefarbenen Kopfhörer auf und steckte das Kabel in ihr Handy. »Dann mäh mal«, sagte sie und schob ihn sich auf die Ohren.

Zac war mit dem Schraubenzieher voll beschäftigt, daher

brauchte er ein paar Minuten, bis er verstand, dass Katarina seinen Blick auf sie lenken wollte. Sie rekelte sich, als sie in ihren kleinen Stofffetzen durch den Garten spazierte. Hinter dem Hof waren sie vor fremden Blicken geschützt, und als Bonnie klein gewesen war, waren sie dort oft alle nackt herumgelaufen.

»Wann will Matteo Bonnie zurückbringen?«

»Warum?«

»Ich frage mich nur. Willst du nicht herüberkommen und dich auch ein bisschen in die Sonne legen? Das da kann doch warten. Wir haben doch nicht gerade viel Zeit zu zweit.«

Sie lief an ihm vorbei, die Treppe zur Dachterrasse hinauf, wo er hockte und ein Brett befestigte, das sich vom Geländer gelöst hatte, wie auch immer das passiert sein mochte. Es sah fast aus, als hätte es jemand absichtlich losgemacht. Er hob den Kopf genau in dem Moment, als Katarina den Bikini fallen ließ.

»Könntest du so nett sein und mich eincremen?«, fragte sie leise. »Kraftvoll und schön langsam.«

Er streckte seine Hände aus, die voller Erde waren. »Ich bin dreckig.«

»Das ist doch sexy.«

Er betrachtete seine attraktive Frau und schickte ein Gebet zum Himmel, dass sein Körper reagieren möge. Es sprach eigentlich nichts dagegen, sie einzucremen und zu befriedigen, das wäre hier auf der Dachterrasse nicht das erste Mal. Mittlerweile war es viele Jahre her, doch er wusste noch genau, wie schön sie es gefunden hatte.

Alles ist besser, als nichts zu tun, dachte er und ging auf sie zu, während er seine Hose aufknöpfte. Als sie die Hände nach ihm ausstreckte und ihm in einem Zug Hose und Unterhose vom Körper streifte, spürte er, wie sich etwas tat, und als er nur Minuten später ins Liebesspiel mit seiner begierigen Frau in einem Sonnenstuhl auf der nicht einsehbaren Dachterrasse vertieft war, dachte er, dass dieser Urlaub doch gar nicht so schlecht begann.

7

Lächelnd sah Matteo zu, wie Bonnie mit der Fock kämpfte, die festhing. Dieses Mädchen gab nie auf. »Übernimm mal das Steuer«, rief er ihr zu und ließ nicht los, bis sie runter in die Plicht gekommen war. Ihre Augen glitzerten unter der Kappe. Sie mochte diese Segeltörns ebenso gern wie er.

Er hatte sich niemals damit abgefunden, dass er nicht Vater werden konnte, und bei diesen Gelegenheiten wurde er sehr daran erinnert. Es war ungerecht. Er hätte einem Kind alles gegeben.

Seine Ehe hatte die Kinderlosigkeit nicht überstanden, seine Ex-Frau wünschte sich mehr als alles andere ein Kind. Mit ihrem neuen Mann bekam sie dann zwei Söhne, und Matteo freute sich für sie, auch wenn es verdammt wehgetan hatte, sie so glücklich mit einem anderen zu sehen.

Wenn er die richtige Frau getroffen hätte, hätte er auch gern ein Kind adoptiert, doch mittlerweile war es zu spät. Er war fünfundfünfzig, die Richtige war ihm nicht über den Weg gelaufen, und stattdessen lenkte er sich hier und da ab. Nicht oft, aber es kam vor. Er kam mit Frauen gut klar, besser als viele seiner männlichen Freunde, und wenn es sich ergab, dann ... Warum auch nicht, wenn beide es wollten.

Manchmal machte ihm die Einsamkeit zu schaffen, aber es war so unglaublich viel, was stimmen musste, damit allein der Gedanke an eine ernsthafte Beziehung wieder aufkam. Diese Gefühle wollten sich einfach nicht mehr einstellen. Wenn eine Frau ihm sagte, dass sie ihn nicht wiedersehen wolle, tat er so, als machte es ihm nichts aus, und an einer Beziehung ohne Liebe war er nicht interessiert. Dann mussten die zufälligen Begegnungen reichen. Das war für den Moment ganz nett, aber mehr auch nicht.

Er sah zu Bonnie hinüber, die ganz bei der Sache war.

»Matteo«, rief sie. »Können wir irgendwann mal nach Göteborg fahren und uns ein Fußballspiel von den Blau-Weißen ansehen?«

»Machen die nicht gerade Sommerpause?«

»Im Juni war das. Aber jetzt haben wir Juli.«

Er grinste breit. »Dann wäre es mir ein außerordentliches Vergnügen, die Dame nach Ullevi zu begleiten.«

Er zog eine Grimasse, aber konnte seine Freude darüber, wieder einmal ein Fußballspiel besuchen zu dürfen, nicht länger verbergen.

»Aye, aye, Kapitän. Jetzt müssen wir anlegen. Darf ich das machen?«, fragte sie enthusiastisch.

Sie legten auf Hållö an. Das glasklare Wasser war traumhaft anzuschauen, aber zum Baden furchtbar kalt. Prustend kam er wieder an die Oberfläche, und während Bonnie von den Klippen sprang, begierig, wieder unterzutauchen, legte er sich auf sein Strandtuch. Er verschränkte die Arme hinter dem Kopf und starrte ins Leere.

Würde er es aushalten, hier einen ganzen Winter lang zu wohnen?

Seine Entscheidung, die Wohnung zu verkaufen und sich etwas anderes zu suchen, stand beinahe fest. Wenn er sich hier länger als nur den Sommer über aufhielt, war ein Haus in einem der kleinen Orte in der Gegend besser als die Wohnung in Smögen, wo man zwischen August und Mai keine Menschenseele traf. Und so dicht am Meer kam der Regen geradezu aus allen Himmelsrichtungen. Sobald man einen Fuß vor die Tür setzte, wurde man klitschnass. Er hatte es eine Woche im November getestet, und es war der helle Wahnsinn gewesen. Aber wenn er doch nicht länger als in den Sommerwochen hier draußen sein wollte, dann war die Wohnung das Richtige, um die man sich sonst nicht weiter kümmern musste. Matteo liebte das Sommerwetter, egal, ob es nass war oder trocken, und die Natur in den äußeren Schären war wirklich sagenhaft.

»Frierst du denn gar nicht?« Er betrachtete sein Patenkind, das schon blaue Lippen und die Arme um den Körper geschlungen hatte, doch schon wieder am Klippenrand für den nächsten Sprung bereitstand.

»Ach, du bist einfach wasserscheu.« In einem eleganten Bogen sprang sie von der Klippe und landete zwei Meter tiefer. Kein einziges Geräusch erklang, als ihr schmaler Körper durch die Wasseroberfläche stieß. Seit sie fünf Jahre alt war, war sie in diesem eiskalten Wasser geschwommen. Matteo war überzeugt davon, dass so etwas abhärtete. Wer das

Schwimmen in einem Schwimmbad gelernt hatte, kam mit diesen Bedingungen nicht zurecht, im Gegensatz zu Bonnie, die schwimmen in fünfzehn Grad kaltem Wasser gelernt hatte.

Er ließ sie noch eine Weile gewähren, doch dann rief er sie, um die Segel zu setzen. Es war Zeit, den Heimweg anzutreten.

8

Erleichterung, das hatte Nikki Annie geantwortet, als sie gefragt hatte, was sie nach der Beerdigung fühlte. Aber das war auch schon alles. Ansonsten fühlte Nikki einfach nichts. Gar nichts. Sie war total leer.

»Kannst du nicht einfach bleiben? Deinen Job aufgeben und auf meinem Hof arbeiten? Ich bezahle auch gut. Wenn ich dann Zugriff auf alle Konten haben, meine ich.« Nikki beobachtete ihre beste Freundin, die gerade den Kofferraum ihres Focus öffnete. Der Lack am hinteren Kotflügel war abgekratzt, aber das schien Annie überhaupt nichts auszumachen.

»Gib acht, vielleicht nehme ich dich beim Wort. Im Moment würde ich viel lieber hierbleiben als wieder nach Hause fahren, aber ich habe keine Wahl. Mist.« Annie warf ihre Handtasche in den Kofferraum.

»In dieser Gemeinde kannst du nicht bleiben, du weißt, dass es nicht geht. Du fängst ja sogar an zu fluchen.«

»Es liegt nicht an ihnen. Sie sind nicht nerviger als andere Gemeindemitglieder. *Ich* bin diejenige, die das Priestergewand gern in die Ecke schmeißen und stattdessen auf eine Raveparty gehen würde.« Sie schaute sich nachdenklich um, als ob sie vergessen hätte, wo sie ihren Hund angebunden hatte.

»Winston, wir fahren wieder nach Hause«, rief sie. Von einem Birnbaum im Garten erklang Gebell, und als Annie auf ihn zuging, jaulte er vor Freude.

»Gibt es solche Partys immer noch?«, fragte Nikki, die an Annies Auto gelehnt dastand, als diese mit dem schwanzwedelnden Hund zurückkam.

»Keine Ahnung. Ich habe eigentlich eher im Kopf, nicht mehr so fleißig und vorzeigbar zu sein. Ich habe viel darüber nachgedacht. Wir sind beide in die Fußstapfen unserer Eltern getreten. Meine Familie hat immer schon für die Kirche gearbeitet. Hattest du denn jemals die Wahl? Ernsthaft? Hätte dein Vater sich vorstellen können, das Anwesen zu verkaufen?«

»Das weiß ich nicht. Er war ja kaum da.«

»Aber er hätte verkaufen können, als er ins Ausland gegangen ist.«

»Nein, an solche Ideen kann ich mich nicht erinnern. Gyllentofta ist ja seit Generationen in Familienbesitz.«

Nikki hatte keine Erben, der Hof würde sowieso verkauft werden, wenn sie einmal starb, daher war der Gedanke an einen kleinen Stall mit zwei Pferden, der ihr kürzlich gekommen war, gar nicht so dumm. Sie könnte eins der Pachtgrundstücke übernehmen, auf einigen standen schöne Wohnhäuser. Sie warf einen Blick auf ihr heruntergekommenes Heim. Was wollte sie mit all dem Platz eigentlich anfangen? Das Gebäude glich mehr einem Hotel als einem Wohnhaus.

»Als du noch jung warst, warst du ja schon ein bisschen durchgeknallt. Ich weiß noch, wie neidisch ich war, als du einen ganzen Sommer auf Ibiza verbracht hast und mit sonnengebleichtem Haar und einem Typen namens Carlos zurückgekommen bist«, sagte Annie.

»Haha, das hatte ich schon fast vergessen. War das so?« Nikki sah auf ihre Hände, wo sich steinharte Schwielen die Finger entlangzogen. 1980 hatte sie sich, noch von Papa beschützt, den einen oder anderen Luxus gegönnt. »Ich frage mich, ob er mich ein paar Jahre lang einfach hat machen lassen, damit er mich in diesem Zustand – völlig erschöpft von der Feierei – dann mit dem Hof alleine lassen konnte?«

Carlos hatte das Ticket für eine einfache Fahrt nach Hause bereits nach einer Woche bekommen. Das Landleben war überhaupt nichts für ihn gewesen. Er hatte sich in ein langbeiniges, blondes Hippiemädel verliebt, aber in Wirklichkeit eine Pferdenärrin bekommen.

Als sie dann im Alter von 25 Jahren Magnus kennenlernte, waren die Partyjahre längst Vergangenheit.

»Vermisst du diese Zeit?«, fragte Annie. Sie versuchte, Winston dazu zu bewegen, ins Auto einzusteigen, indem sie ihn ins Hinterteil knuffte. Sie musste sich vor seinem wedelnden Schwanz ducken.

»Mit hemmungslosem Sex und Festen, die kein Ende fanden? Nein, wirklich nicht. Und du?«

Endlich konnte Annie die Wagentür hinter ihrem Hund

schließen, dann lehnte sie sich an den Wagen und atmete tief durch. »Ich habe es mir zumindest eingebildet.«

»Du armes Internatskind. Ich weiß noch, wie du die Schule auf Restenäs besucht hast.«

Annie nickte. »Ich auch.«

»Und da gab's auch keine Partys?«

»Machst du Witze? Wir sahen Jungs nur im Klassenzimmer und in den Pausen. Du durftest doch wohl immerhin Mascara benutzen?«

»Jepp. So eine, auf die man spucken musste.«

Annie zog eine Grimasse. »Und das war auch echt eklig.«

Es wurde still, als Annie abgereist war, und zwei Stunden später vermisste Nikki sogar Winston, obwohl er ein unerzogenes sabberndes Ungetüm war. Sie trat nach einem Kieselstein. Jetzt stand sie also mit all den Fragen rund um Gyllentofta alleine da, es gab *niemanden*, den sie anrufen und um Rat fragen konnte.

Nicht, dass sie jemals ihren Vater konsultiert hätte, wenn es nicht gerade um größere Anschaffungen gegangen war, aber einfach so wegzusterben ... Sie hätten eine Art formelle Übergabe machen müssen. Als sie fünfundzwanzig war, hatte er mit seinem Testament gewedelt und gesagt, dass er vollstes Vertrauen in sie habe, dass sie den Hof eines Tages allein weiterführen könne, wenn er nicht mehr war. Aber nie hatten sie ernsthaft darüber gesprochen. Das lag Papa nicht, er fegte mit seinen Witzen jede Ernsthaftigkeit beiseite, und jetzt war es zu spät, um ihn zu fragen.

Nikki wurde fast schwindelig bei dem Gedanken,

worum sie sich nun alles kümmern musste. Man konnte doch nicht einfach bei einem Mittsommerfest zusammenbrechen und dann glauben, dass die eigene Tochter nun all das in den Griff kriegte, mit dem man selbst nichts mehr zu tun haben wollte?

Das war nicht gerecht. Sie holte tief Luft. Hatte plötzlich so ein komisches Gefühl, als würde alles schwanken. Ihr Puls ging hoch. Was war los mit ihr, das war unangenehm, als hätte sie mit einem Mal Brause in den Adern anstelle von Blut. Sie ging so schnell wie möglich zum Stall. Musste sie sich übergeben? Auf jeden Fall musste sie aus dieser Hitze raus.

Doch warum schlug ihr Herz so schnell?

Im Stall war es kühler, doch besser ging es ihr nicht. An Oberons Box gelehnt legte sie sich die Hand auf den Brustkorb. Sie spürte einen eigenartigen Druck beim Atmen. Sie holte tief Luft, doch als es ihr nicht gelang, den Sauerstoff in die Lunge zu pressen, bekam sie es mit der Angst zu tun. Wenn sie gleich zusammenbräche? Wer würde sich dann um ihre Pferde kümmern? Gerade Oberon, der keinem anderen vertraute.

Der Schmerz wurde schlimmer, wo war denn bloß Anders? Er sprang hier doch immer herum. Ihr lief der Schweiß über die Stirn, obwohl sie gleichzeitig fror.

Nikki wollte nach ihm rufen, doch es kam nur ein schwaches Kratzen aus ihrem Hals. So ein schlechter Vorarbeiter, sie würde ihn entlassen, sobald sie wieder atmen konnte.

»Nur eine Panikattacke, machen Sie sich keine Sorgen«,

sagte der junge Arzt im Krankenhaus von Vrinnevi und klopfte ihr auf die Schulter. Er sah sie mitleidig an. Damit war die Sache klar. Wenn er jetzt noch die Lippen schürzte, den Kopf schräg legte und *oh* sagte, dann würde sie vermutlich auf ihn einschlagen. Panikattacke. So ein Unsinn.

Sie wies auf den Schlauch mit Sauerstoff, der in ihrer Nase saß. »Könnten Sie den bitte entfernen?« Das tat er, doch als sie versuchte, sich aufzurichten, bat er sie, noch eine Weile still liegen zu bleiben. »Möchten Sie vielleicht noch mit einem Psychotherapeuten sprechen?«

Psycho? Wahrscheinlich hatte er keine Ahnung. Ihrer Meinung nach war er einfach zu jung, um mit seiner Ausbildung fertig zu sein. Sie würde auf der Stelle nach Hause fahren, da warteten Berge von Arbeit auf sie. Dieser unbeholfene Anders hatte sie japsend auf dem Stallboden gefunden und darauf bestanden, sie ins Krankenhaus zu bringen, anstatt ihr erst einmal ein Glas Wasser zu holen, worum sie gebeten hatte.

»Danke, aber ich muss nach Hause«, antwortete sie und hob die Beine über die Bettkante.

»Es ist Ihre Entscheidung. Sie wissen ja, wo Sie uns finden, wenn Sie mehr Informationen brauchen oder eine Medikation gegen Depression.«

»Depression? Lautet so Ihre lapidare Diagnose, ohne mir auch nur eine einzige Frage gestellt zu haben?«, fauchte sie ihn an und stand auf. Sie spürte, wie sie schwankte. Mit einem Mal war sie nicht mehr so aufmüpfig. »Ich würde sagen, mich hat die Belastung durch den Todesfall umgehauen, und soweit ich weiß, gibt es dagegen keine Medizin«, sagte sie leise und öffnete die Tür.

Anders wartete vor dem Untersuchungszimmer.

»Was machst du denn hier?«, fragte Nikki entmutigt. »Zu Hause gibt es doch jede Menge Arbeit.«

»Ich weiß schon«, sagte er leise. »Aber ein paar Stunden kommt dein Stall auch ohne mich aus.« Er warf einen Blick auf die Uhr. »Jepp, genau zwei.«

Nikki verließ das Krankenhaus, so schnell es ging. Sie fühlte sich noch nicht stabil, deshalb hielt sie den Kopf aufrecht und ging etwas langsamer. Wenn es nur geringste Anzeichen gäbe, dass es ihr nicht gut ging, würde Anders mit ihr auf der Stelle umdrehen und den nächsten Arzt konsultieren. Er arbeitete schon so lange für sie, dass er jeden Respekt verloren hatte. Es war an der Zeit, ihm klarzumachen, wer hier das Sagen hatte, dachte sie und ließ sich auf den Beifahrersitz sinken. Morgen. Heute schaffte sie das nicht, und einen kurzen Moment lang wünschte sie, dass es ihr leichter fiele, ein paar Tränen zu vergießen. Das machten wohl normale Menschen so, wenn sie traurig waren.

»Wir sind angekommen, und mir ist eine Sache durch den Kopf gegangen.«

Anders' Stimme erklang wie von ferne, und Nikki blinzelte mehrmals, um richtig wach zu werden. Schon zu Hause? Sie musste eingenickt sein.

»Du solltest dir eine Woche freinehmen. Wegfahren. Dich ein bisschen erholen. Du weißt, dass ich mich auf dem Hof um alles kümmern kann, ob du es glaubst oder nicht, aber sogar Oberon mag mich, wenn du nicht im Stall rumläufst.« Er machte ein ernstes Gesicht, trotz der spaßigen Bemerkung. Eigentlich konnte er das nicht ernst meinen.

»Natürlich meine ich das ernst«, fuhr er fort.

Hatte sie das laut gesagt, oder war sie nach all den Jahren so leicht zu durchschauen?

»Mensch, Nikki, du hast gerade deinen Vater verloren. Nimm dir eine Auszeit. Ich kümmere mich um alles. Ende Juli steht dir das Essen mit den Pächtern bevor, bis dahin würde ich mich an deiner Stelle ausgiebig ausruhen.«

»Glaubst du, dass es mit ihnen Probleme geben wird? Weißt du vielleicht mehr als ich?«, fragte sie ihn beunruhigt.

Sie war sich sicher, dass über sein Gesicht ein Anflug von Sorge huschte, bevor er antwortete. »Nein, überhaupt nicht, aber denk mal drüber nach, Nikki, du brauchst Urlaub wie jeder andere Mensch auch.«

Wann hatte sie eigentlich zuletzt freigehabt? Vor ein paar Jahren gab es mal einen Flirt, und sie war mit ihm auf einer Kreuzfahrt gewesen, aber danach? Was sollte sie denn unternehmen, wenn sie freihätte? Wenn sie auf dem Gut bliebe, dann würde sie doch früher oder später wieder an die Arbeit gehen, schließlich war das ihr Leben. Auf dem Schiff war sie mit Sex, Essen und Sonnen beschäftigt gewesen, aber nach drei Tagen hatte sie von alldem die Nase voll gehabt, besonders von dem Typen, und da blieben immer noch vier volle Tage. Das war schrecklich gewesen. Die zweite Hälfte des Urlaubs waren sie sich aus dem Weg gegangen, und als sie wieder zu Hause waren, hatten sie den Kontakt komplett abgebrochen. Seitdem hatte sie an Urlaub keinen Gedanken mehr verschwendet. Was sollte man auch allein im Urlaub machen? Sich ausruhen? Schreckliche Vorstellung. Wandern? Vielleicht noch auf dem berühmten Pilgerweg Spanien durchqueren, auf dem jeder marschierte, um über sich selbst nachzudenken?

»Was hältst du von der Idee?«, fragte sie Oberon kurz darauf, als sie sich zu ihm in die Box gesetzt hatte. »Jede Idee ist willkommen.« Er schnaubte ihr leicht auf die Haare, was man wohl so auslegen konnte, dass sie es so machen sollte, wie sie es sich selbst vorstellte, solange sie ihm nicht den Rücken kehrte.

Eine Woche ohne Stallhände, dafür mit rasierten Beinen und lackierten Fußnägeln? Vielleicht sollte sie sich Annie schnappen und mit ihr nach Mallorca fahren? In das Haus? Hm. Sie nickte vor sich hin. Warum eigentlich nicht? Sie stand auf und klopfte Oberon auf die Schulter. Je mehr sie darüber nachdachte, desto besser gefiel ihr diese Idee. Anders würde bestimmt auch Winston übernehmen. Es war seine Idee gewesen, und so blöd war sie eigentlich nicht. Sie konnte ihn auch bei einer anderen Gelegenheit rausschmeißen. Mit einem Lächeln verließ sie den Stall.

Jetzt musste sie nur noch die Pastorin überreden, ihre Kanzel zu verlassen.

9

Nikki und Annie würden nach Mallorca fliegen, das stand fest. Nikkis Rechtsanwältin hatte sich aus den USA gemeldet und gemeint, das sei eine gute Idee, so könne sie sich auch gleich ein Bild von der Immobilie und der Lage machen, und Nikki stellte plötzlich verwundert fest, dass sie sich tatsächlich darauf freute.

Annie zu überreden war natürlich nicht leicht gewesen. Mit einem Mal waren die Gottesdienste und das Personalentwicklungsgespräch mit dem Kirchenältesten enorm wichtig.

»Aber ab morgen hast du doch Urlaub, das hast du doch gesagt, als du hier warst«, argumentierte Nikki am Telefon. »Wolltest du Sonderschichten einlegen? Du kannst doch nicht einmal den Kirchturm anschauen, ohne dass dir schlecht wird.«

»Habe ich das gesagt?«

»Nicht wortwörtlich, aber so ungefähr.«

»Und was ist mit Winston?«

»Der kommt zu uns. Anders, der beste Vorarbeiter der Welt, wird sich um ihn kümmern.«

»Wolltest du ihn nicht rausschmeißen?«

»Schon, das drohe ich immer an, weil er seinen eigenen Kopf hat, wenn ich finde, er sollte alles so machen wie ich. Aber er hat ein Händchen für Tiere. Winston wird es besser gehen als jemals zuvor.«

»Er ist aber niemand anderen als mich gewohnt.«

Nikki legte die Füße auf den Tisch, als ihr klar wurde, dass das Gespräch dauern würde, und lehnte sich im Stuhl zurück. Sie war sich sicher, dass Annie nachgeben würde, auch wenn das jetzt das Größte war, worum Nikki sie jemals gebeten hatte. Annie war im vergangenen Jahr mit der Gemeinde nach Österreich gefahren und hatte Winston zu ihrem Bruder gebracht, doch da war er seitdem nicht mehr willkommen. Er hatte alles angenagt, hatte Möbel vollgesabbert und sich ganz allgemein miserabel benommen. Die Kinder hatten Angst vor ihm, und Annies Bruder – der ebenfalls Pastor war – hatte sich flehend zum Himmel gewandt, ohne dass seine Worte erhört worden wären.

Nikki war vorbereitet. Sie hatte alle Argumente notiert, mit denen sie Annie überzeugen konnte. Der große Hof, die langen Spaziergänge auf dem Land, die Tierärztin Lucia, die rund um die Uhr abrufbar war, Anders' guter Umgang mit den Tieren. Sie hatte noch einen letzten Trumpf, den sie sich aber so lange wie möglich aufsparen wollte. Diese Karte würde sie nur im äußersten Notfall ziehen.

»Und die Kleidung? Ich habe überhaupt nichts im Schrank, was man für so eine Reise braucht.«

»Dann geh shoppen. Du gibst doch nie ein Öre aus, also spring in die Latschen.«

»Und wo? Ich habe keine Ahnung, wo man schöne Kleider findet. Ich weiß es einfach nicht, denn nirgendwo gibt es Garderobe für kleine, pummelige Frauen.«

»Woher willst du das wissen, wenn du nie in ein Kleidungsgeschäft gehst? Jetzt reiß dich mal am Riemen.«

»Du hast gut reden«, brummte Annie.

Nikki hatte *wirklich* gut reden. Meist passten ihr die Kleidungsstücke, die sie sich aussuchte, auf Anhieb. Heutzutage gab es auch Hosen für große Frauen, und sie konnte sich auf ihre Konfektionsgröße derart verlassen, dass sie auch Kleidung im Internet bestellte. Gute Qualität, die lange hielt. Sie gab zu, dass sie ein bisschen snobistisch war, was das anbelangte, aber es ging schließlich niemanden etwas an, wofür sie ihr Geld ausgab, und ihr Kleiderschrank war voll von Kleidern, die sie auf Mallorca tragen konnte.

»Tut mir leid, jetzt ertrage ich dein Gejammer nicht mehr«, sagte Nikki und nahm die Füße vom Tisch. »Ich habe dir angeboten, umsonst mit nach Spanien zu kommen, und wenn dir das nicht passt, kann ich genauso gut jemand anderen fragen. Das Angebot läuft in exakt fünf Minuten aus. Für Diskussionen habe ich keine Zeit, ich werde jetzt packen und mich für die Reise fertig machen.«

Dann beendete sie das Gespräch. Demonstrativ.

Auf der anderen Seite wussten sowohl Annie als auch Nikki, dass sie niemand anderen mitnehmen würde. Solche Freunde gab es nicht. Entweder kam Annie mit oder niemand.

Wenn es sein musste, würde sie auch alleine fliegen, damit hatte sie kein Problem, aber mit Annie wäre es natürlich viel lustiger. Aber sich einzuschmeicheln war nicht Nikkis Art. Die Argumente lagen klar auf dem Tisch, und jetzt musste Annie sich entscheiden.

Nikki machte es richtig Spaß, im Kleiderschrank nach schönen Sachen Ausschau zu halten, die sich in den letzten Jahren angesammelt hatten. Kimonos in leuchtenden Farben, batikgefärbte Maxikleider, dünne Kaftane, Bikinis, ein Badeanzug mit so hohem Beinausschnitt, dass ihre Beine darin verboten lang wirkten. Witzige T-Shirts von Cavalli, Shorts von H&M und einige knielange Kleider, die zu Slings mit Absatz super aussahen.

Dann würde sie sich ein Bad gönnen. Hornhaut abhobeln, die Fußnägel lackieren und eine Lehmpackung in die Haare massieren, die sie im Schrank stehen hatte. Sie fuhr sich mit der Hand zwischen die Beine und merkte, dass die Stoppeln in die Haut piksten, darum musste sie sich also auch noch kümmern. Aber als Erstes musste sie mit Oberon reden. Ihm erzählen, dass sie eine Woche fort sein würde. Dass das gar nicht so lang sei, dass Anders sich gut um ihn kümmern würde und dass er keine Angst haben müsse.

Sie war überzeugt davon, er würde es verstehen, das hatte er schon so oft bewiesen. Immer, wenn ein neues Pferd in den Stall kam, stellte sie es neben Oberon. Sie wusste, der ältere Hengst würde dem jungen Pferd mitteilen, wie das Leben hier im Stall funktionierte.

Annie rief genau in dem Moment an, als Nikki in die Stiefel geschlüpft war, um sich auf den Weg in den Stall zu machen.

»Okay«, sagte Annie. »Ich bin dabei.«

»Es fällt dir leichter, für eine Beerdigung zuzusagen als für eine Reise nach Mallorca.«

»Ja, ich weiß.«

Während Nikki Oberon sattelte, erzählte sie ihm, dass er eine ganze Woche lang draußen sein durfte, nur Gras fressen und in Freiheit sein. Er war dort in Gesellschaft von Frisse und Britta, und die Vorstellung schien ihm zu gefallen. Sie nahm die Trense, die über der Tür hing, herunter, schob sie ihm schnell über den Kopf und zog seine Mähne über das Stirnband, während er den Bügel warm kaute.

Vor dem Stall setzte sie auf und zog den Sattelgurt noch einmal fest. Sie beugte sich vor und klopfte ihrem Pferd auf den Hals. »Wohin magst du denn heute gehen? Du darfst es dir aussuchen, denn das ist der letzte Ausritt vor meinem Urlaub. Morgen fliege ich nach Mallorca.«

»Hola, señor.« Nikki stand am Flughafen von Palma und wedelte einem Taxifahrer mit ihrer Handtasche zu.

Annie hatte Mühe, ihren Sonnenhut bei dem leichten Wind unter Kontrolle zu halten, und Nikki musste laut lachen, weil Annie nun mit Hut, Handtasche und Koffer gleichzeitig beschäftigt war. »Gib das dem Fahrer«, sagte Nikki und öffnete die Wagentür zu den hinteren Sitzen. Sie war richtig glücklich, stellte sie verwundert fest. Sie freute sich darauf, das Haus ihres Vaters kennenzulernen und damit vielleicht eine ganz neue Seite von ihm.

Als sowohl Koffer als auch ihre Freundin im Auto verstaut waren, fuhren sie los und brauchten nicht lange bis zur Autobahn. Das Haus lag in Puerto Andratx, nicht weit von

Palma entfernt, und es konnte von einem einfachen Häuschen bis zu einer Luxusvilla nun alles auf sie warten, erklärte Nikki Annie, die sich ihre Nase an der Scheibe platt drückte. Bei ihrem Papa konnte man nie wissen. Mal ruderte er in einem alten Kahn, dann wieder stand er auf der Brücke einer Jacht mit acht Schlafzimmern, Salon und einem Deck, auf dem man tanzen konnte.

»Man kann ja das Meer gar nicht sehen«, sagte Annie enttäuscht.

»Das kommt bestimmt gleich.«

Fünfunddreißig Minuten später waren sie da, auf dem Zaun stand die Hausnummer drei angeschlagen, und das Dach des Hauses war hinter den hohen Mauern zu erkennen. Doch mehr sah man von der Straße aus nicht, wo das Taxi sie abgesetzt hatte.

Annie war von dem Ausblick noch ganz ergriffen, der sich aufgetan hatte, als sie in das kleine Dorf am Meer abgebogen waren, und hatte immer wieder verhaltene Freudenschreie ausgestoßen.

Nikki würde sich später umschauen, jetzt wollte sie vor allem das Haus sehen.

»Hast du die Schlüssel?«, fragte Annie.

»Nein, aber die sollen bei der Nachbarin liegen. Komm, die holen wir jetzt als Erstes.«

Die Freundinnen nahmen ihre Koffer, Hüte und Handtaschen und gingen zum Nachbarhaus hinüber. Auf der gepflasterten Einfahrt parkte ein Minibus.

»Meine Güte, was für ein Haus«, sagte Annie andächtig. »Kann man darin wirklich wohnen?«

Nikki zögerte kurz, bevor sie an der Tür klingelte, als würde ihr erst jetzt langsam klar, dass sie gleich in dem Haus den Fuß über die Schwelle setzte, das für ihren Vater sein richtiges Zuhause gewesen war. Er hatte sie unzählige Male dorthin eingeladen, doch immer hatte sie gemeint, zu viel zu tun zu haben, um ihn besuchen zu können.

Die Tür ging auf, und eine Frau stand lächelnd vor ihnen, streckte die Hand aus und stellte sich als Rafaela vor.

»Herzlich willkommen. Kommen Sie rein«, sagte sie in gebrochenem Schwedisch, nachdem die beiden sich vorgestellt hatten. »Es tut mir so leid, dass Nikodemus von uns gegangen ist. Ich konnte leider nicht an der Beerdigung teilnehmen. Ich habe alle Hände voll zu tun, wie Sie sehen.« Sie lächelte sanft und zeigte hinter sich.

Als Nikki und Annie durch die großen, offen stehenden Glastüren schauten, sahen sie einen Pool, der so groß war wie ein Schwimmbad. Auf dem Rasen sprangen Kinder herum und warfen sich Wasserbälle zu.

»Nikodemus war ein wunderbarer Mann. Sein sonniges Gemüt hat so gutgetan, er fehlt mir sehr. Sie sehen ihm ähnlich«, lächelte Rafaela und nahm einen Schlüsselbund vom Haken neben der Tür.

»Danke, sehr nett von Ihnen«, sagte Nikki, während sie nach den Schlüsseln griff.

»Das tue ich gern. Hier sind die Codes für die Eingangstür und die Alarmanlage«, fuhr die Frau fort und reichte ihnen einen Zettel. »Kommen Sie rüber, wenn Sie Hilfe brauchen.«

Nachdem sie sich verabschiedet hatte, liefen sie zurück

über den Hof und die Straße hinauf zu dem großen Tor, auf dem die Nummer drei stand. Rafaela war sicherlich, genau wie ihr Vater behauptet hatte, nur eine nette Nachbarin und keine Freundin, wie Nikki vermutet hatte. *Da sieht man mal*, dachte sie und war froh, dass ihre Vorurteile nicht bestätigt worden waren.

10

Als Zac nach der ersten Ferienwoche Bilanz zog, war es klar, dass es ihnen schwerfiel, über die Themen zu reden, über die sie reden sollten. Über sich selbst, ihre Ehe und wie es weitergehen sollte – oder wie eine Trennung vonstattengehen könne. Mit dem Sex hingegen war es einfach. Sobald Bonnie unterwegs war zu aushäusigen Aktivitäten, hatten Zac und Katarina ihre im Haus. Es war, als hätten sie Pillen geschluckt, die ihre Körper zum Knistern brachten, und Katarina wurde immer forscher, er erkannte sie bald nicht mehr wieder. Er fragte sich, ob sie die Vorstellung, erwischt zu werden, besonders anmachte. Wenn Matteo vorbeikam und von draußen rief, bat Katarina Zac, nicht aufzuhören, obwohl ihr Freund schon halb in der Tür stand, nur eine Wand entfernt vom Sofa im Wohnzimmer, auf dem sie splitterfasernackt lagen und sich vergnügten. Zac schob sie von sich.

»Eine Minute, Matteo. Wenn du mal kurz ums Haus schaust, kannst du sehen, wie cool die Dachterrasse geworden ist«, rief er und sprang auf. »Zieh was an«, raunte er seiner Frau zu. Von der Terrasse hatte man nämlich Einblick ins

Wohnzimmer, und es konnte sich nur um Sekunden handeln, bis Matteo sie durchs Fenster sah.

»Jaja, schon gut.« Sie stand auf und stolzierte davon, während Zac in Unterhose und Shorts schlüpfte. Fünf Minuten später hockten sie alle strahlend im Garten. Katarina hatte sich diese Schnüre umgebunden, die sie Bikini nannte.

»Matteo, wie findest du den Sommer hier? Ist herrlich, oder?«, fragte sie ihn.

»Ohne Frage, ein wunderbarer Sommer. Bist du so weit?« Matteo sah Zac fragend an.

»Ja, gleich. Geh schon mal zum Auto, dann komme ich nach«, antwortete er und flitzte ins Haus, um sich ein T-Shirt und die Sonnenbrille zu holen. Er war verärgert. War es nötig, dass Katarina sich in dem Aufzug vor Matteo präsentierte?

Als er hinauskam, lief der Motor bereits.

»Du weißt schon, dass du das Klischee des erfolgreichen Anwalts zu hundert Prozent erfüllst?« Zac lächelte, während er elegant über die Wagentür sprang und auf dem Beifahrersitz des Cabrios landete.

»Ich weiß«, antwortete Matteo lächelnd und fuhr los.

Hunnebostrand war jetzt voll von Touristen, die weder die Kontrolle über die Fußwege noch über ihre Kinder hatten. Dass man um Passanten herumkurven musste, die einfach mitten auf der Straße liefen, war eher die Regel als die Ausnahme. Langsam rollten sie hinunter am Park entlang, wo ein Straßenkünstler probte, und bogen dann Richtung Smögen ab, wo Matteo seine beiden Boote liegen hatte. Sein Daycruiser würde sie schnell und angenehm nach Hamburgsund befördern. Dort stand ein Häuschen, auf das Matteo ein Auge geworfen hatte.

»Wollte Katarina nicht mit?«

»Ich habe sie gar nicht gefragt.«

»Wie läuft's bei euch eigentlich?« Matteo schielte unter seiner Brille zu ihm hinüber.

»Ehrlich gesagt weiß ich es selbst nicht. In diesem Sommer versuche ich es zum letzten Mal mit ihr, und wenn es nicht klappt, dann war's das.«

»Scheidung?«

Zac nickte.

»Habt ihr einen Ehevertrag?«

»Nein, aber wenn wir einen brauchen, dann kann ich dir versprechen, Bescheid zu geben.«

»Dann kann es schon zu spät sein. Was passiert zum Beispiel mit dem Haus in Hunnebostrand, wenn deine Mutter stirbt und ihr euch kurz darauf trennt? Kannst du vielleicht wenigstens dafür sorgen, dass sie ein Testament aufsetzt und es dir als dein alleiniges Eigentum vermacht?«, schlug Matteo vor.

Er bog auf die Brücke nach Smögen ab. Unten auf dem Wasser fuhr ein kleines Boot neben dem anderen. Weiße Segler und Motorboote in allen Größen tummelten sich dort, und sogar die Brücke war voller Menschen, die zwischen Kungshamn auf der einen Seite und Smögen auf der anderen hin und her spazierten.

»Sehnst du dich nicht manchmal nach ein bisschen Ruhe? Nach einem Leben auf dem Land?«

Matteo sah Zac an. »Nicht dauerhaft. Ich glaube, das

kann ganz schön einsam werden. Zu viel Ruhe ist gar nicht mein Ding, zum Wohlfühlen brauche ich auch ein bisschen Leben um mich herum. Allerdings hätte ich Lust auf etwas Abwechslung. Mal sehen, was Hamburgsund zu bieten hat. Ist jedenfalls schön, dass du mitkommst.«

Zac nickte. Er selbst wohnte auch mitten in der Stadt in Norrköping, liebte aber die Stille in seinem Sommerhäuschen. Der Gedanke, es nach einer Trennung von Katarina mit ihr teilen zu müssen, gefiel ihm gar nicht. Er wusste nicht, ob er es sich leisten könnte, sie auszuzahlen, wenn es einmal ihm gehörte. Das Strandgrundstück war sicherlich an die zehn Millionen Kronen wert, und es war nicht naheliegend, dass Katarina sich mit weniger als dem Verkehrswert zufriedengeben würde, zumindest, wenn er die Scheidung einreichte. Plötzlich hatte er ein mulmiges Gefühl im Bauch, und er drehte sich noch einmal zu Matteo um, als sie auf dem Parkplatz vor seiner Wohnung hielten.

»Noch mal zurück zu unserem Gespräch. Ein Ehevertrag wäre vielleicht doch gar nicht schlecht. Wie schnell geht so was?«

»Musst du nicht erst mit Katarina reden?«

»Das tue ich, während du ihn aufsetzt. Je schneller, desto besser.«

Das Unwohlsein nahm zu. Das verhieß nichts Gutes, und Zac war das klar.

Matteo kannte Frauen wie Katarina, sein ganzes Leben lang hatte er mit solchen Frauen zu tun gehabt, weil seine Freunde gerade auf diesen Typ Frau standen. Seit ihren ersten Begegnungen hatten sie mit ganz, ganz kleinen Gesten deutlich gemacht, dass sie ihm gern zur Verfügung standen, wenn er es wollte. Er war überzeugt davon, dass Katarinas Outfit heute auch ganz und gar ihm gegolten hatte, und das machte sie ihm nicht sympathischer.

Es hatte ihn überhaupt nicht überrascht, als Zac ihm erzählt hatte, dass sie untreu gewesen war. Und er war sich auch nicht so sicher, dass es das erste und einzige Mal gewesen war. Sie suchte ständig nach Bestätigung und griff mit Selbstverständlichkeit zu, wenn sich die Gelegenheit bot. Vermutlich war es nur eine Frage der Zeit, wann sie wieder jemanden kennenlernte, und dann würde es definitiv zu einer Scheidung kommen. Zacs Gefühle für sie schienen auch mittlerweile abgekühlt zu sein, und obwohl es für Bonnie wirklich traurig war, vermutete Matteo, dass das die bessere Lösung war. Einen Ehevertrag konnte Matteo an einem Nachmittag aufsetzen, und er nahm sich vor, das zu erledigen, bevor Zac wieder zurück in die Stadt kam.

Als sie den Wagen vor der Wohnung abgestellt hatten, ging Zac gleich runter zum Motorboot, während Matteo die Schlüssel aus dem Haus holte. Er hatte dieses Haus gekauft, weil hier beide Boote am Anlegeplatz vor der Terrasse liegen konnten. Das war natürlich ein Traum. Matteo war klar, wie neidisch Zac war. Er hatte zwar für sein Geld hart gearbeitet, doch das hatten andere Leute auch und am Ende wesentlich weniger in der Tasche. Es ging ihm besser als den meisten anderen, und das war ihm teils unangenehm, teils war er dankbar dafür. Durch gelegentliche honorarfreie Arbeit versuchte er, etwas an die Gesellschaft zurückzugeben, doch das spielte natürlich für die Menschen keine Rolle, die kein Dach über dem Kopf hatten. Er konnte es sich aussuchen und hatte die beste Startposition umsonst bekommen. Intakte Familie, gute Schulen, auch wenn er aus einer Einwandererfamilie stammte, war das nie ein Nachteil für ihn gewesen. Als er klein gewesen war, hatte man die Italiener freudig begrüßt. Diejenigen, die jetzt ins Land kamen, waren nicht mehr so willkommen.

Hier war es, als würde man in einem etwas luxuriöseren Bootshaus wohnen. Auf der vier Meter breiten Dachterrasse zwischen Küche und Steg nahm Matteo seine Mahlzeiten ein oder lag in der Hollywoodschaukel und las. Wenn es draußen schön war, saß er auch gern auf dem Sofa im Wohnzimmer. Oder lag vielmehr. Er verschlang ein Buch nach dem anderen, wie immer in den Sommerferien. Im Moment las er Marian Keyes. Er mochte die Schriftstellerin, auf die er kaum gestoßen wäre, hätte nicht seine ältere Schwester ihm das Buch zum Geburtstag geschenkt, damit er seinen Horizont erweiterte.

Fünfundfünzig.

Unmöglich, diese Zahl zu begreifen. Wenn er die Wohnung verkaufen und sich etwas anderes suchen wollte, war es jetzt der richtige Zeitpunkt, bevor er immer bequemer wurde und keine Lust mehr zum Suchen hatte.

»Du seufzt«, sagte Zac. »Was ist los?« Er lächelte Matteo vom Steuerpult aus zu.

Matteo betrachtete den jüngeren Mann. »Nichts. Mir wird nur manchmal schlagartig klar, dass ich langsam alt werde.« Er lächelte und reichte Zac die Schlüssel. »Willst du fahren?«

Während Matteo das Tau losmachte, startete Zac den Motor und hievte den Anker mit der Fernbedienung.

»Dann kann ich mich nicht darauf freuen, fünfundfünfzig zu werden?«, fragte er, als Matteo an Bord gekommen war und das Boot vom Steg wegstieß, während sie langsam rückwärts hinausfuhren.

»Nein, es ist schwieriger, als ich dachte. Es ist ja ein Riesenglück, wenn man gesund ist, aber die Jahre fliegen nur so an einem vorbei. Für vieles ist es jetzt zu spät.«

»Zum Beispiel?«

»Kinder, Weltmeisterschaften und Medizinstudium.« Matteo zog ein Gesicht. Er wollte vielleicht nicht mehr jung sein und alles noch vor sich haben, aber auch nicht zum alten Eisen gehören. Er ging ums Boot und zog die Fender hoch, dann stellte er sich neben Zac. »Du hast noch zehn Jahre bis dahin«, meinte Matteo. »Du kannst immer noch den Job wechseln, die Frau, oder ein Studium anfangen.«

Eine leichte Brise kam auf, doch genug, dass die Segelboote, an denen sie vorbeikamen, an Fahrt gewannen. Die Fock war gehisst, und auf dem Boot tummelten sich Kinder und Erwachsene in bunten Rettungswesten. Er winkte, als sie vorbeifuhren. Kurz darauf drückte Zac aufs Gas. Unter ihnen schäumte das Wasser, und hinter ihnen bildeten sich kräftige Wellen, die die Segelboote ordentlich zum Schaukeln bringen würden.

»Wir fahren durch den Kanal«, rief Zac Matteo zu, der sich ins Achterdeck zurückgezogen hatte, als sein Freund schneller fahren wollte. Er machte es sich bequem und betrachtete die vertraute Landschaft, während das Boot von einer Welle zur nächsten sprang. Das Salzwasser spritzte ihm ins Gesicht.

Die Liebe zu diesem Fleckchen Erde hatten ihm seine Eltern mitgegeben, die in jedem Sommer mit ihm raus nach Smögen gekommen waren. Damals hatten sie ein Zimmer mit Küche im Erdgeschoss eines größeren Hauses gemietet. Zwei Erwachsene und zwei Kinder in einem Raum waren zu der Zeit gar kein Problem gewesen. Zu Hause in Göteborg bewohnten sie eine Zweizimmerwohnung, und er hatte sich mit seiner Schwester ein Zimmer geteilt, was auch gut funktioniert hatte. Auch wenn er jetzt ein privilegiertes Leben führte, hätte er gern ein paar Schichten Politur abgekratzt, die mit den Jahren dazugekommen waren. Manchmal sehnte er sich gar danach. Etwas Äußeres zu entfernen, um das Innere hervorzuholen. Er meinte, dass dies sein Weg sei. Vielleicht war der erste Schritt dorthin, die Wohnung am Steg zu verkaufen und etwas Beständiges zu suchen? Etwas mit Patina. Mit Dachziegeln und Dachrinnen, an denen die Farbe abplatzte. Einen Garten, in dem das Unkraut nur so spross. Einen rostigen Zaun, um den er sich kümmern konnte. Er sah auf seine gepflegten Hände hinab und stellte fest, dass sie in den letzten Jahren eigentlich nur Papier gehalten hatten. Als er verheiratet gewesen war, hatten sie in einem hübschen Neubau gewohnt, und ob er handwerklich geschickt war, konnte er gar nicht sagen, weil er nie auf die Probe gestellt worden war. Ein rostiges Gartentor hingegen konnte ein erster Versuch sein.

Als sie an den Kanal kamen, drosselte Zac die Geschwindigkeit, und sie passierten den vom Wasser umspülten roten Granit mit fünf Knoten. Zac machte keine Anstalten zu reden, und die Stille war angenehm. Manchmal fuhr Matteo alleine hinaus und legte sich auf eine abgelegene warme Felsplatte, nur um mal eine Weile nicht reden zu müssen. Er sog den angenehmen Geruch von Salz, Tang und Krebsen ein. Manchmal meinte er, die Berge hätten ihren eigenen Geruch. Einen, der nicht vom Meer kam. Vielleicht von der Sonne?

Richtig still war es nie. Die Möwen führten ihr eigenes Leben. Aber es war so, wie es sein sollte. Dieses viele Gerede der Menschen war weitaus anstrengender. Wenn man weiter hinausfuhr, lagen dort Seehunde auf den Felsen und sonnten sich. Größere Kolonien gab es auf den Väderinseln. Und mindestens einmal im Jahr fuhr Matteo rüber auf die Insel und übernachtete dort im Wirtshaus, um die Stille und Einsamkeit zu genießen.

Es hatte eine Weile gedauert, bis er diese Zeit für sich selbst zu schätzen lernte. Nach der Scheidung hatte er die Abende mit nur einem einzelnen Teller auf dem Esstisch gehasst, da war er lieber auswärts essen gegangen. Oder hatte sich Essen nach Hause bestellt und es direkt aus dem Karton gegessen. Die Umstellung hatte Zeit gebraucht, doch irgendwann hatte er festgestellt, dass es richtig nett sein konnte, für sich allein zu sein, wenn es nicht allzu oft vorkam *und* er es sich aussuchen konnte.

In der Immobilienanzeige des Hauses in Hamburgsund

stand: *Kleines, frisch gestrichenes Haus mit Gärtchen*, und die Beschreibung traf es gut. Dreihundert Meter vom Meer entfernt, in den Dreißigerjahren erbaut, aber immer wieder renoviert. Vor zwei Jahren hatte es eine Drainage und ein neues Dach erhalten. Der Makler, der ihnen schon am Gartentor entgegenkam, zählte ihnen sofort alle Vorteile in breitem ortstypischen Dialekt auf, noch bevor sie einen Fuß über die Schwelle gesetzt hatten.

Das Badezimmer machte einen guten Eindruck, und auch die Küche schien frisch renoviert. Sie stiegen die Kellertreppe hinunter. Dort befanden sich ein kleiner Werkzeugkeller, eine Waschmaschine und ein Heizungsraum. Nichts Besonderes, aber das brauchte es auch gar nicht, wenn Matteo hier nicht das ganze Jahr verbringen wollte, und das konnte er sich nur schwer vorstellen.

Was unternahm man denn hier im Winter? Ging man mit Schlittschuhen aufs Eis? Aber wenn es nicht so kalt war? Schaffte man sich einen Hund an, wurde Mitglied in einem Schachklub, oder was nahm man sich vor? Nein, ihm würde die Stadt fehlen. Aber er wollte immer wieder an die Westküste fahren, auch wenn er die Wohnung verkaufte. Er war noch nicht so alt, dass er nach Mallorca übersiedeln wollte, selbst wenn ihm dieser Gedanke schon hin und wieder gekommen war.

»Sieht nicht schlecht aus, das Haus«, sagte Zac, als der Makler sie eine Weile in Frieden ließ. Matteo nickte. In Bovallstrand wollte er sich noch eins anschauen. Das lag einige Kilometer dichter an der Gegend, wo er früher immer gewesen war, doch das war nicht ausschlaggebend. Alles innerhalb eines Radius von fünfzig Kilometern war in dieser Gegend nah.

Er warf einen Blick auf die Uhr. »Wir sollten uns jetzt auf den Weg machen, wenn wir noch mittagessen wollen, bevor wir nach Bovall losfahren. Was hältst du vom Hjalmars?«

»Klingt gut. Können wir uns noch mal über den Ehevertrag unterhalten, wenn wir am Tisch sitzen? Ich würde gern wissen, wie ich am besten vorgehen sollte.«

Zac schien sich Sorgen zu machen, und Matteo dachte, es war jetzt wirklich höchste Zeit, dass sie das über die Bühne brachten.

11

Die mallorquinische Hitze brachte Nikki ordentlich ins Schwitzen, und sie sehnte sich wirklich nach dem Haus ihres Vaters, das hoffentlich eine gute Klimaanlage besaß. »Nun komm schon«, sagte sie zu Annie, die ebenso rot im Gesicht war, aber nicht ebenso schnell laufen konnte.

Als sie vor dem Tor standen, gab Nikki den Code, den Rafaela ihr gegeben hatte, ein. Mit einem leisen Zischen öffneten sich die schweren Türen. Nikki warf Annie einen Blick zu, die immer bleicher wurde, je weiter die Türen sich öffneten.

»Und ich dachte, mein Pfarrhaus ist ein Luxus, weil ich eine Badewanne mit Füßen habe«, flüsterte sie. »Es könnte sein, dass Mallorca mich *umhaut*.«

»Ach was«, sagte Nikki und zog Annie mit sich durch die halb geöffneten Türen. »Du musst aufhören, so zu trödeln, sonst verliere ich dich noch irgendwo.«

Dann standen sie im Hof. Das Haus sah gar nicht so groß aus. Nur eine Etage. Eine weiße Fassade mit Rauputz. Vier Fenster zu jeder Seite vom Eingang. Eine Garage, in der hoffentlich ein Auto stand. Nikkis Vater war ein lausiger Autofahrer gewesen. Viel zu unvorsichtig, es war reines Glück, dass er in den ganzen Jahren keinen Unfall gehabt hatte. Später mussten sie einen Blick in die Garage werfen, denn hier wäre ein Wagen zweifellos sehr praktisch.

»Nichts Besonderes, siehst du. Nur das Tor hat dich schwachgemacht, das sieht doch nach einem ganz normalen Haus aus, wenn man es mal mit Rafaelas Hütte nebenan vergleicht.« Nikki schaltete die Alarmanlage aus und öffnete die drei Türschlösser.

Auf Gyllentofta kam man als Erstes in einen Flur, wo man seine Mäntel und Schuhe ablegte. Hier stand man direkt im Haus, das sich spiralenartig über drei große Etagen nach unten hin erstreckte. »Großer Gott«, rief Annie, bevor ihr Koffer auf den Boden plumpste.

Nikki stellte ihren vorsichtig ab, dann sah sie sich um. Wow. Das hatte sie sich nicht träumen lassen, weil das Haus von außen so schlicht wirkte. Sie ging ein paar Meter vor. Die Küche befand sich links und war offen, daneben ein riesiger Esstisch. Das gefiel ihr gut. Die Lederstühle waren abgewetzt wie alte Sattel. Der Holztisch war oft benutzt worden. Sie nickte begeistert. Unter dem Tisch lag ein Teppich, der mindestens drei mal vier Meter groß sein musste. Dunkler Holzboden. Das fand sie erstaunlich, sie dachte, hier hätte man überall Marmor. Aber ihr Vater, oder wer auch immer dieses Haus eingerichtet hatte, hatte sich für breite Dielen entschieden, die wunderschön aussahen.

»Schau dir mal das Dach an«, sagte Nikki. »Alles in einer Raumhöhe, bis zur letzten Ebene, wie cool.«

Annie hatte sich noch nicht einen Schritt bewegt, aber

als Nikki sie aufforderte, sich an den Küchentisch zu setzen, streifte sie die Schuhe ab und stellte sie hübsch ordentlich vor die Tür. Sie hielt ihre Handtasche krampfhaft fest und trippelte vor zum Tisch.

»Das ist ein richtiger Boden, du kannst ganz normal auftreten«, sagte Nikki lächelnd, die gerade die fünf Stufen in die nächste Etage hinunterstieg. »Stell dir vor, man hätte hier Kleinkinder, das würde überhaupt nicht gehen. Treppengeländer für gefühlt zehn Meter breite Treppen scheint es wohl nicht zu geben?«

Hier hing überall Kunst an den Wänden, und Nikki hätte es nicht gewundert, wenn es sich um Originale handelte. Sie selbst interessierte sich dafür nicht, aber es sah gut aus. Mehr konnte sie nicht dazu sagen. Und der Flügel mitten im Raum gefiel ihr auch. Ihr Vater konnte nicht Klavier spielen, aber sicherlich hatte er Freunde, die das konnten. Sie erinnerte sich noch an Feste auf Gyllentofta, wenn Papa seine Musikerfreunde eingeladen hatte, die auf dem Rückweg vom Festival in Västervik gewesen waren. Nikki war damals gerade vier, fünf Jahre alt gewesen, doch sie wusste noch heute, wie Cornelis mit der Gitarre auf der Steintreppe, die zum Garten führte, gehockt hatte und wie alle zwischen den Bäumen getanzt hatten, obwohl die Sonne lange schon untergegangen war. Sie selbst hatte in ihrem Zimmer am Fenster gestanden und sich hinter einem Vorhang versteckt, damit sie keiner sehen konnte. Feste feiern konnte er gut. *Volle Gläser und etwas zu essen auf dem Tisch – mehr braucht es nicht*, hatte er immer gesagt. Deshalb kamen die Gäste wohl auch in Scharen, wenn Papa nach Gyllentofta einlud.

»Und, wie ist es da oben, gewöhnst du dich langsam dran?« Nikki warf Annie einen Blick zu, die immer noch kerzengerade am Tisch saß. »Offenbar nicht«, sagte Nikki, als keine Antwort kam. »Aber wenn du noch nie einen echten Chagall gesehen hast, dann hast du jetzt die Möglichkeit dazu«, rief sie. »Hier hängt mindestens einer an der Wand. Und wenn du ein bisschen auf dem Flügel klimpern willst, bitte schön.«

Nikki ging die letzte Treppe hinunter und war ganz hingerissen von der riesigen bequemen Sofalandschaft, die dort stand. So was gefiel ihr. Und die Aussicht war wirklich umwerfend. Kein Garten, kein Rasen. Stattdessen schien der Infinitypool direkt ins Mittelmeer zu führen, das weiter unten lag, aber aussah, als beginne es gleich hinter dem Grundstück. »Jetzt musst du herkommen«, befahl sie Annie. »In diesen Sesseln kannst du ohnmächtig werden.«

Der größte Teil des Zimmers war mit bodentiefen Glastüren ausgestattet, die man so weit zur Seite schieben konnte, dass die ganze Front offen war. Direkt vor ihnen befand sich eine große Terrasse mit Holzboden, von der aus man in den Pool springen konnte. Der große offene Kamin war typisch Papa, er hatte eine Vorliebe für solche gigantischen Dinge gehabt. Wenn er in Schweden war, machte er in allen Kaminen Feuer, und das waren einige. Auf Gyllentofta hatten sie sowohl Kachelöfen als auch offene Kamine.

Aber trotzdem. So verschiedene Welten. Das Gut mit seinen Feldern, den Tieren und dem alten Haus, wo man wirklich schwer arbeiten musste, damit alles rundlief, und dieses moderne Anwesen, wo Papa vermutlich den ganzen

Tag in Badehose auf der Liege gelegen und Zigarren geraucht hatte. Wieder einmal fragte sich Nikki, wie gut sie ihren Vater eigentlich gekannt hatte. Wie war es ihm wohl gegangen, wenn er hier gewesen war? Wer waren seine Freunde? Hatte er enge Freunde oder nur oberflächliche Bekannte, die in ebensolchen Häusern residierten?

Sie trat auf die Terrasse hinaus und ließ sich auf einer der Sonnenliegen nieder. Auch hier gab es einen Esstisch. In der Ecke stand ein Grill. Eine Outdoorküche. Selbstverständlich. Alles sehr gepflegt und aufgeräumt. Sie vermutete, dass er eine Haushälterin gehabt hatte. Bestimmt eine junge Spanierin, mit der er flirten konnte. Nikki schnaubte verächtlich. Gerade so was fand sie extrem abstoßend.

»Also, wer war dein Papa eigentlich? Ich hatte ihn mir als Großgrundbesitzer mit einem Haus auf dem Land vorgestellt, und zwar auch hier. Eher spartanisch als luxuriös. Ein paar Ziegen, ein paar Katzen.« Annie kam auf die Terrasse hinaus.

Nikki stand auf und ging hinaus zum Pool. »Ja, aber bei ihm konnte man nie wissen. Es konnte genauso gut auch so was dabei herauskommen«, erwiderte sie und fing an, sich auszuziehen, ein Stück nach dem anderen, bis sie nur noch im Slip dastand.

»Was tust du da?«, rief Annie erschrocken.

»Hier kann doch niemand hereinschauen. Das Haus liegt in der ersten Reihe. Komm her, dann siehst du es selbst.«

»Ich kann mir das auch später anschauen. Auf keinen Fall werde ich nackt baden, auf gar keinen Fall.«

»Dann zieh dir deinen Bikini an«, sagte Nikki, streifte ihren Slip ab und sprang in den Pool.

Bikini.

Natürlich nicht.

Annie besaß keinen und sehnte sich auch nicht gerade danach. Im Moment sehnte sie sich am meisten nach Hause. Nikki schien sich nie verloren zu fühlen. Sie sah sich kurz um, machte sich mit allem Neuen vertraut, und dann passte sie sich ohne ersichtliche Anstrengung einfach an. Wenn man sie im Pool kraulen sah, würde man nie darauf kommen, dass sie hier noch niemals gewesen war.

Annie hingegen brauchte eine Atempause. Beschaulichkeit. Sie musste Stück für Stück ein Gefühl für die Orte und die Menschen entwickeln. Als Pastorin war das kaum möglich.

Wenn die Gemeindemitglieder auf sie zukamen, überschütteten sie sie meist mit ihren Klagen, und dann sahen sie sie erwartungsvoll an, als hätte sie sofort eine Antwort parat. Annie wollte gar nicht so viele Details aus deren Leben wissen, aber natürlich erwartete man von ihr, dass sie zuhörte. Wenn sie sich hinterher übergeben musste, weil sie mit jeder Menge Mist so zugeschüttet worden war, interessierte es auch keine Menschenseele. Das gehörte zur Jobbeschreibung dazu.

Der Pastorenberuf wäre sicherlich viel einfacher für sie gewesen, wenn sie ein Mensch wie Nikki gewesen wäre. Doch Annie konnte die Dinge nicht einfach abhaken und nach vorne sehen. Stattdessen war sie pausenlos wütend, als ob es der Fehler der anderen war, dass sie hier im Sattel saß.

Als viertes Kind einer siebenköpfigen Geschwisterschar verhielt man sich wie alle anderen, zumindest hatte Annie es so gehalten. Sich von diesen starken Familienbanden loszumachen war unvorstellbar gewesen. Der Zweitälteste hatte es einmal versucht. Jetzt war er Domprobst. Annies jüngste Schwester hatte einen *normalen Mann* geheiratet, wie ihre Mutter es immer mit weit aufgerissenen Augen betonte. Die Ordnung war wiederhergestellt, als die Schwester die Entscheidung traf, Diakonissin zu werden. Da war ihr gewöhnlicher Mann immerhin gezwungen, hin und wieder in die Kirche zu gehen, auch wenn es offensichtlich ein Problem war, ihn jeden Sonntag dorthin mitzuschleifen.

»Glaubst du, hier gibt es irgendwo eine Toilette?«, rief Annie zu Nikki hinüber, die jetzt rückenschwimmend durch das Wasser glitt.

»Davon bin ich überzeugt. Such mal. Mach einfach jede Tür auf. Das ist jetzt mein Haus, also tu, was du willst. Ich komme auch gleich«, rief sie und machte die nächsten geschmeidigen Schwimmzüge.

Annie trabte langsam die Treppen hinauf. Als sie an dem glänzenden Flügel vorbeikam, strich sie zärtlich über den Lack. Früher hatte sie einmal richtig gut gespielt. Aber das war lange her. Im Pfarrhaus stand eine alte Orgel, aber die hatte sie noch nicht angerührt.

Am Eingang fand sie eine Toilette, und als sie die Strumpfhose herunterschob, kam ihr der Gedanke, dass sie

sie vielleicht gar nicht mehr anziehen müsste. Schließlich hatte sie sich die Beine rasiert.

Am Pool gab es natürlich eine Dusche und Handtücher. Nikki lächelte zufrieden, während sie das Duschgel in die Handfläche gab. Es war herrlich gewesen, wieder eine Runde zu schwimmen, sie war schon Ewigkeiten nicht mehr im Schwimmbad in Norrköping gewesen, es gab zu Hause einfach immer so viel zu tun.

Papa und sie waren gemeinsam zum Schwimmen gegangen, als sie zehn, elf Jahre alt gewesen war, doch er hatte bald die Lust verloren. Nikki hingegen hatte Spaß daran gehabt, und einige Jahre war sie sogar mehrmals in der Woche zum Schwimmen gegangen. Wettbewerbe hatte sie nur auf dem Pferderücken absolviert, das Schwimmbad war für sie reine Entspannung. Als sie nun den Pool betrachtete, konnte sie fast verstehen, allerdings nur fast, warum er es vorgezogen hatte, hier zu wohnen.

War es normal, dass man seinen eigenen Vater so schlecht kannte? Wie gut kannten andere Frauen ihre Väter? Worüber hatten sie sich unterhalten, wenn sie sich trafen? Über den Hof natürlich, die Pächter, Bäume fällen und die Elchjagd. Er hatte gewollt, dass sie den Jagdschein machte, doch obwohl sie einsah, wie wichtig es war, den Wildbestand unter Kontrolle zu halten, hatte sie es nicht fertiggebracht. Die Beute zu zerlegen hingegen war für sie kein Problem, sie war dabei gewesen, seit sie klein war. Es war wichtig, sich um das zu kümmern, was auf ihrem Grund und Boden geschossen wurde, und die Gefriertruhen waren mit Rehrücken, Elchfleisch und Steaks gefüllt.

Hatten sie sich denn nie über wichtigere Themen unterhalten? Ihr Vater war ein lebenslustiger Charmeur gewesen, so kannte ihn jeder, aber es musste doch auch einschneidende Erlebnisse in seinem Leben gegeben haben? Oder hatte er nie über sein Leben nachgedacht und die Beziehungen zu anderen Menschen? Er hatte einen ganzen Haufen Geld geerbt – seine Eltern waren bereits tot, als Nikki auf die Welt kam –, und das Gut war ein Vermögen wert. Dieses Haus hier musste auch eine Stange Geld gekostet haben. In einem Hafen hatte er bestimmt noch eine Jacht liegen. Ob er wohl Geld gespendet hatte? Und sich auch um diejenigen gekümmert hatte, die es schlechter getroffen hatten? Das war nie ein Gesprächsthema gewesen, und das konnte sie ja nicht nur ihm anlasten. Nikki hätte ebenso gut nachfragen können.

Nikki selbst hatte nie ein Gehalt gehabt. Sie besaß ein Konto, über das sie private Ausgaben tätigte, und das füllte sich jeden Monat mit viel zu viel Geld, sodass sie die Hälfte an die Flüchtlingshilfe der UNO spendete. Dann überwies sie Geld an die WHO, Amnesty International, Ärzte ohne Grenzen und an verschiedene Tierschutzverbände. Schon seit Jahren hatte sie einige Patenkinder, Schimpansen und sogar Elefanten adoptiert.

Bald würde sie wissen, ob ihr Vater auch so ein Herzensprojekt gehabt hatte. Die Anwältin war nun auf dem Weg nach Schweden, und der gemeinsame Termin stand bald bevor.

Wenn sie an Schweden und ihren Hof dachte, war Nikki völlig klar, dass sie – im Gegensatz zu ihrem Vater – von der

Sonne und dem Mittelmeer nach einer gewissen Zeit die Nase voll hätte. Es war wunderschön hier, aber ihre Bedürfnisse waren andere.

Nach dem Sommer zu Hause war es herrlich, wenn die Temperaturen zurückgingen und man zum ersten Mal wieder die Handschuhe überstreifte. Auf dem Hof roch es im Oktober ganz anders. Der Duft bestand eher aus Rauch und feuchter Luft, besonders, wenn die Nächte kühl wurden. Und im Winter hatten sie immer genügend Schnee, um Britta vor den Schlitten spannen und einen Ausflug zu den Nachbarn auf eine Tasse Kaffee machen zu können. Im Frühling erwachte die Landwirtschaft aus dem Winterschlaf. Nach und nach begann alles zu grünen und zu blühen in ihrem Wald und auf den Wiesen. Das Rapsfeld strahlte mit einem Mal gelb. Ende Mai sprang sie immer zum ersten Mal in das eiskalte Wasser im Långevattnet, wenn sie ohne Sattel auf Oberon ritt. Und hinterher ließen sie sich von der Sonne trocknen.

Kein Mallorca auf der ganzen Welt konnte besser sein.

12

Drei Tage später war Annie braun gebrannt. Nach und nach hatte sie ihre Deckung aufgegeben. War nach stundenlangem Sonnenbaden in den Pool gehüpft, hatte ein bisschen auf dem Flügel gespielt, ausgeschlafen und gut gegessen. Dazu ein ganzes Glas Rotwein getrunken, obwohl sie eigentlich *nur einen Tropfen probieren* wollte.

Nikki war guter Dinge, obwohl sie in einem schwachen Moment tatsächlich ihre Mutter angerufen hatte, um zu fragen, ob sie nicht Lust habe, sie hier auf der Insel zu besuchen. Glücklicherweise hatte ihre Mutter abgelehnt. Hinterher konnte Nikki gar nicht begreifen, was eigentlich in sie gefahren war.

»Das liegt daran, dass du Nikodemus verloren hast«, meinte Annie und goss Teewasser in die große Porzellantasse. Vorsichtig ließ sie einen Beutel hineingleiten, und das, obwohl der Text darauf auf Spanisch war und sie keine Ahnung hatte, was sich in dem Beutel verbarg.

»Du hast jetzt nur noch deine Mutter und willst dich mit ihr gutstellen, bis auch sie im Himmel ist.«

»Glaubst du *wirklich*, dass man in den Himmel zu Gott kommt, wenn man stirbt?«, fragte Nikki neugierig.

Annie sah sie verwundert an. »Ja, selbstverständlich.«

»Nein, so selbstverständlich ist das gar nicht. Ich glaube eher, wir landen in der Erde und werden eins mit der Natur.« Sie reckte sich nach dem Zuckerstreuer.

»Aber das glaubst du, du weißt es nicht.« Annie nippte an ihrem Tee und zog Grimassen, weil er noch viel zu heiß war.

»Nein, natürlich kann ich das nicht wissen.«

»Also. Dann glaubst du deins, und ich glaube meins.«

»Meine Erklärung ist logischer.« Nikki rührte den Zucker um. Zu Hause nahm sie nie Zucker in den Kaffee, aber hier schmeckte er ohne Zucker nicht.

»Meine viel liebevoller.«

»Was denkst du dann, wo sich die Seele meines Vaters befindet? Ist er umgeben von tollen Frauen, die mit ihm schlafen wollen?« Sie grinste über den Rand ihrer Kaffeetasse.

»Ach, hör auf.« Annie sah sie scharf an. »Du kannst wie gesagt deinen Glauben haben, aber du musst ihn mir nicht aufschwatzen. Ich habe meine Überzeugung und keinerlei Lust auf halbseidene Spekulationen. Behalte solche Fantasien bitte für dich.«

Nikki legte den Kopf ein wenig schräg. »Tut mir leid, ich wollte nicht respektlos sein. Okay?«

Annie erwiderte das Lächeln. »Okay.« Sie schnappte sich ein Weißbrot, das soeben aus dem Toaster gesprungen war, und platzierte es auf Nikkis Teller. »Wie du weißt, mag ich deine Mama doch, sie ist so geradeheraus, das gefällt mir.«

»Da hast du wohl recht«, sagte Nikki und schmierte eine fette Schicht Butter auf ihr Brot, die sofort schmolz. Sie hätte die Art ihrer Mutter vielleicht auch mehr zu schätzen gewusst, wenn sie nicht zufällig ihre Tochter gewesen wäre.

Während Annie duschte, räumte Nikki den Tisch ab. Dann machte sie die Betten, ihr eigenes und das von Annie.

Nikki schlief in dem Zimmer, das offensichtlich das Schlafzimmer ihres Vaters gewesen war. Als sie am ersten Tag in der Tür gestanden hatte, hatte sie gestutzt. Die Wände waren voller Bilder, kleine und große.

Jetzt betrachtete sie sie eingehend. Viele Fotos zeigten Gyllentofta, aber es gab auch einige von dem Häuschen an der Westküste, wo sie immer Urlaub gemacht hatten. Eine kleine Collage zeigte Bilder von ihrer Hochzeit. Magnus war extrem nervös gewesen, zum Glück sah man das auf den Fotos nicht. Zärtlich fuhr sie mit dem Finger darüber. Papa hatte Magnus auch geliebt. Bald fünfundzwanzig Jahre war das her. Sie seufzte und schaute weiter.

Da war ein Bild von dem schönen alten Holzboot, mit dem sie gesegelt waren, als Nikki noch klein gewesen war. Sie konnte sich noch genau an den Geruch vom Teer an der Trosse erinnern und daran, wie die Algen sich am Anker festgesetzt hatten. Dieses Boot gab es sicher nicht mehr, er hatte es jedenfalls niemals wieder erwähnt.

Das Foto von Mama. Es war ein komisches Gefühl, es hier zu sehen. Von dieser Frau, auf die Papa bis zu seinem letzten Tag wütend gewesen war, hatte er ein Bild in seinem Schlafzimmer hängen. Soviel Nikki wusste, war er nie darüber hinweggekommen, dass sie die Scheidung eingereicht hatte, umso erstaunlicher, dass hier ein Bild von ihr hing. Wie alt mochte sie da wohl sein? Vielleicht zweiundzwanzig? Ihre Mutter war Jahrgang 1937, dann war es vielleicht von 1959. Drei Jahre, bevor Nikki geboren wurde. Karierte Bluse, Shorts und kurze blonde Haare. Es erinnerte an die Werbung für die Volksgesundheit im frühen Wohlfahrtsstaat Schweden. Vielleicht hatte Papa das Foto deshalb behalten. In diesen Jahren hatten sie offenbar noch innige Gefühle füreinander gehegt. Und man musste ja zugeben, dass sie immer auf ihr Äußeres geachtet hatte, sie war auch jetzt noch attraktiv, obwohl sie auf die achtzig zuging. Sich um andere zu kümmern, war eher das Problem. Nikki würde das Foto mitnehmen und in Gyllentofta aufhängen, in dem Zimmer, in dem ihre Mutter schlief, wenn sie da war. Da würde sie sich bestimmt freuen.

Und dann das Kindermädchen Eva. Eva und Nikki auf der Wiese auf Gyllentofta. Sie hatte sich Nikki gegenüber am ehesten wie eine Mama verhalten, und auf dem Foto saß Nikki auf Evas Schoß, und beide strahlten in die Kamera. Hatte Papa sie extra darum gebeten, oder waren sie immer so glücklich gewesen?

Hin und wieder hatte sie sich gefragt, wo Eva heute lebte, und mit dem Gedanken gespielt, ihren Namen zu googeln, doch es schließlich gelassen. In dem Beruf durfte man die Kinder, die man betreute, nicht zu fest an sich binden, denn nach ein paar Jahren wurde man nicht mehr gebraucht, aber soweit Nikki sich erinnern konnte, hatte sie ihr erstes Kindermädchen tief ins Herz geschlossen und sich sehr geliebt gefühlt.

An der Wand hingen auch Bilder von Kindern, die Nikki nicht kannte. Vielleicht ihre Cousinen? Der Bruder ihres Vaters lebte in den USA, schon vor Nikkis Geburt war er dorthin ausgewandert. Er hatte sich für den Hof überhaupt nicht interessiert, er war Chemiker und war in einem Jahr sogar einmal für den Nobelpreis vorgeschlagen worden. Papa und er hatten in Kontakt gestanden, und irgendwann, als Papa noch auf Gyllentofta lebte, war der Bruder mit seiner Familie zu Besuch gekommen. Aber das war sehr lange her. Er hatte Nikki eine Kondolenzkarte geschickt, war aber schon zu gebrechlich, um zur Beerdigung nach Schweden zu reisen. Und dieses Bild war bestimmt ihr jüngster Cousin, als er klein war. Man sah ihm die Verwandtschaft an, das blonde Haar und die gerade Nase.

Nikki schüttelte die Kissen auf und legte sie ans Kopfende. Irgendwie fand sie es heimelig, hier zwischen Papas Erinnerungen zu nächtigen.

»Magst du mit ins Dorf kommen?«, fragte Nikki Annie, die gerade mit einem Buch auf dem Sofa lag.

Sie schüttelte den Kopf und warf einen Blick auf die Uhr. »Nein, fahr allein. Ich kann mich ums Essen kümmern, bis du wieder da bist. Wie lange wirst du fort sein? Ein paar Stunden?«

»Ja, so in der Art.«

Ein ganz normaler Ford Fiesta hatte in der Garage gestanden, als sie vor ein paar Tagen nachgesehen hatte, und das passte so gar nicht zu Papa, dass Nikki laut lachen musste. Aber sie war heilfroh, dass es kein Cadillac war oder irgendein anderer Benzinschlucker, der zu ihm gepasst hätte.

Sie fühlte sich schon fast zu Hause, als sie die kurvige Straße hinunterfuhr, die zur Promenade mit ihren Boutiquen führte. Es gab nur die eine Straße, und die ging bergab. Auf dem Weg kam sie an Villen vorbei, und Nikki stellte sich vor, was sich hinter ihren hohen Mauern wohl verbarg, wenn sie die Luxusschlitten betrachtete, die an der Straße parkten. Zumindest hatten sie keine Angst, ihren Reichtum zur Schau zu stellen.

In Palma waren sie noch nicht gewesen, und Nikki fand, dass sie die Altstadt gesehen haben sollten, bevor sie nach Schweden zurückflogen. Ein bisschen shoppen und irgendwo gut essen gehen, anstatt bei sich auf der Terrasse zu essen.

Noch vier Tage Urlaub.

Anders hatte mitgeteilt, dass zu Hause alles in Ordnung sei und sie bleiben könne, solange sie wollten, aber Nikki spürte auch, dass es genug war. Sie vermisste ihr Pferd, ihren Kater und ihre Arbeit. Wenn sie wieder zu Hause war, würde sie sich zwar nach dem Pool sehnen, doch dann musste sie eben wieder anfangen, ins Schwimmbad zu gehen. Dieses Haus musste verkauft werden, denn sie selbst würde höchstens ein paar Tage im Jahr hier sein können, so schön es auch war.

13

Matteo hatte keine Eile, das alte Fahrrad besaß keine Gangschaltung, und außerdem war die Aussicht zu schön, als dass man einfach vorbeiraste. Vor dem Abhang, am alten Smögenschwimmbad, stieg er ab und schob. Die Gasse war eng, und er hatte keine Lust, bei dem Gefälle zu stürzen, wo er sich doch auf einen netten Abend freute.

Eigentlich war es diesmal nicht anders als sonst, wenn er zum Essen einlud. Hier auf der Insel ging man unkompliziert miteinander um, vielleicht, weil es Sommer war und man alles Steife mit den Anzügen im Kleiderschrank auf dem Festland abgelegt hatte. Matteo hatte drei, vier Freunde, mit denen er sich hin und wieder verabredete. Manchmal kamen nur die Männer, mittlerweile brachten sie aber auch manchmal ihre Partnerinnen mit.

Es hatte eine Zeit gegeben, in der er aktiv nach der großen Liebe gesucht hatte, er wollte auch gern Teil eines Paares sein. Doch bei keiner der Frauen, die er nach seiner Scheidung gedatet hatte, hatte sich so ein richtig gutes Gefühl eingestellt. Nicht so wie damals, als er seine Ex-Frau kennengelernt hatte. Er hatte auch jetzt nichts dagegen, sich wieder zu verlieben, allerdings hatte er sich ein Leben allein eingerichtet, und es gefiel ihm. Schließlich war es auch angenehm, auf niemand anderen Rücksicht nehmen zu müssen.

Heute Abend würde er für Zac kochen. Auch wenn sie ein Altersabstand von zehn Jahren trennte und sie sich als Kollegen kennengelernt hatten, verband sie mittlerweile eine ganz feste Freundschaft. Zac hatte Matteo beigebracht, wie man mit einem Hammer umging, und Matteo hatte Zac angeregt, mal einen Roman zu lesen. Zac nahm Matteo – und Bonnie – zum Fußball mit, und Matteo ging mit Zac – und Bonnie – ins Theater. Anfangs war Katarina auch mitgekommen, aber Matteo war ganz froh, wenn sie absagte, was mittlerweile fast immer der Fall war.

Im Fischgeschäft betrachtete Matteo die Auslage eingehend, den Nummernzettel in der Hand. Was sollte er kochen? Er persönlich fand, dass nichts über eine gebratene Makrele mit Spinat in weißer Soße ging, aber ob Zac das wohl mochte? Nachdenklich runzelte er die Stirn. Der Wein lag schon kalt. Irgendein Dessert musste er sich auch noch einfallen lassen. Vielleicht Erdbeeren mit Eis? Oder lieber eine Rhabarberpie? Für beide Gerichte hatte er die Zutaten schon zu Hause, denn er war am Vortag auf dem Markt gewesen.

Seine Gedanken wurden vom Fischhändler jäh unterbrochen, der nun seine Nummer aufrief.

Matteo wedelte mit dem Zettel. »Das bin ich. Aber ich kann mich nicht entscheiden«, sagte er zu seiner Entschuldigung. »Was würden Sie empfehlen, ich will für meinen besten Freund kochen«, fragte er und lächelte charmant.

»Ich glaube, ich würde eine Seezunge machen. Dazu Weißweinsoße und frische Kartoffeln, da kann nichts schiefgehen. Sonst können Sie den Freund vergessen.«

Der Verkäufer lachte lauthals, und Matteo nickte zustimmend.

»Dann machen wir das. Seezunge und frische Kartoffeln.«

Er legte den Fisch in den Korb am Lenker und pfiff vor sich hin, als er sich auf den Heimweg machte, ganz zufrieden, alles erledigt zu haben. Er hatte sich heute zwei Häuser angeschaut und die Motoren der Boote entlüftet. Und jetzt würde er ein Essen für Zac und sich kochen. Was für ein schöner Tag.

Matteo lehnte sich im Sofa zurück, das Cognacglas in der Hand. Langsam schwenkte er es, bevor er es sich unter die Nase hielt. Auf der anderen Seite des Kanals glitzerte der Smögenkai. Durch die offene Tür zur Dachterrasse drangen Musik und Lachen. Genau das würde ihm fehlen, wenn er die Wohnung verkaufte.

Zac war schon vor einer Weile aufgebrochen. Sie hatten den ganzen Abend über draußen gesessen, und je mehr Wein sie getrunken hatten, desto mehr Themen kamen zur Sprache. Am Ende hatte Zac sich für den Abend bedankt und ein Taxi gerufen.

Den beiden Freunden fiel es leicht, über alles zu reden,

und dieser Abend war keine Ausnahme gewesen. Zac hatte echte Probleme in seiner Ehe. Dagegen hatte Matteo wenig zu klagen, dachte er und trank die letzten Tropfen aus seinem Glas. Er war in einer Position, in der er sich aussuchen konnte, welches Leben er führen wollte. Welch ein Segen!

Der Anruf von Bonnie kam Viertel vor zwölf. Matteo, der gerade ins Bett gehen wollte, knotete seinen Morgenmantel zu und nahm das Gespräch an, während er in die Küche ging.

»Hallo, nett, dass du anrufst. Aber warum zu dieser Tageszeit?« Er hielt inne und hörte zu, dann zog er den Mantel wieder auf, rannte zurück ins Schlafzimmer, riss die Tür des Kleiderschranks auf und zog irgendeinen Pullover heraus. Er versuchte, ihn sich überzuziehen, während er gleichzeitig beruhigend auf Bonnie einredete. Mit einer Hand stieg er in die Unterhose, dann klemmte er den Hörer zwischen Schulter und Kinn und zog die Jeans hoch. Er ging in den Flur und schlüpfte in ein Paar Slipper. Er warf einen Blick in den Spiegel, fuhr sich kurz durchs Haar, das sofort da lag, wo es hingehörte, dann steckte er sich das Portemonnaie in die Tasche, griff nach dem Autoschlüssel, und erst als er auf der Verandatreppe stand, kam ihm in den Sinn, dass er viel zu viel getrunken hatte und gar nicht fahren durfte.

»Meine Kleine, ich muss ein Taxi auftreiben, aber ich rufe dich gleich zurück.«

Fünf Minuten dauerte es, bis der Wagen kam. Er wählte Bonnies Nummer, doch sie ging nicht ran. »Gott im Himmel, lass es nicht wahr sein«, murmelte er vor sich hin. »Lass es nicht wahr sein. Nicht schon wieder.«

14

Nikki und Annie wollten zum Essen ins Restaurant Catalina nach Palma fahren.

»Ich trage unter meinem Kleid gar keine Strumpfhose«, verriet Annie und strahlte übers ganze Gesicht, als sie im Taxi auf dem Weg in die Stadt saßen. Als sei dieses Kleidungsstück obligatorisch. »Ich komme mir fast schon verrucht vor.«

»Du siehst supergut aus«, sagte Nikki.

Am kommenden Tag ging ihr Urlaub zu Ende, und sie hatte tatsächlich das Gefühl, dass sie das Haus ihres Vaters vermissen würde. So ein luxuriöses Leben ohne Stallmist hatte doch seinen Reiz, das hatte sie gar nicht erwartet. Eines Tages hatte eine Dame namens Florentina an der Tür geklingelt. Sie war offenbar zum Putzen angestellt. Ihr Mann, so hatte sie berichtet, kam jeden Donnerstag, um den Pool zu reinigen. Zweimal im Monat kam zudem eine dritte Person, die sich um Garten und Pflanzen kümmerte. Aber das reichte schließlich nicht. Solch ein Haus verlangte Zeit und viel Engagement. Sein Besitzer sollte oft vor Ort sein, am besten rund um die Uhr.

»Wirst du es wirklich verkaufen?« Annie sah ein bisschen traurig aus. »Ich finde, wir hatten eine traumhafte Woche.«

»Das finde ich auch, aber ich sehe keine andere Möglichkeit«, sagte Nikki und zuckte mit den Schultern. »Die meiste Zeit würde es leer stehen, und das ist doch schade um so ein schönes Haus.«

Sie einigten sich darauf, dass das Haus einen Besitzer brauchte, der hier nicht nur allein herumhockte.

»Wenn du dir nicht gerade einen jungen Liebhaber zulegen willst«, flüsterte Annie.

Nikki wusste genau, worauf ihre Freundin anspielte. Sie lächelte sie an.

»Nein, vielen Dank, einmal reicht.«

Hast du Lust auf Sex, hatte er sie lässig gefragt, und sie hatte seine Hand genommen und war ihm gefolgt. Zum Glück war er am nächsten Morgen, als sie aufwachte, fort gewesen, sodass sie sich ohne peinliche Fragen, ob man sich wiedersehe, ein Taxi nach Hause rufen konnte.

Annie hatte ihr gesagt, das sei das Schlimmste gewesen, was ihr je zu Ohren gekommen war. Doch wenn man A sagte, musste man auch B sagen, also hatte Nikki die ganze Geschichte erzählen müssen.

Die ordentliche Annie, die so gern wollte, aber nicht konnte. Nikki konnte sich ja vorstellen, wie schwer es für Annie sein musste, einfach loszulassen. Sie wusste, dass Annie keine Jungfrau mehr war, sich ihre Erfahrung jedoch in Grenzen hielt. Nie tat sie etwas Unüberlegtes. Dass sie ihre Unschuld verlieren würde, gleich nachdem sie dem Internat in Restenäs den Rücken gekehrt hatte, war bis aufs letzte Detail geplant gewesen. Und sich hinterher mit demselben Jungen zu verloben, hatte außer Frage gestanden. Dann hatte sich herausgestellt, dass, wie ihre Familie es ausdrückte: er sich die Hörner noch nicht abgestoßen hatte. Und damit hatte Annie sich abfinden müssen. Entweder sie akzeptierte seine Eskapaden, oder sie wurde verlassen.

Damals hatte sie die Existenz Gottes zum ersten Mal infrage gestellt. Der Domprobst hatte Gebete zum Himmel geschickt, und Annies Mutter war wochenlang mit gefalteten Händen herumgelaufen. Annies Vater hatte seine Tochter gefragt, was *sie* falsch gemacht habe, weil ihr Freund Schluss gemacht hatte, und einer ihrer älteren Brüder hatte sie eine Hure genannt.

Hätte Nikki Annie kidnappen können, dann hätte sie das damals schon getan und sie auf dem Hof untergebracht. Ihre beste Freundin hatte ihr so unglaublich leidgetan, und dass sie weiterhin bei ihrer schrecklichen Familie hausen musste, hatte Nikki kaum ausgehalten. Ihr Vater hätte sicher nichts dagegen gehabt, Annie bei sich aufzunehmen, im Gegenteil, er hatte sie sehr gemocht.

Aber Annie hatte dankend abgelehnt. Wenn sie Nikki besucht hatte, hatte sie immer schlechter ausgesehen. Erst als sie ihr Theologiestudium begonnen hatte, war es besser geworden. Die knapp sieben Jahre in Uppsala hatten dazu geführt, dass sie sich nicht mehr so oft sehen konnten, doch übers Telefon hatten sie Kontakt gehalten, und Annie hatte sie in den Semesterferien gern auf Gyllentofta besucht. Sie war gerade mit dem Studium fertig, als Nikki und Magnus heiraten wollten.

Als Annie fünf Jahre als Pastorin gearbeitet hatte, war Magnus gestorben, und da hätte sie beinahe aufgegeben. Sie wollte nicht direkt sagen, dass Gott Menschen abrief, die besonders gut waren, doch man kam um die Frage nicht herum, warum er so herzlos gewesen war, so einen wie Magnus sterben zu lassen, hatte sie erklärt.

Ja, sie hatte sogar geflucht, das wusste Nikki noch wie heute. Und nach der Beerdigung hatte sie das Kollar in die Ecke gepfeffert und mit den Füßen getreten. Dafür hatte es Zeugen gegeben, auch wenn Annie es im Nachhinein verleugnete. Aber sie musste für ihren Glauben eine andere Form finden, so funktionierte das einfach nicht, hatte sie gesagt. Dann hatte sie gekündigt, war eine Weile in sich gegangen und hatte sich dann entschieden, Gott noch eine Chance zu geben. Sie hatte verkündet, dass sie ihn als Trost sähe. Eine tröstende Umarmung, wenn das Leben schlecht zu einem war. Gott erfülle keine Träume, aber er nahm sie einem auch nicht weg, hatte sie sich überlegt. Sie hatte das tröstende Element entdeckt und daran bis heute festgehalten.

Sie zumindest.

»Ich finde, wir sollten eine Flasche Wein leer machen, nicht ein paar Tröpfchen hier und ein paar Tröpfchen da probieren«, sagte Nikki voller Überzeugung und sah Annie an, die immer nur *einen kleinen Schluck* haben wollte, aber am Ende doch gar nicht so wenig trank. Sie waren in einem Restaurant hängen geblieben, in dem Flamenco gespielt wurde, und Annie rutschte rhythmisch auf ihrem Stuhl hin und her. Es war eng, heiß und laut. Die Musiker flirteten mit den Frauen im Lokal, und Annies Augen glänzten, weil sie so viel Aufmerksamkeit erhielt.

»Die spielen wunderbar, findest du nicht auch?« Annie warf einen Blick auf den Gitarristen. »Ich möchte gern irgendein mageres Stück Fleisch und einen Rioja. Wärst du so nett und bestellst?« Rioja war der einzige Wein, vom Abendmahlswein abgesehen, den sie kannte. In der letzten Woche hatte sie ihn jeden Tag getrunken. Wenn jemandem diese Woche hier auf Mallorca ausgesprochen gutgetan hatte, dann war es Annie. Doch auch Nikki hatte die Mittelmeerluft neue Energie gegeben. Sie fühlte sich stark und hatte wieder Kraft für die Aufgaben, die zu Hause auf sie warteten, die Regelung des Erbes und die Arbeit auf dem Hof. Weitere Panikattacken würde sie nicht bekommen.

Bald war das Restaurant rappelvoll. Die meisten Gäste waren Touristen, so schien es. Die Stimmung war gut, und man konnte sein eigenes Wort kaum verstehen von all den Stimmen und der Musik. Annie hakte sich bei Nikki ein, die auch anfing zu schunkeln, und es machte ihnen nichts aus, dass sie sich nicht mehr unterhalten konnten.

Als der Kaffee kam, schunkelten sie schon mit den Tischnachbarn, und als der Cognac serviert wurde, merkte Nikki, dass Annie gar nicht mehr zögerte. Sie hob das Glas und trank, dann hakte sie sich wieder bei dem Mann, der neben ihr saß, ein und lachte aus vollem Hals.

Ohne viel nachzudenken, nahm Nikki die fröhlichen Musiker im Taxi zu ihnen nach Hause mit. Wenn gefeiert wurde, dann richtig, und in den folgenden Stunden wurde es laut in Papas Haus. Jemand spielte auf dem Flügel, ein anderer auf den Kastagnetten, und Nikki und Annie tanzten so etwas wie Flamenco vor dem Chagall.

Am Morgen darauf trabte Nikki verschlafen und verkatert runter zum Pool. Doch als sie vor den Glastüren stand, wurde sie schlagartig hellwach. Eine Tür stand offen, und vom Pool hörte sie Stimmen.

Als sie erkannte, wer ohne Badekleidung im Wasser herumsprang, machte sie auf dem Absatz kehrt und lief zurück in ihr Zimmer.

Diesen Anblick hätte sie sich gerne erspart. Obwohl es auch lustig war.

Annie und der Kastagnettenmann.

Oje, was würde die Pastorin auf der Heimfahrt leiden, wenn sie wieder bei Sinnen war.

15

Bonnie hörte schon Matteos Schritte auf der Treppe. Als sie ihn sah, rannte sie ihm entgegen und warf sich in seine Arme.

»Sie hat doch versprochen, dass sie nie mehr ...«, weinte sie und spürte, wie er sie an sich drückte. Wie gut, dass es Matteo gab.

»Wo ist dein Papa?«

Er hatte den Mund an ihre Haare gepresst und hielt sie ganz, ganz fest. Er würde ihr helfen, das wusste sie sicher. »Sie hatten Streit, und Mama hat mit Sachen um sich geschmissen. Dann ist sie rausgerannt und er hinterher. Und dann hab ich dich angerufen.«

Langsam ließ er sie los und zog ein Taschentuch aus der Jackentasche. Er reichte es ihr, und sie wischte sich damit die Augen trocken. Sie wünschte, sie würde nicht heulen, aber die Tränen flossen vor allem vor Erleichterung, dass Matteo nun da war. Ihm vertraute sie auf eine ganz andere Art und Weise als Mama und Papa.

»Das hast du gut gemacht.« Er führte sie zum Bett und setzte sich neben sie, den Arm um ihre Schulter gelegt.

»Ich dachte, sie hätte aufgehört zu trinken.«

»Das haben alle gedacht. Oder ... Ich habe es gehofft. Ich glaube, sie hat in der letzten Zeit ein bisschen getrunken, ohne dass dein Papa es gemerkt hat. Sie hat so eine Mundspüllösung, wenn sie die benutzt, riecht man es nicht so sehr. Aber ich merke es ihr an. Sie ist dann so anhänglich und albern. Wenn sie nüchtern ist, ist sie anders.«

Bonnie hatte aufgehört zu weinen. Es tat so gut, dass Matteo da war, denn wenn Mama trank, wurde auch Papa ganz merkwürdig. Irgendwie verschwand er dann auch. Dann fühlte Bonnie sich völlig verlassen.

»Ich überlege, ob ich dich kidnappen und einfach zu mir nach Hause mitnehmen sollte, dann können sich deine Eltern in Ruhe streiten, wenn sie das möchten. Was hältst du von der Idee? Du packst deine Sachen, und wir machen es uns zu Hause gemütlich. Vielleicht gibt es in Göteborg in den nächsten Tagen ein Fußballspiel, und wir könnten auch eine Runde mit dem Boot drehen oder andere nette Sachen machen, bis sich die Lage hier beruhigt hat?«

»Meinst du das ernst?« Bonnie strahlte.

»Es wäre mir ein Vergnügen.«

Sie beugte sich vor und zog einen Koffer, der unter dem Bett lag, heraus. Er war auf der Rückseite völlig verstaubt. »Supergern. Matteo, du bist einfach der Beste«, sagte sie, während sie den Dreck abwischte. Dann stand sie auf. Was musste sie einpacken?

Er *war* wirklich der Beste. Er stand auf ihrer Seite, obwohl er Papas Freund war. Sie wusste, dass beide Elternteile in den nächsten Tagen nur mit Mamas Trinkerei beschäftigt sein würden.

Auch wenn es eine ganze Zeit her war, dass das zuletzt passiert war, es hatte sich nichts geändert. Für keinen von ihnen. Erst würden sie sich anschreien. Lange, laut. Dann würde es totenstill sein. Wie eine Strafe, so kam es ihr vor. Papa bestrafte Mama, und sie schämte sich zu Tode, bis sie dann wieder zur Flasche griff.

Bonnie hatte ein bisschen Hoffnung gehabt. Aber nur so wenig, dass dieser Hauch jetzt nicht einmal dazu führte, dass sie hoffte, es könnte ein Versehen gewesen sein, und bald wäre alles wieder gut. Sie hatte gehört, wie ihr Vater gesagt hatte, »noch ein Mal, dann ...«. Die Frage war nur, ob er es jetzt ernst meinte. Er hatte es schon so oft gesagt.

Vielleicht sollten sie sich lieber trennen? Diese Vorstellung rief in Bonnie Trauer und Erleichterung zugleich hervor. Besonders glücklich schienen sie ja nicht miteinander zu sein. Mama war so froh gewesen, als sie hergekommen waren, und Papa ging es dadurch gut. Aber es war offenbar so, dass sie nie lange glücklich bleiben konnte. Sie musste es immer vermasseln. Bonnie kam es so vor, als würde es ihrer Mutter am besten gehen, wenn sie richtig erbärmlich war. Mehrere Hosen, ein Sport-BH, Shorts, Bikini, fünf T-Shirts, Deo, ein dicker Pullover und eine Jeans. Das musste reichen.

Sie hoffte, dass sie superlange bleiben durfte.

Der Zettel lag auf dem Küchentisch, als Zac nach Hause kam: »BIN BEI MATTEO. WIR WOLLEN NACH GÖTEBORG, IRGENDEIN SPIEL ANSCHAUEN, TSCHÜS.«

Danke, Matteo, dachte Zac und atmete auf, während er die Scherben aufräumte, Folgen von Katarinas Wutanfall. Er war von dem Essen bei Matteo nach Hause gekommen und hatte sofort gemerkt, dass sie getrunken hatte. Sie hatte ihn angeschrien, er würde sich mehr um Matteo als um sie kümmern, und dann war der Zirkus voll im Gange gewesen. Dass seit dem letzten Mal zwei Jahre verstrichen waren, fiel nicht ins Gewicht. Es hätte genauso gestern sein können, so bekannt kam es ihm vor.

Bonnie war in ihr Zimmer gerannt, als ihre Mutter nach einem Glaskrug gegriffen hatte, der auf der Spüle gestanden hatte. Der Knall, als er an die Wand flog, war bestimmt noch bis ins Nachbarhaus zu hören gewesen. Nachts um elf war es bei den meisten Anwohnern ruhig. Eine halbe Stunde später war sie auf wackligen Beinen aus dem Haus marschiert. Zac war die Treppe hinaufgegangen, um mit Bonnie zu reden, doch er hatte nicht gewusst, was er ihr sagen sollte. Sollte er sie etwa damit beruhigen, dass es jetzt vorbei war? Dass er und sie sich eine eigene Wohnung suchen würden, damit Bonnies Mutter ihr Leben allein in den Griff bekam? Katarinas Krankheit riss sie alle in den Abgrund.

»Du musst nach ihr suchen, was ist, wenn sie ins Wasser fällt? Es ist doch dunkel draußen«, hatte Bonnie ihn angefleht.

Zac konnte sich den Gedanken nicht verkneifen, dass das auch eine Lösung wäre. Sie würde in den See fallen und ertrinken. Dann hätten es alle leichter, Bonnie auch. Aber dann war er auf Bonnies Bitte eingegangen. Bonnie wollte ihre Mutter bei sich haben, aber sie nach zwei nüchternen

Jahren so betrunken zu sehen hatte ihr schwer zugesetzt. Er war ja selbst furchtbar enttäuscht.

Dass es so schwer war, die Beziehung zu Katarina zu beenden, obwohl er sie nicht mehr liebte! Warum blieb er? Er hielt von einer Enttäuschung zur nächsten durch. Er rief bei ihrer Arbeitsstelle an und meldete sie krank, wenn sie es nicht schaffte, sich aufzuraffen, und er dachte sich Ausreden aus, wenn sie eingeladen waren. Trotz der Verachtung, die er für sie empfand, weil sie nichts unternahm, um gesund zu werden, war Matteo der Einzige, der wusste, wie schlimm die Lage wirklich war.

Ihre Familie hatte keine Ahnung, und vor ihrer eigenen Mutter spielte sie Theater. Er hatte Katarina bewacht wie ein Habicht, wenn sie mit Bonnie zusammen war, und hätte ihr die Touren vom und zum Kindergarten – später zur Schule – niemals allein überlassen. Jeden Elternabend hatte er allein bestritten. Als Bonnie kleiner war, hatte er sie auch nie mit Katarina allein gelassen, wenn er etwas vorhatte, bei dem er sie nicht mitnehmen konnte, dann hatte er sie bei ihrer Großmutter untergebracht.

Dann kam ein besonderer Tag. Katarina war bei der Arbeit die Kündigung angedroht worden, wenn sie ihre Probleme, »die möglicherweise in Zusammenhang mit Alkohol« standen, nicht in den Griff bekam. Danach hatte sie aufgehört zu trinken. Sie hatte eine sechsmonatige Entziehungskur gemacht, die Kosten hatte ihr Arbeitgeber übernommen. Und das war vor genau zwei Jahren gewesen, auch im August.

Alles wird wieder gut, Papa, hatte Bonnie damals gesagt,

die sich in ihrer kindlichen Naivität nichts inniger wünschte. Aber Zac wusste nur allzu gut, dass das nicht so einfach war. Dass Rückfälle drohten. Die Frage war, ob und wann.

So verstrich Monat um Monat, ohne dass es Anzeichen gab, dass sie wieder anfangen würde zu trinken. *Danke, aber ich vertrage keinen Alkohol*, sagte sie, wenn sie eingeladen waren, und auch wenn die Gastgeber hinter ihrem Rücken die Augen verdrehten, so sprach es doch niemand aus. Sie bekam Mineralwasser und schien damit zufrieden zu sein.

Ich kann mir selbst vormachen, solange ich will, dass unsere Probleme andere Ursachen haben, aber das stimmt trotzdem nicht, dachte Zac.

Katarina ist Alkoholikerin, das ist das Problem Nummer eins.

Das andere Problem ist, dass ich das akzeptiere.

»Ich weiß nicht, wie ich dir danken kann«, sagte Zac, als Matteo abnahm.

»Gar kein Problem, du weißt, wie sehr ich Bonnie mag. Sie kann ein paar Tage hierbleiben, wenn sie mag, dann könnt ihr beide die Dinge klären, die zu klären sind.«

»Wir werden diesmal überhaupt nichts klären können, sobald wir zu Hause sind, werde ich die Scheidung einreichen, das heißt, die Papiere, über die wir neulich gesprochen haben, müssen wir unbedingt vorher unterschreiben.«

»Ich kümmere mich drum, keine Sorge. Wie geht's denn Katarina?«

»Schlecht. Sie ist besoffen. Schläft auf dem Sofa.«

»Tut ihr leid, was passiert ist?«

»Kein Stück. Sie tut sich selber leid und kann nicht verstehen, dass ich sie nicht bemitleide. Die Angst kommt erst dann, wenn sie wieder nüchtern ist und begreift, was sie Bonnie antut.«

Zac stand auf der Terrasse, als er sprach. Plötzlich verspürte er das Verlangen nach Zigaretten. Sie hatten keine im Haus, denn er hatte das Rauchen vor zehn Jahren aufgegeben, aber irgendwo lag vielleicht noch eine trockene Zigarre herum. Er ging wieder ins Haus, das Telefon noch am Ohr. Vielleicht im Wohnzimmer? Katarina lag auf dem Sofa, ein Bein war nach unten gerutscht. Einen Arm hatte sie über dem Kopf. Ihr Mund war offen. Sie schnarchte. Stank erbärmlich nach Alkohol. Sie musste jede Menge in sich hineingekippt haben. Gut, dass sie hier lag, dachte er noch. So wollte er sie nicht im Schlafzimmer haben. Wie eklig.

Da war die Zigarre tatsächlich, neben der Streichholzschachtel. Er ging wieder hinaus. Zündete sie an und paffte ein paarmal. Ehrlich gesagt schmeckte sie scheußlich. Er rauchte weiter, aus Protest. Wogegen, konnte er nicht genau sagen.

»Schläft Bonnie jetzt?«, fragte er Matteo.

»Nein, sie wartet darauf, dass ich Popcorn mache und wir uns noch einen Film zusammen anschauen.«

Zac warf einen Blick auf die Uhr.

»Okay, kann ich kurz mit ihr reden? Und, Matteo, noch mal vielen, vielen Dank.«

Es wäre einfacher gewesen, wenn Zac nicht begriffen hätte, dass Katarina eine Krankheit hatte, aber es war ihm ja klar. Und diese Ausrede hatte er lange vor sich hergeschoben.

Wie verlässt man bloß jemanden, der krank ist?, hatte er gedacht, und die Antwort darauf war vielleicht die, dass man einfach seinen Hut nahm und ging. Denn wenn man blieb, würde man selber krank, er hatte es ja schon zu spüren bekommen. Er reagierte seit Langem nicht mehr normal. Worüber andere sich schrecklich aufregen würden, wie die Kotze ihres betrunkenen Partners aufzuwischen, das hatte er jahrelang mitgemacht.

Aber jetzt hatte er die Nase voll. Er rechnete nicht damit, dass Katarina Widerstand leisten würde, nicht jetzt, wenn sie zahm und ängstlich war. Bis es wieder von Neuem losging. Er würde dafür sorgen, dass Bonnie dauerhaft bei ihm untergebracht war, bis seine Ehefrau etwas gegen ihren Missbrauch unternahm, denn er glaubte nicht, dass das ein einmaliger Ausrutscher gewesen war. Er sah die Anzeichen jetzt ganz deutlich. Zu spät, aber er würde nicht noch einmal in die Falle tappen zu glauben, er könne irgendetwas dagegen tun. Die Verantwortung lag bei ihr, es war an der Zeit, dass er das umsetzte, was er gelernt hatte, auch wenn es ihm schwerfiel.

Natürlich würde er ausziehen müssen. Für Bonnie und sich eine neue Wohnung suchen. Katarina war erfolgreich, sie verdiente mehr als er und würde bestens zurechtkommen.

Eigentlich hatte er sich das schon vor langer Zeit vorgenommen, er musste nicht einmal darüber nachdenken, welche Schritte notwendig waren. Er wusste es bereits, jetzt stand nur noch die Umsetzung an. Jetzt wollte er keine Zeit mehr verschwenden. Morgen würde er ihr sagen, dass es aus war mit ihnen. Ab diesem Augenblick musste sie ohne ihn klarkommen.

16

Nachdem Katarina aufgewacht war, lief sie eilig die Treppe hinauf ins Badezimmer. Es war still, niemand schien zu Hause zu sein. Schön. Sie würde gern ein Glas trinken, doch erst musste sie duschen. Manchmal konnte sie das von der Flasche fernhalten. Wenn sie sich außerdem noch im Spiegel betrachtete, standen die Chancen gut, dass sie nichts mehr trinken würde, zumindest nicht vor dem Abend.

Am Schlafzimmer geriet sie ins Stolpern. Sie war an einer losen Diele, die Zac in jedem Sommer versprochen hatte zu reparieren, mit dem großen Zeh hängen geblieben. Mist, so ein fieser Schmerz. Humpelnd begab sie sich ins Badezimmer und drehte den Wasserhahn an der Wanne auf. Sie hielt den Fuß hinein. Das lauwarme Wasser schoss heraus, und das Blut von ihrem Zeh färbte es hellrot.

War es zu viel verlangt, dass er einen Hammer holte und die Latte reparierte, anstatt einen Teppich darüberzulegen und das Problem zu verstecken? Schließlich konnte er eine ganze Dachterrasse selbst bauen, dann fiel ihm die Reparatur des Bodens doch nicht schwer. Aber da war es wie mit so vielen anderen Dingen. Das, worum sie ihn bat, machte er nicht.

Ihr Zeh hatte aufgehört zu pochen, und sie hob den Fuß an, um sich die Verletzung genauer anzusehen. Es war gar nicht schlimm. Ein kleiner Schnitt, und jetzt blutete es auch nicht mehr.

Sie stellte den Fuß auf der Badematte ab, ließ das eklige rosafarbene Wasser ab, drehte dann den Hahn wieder auf und reckte sich nach der Flasche mit dem Badeschaum. Eigentlich sollte sie als Erstes die Zähne putzen, dachte sie, als sie mit der Zunge über die obere Zahnreihe fuhr. Wie viel hatte sie gestern wohl getrunken? Offenbar eine ganze Menge.

Man hat die Verantwortung für seinen Alkoholkonsum selbst, denn niemand zwingt einen, sich mit Alkohol oder anderen Drogen zu betäuben, das hatten sie in der Therapie immer wieder betont. Und das sah sie natürlich auch so. Doch wenn die Angst sie mit ihren dreckigen Fäusten bedrohte, war es schwer, eine Alternative zu finden, die ebenso effektiv war.

Man müsse die Angstzustände überwinden, sonst schiebe man sie nur vor sich her, erklärten die, die keine Ahnung davon hatten, dass es sich so anfühlt, als stehe man irgendwo tausend Meter über dem Boden, und das Einzige, was einem bleibt, ist, den Schritt in die Ewigkeit zu machen. Oder sich einen Drink einzugießen, um sich auf der Kante halten zu können.

Und dann ist die Entscheidung wirklich einfach.

Katarina schloss die Augen. Versuchte zurückzudenken,

wie es war, als sie den »Rückfall« hatte. Das war vielleicht ein halbes Jahr her. Da hatte sie keine Angst gehabt. Im Gegenteil. Das Leben ohne Alkohol war einfach gewesen. Da hatte sie gedacht, dass ein Glas Wein doch nicht schaden könne, wenn es ihr so gut ging. Und das hatte es auch nicht, also hatte sie sich noch eins eingeschenkt. Der Vorfall gestern war natürlich ein Fehler gewesen, eine Entgleisung, jetzt musste sie sich wieder zusammenreißen. Das hatte sie auch früher schon getan und wusste, dass sie es konnte.

Die Frage war nur, ob sie damit gleich heute anfing oder noch ein bisschen wartete.

Auf ein Glas mehr oder weniger kam es schließlich nicht an. Zac würde sicherlich einen Wutanfall kriegen, aber lieber einen wahnsinnigen Mann als einen gleichgültigen. Denn so weit waren sie schon.

Wenn sie ehrlich war, dann fühlte sie auch nicht mehr sonderlich viel für ihn, aber in der Therapie hatten sie gesagt, dass das eine gängige Ausrede sei. Man übertrieb, um sich aus der Verantwortung zu stehlen. Das Trinken war eine andere Art, in die Knie zu gehen. Na ja, sie lebten ja nicht mit Zac zusammen, sahen nicht seine Blicke. Klartext war nicht ihr Ding, doch seins noch viel weniger.

Sie hielt sich an dem Griff an der Wand fest und stellte sich in der Badewanne auf die Füße. Stellte auf die Dusche um und wusch sich unter fast eiskaltem Wasser die Haare. Dann wickelte sie sie in ein frisches weißes Handtuch und trocknete sich mit einem zweiten ab.

Trinken oder nicht trinken? Medizin oder Angst?

Flüchtig sah sie am Spiegel vorbei und konnte erkennen,

wie rot unterlaufen ihre Augen waren, die Farbe zog sich wie eine rote Linie rund um die Augen. Schön war das nicht.

Ihr Therapeut hatte gemeint, dass es ein gutes Zeichen sei, wenn es ihr wichtig war, wie sie aussah. Katarina selbst empfand es so, dass das noch etwas war, worum sie sich kümmern sollte. Sie hatte sich *immer schon* um ihr Äußeres bemüht, wesentlich mehr als andere Frauen, die sie kannte. Die Sucht nach Bestätigung war fast schlimmer als die Sucht nach dem Alkohol, der sie betäubte. Ein Mann, dessen Blick an ihr hing, war ebenso berauschend wie der erste Drink. Das Kribbeln. Die Vorfreude. Die Lust. Der Wunsch nach mehr.

Nur deshalb sorgte sie dafür, dass sie attraktiv war. Wäre sie nicht von den Blicken der Männer abhängig gewesen, um sich lebendig zu fühlen, dann wären ihr ungewaschene Haare und rote Augen völlig egal gewesen.

Sie öffnete den Badezimmerschrank, holte ihr Clear eyes heraus und legte den Kopf in den Nacken, während sie die Tropfen wirken ließ. Als sie wieder in den Spiegel sah, hatten zumindest die Augäpfel ihre weiße Farbe wieder. Sie zwinkerte ein paar Male.

Trinken oder nicht trinken.

Wimpernzange, einmal nach oben biegen, Mascara, zwei, nein, drei Schichten. Sie nickte. Ja. Viel besser.

Sie nahm das Handtuch von den Haaren. An der Luft trocknen lassen oder föhnen? Das Ritual ging weiter.

Als sie fertig war, trat sie einen Schritt zurück und betrachtete sich. Sie war hübsch. Die Spuren des gestrigen Abends waren verschwunden.

Aber wofür?

Du weißt, dass du ein großes Arschloch bist. Egal, wie sehr du dich zurechtmachst. Für wen gibst du dir noch Mühe, es kümmert doch sowieso keinen mehr. Du hast alles gegen die Wand gefahren. Glückwunsch, Katarina, wieder mal ein letzter Platz. Hol dir einen Drink. Such dir jemanden fürs Bett. Erst dann wird es dir besser gehen, und du vergisst, was für ein mieser Charakter du geworden bist.

Pfeif drauf, zum Wohl.

17

Nikki hätte schwören können, dass Oberon sich freute, als sie aus dem Urlaub nach Hause kam, jedenfalls kam er von allein auf der Wiese zu ihr angetrottet, ohne dass sie ihn locken musste. Die anderen Pferde hoben kurz den Kopf von den Gräsern, doch größer war ihr Interesse nicht.

»Hallo, mein Alter, wie geht's dir?«, flüsterte sie und kraulte ihn unter dem Pony. Er schnaubte und stupste sie an. »Was meinst du? Soll ich es erwähnen, dass ich Annie nackt am Pool gesehen habe, oder soll es unser Geheimnis bleiben?« Es sah aus, als würde er zustimmend nicken. Nikki kramte in ihrer Tasche und hielt ihm dann ein Leckerli hin. Sie streichelte seinen Hals, während er kaute. Bestimmt hatte er recht.

Als sie in Gyllentofta angekommen waren und Annie in ihren Wagen umgestiegen war, hatte sie einen überglücklichen Winston auf den Beifahrersitz gelassen, um sich auf den Heimweg zu begeben. Vorher hatte sie gesagt, dass das der schönste Urlaub ihres Lebens gewesen sei. Und wenn Annie so etwas sagte, dann meinte sie es auch.

Nikki wurde ganz warm ums Herz.

»Komm noch mit auf einen kleinen Spaziergang. Es ist viel schöner zu zweit«, sagte sie nun zu Oberon. Sie befestigte einen Griff am Halfter, als sie spürte, dass ihr etwas um die Beine strich. »Zu dritt«, korrigierte sie sich lächelnd. »Es ist schöner zu dritt.« Sie beugte sich vor und streichelte Trassel. Sie schnalzte leicht, und dann machte sich das Trio auf den Weg in ihren Wald.

Bald würde das Training wieder beginnen, und dann hätte sie nicht mehr so viel Zeit, weil sie mit den Pferden und den Reitern vollauf beschäftigt war. Der Termin mit ihrer Rechtsanwältin am Nachmittag war reine Formalität, sie musste sicher einen Haufen Papierkram unterschreiben, und dann war die Sache erledigt.

Es war wichtig, dass alles geregelt war, wenn die Pächter zu dem Treffen auf den Hof kamen. Nikki wusste, dass sie sie mit Skepsis betrachteten. Nicht, weil sie fanden, dass sie keinen guten Job machte, sondern einfach deshalb, weil ihr von Geburt an etwas zwischen den Beinen fehlte.

Einige dieser älteren Herrschaften hatten seit Generationen Haus, Scheune und Land gepachtet, und einige wollten es ihren Kindern übergeben, andere wiederum hatten niemanden, und dann musste Nikki sich darum kümmern, dass es wieder in ihren Bestand überging oder an jemand anderen verpachtet wurde. Sie musste sich unbedingt einen Überblick über die wirtschaftliche Lage des Hofes verschaffen, ihr saß die Angst im Nacken, dass ihr Vater zu viel ausgegeben haben könnte. Er hatte nie Geld annehmen wollen.

»Ach was, lass gut sein. Ich hoffe, du hast Spaß daran«, sagte er, das war so seine Art.

Auf diese Weise hatte er ein Auto verschenkt, das noch hervorragend fuhr, einen Pflug, der nagelneu war, und vor ein paar Jahren auch einen Traktor – dessen einziger Schaden es war, dass er eine neue Batterie brauchte. Damals hatte Nikki sich furchtbar aufgeregt, denn ihr Vater hatte mit dem Betrieb ja gar nichts mehr zu tun. Er hatte den Job geschmissen und konnte nicht einfach nach Hause kommen, sich wie ein kleiner König aufführen und Sachen verschenken. »Wir haben doch mehr als genug«, hatte er gelassen geantwortet und ihr über den Arm gestreichelt, und dann hatte sie sich geschämt. Sie wusste auch, dass es ihnen gut ging, besser als den meisten. Aber sie wollte lieber die alten Geräte weiterbenutzen, anstatt immer neue zu kaufen, und dieser Traktor hatte perfekt funktioniert. Man konnte hervorragend mit ihm auf dem Feld herumfahren, wenn es zu nass geworden war, um das Auto zu nehmen.

Nikki griff nach ihrem Handy, das in der Tasche lag und klingelte. Ihre Mutter. Sie seufzte, bevor sie ranging.

»Hallo, Mama.« Nikki ließ das Trensengebiss los, sodass Oberon kauen konnte.

»Hallo, mein Herz. War es schön auf Mallorca? Die Insel ist doch wunderschön, oder nicht?«

»Ja, und das Haus ist fantastisch, aber ich werde es nicht behalten. Ich habe ja nie Zeit, vor Ort zu sein.«

»Du hast da eine Menge Leute, die sich darum kümmern, überleg es dir gut, es ist ein Paradies, das du ab und zu besuchen könntest. Bist du es nie leid, nach Pferd zu stinken?« Mama sprudelte vor Lachen.

»Du kannst es mir glauben, ich steige unter die Dusche

wie jeder andere Mensch. Ich kann doch kein Haus besitzen, das ich nie benutze, dann verkaufe ich es lieber und stecke das Geld in etwas anderes.«

»Und in was zum Beispiel?«

»So weit habe ich noch nicht gedacht, ich sehe meine Rechtsanwältin heute Nachmittag, um dann Papas Testament durchzugehen.«

Um Gottes willen … Hatte Mama das wirklich gesagt? Nikki war sich nicht sicher. »Wie bitte?«

»Ach, nichts«, antwortete sie auffällig schnell.

»Okay?«

»Dann ruf mich doch hinterher mal an.«

Klick, da war das Gespräch beendet.

Nikki steckte das Telefon in die Brusttasche und warf einen Blick auf die Uhr. Es war Zeit zurückzugehen. Einmal, das war noch gar nicht so lange her, hatte Nikki einfach Oberons Mähne gefasst, sich hochgezogen und war ohne Sattel zurückgeritten. Doch diese Spannung fehlte ihr im Moment. Sie meinte, sie finge bereits an zu stöhnen, wenn sie sich nach unten beugte und ihre Turnschuhe binden musste. Vermutlich täte es ihr sehr gut, wenn sie wieder mit dem regelmäßigen Schwimmen beginnen würde und mal etwas anderes trainierte, als nur mit der Mistgabel Heu hin und her zu befördern, aber im Moment musste sie Prioritäten setzen.

»Jetzt gehen wir«, sagte sie und klopfte dem Pferd auf die Mähne.

Sie trotteten durch den kühlen Wald und kamen bald wieder auf dem Kiesweg an. Der Kater stand am Grabenrand und wartete. Langsam trabten sie zum Haus zurück, wo Nikki in Kürze den Termin mit ihrer Rechtsanwältin hatte.

Sylvia war bereits da und ließ sich, an ihr Auto gelehnt, die Sonne ins Gesicht scheinen.

»In diesem Aufzug siehst du aus wie eine Siebzehnjährige«, sagte sie lächelnd und streckte ihr zur Begrüßung die Hand entgegen.

»Ich bin total verdreckt«, sagte Nikki und hielt die Hände in die Luft. »Ich bringe Oberon schnell in die Box. Kannst du eben warten, in der Sitzgruppe hinter dem Haus ist es jetzt sehr schön.« Sie wies um die Ecke. »Ich will nur kurz unter die Dusche springen. Möchtest du etwas zu trinken, solange ich mich frisch mache?«

»Nein danke, ich warte einfach auf dich.«

Es dauerte nicht lange, dann kam Nikki mit einem Tablett zurück. Schnell war der Kaffee eingeschenkt und die Zimtschnecken serviert. Sie unterhielten sich kurz über dies und das, bevor Sylvia ihre Unterlagen aus der Aktentasche zog. Sie legte sie auf dem Tisch vor sich ab.

»Ich fange mal ohne Umschweife an. Es gibt noch einen Erben außer dir«, begann Sylvia betont ruhig. »Da du nie davon gesprochen hast, gehe ich davon aus, dass das für dich eine Überraschung ist, oder?«

Nikkis Kaffee blieb irgendwo stecken und geriet dann in den falschen Hals, sodass sie, ohne etwas dagegen tun zu können, ihn quer über den Gartentisch spuckte. Das weiße Tischtuch, das da ordentlich lag, sogar mit kleinen Gewichten beschwert, damit der Wind es nicht wegwehte, war nun über und über gesprenkelt. Mit den Servietten versuchte Nikki, es sauber zu machen, und starrte Sylvia entsetzt dabei an. »Du machst wohl Witze?«, sagte sie.

»Nein«, antwortete Sylvia und schüttelte den Kopf. »Nikodemus hat noch einen Sohn, Jahrgang …« Sie blätterte ihre Unterlagen durch. » … 1973.«

Nikki zerquetschte die Servietten, die sie in der Hand hielt, als seien sie Papas Hals, dann richtete sie sich auf und sah Sylvia regungslos an.

»Was hat das zu bedeuten?«

»Das ist *nicht* zu deinem Vorteil. Du musst dich darauf einstellen, dass sich dein Leben dramatisch verändern wird. Es tut mir leid, dass ich die Wahrheit nicht schonender verpacken kann.«

18

Katarina trank, Zac schüttete die Flaschen aus. Sie kaufte wieder ein, er schrie, und am Ende blieb nichts. Es war leer. Still. Als Bonnie nach den Tagen bei Matteo nach Hause kam, hatten ihre Eltern den Sommer eingepackt. Sie sprachen auf der Heimreise kein Wort miteinander, und wenn sie mit Bonnie redeten, klang es künstlich und einschmeichelnd. Zac schämte sich vor seiner Tochter. Wie konnten Katarina und er ihr das nur antun? Sie war das Wichtigste in beider Leben, denn er zweifelte keinen Augenblick daran, dass Katarina eine ebensolche innige Liebe für die gemeinsame Tochter empfand. Natürlich tat sie das. Der Alkohol war das Problem, nicht die Liebe zu Bonnie.

Zwei Tage darauf weinte Katarina auf eine herzzerreißende Art, wie sie Zac noch nie erlebt hatte. Es waren richtige Krämpfe, ihr ganzer Körper zog sich zusammen. Sie stieß unheimliche Laute aus.

Zum Glück war Bonnie nicht zu Hause. Sie hatte sich brav verabschiedet und war dann mit einem Freund zum Fußballplatz losgezogen. Und das immer mit diesem Lächeln im Gesicht. War es gut oder schlecht, dass sie nicht zusammenbrach und heulte, weil ihre Mutter in eine Entziehungsklinik musste? Zac wusste nicht, was er davon halten sollte.

Bonnie hatte sich so geäußert, dass es gut so war, denn da bekam ihre Mama Hilfe.

Konnte man so einsichtig sein, wenn man erst fünfzehn war, oder war sie ebenso gut darin, ihre Gefühle zu verbergen, wie er?

»Du willst dich scheiden lassen, stimmt's?« Ihr Gesicht war fleckig. Die Mascara schon bis zum Kinn verschmiert. Das Wohnzimmer sah genauso aus wie vor dem Urlaub, und dennoch war alles anders. Das, was einmal so warm und heimelig gewesen war, wirkte jetzt kalt, obwohl es Juli war und die Sonne durchs Fenster schien.

»Ja.«

»Du liebst mich nicht mehr?«

»Nein.«

»Du darfst mir Bonnie nicht wegnehmen, hörst du? Du nimmst mir Bonnie nicht weg.« Hastig sprang sie aus dem Sessel auf und kam auf ihn zu. »Du nimmst mir Bonnie nicht weg.« Jetzt schrie sie, und die Angst in ihren Augen brachte ihn für einen Moment aus dem Gleichgewicht. Er schloss die Augen. Konzentrierte sich auf das, was notwendig war.

»Das Wichtigste ist jetzt, dass du eine Therapie machst. Wenn du zurück bist, sprechen wir weiter. Im Moment geht das sowieso nicht, das weißt du. Du musst zur Ruhe kommen, und Bonnie und ich müssen das auch.«

Katarina musste allein in die Klinik fahren. Zac hatte dort angerufen und gefragt, wie er sich verhalten solle, aber das Personal in der Klinik hatte geantwortet, es sei okay. Seine Frau sei ein erwachsener Mensch, sie könne ohne Hilfe in den Bus einsteigen.

Natürlich.

Aber er kam sich herzlos vor. Als würde er sie ausliefern. Es war offenbar die richtige Medizin, aber schwer auszuhalten.

»Wasch dir die Mascara vom Gesicht«, sagte er müde. »In einer Viertelstunde musst du los.«

»Und wenn ich mich weigere?«, fragte sie und sah ihm provokant in die Augen.

»Die Entscheidung liegt bei dir«, sagte er. »Aus der Wohnung musst du so oder so.«

»Ich wohne hier auch. *Du* kannst genauso gut ausziehen.«

»Natürlich kann ich das. Aber du musst nicht glauben, dass ich Bonnie hierlasse. Sie bleibt bei mir, bis ihre Mutter beschließt, nüchtern zu werden.«

»Ich *bin* nüchtern. Das war ein Rückfall, mehr nicht.«

»Einer mehr, als du mir erzählt hast. Bonnie wusste schon länger, dass du wieder trinkst.«

Sie schlug die Augen nieder. Er hatte gehofft, nicht erwähnen zu müssen, was Bonnie gesagt hatte, doch Katarina wand sich, und das konnte er sogar verstehen. So witzig war es sicherlich nicht, in dieser Klinik zu sitzen und von all dem Mist zu erzählen, den man verbockt hatte, als man betrunken war.

Zac hatte auf Bonnie keinen Druck ausgeübt. Sie hatte nur erzählt, dass sie eine Weile schon gemerkt hatte, dass die Mama trank, und so hatte er es auch fallen lassen. Das war genug. Aber die eigene Scham darüber, wie er die Augen davor hatte verschließen können, hing ihm nach. Wie konnte es sein, dass seine Tochter es gemerkt hatte und nicht er? Natürlich hätte es andersherum sein müssen.

»Ist Mama gefahren?« Bonnie stellte ihre Sporttasche auf dem Boden ab.

»Vor einer Stunde.«

»Okay.« Sie ging ins Badezimmer, und kurz darauf hörte Zac, wie die Duschbrause lief.

Okay. Aber das konnte doch nicht alles sein, was sie fühlte?

Später musste er mit ihr darüber reden. Matteo war schon auf dem Weg zu ihnen, offenbar hatte er etwas zu berichten, das hatte er am Telefon gesagt, nachdem Zac ihm die ganze Geschichte von Katarinas Abreise zur Entziehungsklinik erzählt hatte. Er freute sich darauf, sich mal über etwas anderes unterhalten zu können als dieses Elend hier. Er nahm an, dass Matteo eines der zwei Häuser gekauft hatte, die sie sich angesehen hatten, und Zac freute sich auf den Besuch seines besten Freundes. Bestimmt hatte er ein paar Fotos dabei.

Zac klopfte an die Badezimmertür. »Bonnie, Matteo ist im Anflug, nur dass du Bescheid weißt.«

»Okay.«

Er schmunzelte über den begrenzten Wortschatz seiner Tochter.

Da klingelte es an der Tür. Als er auf dem Weg zur Tür

im Flur ihr Hochzeitsbild über Katarinas Sekretär hängen sah, durchfuhr es ihn. Er musste es unbedingt abnehmen, er konnte es nicht mehr sehen. Seine Gefühle für seine Ehefrau waren mittlerweile gleich null, und das Bild erinnerte ihn ständig an dieses Versagen.

»Komm rein«, sagte er und öffnete die Tür. »Bonnie duscht gerade noch, und Katarina ist ja schon unterwegs.« Er nickte in Richtung Wohnzimmer. »Wollen wir es uns da gemütlich machen? Was wolltest du denn loswerden?«

»Könnte ich was zu trinken bekommen?«, fragte Matteo und lächelte.

»Bier?«

»Später vielleicht. Im Moment reicht mir ein Wasser. Wir sollten beide bei klarem Verstand sein, wenn ich dir das jetzt erzähle.«

»Hola. Dann setz dich schon mal, ich komme gleich.«

Matteo setzte sich in den Sessel, der vor dem französischen Balkon stand. Draußen war Fußgängerzone, aber sie befanden sich so weit oben, dass man nichts sehen konnte, ohne sich hinauszubeugen.

»Hast du die Unterlagen dabei?«, rief er.

»Welche?« Zac steckte den Kopf durch die Tür.

»Den Ehevertrag.«

»Schon, aber das ist doch nun nicht so eilig, oder? Sie kommt ja erst in sechs Wochen nach Hause. Jetzt war so viel los, dass ich ganz vergessen habe, sie um ihre Unterschrift zu bitten.«

Matteo verzog das Gesicht. Mist. Genau das war jetzt ein

Problem. Er hätte darauf bestehen müssen, dass Zac die Unterschrift so schnell wie möglich einholte, aber das hatte er nicht getan. So was Dummes, so was unglaublich Dummes.

Matteo hörte das Geklapper in der Küche. Er holte sein iPad heraus und legte es auf den Couchtisch.

»Butterkekse, schmecken die auch zu Wasser?« Zac stellte das Tablett auf den Tisch vor dem Sofa und setzte sich. »Jetzt erzähl mal.«

»Du hast eine Schwester«, sagte Matteo ohne Umschweife und sah Zac ins Gesicht. Er wünschte, er könnte seinem Freund jetzt helfen, doch das konnte er nicht. Erst mussten alle Fakten auf den Tisch. »Nikolina Köhler.« Matteo trank einen Schluck Wasser und sah zu, wie Zac nach und nach begriff, was er eben mitgeteilt hatte.

»Moment mal ...« Zac runzelte die Augenbrauen. »Was hast du gesagt? Du meinst ... Schwester? Ich habe keine Schwester. Wie, wie ... wie meinst du das?« Er sah Matteo ungläubig an.

»Eine meiner Kolleginnen ist mit der Testamentsvollstreckung deines Vaters beauftragt.« Matteo räusperte sich, dann fuhr er fort: »Ich weiß, du hast gedacht, dein Vater wäre schon seit Jahren tot, aber er hat bei bester Gesundheit auf dem Hof Gyllentofta gelebt, draußen vor Söderköping. Zumindest hin und wieder. Deine Schwester hat sich vor allem um den Betrieb gekümmert.«

Zac sprang auf, und Matteo fühlte mit ihm. Wie schrecklich, der eigene Vater hatte ganz in der Nähe gelebt und nie etwas von sich hören lassen.

»Und das ist noch nicht alles«, fuhr Matteo fort. »Dein

Vater war ein wohlhabender Mann, und du erbst die Hälfte seiner Hinterlassenschaften.«

Zac setzte sich wieder. Seine Hände zitterten, als er sich nach dem Wasserglas, das auf dem Tisch stand, reckte.

»Du machst offenbar Witze«, sagte er nur. Trotz seiner Sonnenbräune war er ganz bleich.

»Nein«, antwortete Matteo und schüttelte langsam den Kopf, »alles ist natürlich genauestens überprüft worden. Ich habe mit Nikodemus' Anwältin gesprochen. Deine Schwester wusste bis heute auch nichts davon. Wir haben uns abgestimmt, es euch beiden heute mitzuteilen. Nikolina hat die Nachricht auch gerade erhalten.«

»Nenn sie nicht meine Schwester«, sagte Zac. »Das fühlt sich ganz fremd an.«

»Okay, dann sagen wir Nikki, so wird sie offenbar von allen genannt.«

»Mutter hat die ganzen Jahre kein Wort gesagt.« Zac stellte das Glas wieder hin, ohne auch nur daran genippt zu haben. Dann stand er wieder auf. Kratzte sich am Kopf, fuhr mit den Händen in die Hosentaschen. Er ging vor an die Fenster, riss ein verwelktes Blatt von einer Topfpflanze, kam zurück zum Tisch und legte es auf das Tablett. Setzte sich wieder. Dann beugte er sich zu Matteo vor: »Sie hat gesagt, er sei tot. Wer tut so was?«

»Ich weiß es nicht.«

»Und was passiert jetzt?«

»Wir müssen uns mit Nikki treffen, zumindest früher oder später. Es geht um ein riesiges Erbe, und ihr Leben wird sich völlig verändern, wenn du die Hälfte davon bekommst.«

Zac starrte nur leer in die Luft.

»Und dann ist da noch die Sache mit dem Ehevertrag«, sagte Matteo vorsichtig.

Jetzt sprang er auf. Die Anspannung steckte ihm immer noch in den Knochen. Seine Beine zitterten, und er streckte den Rücken durch. Erst am Morgen hatte er selbst genauere Informationen und Nachweise erhalten, aber sicherlich gab es da noch mehr.

Im Moment war es das Wichtigste gewesen, Zac darüber zu informieren.

»Ich hoffe, du verstehst, dass deine Frau sich die Hälfte des Erbes unter den Nagel reißen wird, wenn du die Scheidung vorantreibst und keinen Ehevertrag hast. Und jetzt reden wir von richtig vielen Millionen, Zac. Nicht nur, dass Nikki das große Gut mit dir teilen muss. Im schlimmsten Fall musst du die Hälfte deines Anteils an Katarina abgeben.«

Er öffnete die Türen zu dem kleinen Balkon, weil er glaubte, dass sein Freund jetzt frische Luft vertragen könne, dann sprach er ihn noch einmal an. »Das Haus an der Westküste gehörte deinem Vater. Das musst du mit Nikki teilen.«

19

Nikki verstand gar nichts. Sie saß im Schatten unter der großen Eiche vor dem Haus. Ihr Glas Saft stand unangetastet, die Wespen surrten um das Getränk herum. Noch immer versuchte sie zu begreifen, was die Rechtsanwältin ihr am Tag zuvor mitgeteilt hatte. Würde sie ihr Zuhause verlieren, den Hof, um den *sie* sich all die Jahre gekümmert hatte? Denn genau das hatte Sylvia ja gesagt, es gebe keine Möglichkeit, den anderen Erben von Papa auszuzahlen.

Nikki hatte das Testament vor fünfundzwanzig Jahren gesehen, und da war keine Rede von einem Halbbruder gewesen. Offenbar hatte er die Vaterschaft erst später anerkannt. Bei seinen vielen Frauengeschichten war es eigentlich gar nicht verwunderlich, *aber warum hatte er nie davon erzählt?*

Nikki war so enttäuscht, dass es ihr noch immer schwerfiel, das alles zu begreifen. Sie hatte das Gefühl, kaum Luft zu bekommen. Als hätte ihr die Nachricht des Tages jeden Sauerstoff entzogen. Jetzt durfte sie nicht ohnmächtig werden, sie musste versuchen, sich zu beruhigen, also holte sie ein paarmal tief Luft.

Doch bald stieg ihr Puls wieder. Wenn Papa so blöd gewesen war, mit diesem Zacharias keinen Kontakt zu haben, würde der ganz sicher kommen und Forderungen stellen, rumheulen und an Nikkis gutes Herz appellieren, das konnte sie sich vorstellen. Aber das konnte er getrost vergessen. Mit dem Hof hatte er überhaupt nichts zu tun, und es war ihr völlig egal, wie sehr er sich hintergangen fühlte. Sie selbst war als Kind auch nicht sehr geschätzt worden, das stand jetzt, da das Testament eröffnet worden war, ein für alle Mal fest.

Papa und sein Sohn konnten bleiben, wo der Pfeffer wuchs.

Sie stand vom Gartenstuhl auf, als das Telefon klingelte.

»Geht's dir besser?«, fragte Annie.

»Kein Stück. Mir ist gerade klar geworden, dass Papas Sohn nun natürlich hereinspaziert kommen und sich wie ein Großbauer aufführen wird.«

Ihre Rechtsanwältin hatte darauf bestanden, dass die beiden sich kennenlernten: Papas Bastard, Nikki und die zwei Rechtsanwälte. Nikki verstand nicht ganz, warum. Wenn man bedachte, wie diese Verwandtschaft begonnen hatte, konnte so ein Treffen nur in die Hose gehen.

»Glaubt Sylvia vielleicht, dass ich diesen Zac ins Herz schließen werde, wenn ich ihn kennenlerne? Und wir in trauter Zweisamkeit hier gemeinsam auf dem Gut leben werden? Wenn er herkommt, dann werde ich ihn in den Stall mitnehmen und zu Oberon in die Box lassen.« Sie lachte heiser.

»Oder ich hetze Winston auf ihn«, schlug Annie vor.

»Genau. Er ist ja total lebensgefährlich«, brummte Nikki trocken. »Aber bitte komm her, und bring auch das Pony mit. Ich brauche alle Unterstützung, die ich kriegen kann.«

»Hast du schon mit deiner Mutter gesprochen?«

»Nein, sie hat angerufen, aber ich habe ihr nichts davon gesagt. Ach bitte, lass dich krankschreiben. Es mag dich doch sowieso keiner. Die Gemeinde würde sich bestimmt freuen, wenn sie eine Vertretung bekäme. Du kannst Gyllentofta als Rehaklinik angeben.«

»Vielen Dank, gut zu wissen. Dass mich sowieso keiner mag, meine ich.«

»Entschuldige, ich hab mich blöd ausgedrückt. Irgendwer mag dich bestimmt, vielleicht der Küster?«

»Ha, gerade der würde auf meinem Grab tanzen, glaube ich«, sagte Annie säuerlich. »Nein, ich kann mich nicht krankschreiben lassen. Aber ich kann mal fragen, ob ich Urlaub bekomme. »Ich habe auch noch alten Urlaub.«

»Bitte, komm«, sagte Nikki leise. »Ich glaube im Ernst, dass das ganz furchtbar wird, und alleine schaffe ich das nicht.«

Nikki musste sich einen Plan ausdenken. Und zwar einen, der ihr eine Garantie gab, dass sie ihren Hof behalten konnte.

Mit schnellen Schritten ging sie zum Kücheneingang. Ihre Gedanken drehten sich im Kreis. Sie hatte Angst, war voller Sorge und musste erst einmal etwas essen. In den vergangenen vierundzwanzig Stunden hatte sie das mehr oder weniger vergessen. Das war nicht gut, denn sie wollte keine weitere Panikattacke riskieren. Für die Auseinandersetzungen, die ihr bevorstanden, musste sie glasklar im Kopf sein, um sich das zu sichern, was ihr gehörte.

Das selbst gemachte Granola stand in einer Dose im Schrank. Sie klemmte sie unter den Arm, stellte einen Suppenteller auf die Arbeitsplatte, öffnete den Kühlschrank und holte den Joghurt heraus, der ganz hinten stand. In Gedanken vertieft, goss sie ihn in den Teller und nahm einen Löffel aus der Schublade. Wenn das Training im Herbst wieder ernsthaft begann, saßen um diese Uhrzeit oft mehrere Personen um den Tisch.

Würden sie in diesem Jahr überhaupt damit anfangen können?

Nikki löffelte ihr Frühstück. Nach einer Weile war ihr eine Idee gekommen, die sie überzeugte. Sollte er doch das Haus auf Mallorca nehmen. Mit all den Bildern war es sicher ein Vermögen wert. Vielleicht nicht ganz so viel wie der Hof, doch er musste einsehen, dass dies ihr Zuhause war.

Sie musste unbedingt mit ihrer Anwältin reden, und dies so schnell wie möglich. Sylvia musste ein Angebot aufsetzen, in dieser katastrophalen Situation war das vermutlich das einzig Richtige. Vielleicht stimmte er zu, wenn sie ihm auch noch das Haus in Hunnebostrand dazugab?

Nikki stand auf und ging hinüber zur Kaffeemaschine. Sie legte eine Kapsel in das Gerät, und während der Kaffee durchlief, sah sie aus dem Fenster. Eine halbe Minute später war ihr Kaffee fertig, und gerade, als sie die Tasse zum Mund führen wollte, bemerkte sie einen schwarzen Sportwagen, der vorm Haus vorfuhr. Nikki seufzte. Was war das? Wer kam samstags unangemeldet vorbei? Sie stellte ihre Tasse auf die Arbeitsplatte und ging vor zur Haustür.

»Hallo, zu wem wollen Sie denn?«, rief sie, als sie die Tür geöffnet hatte. Sie hielt sich die Hand über die Augen, weil die Sonne sie blendete, stieg die Treppe hinab und lief über den Hof. Sie trug keine Kontaktlinsen, und ihre Brille hatte sie in der Küche liegen lassen. Sie lief auf das Auto zu und blieb in zehn Metern Abstand stehen. Der große, dunkelhaarige Mann, der am Wagen lehnte, sah zu ihr hinüber.

»Sie sind Nikki Köhler, nehme ich an?«, fragte er und lief ihr mit ausgestreckter Hand entgegen.

Sie nahm die Hände auf den Rücken. War das etwa der Bastard? »Seien Sie so nett, und verlassen Sie mein Grundstück«, sagte sie kurz angebunden.

Er grinste breit. »Sie kennen ja mein Anliegen noch gar nicht.«

»Das ist mir schnurzegal. Ich vermute, Sie sind Zacharias? Bitte, verschwinden Sie. Unsere Anwälte sollen die Dinge regeln.«

»Ich heiße Matteo Andretti«, antwortete er, »und ich bin für meinen Klienten hergekommen.«

Nikki stemmte die Arme in die Seiten. »Und Ihr Klient heißt?«

»Zacharias Hermansson. Oder Zac, wie er genannt wird.«

»Okay. Ist ja dasselbe. Verschwinden Sie.« Sie fuchtelte mit den Händen vor seinem Gesicht herum. »Stecken Sie sich Ihre blöden Fragen sonst wohin. Auf Wiedersehen, Herr Anwalt«, rief sie und verschränkte die Arme.

Er trat näher und blieb vor ihr stehen.

Aus der Nähe erkannte sie, dass er grüne Augen hatte. Graue Schläfen.

»Sind Sie fertig mit Ihrer Musterung?«, fragte er amüsiert, während er sie so rasch von oben bis unten ansah, dass sie nicht wusste, ob sie richtig gesehen hatte. Mein Gott, wie unprofessionell.

Er fuhr fort: »Mein Klient hat mich ermächtigt, mich hier umzuschauen, und entweder lösen wir das elegant, und Sie zeigen mir den Hof, oder ich gehe auf eigene Faust los. Die Entscheidung liegt bei Ihnen.«

Nikki spürte, wie ihre Wangen rot anliefen. Zum einen, weil es ihr peinlich war, zum anderen war ihre Wut so groß. »Er kann Ihnen das doch nicht einfach erlauben, was soll das alles?«

Der Mann zog ein Handy aus der Tasche und hielt es ihr hin. »Rufen Sie Ihre Anwältin an, und erkundigen Sie sich«, sagte er ganz gelassen.

»Ich habe ihre private Nummer nicht«, sagte Nikki säuerlich. Sie wusste, dass Sylvia samstags nicht rangehen würde. Die Wochenenden waren für die Familie reserviert, und sie war so schlau, ihr Diensthandy dann auszuschalten. »Okay, aber Sie müssen sich hier alleine umsehen.« Sie drehte auf dem Absatz um und stiefelte zurück zum Haus, wo sie die Tür hinter sich zuknallte. Nikki war nicht verärgert, sie kochte vor Wut.

Dieser arrogante Anwalt würde jetzt durch ihr Heim spazieren und einen Schrank nach dem anderen öffnen. Sie spürte schon Übelkeit aufkommen, so aufgebracht war sie.

Irgendwie musste sie diese Aktion unterbinden. Es konnte doch nicht sein, dass sie zusehen musste, wie er hier herumschnüffelte, als sei alles schon geklärt?

Aber das war es doch nicht?

Sie stieg die Treppe zu ihrem Schlafzimmer hinauf, öffnete die hübschen Flügeltüren und wurde noch wütender, als sie sich vorstellte, dass dieser Zacharias mit seinem Gefolge dieses Zimmer sowie alle anderen Räume betreten würde. Sie ging zum Fenster. Ihr Puls hämmerte. Sie musste versuchen, sich zu beruhigen, diese Aufregung tat ihrem Herz überhaupt nicht gut.

Da unten stand Oberon, völlig unbekümmert und ahnungslos. Vielleicht sollte sie sich einfach die Tiere schnappen, die ihr gehörten, und wegziehen. Ihre Sorgen wuchsen zu einem Unheil verkündenden Klumpen im Bauch. Das würde nicht gut enden, sie spürte es schon.

Der Anwalt war gerade auf dem Weg zur Koppel. *Meine Erlaubnis hast du, ihn an die Stirn zu treten*, dachte Nikki und behielt Oberon im Blick. Als sie beobachtete, wie der Mann das Tor vom Zaun öffnete, fragte sie sich, ob sie ihn warnen sollte, aber dann tat sie die Überlegung ab. Nein, warum sollte sie? Auf eine Koppel zu einem fremden Tier zu gehen war der Gipfel an Ignoranz und Blödheit. Sollte sie jetzt stehen bleiben und zuschauen, wie Oberon ihn niedertrampelte, oder lieber vom Fenster verschwinden? Sie entschied sich zu bleiben, aber versteckte sich hinter dem Vorhang für den Fall, dass er hochschaute. Schließlich wollte sie nicht gesehen werden oder sich hinterher Vorwürfe anhören, sie hätte eingreifen müssen.

Nikki beobachtete, wie ihr Pferd den Kopf hob und vom Gras abließ. Oberon sah sich auf der Suche nach einem Fluchtweg um, während der Fremde Stück für Stück näher kam. Der große Schimmel machte ein paar Schritte zurück, er hob und senkte den Kopf und scharrte mit den Hufen. Ein Warnsignal, das ernst zu nehmen war. »Wenn ich du wäre, würde ich keinen Zentimeter weiter gehen«, sagte sie leise und krallte ihre Finger in den Vorhangstoff. Es war nicht das erste Mal, dass sie so etwas sah, und sie wusste genau, was passieren würde, wenn dieser Verrückte nicht sofort von der Koppel verschwand.

Doch das tat er nicht. Stattdessen hockte er sich hin und streckte die Hand aus. Verblüfft ließ Nikki den Vorhang los. Was tat er da? Er war wirklich verrückt. Jetzt würde er nicht mehr auf die Beine kommen, wenn er wegrennen wollte. Nikki betrachtete ihr Pferd, das nun still stand. Es sah den Eindringling mehrmals an, kaute ein bisschen, und dann war es, als hätte das Tier seine Entscheidung getroffen.

Oberon, *dieser Verräter*. Ruhig und mit gesenktem Kopf lief er auf den Mann zu und fraß das, was dieser ihm auf der flachen Hand unter das Maul hielt.

20

Es war lange her, dass er Umgang mit Pferden gehabt hatte, viel zu lange. Dieser Gaul hatte es nicht leicht gehabt, das hatte Matteo schon an seiner Reaktion ablesen können, als er die Koppel betrat. Aber sicher lagen diese schlechten Erfahrungen weit zurück, denn auch wenn das Tier sich zuerst sehr schüchtern verhielt, hatte er doch dessen Neugier wecken können, was er für ihn in der Hand hielt.

»Hallo, mein Alter«, sagte Matteo und kraulte Oberon unter dem Halfter. Die Leckerlis hatte er in der Küche im Stall entdeckt. Es gefiel ihm hier sehr. Alles war gepflegt. Er hatte vollstes Verständnis, dass Nikki das nicht mit jemandem teilen wollte. Offenbar hatte sie sich immer um den Hof gekümmert, während ihr Vater den Playboy gespielt hatte. Zumindest schien er einer gewesen zu sein, wenn man den Gerüchten in der Kanzlei Glauben schenkte. Auf der anderen Seite tat Zac ihm leid, dass seine Schwester nicht ein bisschen freundlicher war. Erst verlor er einen Vater, den er nie gehabt hatte, und dann stellte sich heraus, dass seine Schwester mit ihm auch nichts zu tun haben wollte.

Aber Zacs größtes Problem waren natürlich nicht die

neuen Familienbande, sondern seine Beziehung zu Katarina, dachte Matteo. Jetzt gab es wirklich keine Möglichkeit mehr, die Ehe scheiden zu lassen, ohne das Vermögen hälftig mit ihr zu teilen.

Natürlich könnte Zac die Scheidung einreichen, aber dann würde er seine frisch gewonnene Schwester in die Bredouille bringen. Das Gut war zum gegenwärtigen Zeitpunkt etwa zweihundert Millionen Kronen wert, und es war höchst unwahrscheinlich, so hohe Kredite zu bekommen, dass sie Zac auszahlen könnte. Selbst wenn Nikki ihren Anteil an den Häusern auf Mallorca und in Hunnebostrand verkaufen und das Aktiendepot und die Kunst zu Geld machen würde, würden ihr mindestens noch sechzig Millionen fehlen, um Gyllentofta für sich zu behalten. Zac war ein netter Mensch, und so wenig er auch von Nikolina Köhler halten mochte, er würde sie sicher nicht von Haus und Hof vertreiben wollen. Aber natürlich würde er das haben wollen, was ihm zustand, und Matteo würde ihm dabei helfen.

Er hatte ihm versprochen, sich auf dem Hof umzusehen. Also erhob er sich, als Oberon wieder graste. »Danke für deine Freundschaft, mein Lieber«, sagte er und winkte ihm zu. Dann bürstete er sich die Halme von der Hose. Es war besser, nicht zu viel Dreck ins Haus zu schleppen, das würde nur für Ärger sorgen.

Er griff zum Handy und machte ein paar Fotos für Zac. Das Bild vom großen Haupthaus schickte er ihm sofort. *Lust darauf herzuziehen? Zimmer gibt's jedenfalls reichlich*, schrieb er.

Zac antwortete direkt: *Wie ist sie?*

Matteo überlegte kurz: *Sie tut sich schwer mit der neuen Si-*

tuation. Es machte ja keinen Sinn zu lügen, schließlich würden die Geschwister eines schönen Tages aufeinandertreffen, und da war es besser, Zac war vorbereitet.

Im Haus war es still, als er hineinging. Er rief, doch erhielt keine Antwort. Da entschloss er sich, einen Hausrundgang ohne Nikki zu machen.

Matteo war beeindruckt. Die riesige Treppe, die ins Obergeschoss führte, war imposant. Er konnte förmlich sehen, wie früher Frauen in langen Kleidern hinuntergeschritten kamen, um in einem der großen Säle ein Fest zu feiern. Das Gebäude stammte aus der Mitte des 19. Jahrhunderts, daher war es durchaus denkbar, dass hier im Haus große Veranstaltungen stattgefunden hatten. Matteo ging weiter in den linken Flügel. Das meiste schien alt zu sein. Große Porträts, abgewetzte Möbel und ausladende Rokokokommoden. Er fragte sich, wofür Nikki diese Zimmer benutzte, es sah alles wie in einem Museum aus. Er betrachtete die großen Porträts, die an der Wand hingen. Ob das Verwandte von Zac waren? Es musste schon sonderbar sein, wenn man erst nur eine Mutter hatte und sonst niemanden und dann plötzlich eine Schwester, ein Vater und eine ganze Familiengeschichte auftauchten. Zac hatte das noch gar nicht richtig begriffen, er würde dafür sicher noch Zeit brauchen.

Langsam begab sich Matteo in den anderen Flügel des Hauses.

Es war, als habe er das alte Gebäude verlassen und stehe nun in einer anderen Welt. Die große Küche war hypermodern. Von dem großen AGA-Herd bis zum Side-by-Side-Kühlschrank. Er nickte anerkennend, fuhr mit der Hand über den Granit der Arbeitsplatte. So eine hatte er in seiner Wohnung in Smögen auch. Dann ging er weiter zu der offen stehenden Tür ganz hinten in der Küche.

Die Möbel im Wohnzimmer waren bequem und ganz sicher erst in den letzten paar Jahren angeschafft worden. Hübsch. Sie hatte einen guten Geschmack. Die tiefen, hellen Sofas machten sich vor den grau gestrichenen Wänden erstaunlich gut. Trotz der abgehängten Decke entdeckte er Stuckrosetten und das eine oder andere pompöse Bild, doch da hing ebenso moderne Kunst, und ein riesiger Fernsehschirm stand auf dem Sideboard. Matteo musste lachen. Das erstaunte ihn sehr, er hätte vermutet, sie höre lieber Radio.

Er ging weiter zum Bücherregal. Dass es so etwas hier gab, überraschte ihn keineswegs, es passte zu dem Bild, das er sich eine Stunde zuvor von ihr gemacht hatte: eine klassische Schönheit, die den Infosender im Radio hört und die schönen Künste mag, alte Münzen und Reitstiefel. Ihre Unfreundlichkeit war vermutlich auf eine verwöhnte Kindheit als Tochter von Nikodemus Köhler zurückzuführen. Das war Matteos schnelles Urteil. Jetzt musste er feststellen, dass er sich geirrt hatte, zumindest, was die Literatur anging. Keine Klassiker, nirgends. Nicht einmal Jane Austens »Stolz und Vorurteil«. Ansonsten war es eine bunte Mischung, darunter aber viele Liebesromane. War sie eine Romantikerin? Das wäre dann die nächste Überraschung, dachte er, bevor er umdrehte und zurück zur Küche ging. Als er am Esstisch vorbeikam, zählte er vierzehn Stühle. Und das, obwohl sie hier doch allein wohnte? Wie einsam mochte man sich allein an so einem riesigen Tisch fühlen?

Er fragte sich, welchen Tisch sie wohl benutzte, wenn sie Gäste hatte. Den hier, mit dem großen Teppich darunter, oder den im Speisezimmer, wo der Seidenteppich schön gekämmte Fransen hatte? Er wusste jedenfalls, wo er sitzen würde.

Bislang war er auf kein einziges Schlafzimmer gestoßen, daher ging er zurück in die Eingangshalle und stieg die Treppe hinauf. Der rote Teppich schien noch nicht alt zu sein, Matteos Schritte waren kaum hörbar, das Geländer hingegen war abgenutzt. Sanft strich er über das schwere Holz, und da kam ihm der Gedanke, dass es sich eigentlich so am besten machte: benutzt von einer Generation nach der anderen, die den Weg in das zweite Stockwerk antrat.

Die Zimmer lagen rechts und links des langen Ganges. Er öffnete die Tür zum ersten Raum auf der rechten Seite und zuckte zusammen, als er Nikki auf dem Bett erblickte. Da saß sie, Kissen im Rücken, Kopfhörer auf, und starrte geradeaus und schien ihn überhaupt nicht bemerkt zu haben. Sie sah verletzlich aus, und erst, als er die Tür vorsichtig wieder schloss, um sie nicht zu stören, fiel ihm auf, dass dieser Anblick ihn berührt hatte.

»Hallo, was machen Sie hier?«

Er holte durch die Nase tief Luft, dann steckte er den Kopf wieder durch die Tür. Sie hatte sich auf die Bettkante gesetzt und die Kopfhörer abgenommen. Ihre Haare fielen ihr über die Schultern. »Schnüffeln Sie in meinem Haus herum? Wie können Sie es wagen?«, rief sie und sprang auf.

Sie beugte sich vor und griff nach einer Haarklemme vom Nachttisch. Mit einem routinierten Handgriff steckte sie die Haare hoch.

»Ich habe doch gesagt, ich würde mich umschauen«, antwortete er lächelnd und trat ein. Die Tür zu ihrem Badezimmer stand offen, ein weißer Frotteemorgenmantel hing an einem Haken.

Schnell hielt sie die Hände hoch. »Stopp!«, rief sie.

»Sie haben ein schönes Pferd«, sagte er, ohne ihre Aufforderung ernst zu nehmen. Er ging zum Fenster und warf einen Blick hinaus. »Der Gaul ist früher mal schlecht behandelt worden, stimmt's?« Matteo drehte sich zu ihr um. »Sie haben das gut hingekriegt.«

»Woher wissen Sie das?«

»Er ist nicht das erste Tier, das ich sehe, das misshandelt worden ist. Meine Mutter war Tierärztin.«

Er sah ein kurzes Interesse in ihren Augen aufflammen, das ebenso schnell wieder erlosch, wie es gekommen war.

»Ach so, und deshalb sind Sie jetzt Experte?«

»Keineswegs«, sagte er. »Ich wollte Ihnen nur ein Lob aussprechen, denn ich nehme an, das Pferd gehört Ihnen.«

»Das stimmt, und ich wäre Ihnen sehr dankbar, wenn Sie nie wieder in seine Nähe gingen.«

»Okay. Ich möchte nur noch eines sagen, bevor ich den Hof verlasse. Ihr Bruder ist ein anständiger Kerl. Vielleicht könnten Sie ihm eine Chance geben, es zu zeigen?«

»Wie nett Ihr Klient auch immer sein mag, das ändert noch lange nichts an der Tatsache, dass ich gerade Gefahr laufe, das einzige Zuhause, das ich je hatte, zu verlieren. Ihr

Klient verliert überhaupt nichts, er ist der Gewinner in diesem Spiel. Richten Sie ihm meinen Glückwunsch aus. Ist schon möglich, dass seine Ausgangslage nicht so glücklich war, aber am Ende wurde er schließlich entschädigt«, sagte sie leise.

Ihre Augen glühten, und wieder überkam ihn eine Welle von Sympathie. In der Sache selbst hatte sie natürlich recht. Zac war ein Gewinner und sie eine Verliererin. Doch sie war eben auch so schrecklich unfreundlich.

Auf der anderen Seite: Warum sollte sie freundlich sein?

»Es tut mir sehr leid für Sie«, sagte Matteo mitfühlend. »Es muss furchtbar für Sie sein.«

»Gut. Nehmen Sie Ihr Mitleid, und verschwinden Sie. Auf der Stelle.«

»Ich will nur noch ein paar Fotos machen, bevor ich gehe«, sagte er und angelte das Handy aus der Tasche. Er hielt es hoch und richtete es auf sie.

Als sie ihn anbrüllte, machte er lächelnd ein paar Schritte rückwärts in Richtung Tür. Diese Frau hatte etwas Unerhörtes an sich, und irgendwas löste das in ihm aus. Am liebsten hätte er sie getröstet, dachte er, als er die Tür hinter sich zuzog. Er schüttelte den Kopf, um wieder in der Wirklichkeit anzukommen.

Mit ihr als Schwester war Zac derjenige, der Mitgefühl brauchte.

»Na ja, ich habe schon üblere Menschen kennengelernt. Es ist ja auch nachvollziehbar, dass sie mich nicht gerade mit offenen Armen empfangen hat«, sagte Matteo, als er Zac auf dem Rückweg aus dem Wagen anrief. Am Ende würde sie gezwungen sein zusammenzuarbeiten, aber genau wie Zac musste sie sich an den Gedanken wohl erst gewöhnen. »Sie hat einen topgepflegten Hof, so viel kann ich als Laie immerhin sagen.«

Er blinkte rechts und fädelte mit Vollgas auf die E22 in Richtung Norrköping ein. Der Mercedes war sofort auf Touren. Und das war immer noch so ein kindisch aufregendes Gefühl.

Sie hatte ihn nicht aus dem Haus begleitet, aber aus dem Augenwinkel hatte er gesehen, dass sich die Vorhänge in der Küche bewegten. Wahrscheinlich hatte sie sicher sein wollen, dass er auch wirklich verschwand. Bald würden sie sich wieder über den Weg laufen, das war beiden klar. Obwohl er für ihre Gefühle vollstes Verständnis hatte, freute er sich darauf nicht gerade.

21

Wie immer würde er einfach hereingestiefelt kommen, dachte Annie, als sie beobachtete, wie der Pfarrer über den Kiesweg hochlief. Einen kurzen Moment lang spielte sie mit dem Gedanken, die Tür abzuschließen, aber das hätte nur zur Folge, dass er an einem anderen Tag wiederkäme. Dass sie ihn gebeten hatte, seine Besuche anzukündigen, hatte nicht im Entferntesten Eindruck auf ihn gemacht. Er stand der Gemeinde vor und somit auch dem Pfarrhaus, so sah er das.

»Man hat sich schon wieder über Sie beschwert«, fiel er mit der Tür ins Haus. Auf Begrüßungsfloskeln verzichtete er einfach.

»Aha«, erwiderte Annie. »Und worum ging es dieses Mal?«

Er zog die Schuhe weder aus, noch putzte er sie an der Türmatte ab, sondern ging schnurstracks vor ins Wohnzimmer, wo er sich in ihrem roten Sessel niederließ. Daneben stellte er seine lederne Aktentasche ab, die er immer bei sich hatte.

Das Pfarrhaus war zwar bei Annies Einzug möbliert gewesen, doch solange sie hier wohnte, betrachtete sie die Einrichtung als ihre eigene. Es war von ihr verlangt worden, dass sie dort wohnte, und dafür bezahlte sie auch noch Miete, also war das Benehmen ihres Vorgesetzten völlig unmöglich. Aber nach drei Jahren Dienst wusste sie ja bereits, dass sie es mit einem männlich chauvinistischen Idioten zu tun hatte. Dagegen konnte man einfach nichts tun.

»Schauen wir mal«, sagte er, beugte sich vor und zog seinen Notizblock aus der Tasche. »Es geht wie immer um Sie und Ihr Auftreten.« Er räusperte sich. »Sie sind zu einem Hochzeitsessen zu spät gekommen. Und haben bei dem Brautpaar den Eindruck erweckt, Sie seien, Zitat: *Hochzeitsgegnerin.*«

Er starrte sie an, als erwarte er irgendeine Form von Antwort. Die hatte sie jedoch nicht. Das Paar hatte völlig recht gehabt. Die meisten heirateten wegen des schönen Hochzeitsfestes und nicht wegen der Ehe selbst, und wenn das aus ihrem Vorgespräch hängen geblieben war, dann war Annie zufrieden. Sie würden an einem einzigen Tag mehrere Hunderttausend Kronen ausgeben, völliger Wahnsinn. Es wäre besser gewesen, sich das Geld zu sparen für die Therapie, die sie in ein paar Jahren zweifellos brauchten.

Oder um sich die Elternzeit zu teilen, wenn die Kinder – die die Ehe retten sollten – im Zweijahresabstand auf die Welt kamen.

»Und bei einer Taufe haben Sie den Vater des Kindes als *Wiesel* beschimpft.« Der Pfarrer schlug die Beine übereinander und wischte sich ein paar Hundehaare von der Hose. Annie hatte Winston eingeschlossen, und jetzt bereute sie es. Er hätte ihren Chef gerne vollsabbern können.

Es stimmte, sie hatte zu dem Vater *Wiesel* gesagt.

Er war zwar der Vater des Kindes, aber das war auch schon alles. Die Mutter hatte ihr selbst erzählt, dass er bei der Zeugung sehr gern dabei gewesen sei, doch danach jede Verantwortung abgelehnt habe. Bei der Taufe sei er dann aufgetaucht und habe die Vaterrolle gespielt, aber Annie war klar gewesen, dass er am darauffolgenden Tag wieder von der Bildfläche verschwunden sein würde. *Wiesel* war sogar ein netter Begriff, fand sie im Nachhinein.

»Und obwohl man kaum glaubt, dass es möglich ist«, und jetzt hob der Pfarrer die Stimme, »haben Sie auch Gäste bei einer Beerdigung beleidigt. Sie haben sich sehr geärgert. In der Grabrede haben Sie den Verstorbenen *einen Mann, der einen Hang zu alkoholischen Getränken hatte,* genannt. Sein Schwiegersohn hat mich angerufen, er war empört.«

Das konnte Annie verstehen. Der Schwiegersohn hatte sicherlich Angst, dasselbe Schicksal zu erleiden.

Dass der Verstorbene sich totgesoffen hatte, wusste jeder, der an diesem Tag in der Kapelle gesessen hatte.

Nachdem ihr Chef gegangen war, rannte sie wutschnaubend die Treppe hinauf. Verzweifelt suchte sie ihr Schlafzimmer nach dem großen Koffer ab. Hier würde sie keine Minute länger bleiben, das ging einfach nicht. Da war er. Sie knallte den Koffer aufs Bett, dann riss sie die Schubladen der Kommode auf und stopfte die Kleider in den Koffer. Beim nächsten Mal würde sie richtig explodieren. Es war das Beste für alle, wenn sie vorher aus dem Haus verschwand.

Der Pfarrer war ein Kleinhirn, die Gemeinde lächerlich und sie selbst die mieseste Pastorin, die je in Schweden geweiht worden war.

Die Flagge wehte leicht im Wind. Sie schrieben nun die dritte Woche im Juli, und von der Steintreppe aus betrachtete Nikki ihren Garten. Plötzlich hörte sie ein Motorengeräusch, das ihr bekannt vorkam, und ihr Herz machte vor Freude einen Satz. Kurz darauf stand Annie mit dem alten Ford vor dem Haus. Der Kies flog wie üblich durch die Luft, doch dieses Mal verkniff sich Nikki eine Bemerkung, denn sie war viel zu froh über den unverhofften Besuch.

Über den Fahrersitz schlängelte sich eine schwanzwedelnde Deutsche Dogge, und irgendwo dort befand sich auch ihr Frauchen. »Winston«, schrie Annie auf. »Du kannst doch wohl durch deine eigene Tür aussteigen.«

Nikki war den ganzen Morgen lang traurig gewesen, aber als sie die zwei erblickte, spürte sie sofort eine gewisse Erleichterung. Annie war da, sie war intelligent und lieb, und den Hund musste man in Kauf nehmen, weil er quasi zum Paket dazugehörte. Außerdem mochte er Nikki, auch wenn die Zuneigung nicht gerade auf Gegenseitigkeit beruhte, und er kläffte und kam in vollem Galopp auf sie zugelaufen, als er merkte, wo sie waren.

»Vorsicht«, rief Annie noch aus dem Wagen. »Es könnte sein, dass er dir auf den Arm springen will. Er kapiert irgendwie nicht ganz, dass das nicht geht.«

Nikki hockte sich hin. »Komm her, du dummer Hund«, sagte sie sanft und schob die Hand in die Tasche, die die

Leckerlis für die Pferde enthielt. Winston machte eine Vollbremsung vor ihr und schlang die Teile auf einmal hinunter, wobei er ihre Hand komplett abschlabberte. »Das ist bei Hunden so richtig eklig«, sagte Nikki zu ihm. »Pferde holen sich ihr Futter ganz vorsichtig.« Mit einer Grimasse wischte sie sich die Hände an der Reithose ab und ging hinüber zum Wagen.

»Kannst du ein paar Tage bleiben?«

»Solange du willst. Ich hab gekündigt«, sagte Annie monoton, den Kopf tief im Kofferraum vergraben.

»Haha, klar.«

»Jepp. Ich habe das halbe Pfarrhaus im Auto, du kannst gern mit anpacken.« Sie zog den Kopf hervor und grinste Nikki an. »Ich habe in meinem ganzen Leben noch nie so etwas Verrücktes getan, daher täte es gut, wenn du mir sagst, dass es richtig war.«

»Es war richtig.«

»Danke.«

Sie lächelten sich an, und Annie hob einen ihrer Koffer heraus und stellte ihn ab. »Aber jetzt mal im Ernst«, sagte Nikki. »Wie lange hast du frei?«

»Ich habe gekündigt, habe ich doch gesagt.«

»Das war kein Witz?«

»Nein, überhaupt nicht. Ich habe jetzt weder Arbeit noch eine Wohnung, ich kann also gern diesen Landwirtschaftsjob übernehmen, den du mir neulich angeboten hast.« Annie versuchte, fröhlich zu sein, doch Nikki bemerkte gleichzeitig, wie traurig sie eigentlich war.

Nikki griff nach einem der Koffer und nahm ihre Freundin in den Arm. »Du hast den Job. Willkommen daheim.«

Anders half ihnen, alles in Annies Zimmer hochzutragen.

»Hast du keine Abfindung erhalten?«, fragte er, als er mitbekam, dass Annie ihren Arbeitsplatz heute verlassen hatte.

»Doch, ich habe mich offenbar dermaßen blamiert, dass sie mich loswerden wollten. Also rein technisch gesehen habe ich wohl nicht gekündigt, aber das hätte ich getan, wenn mich der Pfarrer nicht entlassen hätte.«

Anders musste lachen. »So war das also. Wie viele Monatsgehälter bekommst du noch? Sehr schlau von dir stillzuhalten, bis es so weit ist.«

Annie nickte. »Sonst hätte ich keine Krone gesehen. Sechs Monate. In der Zeit sollte ich mir überlegen, was ich mit dem Rest meines Lebens anstellen will. Also, teilt mich ein, wo es euch passt. Ich muss meinen Körper bewegen.«

»Gut. Ich muss als Nächstes die Pferde reinholen, du kannst dich also gleich umziehen.«

»Wie ... jetzt gleich? ... Kann ich mich nicht erst ein bisschen ausruhen?« Sie warf einen sehnsuchtsvollen Blick hinüber zum Bett.

Nikki zeigte auf die Tür. »Raus mit dir, Anders. Und du auch«, sagte sie, als Winston mit dem Schwanz wedelte. Gehorsam trotteten Anders und der Hund durch die Tür. Annie sah ihnen verunsichert hinterher.

»Er kümmert sich hervorragend um ihn, sie kennen sich

doch jetzt gut. Und du schläfst jetzt ein Stündchen. Bis später.«

Nikki selbst wagte es nicht, sich hinzulegen, zu viele Gedanken schossen ihr durch den Kopf. Harte Arbeit half dagegen. Sie würde den Stall ausmisten, bis sie so müde war, dass sie auf allen vieren in ihr Bett kroch. Erst dann konnte sie hoffentlich traumlos schlafen.

Annie hatte der Himmel geschickt. Nikki wusste, dass sie zu alleine war, dass sie wie jeder andere jemanden zum Reden brauchte. Immer mehr ging ihr durch den Kopf, ihre Gedanken sprangen hin und her, denn keiner widersprach ihr oder rückte sie zurecht.

»Ich bin so froh, dass du hier bist«, flüsterte Nikki, bevor sie die Tür zu Annies Zimmer schloss.

Eine Stunde später rief Annie von der Stalltür. Nikki wedelte mit einer Hand aus der Küche. »Wir sind hier drinnen«, antwortete sie. Sie hatten die Tiere gerade gefüttert, und die anderen, die noch auf dem Hof beschäftigt waren, hatten Feierabend gemacht. Anders hatte noch ein paar Dinge zu erledigen, aber dann blieben nur noch Annie, Winston und Nikki auf Gyllentofta zurück.

»Du kannst vielleicht gar kein halbes Jahr hierbleiben«, sagte Nikki, als Annie zu ihnen hereinkam und sich hinhockte, um Winston zu knuddeln. Beide benahmen sich, als wären sie wochenlang getrennt gewesen. »Es hängt davon ab, was mit dem Hof passiert«, fuhr sie fort. »Vielleicht werde ich hier gar nicht mehr so lange wohnen können.«

»Und wohin ziehst du dann um?« Annie lächelte sie an.

»Hier ist dein Zuhause. Glaub mir, du wirst hier wohnen, bis du tot umfällst.«

»Aber vielleicht sollte ich das auch als Chance begreifen, mal etwas anderes zu machen? Die Welt steht mir offen, und Geldprobleme habe ich nicht, wenn ich das Gut verkaufe.«

Sie hatten eine wunderbare Woche auf Mallorca hinter sich, doch auf Dauer so leben? Wein zum Essen trinken und den halben Tag im Pool verbringen? Oder was tat man sonst, wenn man nicht zur Arbeit ging?

»Ja, das ist auch eine Alternative. Eine andere wäre es, mit deinem Bruder mal zu sprechen.«

»Mit meinem unehelichen Bruder? Ja, irgendwann werde ich dazu gezwungen sein, aber das will ich so lange wie möglich hinauszögern. Sein Anwalt hat ein paar Termine vorgeschlagen, die kamen per Mail kurz vor deiner Ankunft.« Sie zog ein Gesicht. »Solange du hier wohnst, bist du bei jedem Treffen mit denen dabei, nur dass du Bescheid weißt.«

Anders, der bislang keinen Ton von sich gegeben hatte, sprach nun Nikki verwundert an. »Ich dachte, Annie soll auf dem Hof helfen?«

»Nur, wenn sie Zeit übrig hat, denn in erster Linie brauche ich sie.«

Er seufzte, doch dann lächelte er wieder. »Schon gut, Hauptsache, ihr sorgt dafür, dass der Hof in deinem Besitz bleibt, dann bin ich beruhigt.«

22

Zac war nicht besonders gut gelaunt, als sie ins Auto stiegen, um Katarina in der Klinik zu besuchen, aber Bonnie war wie verwandelt. Sein kleiner Engel hatte sich in zwei Wochen angewöhnt, Türen zu knallen, einen anzufauchen und permanent unfreundlich zu sein. »Scheißkerl« hatte sie ihn am Morgen noch genannt.

»Bonnie, Liebes, ich kann verstehen, dass das alles sehr schwer für dich ist.« Er versuchte, ihr über die Wange zu streicheln, als er sich angeschnallt hatte.

Sie wich ihm aus und starrte ihn an. »Du kapierst einfach nichts.«

Peng, dann schlug die Wagentür zu.

»Wir werden jetzt zwanzig Minuten zusammen im Auto sitzen, könntest du dir eventuell vorstellen, in der Zeit ein bisschen freundlicher zu sein?«, fragte Zac.

Ihr Seufzer war so laut, dass es den Anschein hatte, als sei ihr noch nie eine schwierigere Aufgabe gestellt worden.

Natürlich war die Situation für eine Fünfzehnjährige belastend. Das war ihm völlig klar. Für einen Mann mit zweiundvierzig Jahren war sie auch nicht besonders erfreulich.

Er legte seine Hand auf ihr Knie. »Liebe Bonnie, wir können doch einfach mal aufhören zu streiten. Ich weiß, dass das alles eine Quälerei ist, aber irgendwie müssen wir da durch.«

»Kannst du leicht sagen«, murrte sie. »Du kannst dich scheiden lassen und gehen, ich kann das nicht.« Sie starrte aus dem Fenster.

»Was meinst du damit? Dich würde ich doch nie verlassen.«

»Nein, aber du hast es in der Hand, unsere Familie zu sprengen. Ich will nicht so ein Mädchen sein, das zwischen Mama und Papa pendeln muss. Ich will mein Zuhause an einem Ort haben. Wenn ihr euch trennt, dann könnt ihr zwei abwechselnd immer für eine Woche in unserer Wohnung wohnen, ich werde nicht dauernd die Koffer packen und hin- und herziehen. Für so was habe ich gar keine Zeit. Mein Fußball ist wichtiger.«

»Weißt du was: So weit haben Mama und ich noch gar nicht gedacht. Eins nach dem anderen. Im Moment ist das Wichtigste, dass sie sich ausruhen kann und nüchtern wird, denn sonst …«

»Was sonst? Was passiert dann? Darf ich sie dann gar nicht mehr sehen?«

Zac antwortete nicht, weil er einfach nicht wusste, was er dazu sagen sollte. Instinktiv hätte er Nein gesagt, du darfst sie dann nicht sehen, wenn sie weitertrank, aber ihm war völlig klar, dass das unmöglich war. Wäre Bonnie noch ein Kind gewesen, hätte er den Umgang unterbinden können, aber die Fünfzehnjährige ging ein und aus, wie es ihr in den Kram passte. Sie kam jetzt in die neunte Klasse. Zacs Einfluss auf seine Tochter war begrenzt.

Schnell waren sie auf der Autobahn, und der Weg in die Klinik war nicht besonders weit.

Beim letzten Mal, als Katarina eine Therapie gemacht hatte, hatte sie sich ambulant behandeln lassen, doch diesmal hatte Zac sich geweigert, sie währenddessen zu Hause zu haben. Jetzt musste sie sich allein um ihre Krankheit kümmern, er hielt es nicht mehr aus. Er hatte das Gefühl, selbst einen riesigen Berg Probleme lösen zu müssen.

Zac hatte ihr noch nicht erzählt, dass er von einem Augenblick auf den anderen plötzlich eine Schwester und einen Vater bekommen hatte. Erst musste er überblicken, was das für ihn persönlich bedeutete. Außerdem hatte Matteo ihm geraten, nicht gerade jetzt etwas zu sagen. Wenn er sich trennen wollte, müsste er mit Katarina sowieso darüber reden. Sie konnte ja auch sehr großzügig sein, daran würde er appellieren.

Zac hatte seine Mutter auch noch nicht darauf angesprochen, er war noch viel zu wütend auf sie und hatte Angst, dass er auch so klingen würde wie seine Tochter statt wie ein erwachsener Mann. Auf jeden Fall hatte er vor, nicht auf ihre Märtyrermiene hereinzufallen, wenn er sie damit konfrontierte. Sie würden darüber reden, aber erst musste er das alles verdauen. Immer ließ er sich von ihren Gefühlen beeinflussen, und das hielt er im Moment nicht aus. Jetzt stand an erster Stelle, wie es ihm ging, nicht ihr. Sie war ihm eine Erklärung schuldig, wenn er so weit war.

Aber erst würde er diese Nikki kennenlernen müssen.

Matteo schien sie ein bisschen leidzutun, aber das war Zac fremd. Ihr war es doch sehr gut ergangen. Großer Hof, Pferde, einen Vater und offenbar auch eine Mutter. Und wenn sie ihr perfektes Leben jetzt ein bisschen korrigieren musste, was machte das schon? Sie war vierundfünfzig Jahre alt und stand sehr gut da. Wo war das Problem?

Es liegt auf jeden Fall sehr schön, dachte Zac, als er in die Auffahrt des großen gelben Hauses abbog. Nicht, dass er sich mit solchen Kliniken auskannte, aber waren die nicht sonst immer in alten Höfen untergebracht? Und wie so oft lag sie etwas außerhalb.

Draußen saß ein Grüppchen und rauchte. Neugierig betrachteten sie Zac und Bonnie, als die aus dem Wagen stiegen. Zac sah, wie Katarina aufstand. Sie winkte, und Bonnie winkte andeutungsweise zurück. Sie gingen aufeinander zu, während Zac noch am Auto stehen blieb. Erst schien Bonnie zu zögern, doch dann lief sie schneller und schneller, und als er zusah, wie sie ihrer Mutter in die Arme fiel, schossen ihm Tränen in die Augen. Am Morgen hatte Bonnie noch gesagt, sie wolle gar nicht mitkommen.

Sie hatte völlig recht. Er verstand gar nichts.

»Du stinkst nach Rauch«, zischte Zac in Katarinas Ohr, als sie sich begrüßten. Das rutschte ihm einfach heraus, und er bereute es sofort.

»Hör auf, Zac. Entweder bist du still oder freundlich. Entscheide selbst.«

Er wählte das Schweigen. Das war wahrscheinlich am einfachsten.

Katarina legte den Arm um Bonnie. »Komm, ich führe dich mal durchs Haus.«

Sie zogen erst die Schuhe aus, dann gingen sie hinein. Viele Familien waren da, und die meisten sahen aus wie Bonnie und er. Gepflegt und ordentlich, leise, ein bisschen scheu. Zac fragte sich, ob die anderen dasselbe Gefühl hatten, nicht hierherzugehören.

Er hatte immer schon gewusst, dass Katarina ein anderes Verhältnis zum Alkohol hatte als er. Ein Drink verschaffte ihr Glücksgefühle. Es war, als legte sich eine wärmende Decke über sie, wenn sie etwas getrunken hatte. Sie wurde beschwipst, anschmiegsam und ein bisschen müde. Die echten Warnsignale tauchten erst dann auf, als sich das veränderte und sie aggressiv wurde. Als sei sie plötzlich ein ganz anderer Mensch, so hatte er es oft empfunden. Jemand, der ihm fremd war. Samstags oder sonntags konnte das schon am Nachmittag vorkommen. Anfangs trank sie meist samstags, denn wer genehmigte sich da nicht ein Gläschen? Aber wenn sie irgendwo eingeladen waren, war Katarina meist schon angetrunken, wenn sie dort ankamen, denn ein Aperitif reichte ihr nicht, immer wollte sie mehr. Ein Jahr später entdeckte Zac Flaschen an den sonderbarsten Stellen, zum Beispiel im Wasserbehälter der Toilettenspülung. Oder zwischen den Handtüchern im Badezimmerschrank. Und da war es mit den gemütlichen Stunden längst vorbei gewesen. An deren Stelle waren Streit, Gewalt und Beschimpfungen gerückt.

Damals hatte er noch geglaubt, sie müsse sich einfach zusammenreißen. Anfangen, an die anderen zu denken.

Verstehen, wie sich ihr Trinken auf ihre Ehe und ihre Tochter auswirkte. Ein Jahr später hatte er begriffen, dass sie die Kontrolle über ihren Alkoholkonsum verloren hatte, es war eher so, dass der Alkohol sie kontrollierte. Zu dem Zeitpunkt hatte er zum ersten Mal mit sich gerungen und den Gedanken zugelassen, wie man jemanden verlässt, der krank ist.

Wenn sie wieder nüchtern war, war er aus verschiedenen Gründen erleichtert, nicht zuletzt deshalb, weil er spürte, dass er sich dann von ihr trennen konnte. Sie waren fertig miteinander. Anstatt sich gegenseitig zu stützen, zogen sie sich runter. Er war nicht besser als sie, und das wusste er ganz genau.

Das war jetzt zwei Jahre her, und seitdem waren sie keinen Schritt weitergekommen. Er hatte eine Entscheidung nach der anderen getroffen, sie aber nie umgesetzt. Wenn sie trank, hatte er damit gedroht, sie zu verlassen, wenn sie wieder nüchtern war, verstummte er. Und noch immer war er da. Das war ebenso besorgniserregend wie die Erkenntnis, dass sie niemals mit dem Trinken aufhören würde.

Sie nahmen an einem der Tische in der Küche Platz, wo schon eine andere Familie saß.

Die Frau wirkte aufgedreht. Lachte laut. Gestikulierte übertrieben. Ließ die Keksschale reihum gehen. *Theater*, dachte Zac. *Das kommt mir bekannt vor, man versucht, alle bei Laune zu halten*. Ihr Ehemann schien nicht zu bemerken, welche Mühe seine Frau sich gab. Er wirkte völlig desinteressiert. Bedankte sich nicht einmal, als sie ihm eine Zimtschnecke auf die Serviette legte. *Mistkerl*.

Zac lächelte der Frau zu.

Bonnie hatte die ganze Zeit kein Wort mit ihm gesprochen, umso angeregter unterhielt sie sich mit Katarina. Zac konnte ebenso gut aufstehen und gehen. Wenn er hierblieb, fühlte er sich behandelt, als hätte er etwas falsch gemacht.

»Ich dreh mal eine Runde.« Er stand auf.

»Okay.«

Zac beugte sich hinunter und hob eine Eisverpackung vom Boden auf. Suchend hielt er nach einem Abfalleimer Ausschau.

»Hier«, rief ihm eine Frau zu, die mit den anderen Rauchern an einem Tisch vor dem Haus saß. Sie zeigte auf einen Mülleimer.

Zac ging hinüber und warf den Abfall hinein.

»Danke«, sagte er.

»Sie sind Katarinas Mann«, stellte sie fest.

Er nickte.

»Wann machen Sie denn Ihre Woche?«

»Welche Woche?« Er verstand nicht, wovon sie sprach.

»Die Woche für die Angehörigen. Das ist doch Pflicht. Sie müssen sich auch ändern. Wissen Sie das nicht?«

Das konnte schon sein, doch schließlich war er nicht derjenige, der trank. Nicht er zerstörte ihre Familie. Im Gegenteil, er kämpfte darum, sie zusammenzuhalten. Auch er musste etwas verändern, das war ihm klar, aber das Ganze war einfach. Er musste sich trennen.

»Okay«, sagte er. Etwas anderes kam ihm nicht in den Sinn.

»Viele glauben ja, dass alles wieder gut ist, wenn wir mit dem Trinken aufhören, aber so einfach ist es nicht. Zu einer Beziehung gehören immer zwei.«

Du redest einen Scheiß, dachte er und machte einen Schritt zurück. Er drehte sich zum Haus um. Es war sicher besser, mit Katarina und Bonnie zusammen zu sein, als hier draußen von Leuten umgeben, die er überhaupt nicht kannte, von denen er aber verurteilt wurde, obwohl er nichts anderes getan hatte, als sich mit aller Kraft um seine Familie zu kümmern.

Als er die Treppe hinaufstieg, sprang die Tür auf, und Katarina kam heraus. »Da bist du ja«, rief sie. Neben ihr stand ein Mann, dem Zac sofort ansah, dass er zum Personal gehörte. Zac hatte gewisse Vorurteile, was solche Einrichtungen anging, und der Mann mit der Topffrisur konnte daher nur ein Therapeut oder etwas Ähnliches sein. Er sah aus, als hätte er sich den braun gestreiften Schlabberpulli selbst gestrickt und außerdem auch selbst die Haare geschnitten.

»Hier bin ich«, sagte Zac, etwas Besseres fiel ihm nicht ein. »Wolltet ihr etwas von mir?«

»Das ist Yngve, er ist Therapeut und würde gern kurz mit dir reden, bevor du wieder fährst.«

Zum ersten Mal an diesem Tag spürte Zac, wie seine Mundwinkel sich nach oben verzogen. Er hielt dem Therapeuten die Hand hin. »Hallo, Yngve, ich heiße Zac.«

»Wie wär's mit einem kleinen Spaziergang?«, fragte Yngve und zeigte hinters Haus.

»Gern. Kommen Katarina und Bonnie nicht mit?«

»Nein, ich möchte gern mit Ihnen ein paar Worte wechseln.«

Hinter dem Haus verlief ein ausgetretener Pfad, so breit, dass man erkennen konnte, dass man hier nicht allein lief. Zac fragte sich, ob man hier auch etwas anderes tat als reden. Katarina hatte zumindest nichts anderes erzählt. Er rief sie jeden zweiten Tag während der Telefonzeit an. Berichtete, was es von Bonnie Neues gab, sie erzählte, wie es ihr ging, und teilte mit, ob sie fröhlich oder deprimiert war. Nach dem Besuch heute würde Bonnie künftig vielleicht auch selbst mit ihr reden, das hatte sie bislang verweigert.

»Wie geht es Ihnen?«, fragte der Therapeut.

»Mir? Danke, so weit ganz gut«, antwortete Zac. »Warum?«

»Na ja, es kann ja sehr hart sein, wenn sich die eigene Frau in so eine Therapie begibt.«

»Es ist wesentlich härter, sie zu Hause zu haben.«

»Wie läuft es denn zu Hause?«

Zac blieb stehen und sah Yngve an.

»Das müssen Sie doch wissen«, sagte er. »Sie haben solche Menschen doch den ganzen Tag um sich.«

»Ja, natürlich, aber ich frage mich, wie es für Sie ist, wie Sie sich fühlen.«

Zac zuckte mit den Schultern. »Tja, schwer zu sagen. Ich bin diese ewige Streiterei so leid. Mitunter hasse ich sie, aber wir haben eine wunderbare Tochter, die sich wünscht, dass wir zusammenbleiben.«

»Und was wollen Sie?«

»Ich will die Scheidung.«

»Weil sie einen Rückfall hatte?«

»Nein, weil unsere Ehe am Ende ist.«

»Warum sind Sie geblieben?«

»Wegen unserer Tochter.«

»Das glaube ich Ihnen nicht.« Yngve lief mit schnellem Schritt weiter, und Zac konnte nicht anders, als hinterherzulaufen. Ihm stand der Schweiß auf der Stirn, aber Yngve schien es in seinem Wollpullover nicht zu warm zu werden. Komischer Typ.

»Sie können glauben, was Sie wollen, aber so ist es nun mal.«

»Ich möchte Sie gern einladen, an einer Woche für die Angehörigen hier teilzunehmen.«

»Und warum? Weil Sie glauben, ich sei auch abhängig? Vielleicht stimmt das, aber ich will hier keine Woche lang sein. Meine Frau ist Alkoholikerin, das betrifft meine Tochter und mich auch, aber sie ist die Kranke, nicht wir.«

»Ich will nicht behaupten, dass Sie krank sind, aber ich glaube, Sie brauchen auch Hilfe.« Er legte seine Hand auf Zacs Schulter.

Die beste Hilfe, die Zac sich vorstellen konnte, war, dieses Elend hinter sich zu lassen und auf schnellstem Wege geschieden zu werden. Matteo und er mussten baldmöglichst einen Weg finden.

Er schüttelte die Hand ab. »Danke, aber ich komme zurecht. Helfen Sie lieber Katarina, dass sie für Bonnie eine gute Mutter ist. Die zwei sollen keine getrennten Wege gehen.«

Auf dem Heimweg war Bonnie bester Laune, und das war ansteckend. Der »Mistkerl« vom Morgen war vergessen, jetzt quasselte sie in einem fort, und sie hielten am Klein-Italien an und kauften eine extra große Capricciosa für das Abendessen zu Hause.

Heimlich beobachtete Zac seine Tochter. Wie würde sie wohl reagieren, wenn sie erfuhr, dass sie eine Tante hatte? Und dass sie einen halben Hof und ein halbes Haus in Spanien besaßen, aber leider auch das Haus in Hunnebostrand teilen mussten?

Vielleicht war es ihr völlig egal. Ihre Mutter hielt sich in einer Entzugsklinik auf, das war schon schwer genug. Aber im Moment war Bonnie fröhlich und unbeschwert, und das freute Zac mehr als alles andere.

23

Nikki stellte sich vor den Tisch. Auch wenn es sich nur um eine stinknormale Pächterversammlung handelte, es war schließlich ihre erste, und Nikki war nervös. Sie strich über die Leinentischdecke und fragte sich, wie es wohl die Bauern fanden, wenn sie sich heute an die Stirnseite des Tisches setzen würde, auf den Platz ihres Vaters.

Es war so viel Arbeit angefallen, dass sie noch gar nicht darüber nachgedacht hatte, wie es für sie sein würde, auf Papas Stuhl zu sitzen. Noch immer machte sie sich Sorgen, wie die Pächter auf die neue Situation reagieren würden, denn längst nicht alle sahen es gern, dass sie den Hof übernahm. Sie meinten, der Job sei für eine Frau viel zu hart, obwohl sie Jahr für Jahr immer wieder bewiesen hatte, dass sie es genauso gut wie Nikodemus konnte.

Sie hatte beschlossen, von dem zweiten Erben noch nichts zu sagen, das hatte noch Zeit. Wichtiger war es, sich mit den Pächtern gutzustellen, und sie hatte keine Ahnung, was die zu einem zweiten Erben sagen würden. Das verkomplizierte die Situation, und wer wusste schon, was dann passieren würde. Noch hatte sie die Mail nicht beantwortet, in der es darum ging, wann Zac und sie sich kennenlernen sollten. Diesen Termin wollte sie so lange wie möglich aufschieben. Doch ihre Taktik ging nicht auf, denn die Ungewissheit raubte ihr den Schlaf. Nacht für Nacht lag sie wach, und das dumme Gefühl im Bauch wurde immer schlimmer. Nicht auszudenken, wenn er ihren Vorschlag, die Häuser auf Mallorca und in Hunnebostrand zu übernehmen, ablehnte. Was würde dann geschehen?

»Du siehst aus wie ein Großgrundbesitzer«, sagte Annie, als sie in den Speisesaal kam und Nikki in Jagdweste und kariertem Hemd sah. »Wo soll ich sitzen?«

»So nah bei mir wie möglich«, antwortete Nikki und zeigte auf den Stuhl rechts von ihr. »Und du bist sehr schick, obwohl ich auch das Kollar an dir gemocht habe«, entgegnete Nikki. »Die Leute reden ja gern mit jemandem, der zum Zuhören da ist«, schob sie lächelnd hinterher.

»Danke, aber diese Rolle kann ich hier nicht übernehmen, das weißt du«, sagte Annie und sah über den Tisch. »Was ist denn Gegenstand dieser Besprechung?«

»Ehrlich gesagt habe ich keine Ahnung. Wäre Papa noch am Leben, dann wäre das ein ausgelassenes Fest mit viel Essen geworden, und er hätte Hof gehalten und so viel Alkohol ausgeschenkt, dass sich die Pächter erst in den frühen Morgenstunden vom Hof geschleppt hätten. Ich wiederum würde ihnen gern auf den Zahn fühlen, wenn sie nüchtern sind, und herausfinden, ob ich mich um jemanden besonders kümmern muss. Kaffee und Knabbereien sind für diesen Fall völlig ausreichend. Habe ich erwähnt, dass sie mit Begleitung eingeladen sind?«

»Ja, das hast du.«

»Ich glaube, das könnte ein Vorteil sein«, fuhr Nikki fort. »Ich würde eiskalt meinen, dass die Frauen auf meiner Seite stehen, wenn es um den Hof geht. Schwesternschaft. Einen nobleren Grund, sie einzuladen, habe ich leider nicht.«

»Ich würde nicht mit ihrer Hilfe rechnen, wenn ich du wäre.« Annie war skeptisch. »Die werden zu ihren Männern halten, meinst du nicht?«

»Meine Güte, wir leben doch nicht mehr in den Fünfzigerjahren, und die meisten Frauen sind in meinem Alter, haben einen Job und sind erfolgreich. Ich zähle auf sie. Alles andere würde mich wirklich wundern.« Nikki machte einen Schritt zurück und betrachtete den Tisch. Zufrieden nickte sie. Jetzt konnten sie kommen.

Sie hatte Kaffee und Annies selbst gebackenen Kuchen auf dem Büfett im Speisesaal aufgebaut, und die Gäste durften nach Herzenslust zugreifen. Sie beobachtete sie, während sie vor den Platten standen. Die meisten hatten sich immerhin die Mühe gemacht und saubere Kleidung angezogen. Alle außer Lennartsson, und sie wusste sofort, dass er das absichtlich getan hatte. Er wollte seine Unzufriedenheit demonstrieren. Er stank nach Kuhstall. Die Frage war nur, welchen Einfluss er auf die anderen hatte. Nikki hoffte, nach der Veranstaltung klüger zu sein. Anders und Annie standen ihr zur Seite und hatten versprochen, ein bisschen Detektivarbeit zu leisten. Sie hatten auch nichts dagegen gehabt, neben dem Miesepeter Platz zu nehmen.

Lennartssons Frau Karin sah aus wie gewohnt. Klein

und zerbrechlich, aber auffällig gut gekleidet, und Nikki wusste, dass sie stärker war, als sie wirkte. Das musste man auch sein, wenn man mit diesem Mann verheiratet war.

Sie waren alle zusammen aufs Gymnasium gegangen, und dass Karin und Lennartsson zusammenkamen, hatte jeden überrascht. Karin war kein Mädchen, das besonders auffiel oder mit den coolsten Typen unterwegs war, und warum es bei den beiden gefunkt hatte, konnte keiner nachvollziehen. Er machte Sport, sie lernte, er ging auf Feste, sie hockte in der Bibliothek. Viel mehr wusste man über sie auch nicht. Sie war nicht der Typ, der sein Herz ausschütten musste, sie war eher zurückhaltend. Er hingegen war überhaupt nicht bescheiden, er prahlte überall und so laut, dass es jeder hören konnte. Karin, die mit ihren guten Noten jede Ausbildung hätte machen können, entschied sich jedoch, den übelsten Casanova der Schule zu heiraten. Später hatte sie richtig Karriere gemacht, und Nikki wusste, dass sie beruflich viel unterwegs war – während ihr Mann lamentierte, dass sie mit anderen Dingen beschäftigt war als dem Hof. Sie war jedenfalls das Beste an ihm, und Nikki freute sich, sie zu sehen.

»Herzlich willkommen«, begrüßte sie sie lächelnd.

»Danke. Es sieht alles sehr einladend aus«, erwiderte Karin.

»Was tut man nicht alles für so noble Gäste. Hast du schon einen Platz gefunden?«

»Ja, ich sitze neben meinem Mann«, antwortete sie und nickte zu Lennartsson hinüber, der bereits Platz genommen hatte, ohne einen Gedanken daran zu verschwenden, eventuell noch auf seine Frau zu warten.

Nikki schenkte sich als Letzte Kaffee ein. *Es ist völlig normal, nervös zu sein*, dachte sie, *ich darf es mir nur nicht anmerken lassen*. Sie stellte die Tasse vor sich ab, während sie noch hinter ihrem Stuhl stand. Ihre Hand zitterte, sodass sie sie rasch in ihre Westentasche steckte. Jetzt musste sie anfangen.

»Ich möchte Sie alle, Freunde und Nachbarn, sehr gern herzlich begrüßen«, sagte sie laut und energiegeladen. Das Geklapper des Porzellans und das Gemurmel verstummten. »In diesem Jahr vermissen wir eine Person hier am Tisch, ich bin sicherlich nicht die Einzige, die es so empfindet. Für Papa war es das Schönste, ein paarmal im Jahr zu kommen und Sie alle zu treffen, doch auch nur diese paar Male sehnte er sich hierher zurück. Den Rest des Jahres verbrachte er, wie Sie alle wissen, in der Sonne Mallorcas. In der Hinsicht sind wir ein bisschen unterschiedlich, mein Vater und ich. Im Gegensatz zu ihm will ich nie von Gyllentofta fort.«

Sie lächelte und ließ ihren Blick über den Tisch wandern. Sie hoffte, sie strahlte Würde und Zuverlässigkeit aus. Ganz so fühlte sie sich im Moment noch nicht.

An der Tür räusperte sich jemand und zog alle Blicke auf sich. Nikki sah, dass sich eine Person an der Tür zum Speisesaal bewegte, aber konnte nicht erkennen, wer das war. Fehlte denn noch jemand?

»Entschuldigung«, rief sie. »Kann ich Ihnen behilflich sein?« Sie fuhr mit der Hand an den Kopf, da saß ihre Brille wie gehabt. Als sie sie auf die Nase gesetzt hatte und sah, wer da in der Tür stand, suchte sie Halt an dem gustavianischen Stuhl, der vor ihr stand.

»Sie antworten ja weder auf Mails noch auf Anrufe, daher sahen wir uns gezwungen vorbeizukommen«, sagte der Anwalt, der sich bei seinem letzten Besuch bei Oberon eingeschmeichelt hatte. Er trat näher, und hinter ihm folgte eine jüngere Kopie ihres Vaters Nikodemus.

In dem großen Speisesaal war es mucksmäuschenstill.

Obwohl Nikki die beiden Eindringlinge am liebsten sofort hinausgeworfen hätte, begriff sie schnell, dass es ihr vor dieser versammelten Mannschaft nur schaden würde, wenn sie jetzt die Fassung verlöre. Alle starrten Nikki und die beiden Männer an.

Sie überlegte eine Sekunde, dann ging sie ihnen entgegen und begrüßte sie. »Tut mir leid, so was kann ich nicht gut, dafür bitte ich um Entschuldigung. Ich bin eher praktisch veranlagt, Computer und Mails sind nicht mein Ding ... ja, das können Sie sicher verstehen. Herzlich willkommen. Sie sind Zac, nehme ich an.« Nikki gab sich Mühe, freundlich zu lächeln, und hielt ihm die Hand hin. Sie hoffte, dass er einen kräftigen Händedruck hatte, denn er ähnelte ihrem Vater ungemein. In ihrem Kopf drehte sich alles. Wie sollte sie sich jetzt verhalten? Sie musste ihn einfach anstarren, sein Gesicht war ihr vertraut, obwohl sie ihn nie zuvor gesehen hatte.

Aber er schien beleidigt zu sein, was Papa nie gewesen war. Er ließ Nikkis Hand fallen, als hätte sie die Pest.

»Willkommen auf Gyllentofta, hier sehen Sie unsere Pächter vor sich, und wir beginnen unsere Versammlung gerade mit einer Tasse Kaffee und sieben Sorten Plätzchen. Bitte, bedienen Sie sich.« Ihre Stimme war schrill. Sie musste sich unbedingt wieder ein bisschen beruhigen. Zwanzig Augenpaare starrten sie vom Tisch aus an.

»Anders, bist du so nett und holst zwei Stühle, und Annie, kannst du noch ein paar Teller organisieren?«, fragte sie ihre Freunde, während sie versuchte, ihre Stimme unter Kontrolle zu bringen. Ihr Kopf arbeitete auf Hochtouren. *Du musst dich beruhigen, Nikki. Einatmen. Ausatmen ... ja, das ist gut, so einfach weitermachen. Ein. Und aus.*

Anders und Annie sprangen sofort auf, und Nikki holte tief Luft, dann ging sie vor an den Tisch, die ungebetenen Gäste folgten ihr auf dem Fuß.

Zac wollte schon sagen, dass sie auch wieder fahren könnten, doch sein Anwalt schnitt ihm das Wort ab.

»Wir sitzen auch gern vorn bei Ihnen«, sagte er leise zu Nikki.

»Das glaube ich Ihnen gern«, antwortete sie sanft. »Wir müssen schauen, wo wir Platz finden, das war ja nun eine Überraschung, darauf war ich nicht vorbereitet. Ich muss mich um einige Leute hier kümmern, wie Sie sehen.«

»Ich nehme an, Sie stellen uns vor?«

»Selbstverständlich.«

Als Nikki wieder am Tisch war, stellte sie sich noch einmal hinter ihren Stuhl, genau so, wie ihr Vater es immer getan hatte, wenn er etwas sagen wollte.

»Sie haben sicherlich bemerkt, dass zwei Unbekannte aus der Stadt noch zu uns gestoßen sind. Darf ich Ihnen meinen Bruder Zacharias vorstellen, der hergekommen ist, weil er den Hof aufteilen will. Er ist in Begleitung seines Anwalts, und all Ihre Fragen richten Sie bitte an ihn.« Sie sah den Anwalt scharf an. Er hatte es so gewollt. Zac sah aus, als wolle er im Erdboden versinken. Auch gut, sie hätte nichts dagegen.

Sofort entstand große Unruhe rund um den Tisch, und es klang, als ob die Anwesenden Zac und seinen Rechtsanwalt gern auf den Misthaufen hinter dem Haus verfrachtet hätten. Nikki genoss die Wortfetzen, die sie aufschnappen konnte. *So ergeht es einem, wenn man einfach unangemeldet hereinplatzt*, dachte sie und hatte nicht einen Moment lang das Gefühl, dass Zacharias hierhergehörte, auch wenn der ihrem gemeinsamen Vater so verblüffend ähnlich sah.

Anders stellte einen Stuhl neben Nikkis Platz und den anderen neben seinen eigenen. Sehr raffiniert. Er würde eine ordentliche Gehaltserhöhung bekommen, das stand fest.

»Bitte, suchen Sie sich selbst Ihren Platz aus«, sagte Nikki und zeigte auf Anders.

»Ich setze mich da drüben hin«, sagte Zac.

»Wie Sie möchten«, erwiderte Nikki.

Es war angenehm, dass er nicht neben ihr sitzen wollte, denn sie hatte ihm nichts zu sagen. Zumindest nichts Nettes. Mit dem Anwalt wollte sie sich auch nicht austauschen, aber von den beiden war er ihr im Moment lieber.

»Das ist Mats Andretti«, sagte Nikki zu den Personen, die in der Nähe saßen.

»Matteo«, korrigierte der Anwalt gelassen, bevor er die anderen am Tisch kopfnickend begrüßte. Die meisten taten so, als würden sie ihn nicht bemerken, aber Annie grinste und sah entzückt aus. Was tat sie da? War er etwa ihr Typ, oder meinte sie, als Vertreterin der Kirche hier ihre Pflicht tun zu müssen?

Nikki hatte noch nie viel für Schönlinge übrig gehabt. Meist waren sie so sehr mit sich beschäftigt, dass ihre eventuellen physischen Vorzüge hinter Dummheit, Arroganz und ... Cabriolets versteckt wurden. Natürlich war dieser Mann keine Ausnahme. Er hatte sicher nicht eine Schwiele an den Händen. Solche Männer hatten sich nie anstrengen müssen, damit Frauen sich in sie verliebten, was sie unglaublich uninteressant machte, weil ihre Gedanken nur um sich selbst kreisten. Die einzige Kleinigkeit, die dafürsprach, dass dieser Mann anders war, war Oberons Reaktion gewesen. Widerwillig hatte Nikki sich eingestanden, dass hinter der schönen Fassade noch mehr sein musste, denn ihr Pferd besaß ein unbestechliches Urteilsvermögen. Aber als Zacs Advokat war und blieb er ein Schwein, und vielleicht hatte Oberon das auch bemerkt. Sympathie unter Tieren.

Sie musste das Lachen hinunterschlucken, stattdessen klatschte sie in die Hände.

»Liebe Freunde. Es gibt ein paar Dinge zu besprechen, aber zuerst möchte ich Sie in Ruhe Kaffee und Kuchen genießen lassen. Ich habe eine kurze Tagesordnung aufgestellt, Sie finden sie auf dem Beistelltisch an der Seite«, sagte sie und zeigte darauf. Sie nahm wieder Platz und drehte sich zu Annie um, die Zac pausenlos anstarrte. Nikki räusperte sich und rammte ihr den Ellenbogen in die Seite.

»Was machst du da?«, raunte Nikki ihr zu. »Hör auf, ihn anzustarren.«

»Ich kenne ihn irgendwoher, aber weiß nicht, woher.«

»Wen? Zac? Du bist vielleicht schon mal dem Teufel über den Weg gelaufen, vermute ich.«

Annie schüttelte den Kopf. »Nein, er ist nett. Darauf wette ich.«

Nikki betrachtete ihn und versuchte herauszufinden, was Annie entdeckt hatte, doch sie konnte keine Spur von Freundlichkeit erkennen. Da bemerkte sie, dass der Anwalt sie anstarrte, und drehte sich verärgert zu ihm um. Sie sah ihn eindringlich an, um zu bewirken, dass er es unterließ. Er beugte sich zu ihr.

»Wir müssen uns treffen«, flüsterte er ihr zu.

»Sie und ich?«

»Wenn Sie möchten, aber ich dachte, es wäre gut, wenn Sylvia und Zac auch dabei wären. Zumindest am Anfang.«

Nikki bekam heiße Wangen.

Blöder Kerl.

»Natürlich.« Sie räusperte sich. »Es gibt ja auch nicht den geringsten Grund, sich nur mit Ihnen zu verabreden.«

Er lächelte. »Ich weiß gar nicht, warum mich gerade das so enttäuscht.«

24

Zac ließ seinen Blick über den Tisch wandern. Seine »Schwester« hatte sehr effektiv dafür gesorgt, ihn nicht gerade herzlich zu begrüßen. Aber das wunderte ihn nicht. Matteo hatte ihn vorgewarnt und gesagt, dass sie nicht sehr entgegenkommend sei, und hätte Zac entscheiden dürfen, dann hätte er eine erste Begegnung auf neutralem Terrain bevorzugt. Die Hälfte ihres Besitzes ging ja nun auf ihn über, und sie würde sicher eine Weile brauchen, das zu begreifen. Matteo hatte gemeint, es sei eine gute Idee, sie einfach zu überrumpeln, und da saßen sie nun. Zac kam sich wie ein Blödmann vor.

Je mehr er darüber nachgedacht hatte, desto wichtiger war es für ihn geworden, nichts von alledem aufzugeben. Dieser Hof hatte seinem Vater viel bedeutet. Zac kannte sich mit Landwirtschaft und Tierhaltung nicht aus, er hatte keine Ahnung, was man brauchte, um so einen Betrieb zu unterhalten. Dafür wusste er alles darüber, wie es war, ohne Vater aufzuwachsen. Keine Großeltern oder Tanten und Onkel zu haben. Hier hingen Familienporträts an den Wänden, alle vermutlich aus der Linie seines Vaters. Hübsch gekleidete Frauen, Männer im Frack. Einer in Uniform. Familien und Bilder von Höfen und großen Schiffen. Goldrahmen und Büsten. Von alldem hatte Zac nichts gewusst. Er fühlte sich ausgelacht und erniedrigt. Nicht nur von Nikodemus und dessen Tochter, sondern auch von seiner Mutter.

Er betrachtete Nikki, die an der Stirnseite saß. Mit welcher Selbstverständlichkeit sie diesen Platz einnahm und regierte. Sie hatte ein echtes Zuhause, wusste, wo sie hingehörte.

Zac hatte von ihrer Anwältin ein Angebot erhalten, dass er die Häuser auf Mallorca und Hunnebostrand haben könne, aber die interessierten ihn nicht.

Er wollte seinen Teil von Nikodemus' Hof.

Dabei ging es gar nicht ums Geld, kein bisschen. Es ging um Richtig und Falsch. Zac fand, es sei an der Zeit, dass Nikki Platz machte. Sie konnte die anderen Häuser genauso gut übernehmen, auch das an der Westküste, selbst wenn ihm das sauer aufstieß. Warum sollte sie hier weiter wie eine Königin residieren, wenn er das gleiche Recht hatte, hier zu sein?

Der Typ, der ihm gegenübersaß, der auch die Stühle geholt hatte, schien alle am Tisch gut zu kennen, doch Zac ignorierte er, so wie die meisten anderen Anwesenden auch. Und Zac selbst unternahm nichts, um deren Eindruck von ihm zu ändern, er schwieg, denn er hatte nichts zu sagen. Bald würde er wieder aufstehen und sich das Haus ansehen. An Kaffeeklatsch war er wirklich nicht interessiert.

Einer der Pächter, die am Tisch saßen, lächelte breit und künstlich, während er Zac mitteilte, dass er schon seit vielen

Jahren von seiner Existenz wusste. Dann beugte er sich zu ihm hinüber und schlug vor, sie könnten sich doch mal treffen. Aber er stank fürchterlich und wirkte nicht sehr vertrauenerweckend, sodass Zac nun nur noch verschwinden wollte. An diesem Tisch bekam er keine Luft. Als die Gäste aufstanden, um sich nachzuschenken, nutzte Zac die Gelegenheit und verließ unauffällig den Saal.

Im nächsten Zimmer blieb er stehen. Das Haus war riesig, aber nicht gerade gemütlich. Er sah an die Decke, bemerkte die Malereien. Engel und Dämonen. Seine Schwester war definitiv der zweiten Kategorie zuzuordnen. Matteo hatte Zac gebeten, auch für ihre Situation Verständnis aufzubringen, doch das fiel ihm schwer. Sie hatte sich zwar nicht offen feindselig verhalten, dennoch war ihre Reaktion unmöglich gewesen.

Zac ging weiter durch den Raum, durch den sie bei ihrer Ankunft nur rasch hindurchgelaufen waren. Ohne lodernde Flammen sahen die Kaminöfen aus wie große grauschwarze Schabracken, dachte er, als er sich im Salon umsah. Und diese morbiden ausgestopften Tierköpfe, die an den Wänden hingen, mussten sie unbedingt abnehmen, wenn Bonnie hierherkam. Zac nahm an, dass sein Vater die Tiere selbst geschossen hatte, aber das änderte nichts daran. Seine Tochter sollte so etwas nicht zu Gesicht bekommen.

Zac hielt inne. Er spürte, wie ihn ein wärmendes Gefühl überkam. Bonnie.

Nikki hatte keine Kinder. Was bedeutete, dass Bonnie all das hier eines schönen Tages erben würde. Matteo und er hatten sich auf dem Weg nach Gyllentofta darüber unterhalten. Er musste lächeln. Wenn Bonnie hier einmal einzog, konnte sie die Geschichte ihrer Familie über Generationen zurückverfolgen. Das freute ihn sehr.

Als er ins Obergeschoss stieg, knarrte die Treppe unter dem dicken weinroten Teppich. In beide Richtungen gingen Flure ab, und er begab sich nach links. Fast hätte er Himmelbetten erwartet, aber alle vier Schlafzimmer, in die er einen Blick warf, waren gleich möbliert. Doppelbetten und ein Schreibtisch. Sie wirkten wie einfache, unpersönliche Hotelzimmer, aber natürlich war das praktisch, wenn man viele Gäste beherbergte.

Nikki erweckte nicht den Eindruck, als sei sie ein Mensch, der viele Leute um sich scharte. Warum, wusste er auch nicht, sie versuchte ja, die Freundlichkeit in Person zu sein, aber wahrscheinlich lag es an ihrer aufgesetzten Art, dass er glaubte, sie lebte zurückgezogener, als sie es zeigen wollte. Und wer wollte schon etwas mit ihr zu tun haben? Die Frage stellte sich wirklich.

Die Pächter kamen nicht sehr oft ins Haus, so viel hatte Zac begriffen. Offenbar gehörten sie nicht zu Nikkis Freundeskreis. Einer an Zacs Tisch hatte über Frauen als Hofbesitzer gelästert, doch dann hatte er auch Zac schief angesehen, da blieb die Frage offen, welches Geschlecht er für so einen Betrieb für geeignet hielt.

Die Wahrheit war vielmehr die, dass keiner wirklich zufrieden war, wie die Sache auch ausging, dachte Zac und öffnete die Tür zum Badezimmer. Badewanne, Dusche, nichts Besonderes. Der Raum war größer als das Bad auf der anderen Seite. Zac ging vor ans Fenster. Auf der Koppel grasten Pferde. Eins wälzte sich auf dem Boden, dass es staubte. Die Erde war trocken.

Von Landwirtschaft verstand er rein gar nichts. Ebenso wenig von Pferden. Er beobachtete eine Katze, wie sie zum Stall flitzte, diese Vierbeiner waren ihm immerhin vertraut. Ansonsten hatte er wenig Bekanntschaft mit Tieren gemacht. Als er klein war, hatte er sich ein Haustier gewünscht, jedes wäre ihm recht gewesen, doch seine Mutter hatte Nein gesagt. Das sei zu unpraktisch, wenn sie an die Westküste fuhren, hieß es, schließlich konnte man Tiere nicht einfach verpflanzen, wie es einem beliebte. Und außerdem arbeitete seine Mutter, und er war in der Schule, wer hätte sich also um das Tier kümmern sollen?

Bonnie hatte sie nie um ein Haustier gebeten, sie wollte nur Bälle haben. Die Frage war die, ob sie hier wohnen wollte, wo weit und breit kein Fußballplatz war, nur grüne Wiesen. Eigentlich wusste er nicht einmal, ob *er* das wollte. Aber er spielte mit dem Gedanken, und je häufiger er das tat, desto besser konnte er es sich vorstellen. Natürlich hätte er Unmengen zu lernen, aber dieser Vorarbeiter Anders würde ihm helfen können. Das müsste ja eigentlich sein Job sein.

Aber wenn Zac die Lage nüchtern betrachtete, anstatt zu träumen, dann war ihm klar, dass Nikki sich nicht kampflos geschlagen geben würde. Normalerweise wäre ihm das unangenehm gewesen, und er hätte versucht zu vermitteln, aber diesmal war es anders. Er empfand keinerlei Mitgefühl für sie, und daher fiel es ihm nicht schwer, sich vorzustellen, sie von hier zu vertreiben. Sie war ein Snob, eine Oberklassenschnepfe, die alles auf dem goldenen Tablett serviert bekommen hatte. Ob sie überhaupt studiert hatte? Wohl kaum. Vermutlich hatte Papa sie von Anfang an gründlich verwöhnt, und nun aß sie immer noch mit goldenen Löffeln. Zwar hatte das Testament sie ein bisschen ausgebremst, doch ihr Auftritt im Speisesaal hatte gezeigt, dass sie sich überlegen fühlte und demonstrieren wollte, wer hier der Schurke in diesem Schauspiel war. Matteo hatte ihm versichert, dass das Testament wasserdicht sei, sie käme nicht umhin, mit ihm zu teilen, egal, wie sie sich aufführte.

»Zac«, erklang plötzlich Matteos Stimme vom Gang.

»Ich bin hier«, antwortete er, steckte den Kopf zur Tür hinaus und winkte seinem Freund zu.

»Und, was sagst du?«, fragte Matteo grinsend und kam näher. »Ein Wahnsinnshaus, oder?«

Zac nickte. »Unglaublich. Aber bislang kenne ich nur diesen Flügel. Was gibt es auf der anderen Seite?«

»Unter anderem Nikkis Schlafzimmer. Der Flügel sieht eigentlich ähnlich aus. Hast du unten mal die andere Hausseite angeschaut? Die ist nämlich ganz modern mit einer riesigen schönen Küche und einem gemütlichen Wohnzimmer. Wollen wir mal runtergehen?«

Nikki stand in der Küche, als sie hereinkamen. »Jetzt geht die Besprechung gleich los, aber das ist vielleicht für Sie nicht so interessant, da Sie sich ja doch noch nie ...« Sie legte eine Pause ein und sah von einem zum anderen. »Sich noch nie Gedanken darüber gemacht haben, wie man den

Tiermist am besten verarbeitet.« Nikki klang vergnügt, und Zac war verwirrt. War sie wirklich fröhlich, oder spielte sie Theater? Dann sahen sie sich an, und da war ihm klar, in welcher Stimmung sie war.

Zac hatte sich immer Geschwister gewünscht, eine große Schwester und einen großen Bruder. Hatte sich zeit seines Lebens nach einer Familie gesehnt. Eine mit vielen Familienmitgliedern. Geschwister, die maulten, ein Vater, der mit dem Fuß aufstampfte. Ein Bruder, der ihn auf dem Schulhof verteidigte. Eine Schwester, mit der er lernen konnte. Eltern, die Zeit dafür hatten, ein Baumhaus zu bauen, und die sich in den Arm nahmen, wenn sie dachten, keiner sähe hin. So eine Familie, wie es sie eigentlich nur im Bilderbuch gab. Genau so eine hatte er sich gewünscht.

Auf gewisse Art und Weise hatte er so ein Zuhause bei Matteo gefunden, er war der beste Großer-Bruder-Ersatz, den man sich vorstellen konnte. Und Geschwister waren ja auch nicht immer so wie im Traum. Väter auch nicht. Er wusste genau, wie schnell man an dieser Rolle scheitern konnte. Aber jetzt eine Schwester zu bekommen war ein bisschen spät. Unter diesen Umständen, wenn sie freundlich tat, ihre Augen ihn aber am liebsten vom Hof jagen würden, gab es keine Chance, einander näherzukommen.

»Und, was meinen Sie, Zac?«, fragte Nikki.

»Wozu?«

»Zu Gyllentofta.«

»Schön«, sagte er kurz angebunden. Er hatte keine Lust, ihr Theater mitzuspielen. Er musste mit Matteo die nächsten Schritte besprechen, und es war auch an der Zeit, Bonnie davon zu erzählen. Die Frage war nur, was er mit Katarina machte. Er wollte sich scheiden lassen, da war er sich sicherer denn je, aber wie konnte er das tun, wenn sie die Hälfte seines Vermögens verlangte?

»Ich würde Ihnen aber davon abraten, wie Ihr Anwalt auf eigene Faust zu den Tieren zu gehen.« Sie drehte sich zu ihm um, mit einer großen Kaffeekanne in der Hand. »Nehmen Sie Anders mit, wenn Sie sich draußen umsehen wollen. Er kennt den Hof in- und auswendig und ist meine rechte Hand.« Das betonte sie besonders, zumindest kam es Zac so vor. Sie wollte klarstellen, wer hier das Sagen hatte, wer die Regeln festlegte.

»Okay«, antwortete er. Mehr gab es nicht zu reden.

Als Nikki aus der Küche verschwand, war er wieder mit Matteo allein. »Du hast noch ein Wohnzimmer erwähnt.«

»Ja, hier nebenan«, sagte Matteo. »Komm.«

Matteo hatte recht gehabt, das Zimmer war beeindruckend. Zac ging ans Büfett, auf dem eine Menge Fotos standen. Er zuckte, als er ein Bild von seinem Vater sah. Er erkannte ihn wieder. Auf dem Foto hielt er Nikki im Arm. Seine Haare waren genauso blond wie die von Zac. Die hochgekrempelten Ärmel ließen seine braun gebrannten Arme zum Vorschein kommen, und er lachte herzlich. Ein stolzer Vater. Nikki trug Reitkleider und musste ungefähr in Bonnies Alter gewesen sein. Zac überkam plötzlich ein Gefühl von Traurigkeit.

Matteo trat zu ihm.

»Ihr seid euch ähnlich«, stellte er fest. »Alle. Du und dein

Vater. Du und Nikki. Nikki und euer Vater. Bonnie kommt auch nach euch.«

»Ja, das erkenne sogar ich«, sagte Zac.

»Hast du früher schon mal Fotos von ihm gesehen?«

»Ja, Mama hatte ein Bild von ihm im Schlafzimmer.«

»Und du hast mit ihr noch nicht gesprochen?«

Er schüttelte den Kopf. »Nein, ich versuche, es aufzuschieben, weil ich noch so eine Wut im Bauch habe. Aber wenn ich nicht rangehe, wenn sie anruft, fängt sie an, sich Sorgen zu machen, und wird versuchen, Katarina und Bonnie zu erreichen, also beende ich die Gespräche mit ihr so schnell wie möglich. Natürlich muss ich es ihr bald erzählen, aber erst möchte ich mit dir zusammen alle Optionen durchgehen, die ich habe, um den Hof zu übernehmen.«

Matteo schien nach Luft zu schnappen. »Ist das dein Ernst?«, fragte er.

Zac nickte langsam. »Ja, ich glaube schon.« Als er es aussprach, spürte er, dass es stimmte. Er wollte hier wohnen. Dazu hatte er das Recht ebenso wie Nikki. »Nicht dass ich wüsste, wie man das bewerkstelligt, denn eine Bank wird kaum Kredite in dieser Höhe geben, aber Nikki zieht vielleicht auch freiwillig aus, wenn ich einziehe?«

Matteo grinste. »Damit würde ich an deiner Stelle nicht rechnen.«

»Und was machen wir dann, wenn wir beide hier wohnen wollen? Ich werde nicht nachgeben, Matteo.«

»Als Erstes müssen wir über eure Vertretung nachdenken. Ihr könnt nicht uns als Anwälte aus einer Kanzlei haben, wenn wir euch vertreten sollen. Oder wir brauchen es von euch schriftlich, dass ihr einverstanden seid, und ihr müsst auf einen gewissen Teil der Schweigepflichtvereinbarung verzichten. Damit fangen wir an und das so schnell wie möglich, denn ich kann mir nur schwer vorstellen, dass ihr beide – du und deine Schwester – euch in absehbarer Zeit in die Arme fallen werdet.«

Zac sah Matteo eindringlich an. »Wie gesagt. Ich werde nicht nachgeben.«

25

Nach der langen Veranstaltung war Annie völlig erledigt, obwohl es erst halb vier war. Nachdem sie Nikki geholfen hatte, die Tische abzuräumen und das Geschirr in der Spülmaschine zu verstauen, schnappte sie sich Winston für einen Spaziergang.

Wie üblich rannte er los, und sie tanzte wie wirbelndes Herbstlaub hinterher. Jeder Versuch, seine Geschwindigkeit zu drosseln, war vergeblich. Nur wenn sie am anderen Ende von Winstons Leine hing, fühlte sie sich leicht. Ansonsten war sie eher schwer. Fett, sagte ihre Mutter. Annie bevorzugte das Wort kurvig, auch wenn das nicht immer einfach war. Denn phasenweise erlebte sie es, dass es hart war, solch einen Körperumfang zu haben. In ihrem Alter spielte es vielleicht keine so große Rolle mehr, doch als sie noch jünger war, wirkte ihre Figur regelrecht abstoßend. Auf Jungs und Mädchen. Selbst auf jene, die ihr Aussehen eigentlich mochten. Sie wollten sich mit ihr nicht abgeben, denn im Freundeskreis wurde Dicksein nicht akzeptiert. Auf der anderen Seite war es nicht *nur* negativ. Die meisten Kilos hatte sie nach der geplatzten Verlobung angesammelt, und sie schützten sie effektiv vor neuen, in Katastrophen mündenden Romanzen.

Wenn sie sich ihr Gesicht einmal genauer ansah, befand sie, dass sie eigentlich ganz süß war, wenn sie das von sich selbst sagen durfte. Für ihre mandelförmigen Augen und die Grübchen hatte sie schon Komplimente bekommen, und ihren Mund mochte sie auch. Insgesamt konnte sie mit ihrem Gesicht wirklich zufrieden sein, und mittlerweile war sie sich gar nicht mehr so sicher, ob sie wirklich abnehmen *wollte*. Wenn sie gesundheitliche Probleme bekäme, wie es ihr der Arzt prophezeite, dann vielleicht. Aber sie ernährte sich gut, machte lange Spaziergänge und lebte eigentlich ganz gesund ... von den Kuchen abgesehen, die sie sich in den Bauch schlug, wenn ihre Stimmung im Keller war.

Für ihren Blutdruck war es allerdings schlecht, dass sie sich so oft aufregte, und wenn sie das bedachte, war es jetzt hervorragend, dass sie weder Job noch Wohnung hatte. Normale Menschen hätten wahrscheinlich einen Nervenzusammenbruch erlitten, dachte sie, aber sie war trotzdem ganz zufrieden. Wahrscheinlich war ein Neustart genau das, was sie jetzt brauchte, das hatte sie schon im Mallorca-Urlaub gedacht. In den Armen eines schönen Italieners zu liegen war nicht spurlos an ihr vorbeigegangen. Hinterher hatte sie keine Angst bekommen, so wie früher, und im Gegenteil, sie dachte gern daran zurück und war zufrieden. Sie war keine unansehnliche, alte Pastorin. Sie war auch eine Frau, die von einem Mann begehrt wurde. Noch dazu von einem *schönen*.

Nicht, dass sie bis zum Äußersten gegangen wäre, so wie er sich das vorgestellt hatte. Sie hatte selbst große Lust empfunden, als seine Hände auf ihrem Körper auf Entdeckungsreise gingen. Aber seit ihrem letzten Sex waren so viele Jahre ins Land gegangen, dass sie sich gar nicht mehr richtig erinnern konnte, wie das eigentlich ging. Nach der aufgelösten Verlobung in ihrer Jugend war sie noch mit vier verschiedenen Männern im Bett gewesen. Sie hatten sich quasi die Klinke in die Hand gegeben, das war etwas, das sie nicht einmal Nikki erzählt hatte. Sie hatte sich in Grund und Boden geschämt, und dennoch hatte sie es nicht lassen können, denn diese Aufmerksamkeit betäubte den Schmerz, den die gescheiterte Beziehung und die bösen Worte ihrer Familie ausgelöst hatten. Wachgerüttelt wurde sie erst, als sie Filzläuse bekam und einsah, was sie getan hatte, denn das, was für andere junge Frauen selbstverständlich gewesen war – sich zu gestatten, nach ihrer Identität zu suchen und ihre Sexualität zu entdecken –, war in Annies Leben undenkbar gewesen. Ihre konservative Erziehung ließ keinen Spielraum zu, etwas anderes zu tun, als Gott zufriedenzustellen. Annie wusste, was das beinhaltete, und so war das Gefühl ihres Scheiterns überwältigend.

Nach der Priesterweihe hatte sie ein paar wenig geglückte Verabredungen gehabt, aber das war alles gewesen. Mehr als fünfunddreißig Jahre später spürte sie noch immer die Scham, auch wenn sie mit den Jahren mehr Verständnis für sich aufbrachte. Es war überhaupt nicht verwunderlich, dass sie nach Bestätigung gesucht hatte, als ihr Freund Schluss gemacht hatte, das Tragische war, dass es wie ein Zwang gewesen war. Sie war gar nicht so anders als die anderen Frauen in ihrem Alter gewesen, auch wenn sie das geglaubt hatte. Sie war todtraurig gewesen und von der Untreue tief verletzt. Das war nur menschlich. Sie war nicht nur ein Kind Gottes, sie war auch eine ganz normale, frisch erblühte junge Frau, mit allem, was das zu bedeuten hatte: Unsicherheit, Suche nach Bestätigung und ein schlechtes Selbstwertgefühl.

Im Moment hatte sie keinerlei Bedarf an männlicher Bestätigung. Ehe sie in den Armen des Italieners gelandet war und es sehr geschätzt hatte, dass er sie als Frau wahrgenommen hatte. Die Erinnerung daran versetzte sie schlagartig in Hochstimmung.

»Winston, halt an«, rief sie lachend und keuchte. Und zum ersten Mal tat der Hund, was sie sagte. Annie war durchgeschwitzt. Dieser Spaziergang war so anstrengend wie eine Stunde Work-out.

Nikki war im Stall jetzt sicherlich fertig, höchste Zeit umzudrehen. Annie musste weiter über ihre Zukunft nachdenken. Es gab keinen Grund zur Eile, sie war erst eine Woche auf dem Hof und konnte bleiben, solange sie wollte. Im Moment hatte sie das Gefühl, dass dieser Zustand anhalten könnte.

Nachdem Annie Winston mit Futter versorgt hatte, entdeckte sie Nikki auf dem Sofa vor dem Fernseher mit einem Bier und einer Schale Chips.

»Was schaust du an?« Sie wies Winston an, sich auf den Teppich zu legen, dann ging sie zum Sofa und setzte sich.

»Nichts Besonderes, ich zappe nur hin und her. Möchtest du auch ein paar Chips? Bier musst du dir selbst holen.

Ich glaube nicht, dass ich heute aus diesem Sofa noch mal hochkomme.« Nikki hielt Annie die Schale hin, doch die schüttelte den Kopf. »Nein, danke dir.« Sie lehnte sich zurück, das Sofa war gemütlich und weich, sie würde da einschlafen können, wenn sie sich richtig niederließ. »Willst du darüber sprechen, wie die Begegnung mit Zac für dich war?«

»Ich weiß selbst gar nicht, was ich fühle, alles ist so durcheinander. Ich begreife nicht, wie Papa mich in diese Lage bringen konnte.« Sie wischte die Krümel weg, die auf ihrem Pullover gelandet waren.

»Du scheinst trotzdem ganz gut drauf zu sein, ich kann noch immer nicht fassen, wie gut du die Situation mit Zac und dem Anwalt gemeistert hast.«

»Ich hatte doch gar keine Wahl, oder? Natürlich hätte ich sie rausschmeißen können, aber was hätte das für einen Eindruck hinterlassen?«

»Aber dass du überhaupt einen klaren Gedanken fassen konntest, bevor du reagiert hast. Ich wäre völlig frustriert gewesen und dann wütend geworden. Es passiert dir nie, dass du nicht mehr weiterweißt, das ist bewundernswert«, sagte Annie und entschied sich um, was die Chips betraf. Ihre Hand streckte sich in Richtung Schale aus.

»In dem Fall war das eher Instinkt, denn ich habe mich an den Gedanken, dass es diesen Zac gibt, noch längst nicht gewöhnt. Und ich bin so unendlich enttäuscht von Papa ...« Sie verstummte und sah Annie an, als ob sie eine Antwort darauf hätte.

»Wie er Zac das antun konnte, kann man sich genauso gut fragen«, entgegnete Annie und nahm sich noch eine

Handvoll Chips. »Mir ist schon klar, dass dich das nicht beschäftigt, aber wenn Zacs Existenz von Nikodemus ordentlich anerkannt worden wäre, dann hättest du von ihm gewusst und in deiner Kindheit einen kleinen Bruder gehabt. Euer Vater hat sich euch beiden gegenüber falsch verhalten.«

»Jaja, das sehe ich auch so, aber mit Zacs Gefühlen will ich mich wirklich nicht auseinandersetzen. Und ich bezweifle, dass er an meine denkt, warum sollte er auch? Er kennt mich nicht, kennt den Hof nicht, kannte nicht einmal Papa. Ich glaube, er ist nur an dem Geld interessiert.« Nikki nahm ein paar Schlucke aus der Flasche, die sie in der Hand hielt, und dann stellte sie sie geräuschvoll auf dem Tisch ab. »Du fandest, dass er nett aussah«, sagte sie nahezu vorwurfsvoll.

»Ja, das stimmt. Und er kam mir irgendwie bekannt vor. Aber vielleicht wegen der Ähnlichkeit mit Nikodemus«, überlegte Annie. »Er sieht ihm *sehr* ähnlich, meinst du nicht?«

»Ja«, gab Nikki zu. »Eine Kopie. Und auch das macht mich wütend.«

»Aber überleg mal, wenn sich nun herausstellt, dass er supernett ist und ihr hier beide wohnen könntet? Wäre das nicht auch cool?«

»Das ist ungefähr so wahrscheinlich, wie dass du die beste Freundin deiner Geschwister wirst.«

»Okay, verstehe.« Annie verzog das Gesicht und stand auf. »Ich hole mir doch ein Bier, möchtest du auch noch eins?«

»Nein, danke, aber gern ein Glas Wasser.«

Winston hob den Kopf, als Annie aufstand und in die Küche lief, doch legte ihn gleich wieder auf den Pfoten ab. Selbst er war heute fix und fertig.

Kurz darauf kam Annie mit einem Glas in einer Hand und einer Bierflasche in der anderen zurück. Sie kuschelte sich wieder aufs Sofa.

»Wir haben noch gar nicht über den attraktiven Anwalt gesprochen.« Sie zeigte auf den Flaschenöffner, der vor Nikki auf dem Tisch lag.

»Müssen wir das?« Nikki schob ihn zu ihr herüber.

»Ich finde, er sieht aus wie ein Filmstar von früher. So ein Clark Gable ohne Schnurrbart.«

Nikki grinste. »Meinst du?«

Mehr wusste Annie zu Matteo eigentlich auch nicht zu sagen. Er war unter all den Leuten an seinem Tisch aufgefallen, hatte aber nicht viel von sich gegeben. Die Bauern hatten Matteo wie Luft behandelt, und ihr hatte er ziemlich leidgetan. Er hatte versucht, ein Gespräch in Gang zu bringen, was jedoch nicht von Erfolg gekrönt worden war. Annie hatte ihn aufmunternd angelächelt und einfach ignoriert, dass sie unter dem Tisch von Nikki einen Tritt vors Schienbein bekommen hatte.

Und an all dem Elend waren Zac und Matteo schuld. Ziemlich ungerecht, wenn man bedachte, dass Nikodemus seinen Kindern diesen Konflikt eingehandelt hatte. Annie würde versuchen zu vermitteln, denn wenn die Geschwister zusammenarbeiten würden, dann gäbe es noch die Chance auf ein gutes Ende. Wenn nicht, dann stand ihnen ein Streit bevor, in dem es keine Sieger geben konnte.

»Wollen wir uns einen Film anschauen?«, unterbrach Nikki Annie in ihren Gedanken. »*Vom Winde verweht* müsste für dich doch jetzt das Richtige sein, nachdem du die Augen nicht von dem Anwalt lassen konntest.«

26

Zac kam nicht umhin, ans Telefon zu gehen, als seine Mutter anrief. Er musste endlich *mit ihr* reden. Oder ihr vielleicht auch eine Predigt halten. Er wusste nicht recht, ob es ihn ernsthaft interessierte, was sie dazu zu sagen hatte.

Zuletzt hatten sie sich vor dem Urlaub gesehen, lange Zeit war es ihm einfach zu viel gewesen, aber jetzt musste er es endlich loswerden, was er die ganze Zeit mit sich herumtrug. Sonst lief er Gefahr, jemandem wehzutun. Die riesige Wut, die sich angesammelt hatte, suchte ein Ventil, und es war besser, sie in Worten herauszulassen, als jemanden niederzuschlagen. Am Montag würde er nach sechs Wochen Urlaub wieder ins Büro gehen. Dort wollte er gern ausgeruht erscheinen, nicht voller Gefühlsstürme, die er nicht unter Kontrolle halten konnte.

Wie gewohnt machte er noch einen Abstecher in die Bäckerei in der Straße, in der seine Mutter wohnte, und kaufte etwas Mandelgebäck. Warum, wusste er selber nicht, es würde mit Sicherheit kein gemütliches Mutter-und-Sohn-Kaffeetrinken geben. Würde er je wieder ein normales Verhältnis zu ihr entwickeln können? Noch konnte er das nicht sagen.

Als er den Wagen abgeschlossen hatte, blickte er zu ihrer Wohnung hinauf. Sie stand am Fenster und wartete. Winkte. Ganz normal. Sie hatten immer nur sich gehabt, und er hatte sich immer um sie gekümmert. Dafür gesorgt, dass es ihr gut ging, sie eingeladen, so wie sie in jungen Jahren für ihn da gewesen war, war er nun für sie da gewesen. Doch so betrachtete er die Situation nicht mehr. Sie hatte auch dafür gesorgt, dass er seinen Vater nicht sah, *obwohl er lebte und ganz in der Nähe auf einem Hof wohnte*. Automatisch hob er die Hand, ließ sie aber schnell wieder sinken. Er schob sie in die Jackentasche, während er auf die Eingangstür zuging.

Seine Reaktion, als er sie lächelnd vor sich stehen sah, war komplett anders, als er es erwartet hatte und worauf er vorbereitet war. Auf den letzten drei Treppenstufen fing er ohne Vorwarnung plötzlich zu weinen an, und er konnte nichts dagegen tun. Seine Mutter kam herausgerannt und begrüßte ihn.

»Aber mein lieber Zac, was ist denn passiert?«

Sie wollte ihn in die Arme schließen, aber er machte sich los. Er wollte nicht heulen, schließlich war er wütend. Warum fühlte er sich so bodenlos traurig, wenn er auf einmal so viel Wut angesammelt hatte, dass er sie damit konfrontieren konnte? Die Tränen schossen ihm in die Augen, er konnte sie nicht unterdrücken.

Er lief durch die Wohnungstür direkt in die Küche. Die Tüte aus der Bäckerei warf er auf die Arbeitsplatte, und dann setzte er sich an den Küchentisch und nahm sich ein großes

Stück von der Küchenrolle, die immer in der rechten Ecke vorn am Fenster stand. Das Gesicht ins Papier vergraben, versuchte er, die Kontrolle wiederzugewinnen. Er sah kaum etwas, aber hörte, wie seine Mutter gegenüber von ihm Platz nahm. Er holte einmal tief Luft, dann noch ein zweites Mal.

»Dann weißt du jetzt Bescheid. Ich habe die Todesanzeige gesehen, und da war mir klar, dass sie mit dir Kontakt aufnehmen würden«, sagte sie leise.

Er sah auf.

»Ich hab es für dich getan.«

Er hatte gewusst, dass sie das sagen würde. Es war immer alles seinetwegen gewesen, ohne dass er jemals gefragt worden wäre, ob er es überhaupt so haben wollte. Er glaubte ihr nicht. Sie hatte das für sich selbst getan, weil sie Konflikte nicht ertrug.

Zac ist immer fröhlich, hatte sie gesagt, wenn sie von ihm gesprochen hatte, als er klein war. So kam es wohl, wenn die einzige Familie, die man hatte, aus einer Mutter bestand, die keine anderen Gefühle aushielt. Er fühlte, wie er innerlich kochte.

»Das ist völliger Blödsinn«, sagte er und schnäuzte sich. »Du hast ihn deinetwegen von mir ferngehalten.«

»Er wollte dich nicht treffen, das hätte dir schrecklich wehgetan. Und die Vaterschaft hat er erst kurz vor deinem achtzehnten Geburtstag anerkannt.«

»Du kannst wohl kaum beurteilen, was mir wehgetan hätte.«

»Ich hatte Angst um dich, kannst du das nicht verstehen? Es wäre eine riesige Enttäuschung für dich gewesen.«

»Vermutlich schon. Aber wir reden hier von vierzig Jahren, Mama, ich bin ja irgendwann mal erwachsen geworden. Bin selbst Vater geworden. Und nicht einmal da ist dir die Idee gekommen?«

»Doch, doch, einige Male.« Sie seufzte, stand auf und ging zur Kaffeemaschine. »Willst du eine Tasse?«

Er nickte. »Warum hast du mir nicht gesagt, wie es war?«

»Ich hatte Angst vor deiner Reaktion. Und als Bonnie auf die Welt kam, wollte ich erst recht nichts erzählen. Das Haus in Hunnebostrand durften wir all die Jahre benutzen, wenn ich schwieg. Warum er am Ende zugab, dass er dein Vater war, weiß ich nicht, aber an einem Umgang war er nie interessiert.«

Sie füllte die Kaffeemaschine mit Wasser und löffelte das Kaffeepulver in den Filter, dann schaltete sie sie an und öffnete die Tüte mit dem Gebäck. Sie schüttete es in eine blau geblümte Schale und stellte die mitten auf den Tisch.

»Dann war er ein Mistkerl?«

»Tja, zumindest ein Egoist. Er hatte Angst, was seine Ex-Frau und seine Tochter dazu sagen würden. Bibi, die Mutter deiner Schwester, ließ sich von ihm scheiden, als sie den Verdacht hatte, dass er und ich eine Affäre hätten, doch statt danach mich zu heiraten – worauf ich innig gehofft hatte –, hielt er unsere Beziehung weiterhin geheim. Wir haben nichts miteinander angefangen, bevor sie geschieden waren. Auf jeden Fall: Als ich schwanger wurde, war plötzlich alles anders, und ich musste Gyllentofta verlassen. Ich wurde gefeuert.« Sie wandte ihm den Rücken zu und holte zwei Kaffeetassen aus dem Schrank. Die Kaffeemaschine blubberte.

»Dann kennst du Nikki?«, sagte Zac.

»Ja, aber es ist viele Jahre her. Seit sie elf Jahre alt war, habe ich sie nicht mehr gesehen.« Sie drehte sich um. »Und da war ich von Anfang an ihr Kindermädchen gewesen. Das arme Kind. Die Mutter hat das Haus verlassen, als das Kind erst zwei Jahre alt war.«

»Aber was zum Teufel ...?« Zac verzog das Gesicht. Er hätte nie gedacht, dass er Mitgefühl für Nikki entwickeln könnte, für die Frau, die seiner Meinung nach alles bekommen hatte. »Dann hast du da gewohnt und die Mutterrolle übernommen?«, fuhr er fort und starrte sie mit großen Augen an.

»Elf Jahre lang.«

»Und dann?«

Er konnte fast nicht mehr still sitzen bleiben, es kribbelte ihn überall. Er spürte, wie seine Beine unter dem Tisch zitterten. Hörte das Klappern seiner Schuhe auf dem Küchenboden.

»Nikodemus hat mir eine Wohnung besorgt, ein halbes Jahr später kamst du auf die Welt, da bekam ich eine andere Arbeitsstelle, und in den ganzen vielen Jahren war seine einzige Unterstützung für mich die monatliche Unterhaltszahlung. Und das hörte natürlich sofort auf an dem Tag, als du achtzehn Jahre alt wurdest.«

Sie öffnete die obere Schublade und holte ein paar Teelöffel heraus, die sie Zac reichte, dann öffnete sie den Kühlschrank und griff zur Milchtüte. Sie stellte sie neben das Gebäck.

»Der ist vermutlich nicht ganz so stark, wie du ihn gern hättest«, fuhr sie fort und schenkte ihnen ein. »Ich nehme ja lieber die mildere Sorte, das weißt du.« Sie stellte die Kanne auf einen Topfuntersetzer, dann sah sie über den Tisch. »Fehlt noch was? Zucker brauchst du doch nicht, oder?«

Sie plapperte weiter, als sei dies ein Tag wie jeder andere. Wie sonderbar, wenn das Leben ihres einzigen Kindes auf den Kopf gestellt worden ist. Wer war sie eigentlich? Ihr Haar war perfekt gewellt. Der Pullover ohne Fleck. Die Fingernägel wie üblich schwach rosa lackiert.

Erwartete sie von ihm Dankbarkeit, weil sie ihn beschützt hatte?

»Du hast nicht mal seinen richtigen Namen genannt. Bis Matteo mir die Wahrheit gesagt hat, habe ich geglaubt, mein Vater hieße Ingvar Hermansson. Vierzig Jahre lang habe ich das geglaubt, habe ihn mir vorgestellt und getrauert, dass er tot ist und ich ihn nie kennenlernen durfte.« Er war laut geworden. Das hatte er ihr gegenüber noch nie getan.

»Das tut mir leid, Zac. Wirklich furchtbar leid. Du hast recht, ich hätte dir früher schon davon erzählen müssen.« Sie ließ sich wieder auf dem Stuhl gegenüber nieder. Versuchte, seine Hände zu ergreifen.

»Lass es.« Er legte die Hände in den Schoß.

»Jedenfalls hoffe ich, dass er dir etwas hinterlassen hat«, sagte sie. »Der Pflichtteil ist ja wohl das Mindeste, aber sicher hat Matteo dir alles mitgeteilt.«

Er sah ihr in die Augen. Wer war sie? Im Moment kam sie ihm wie eine Fremde vor.

»Findest du das wichtig?«

»Ja, das finde ich wichtig. Er wollte dich als Sohn so viele Jahre nicht anerkennen. Du musstest ohne einen Vater aufwachsen. Ich finde es angemessen, dass du auch ein ansehnliches Erbe bekommst.«

»Dann kann ich dir sagen, er hat mir die Hälfte von allem vermacht. Das wird dich freuen.«

In ihren weit aufgerissenen Augen sah er die Verwunderung.

»Zum Teufel«, stieß sie aus, und vermutlich war das das erste Mal in seinem Leben, dass Zac seine Mutter fluchen hörte.

Er zuckte mit den Schultern. »Ja.«

»Und Nikki? Hast du sie schon kennengelernt? Wie geht es ihr, ist sie verheiratet? Hat sie Familie? Seit ich den Hof verlassen habe, habe ich nichts mehr von ihr gehört. Wusste sie von dir? Wahrscheinlich schon, wenn er dir die Hälfte vererbt hat?«

»Nein, sie hatte genauso wenig Ahnung von mir wie ich von ihr.« Zac hielt abwehrend eine Hand hoch, als seine Mutter ihm die Gebäckschale herüberschob.

»Aber du bist ihr schon begegnet?«

»Nur ganz kurz. Sie ist nicht gerade erfreut, auch wenn sie so tut, als sei alles Friede, Freude, Eierkuchen. Matteo hatte sie vorher schon aufgesucht, und da ist sie sehr unfreundlich gewesen.«

»Es ist so schade um das Mädchen. Wir standen uns sehr

nahe. Ihr Vater war zwar vor Ort, aber ich habe mich um sie gekümmert. Die Mutter tauchte nur hin und wieder auf. Am Ende hat Nikki sie auch gar nicht mehr vermisst. Wahrscheinlich tat es zu weh.« Sie hob ihre Tasse und trank einen Schluck. Dann suchte sie Blickkontakt zu ihrem Sohn, doch er wich ihr aus. Er brachte es nicht fertig, ihr in die Augen zu sehen. Noch mehr Tränen wollte er vor ihr nicht vergießen, er war nun wirklich richtig wütend.

Er sprang schwungvoll auf. »Ja, jetzt weißt du es immerhin«, sagte er und ging in den Flur. Sein Puls war hoch. Er musste weg, bevor er etwas sagte oder tat, was er hinterher bereuen würde.

»Willst du jetzt schon gehen? Es gibt noch so viel zu bereden, Zac.« Sie lief hinter ihm her, versuchte, ihn am Arm zu fassen.

Er schüttelte sie ab, gab keine Antwort.

»Ich habe Katarina angerufen, aber sie hat nicht zurückgerufen. Wie geht es euch eigentlich? Was sagt sie denn dazu? Du weißt, dass ich dich liebe?« Jetzt klang ihre Stimme verzweifelt.

Er sah sie kurz an, dann öffnete er die Tür und ging.

Zum allerersten Mal winkte er nicht zurück, als er ihre Hand im Fenster erblickte.

27

Nikki wollte Zac und seine Frau lieber in der Stadt als bei sich auf dem Hof treffen. An einem neutralen Ort und mit beiden Anwälten als Begleitung. Sylvia hatte das Büro vorgeschlagen, zumal noch Unterschriften nötig waren, um die Anwälte von der Schweigepflicht zu entbinden, aber Nikki wollte sich von ihrer besten Seite zeigen und alle zum Essen einladen. Sie hatte ein Restaurant mitten in Norrköping ausgesucht. Dort konnte man schließlich auch Unterlagen unterschreiben, hatte sie gemeint. Solange Zac damit einverstanden sei, stände dem nichts im Wege, war Sylvias Antwort gewesen.

Nikki würde ein Wunder an Freundlichkeit und Bescheidenheit sein, das hatte sie sich vorgenommen. Sie würde sich die Pläne der gegnerischen Seite anhören und sie weder mit einer sauren Miene noch mit zynischen Bemerkungen kommentieren, stattdessen wollte sie nicken und nett lächeln.

»Das wirst du niemals hinkriegen«, hatte Annie nüchtern gesagt. »Du warst bei der Pächterversammlung ausgesprochen freundlich, aber ich kann mir nicht vorstellen, dass du das noch mal schaffst, ohne es wirklich so zu meinen.«

»Das ist das Dümmste, was ich je gehört habe«, entgegnete Nikki eingeschnappt.

Sie schlüpfte in eine weite weiße Hose, zu der sie eine ebenso kreideweiße Bluse anziehen wollte und darüber einen marineblauen Blazer. Dazu Slipper, Goldschmuck und die Vintagehandtasche von Dior, dann war ihr Outfit komplett. An so einem Tag wollte sie nicht wie eine Bäuerin daherkommen. Lieber wie eine wohlhabende Gutsbesitzerin, die eine Lizenz für das Führen eines Jagdgewehrs besaß.

»Ich will ja nur sagen, wenn du dein Temperament nicht komplett unter Kontrolle hast, könntest du doch die Fassung verlieren«, antwortete Annie. »Und auch wenn du deine Worte kontrollierst, dann musst du an deine Augen denken. Denk dran, sie sprechen Bände.«

»Ich verstehe kein Wort von dem, was du sagst«, entgegnete Nikki und nahm die weiße Bluse aus dem Kleiderschrank. »Aber ich werde es mir dennoch zu Herzen nehmen«, sagte sie lächelnd und lenkte ein. »Ich will gern sehen, wie sie sich in einer normalen Umgebung verhalten. Als Zac so auf den Hof gestürmt ist, war ich völlig überrumpelt. Dieses Mal bin ich vorbereitet.«

Planmäßig war Nikki die Erste, die im Restaurant ankam, aber schon gab es Grund zum Ärgern. Sylvia, die an dem Treffen hätte teilnehmen sollen, hatte zwanzig Minuten vorher abgesagt, weil sich ihre kleine Tochter nach dem Frühstück übergeben hatte. Nikki musste selbst entscheiden, ob sie Zac, Katarina und Matteo ohne ihre Vertretung treffen wollte. Sylvia hatte ihr angeboten, jemand anderen aus der Kanzlei zu schicken, aber Nikki hatte dankend abgelehnt. In solchen Situationen war es besonders unangenehm, nicht zu wissen, wen man da plötzlich vor die Nase gesetzt bekam.

Sie hätte Annie oder Anders mitnehmen sollen. Beide hatten sich angeboten, aber da ihre Anwältin ja dabei sein sollte, hatte Nikki gemeint, mehr Unterstützung brauche sie diesmal nicht. »Shit«, brummte Nikki, als sie sich nun allein an dem reservierten Tisch niederließ. Selbst wenn sie jetzt noch zu Hause anrief und jemanden bat zu kommen, würde es viel zu lange dauern, bis sie sich unter der Dusche den Stallduft abgewaschen hatten und dann nach Norrköping rausgefahren wären.

Hinter ihr räusperte sich jemand. »Sie sind früh dran, wie ich sehe.« Hastig drehte sie sich um. Während sie selbst eine Kleidung gewählt hatte, bei der man ihr den Beruf *nicht* gleich ansah, hatte Zacs Anwalt genau das Gegenteil getan.

»Tom Ford«, stellte sie fest, als sie ihn von oben bis unten betrachtet hatte.

Er grinste. »Soll ich mich neben Sie setzen, dann hätten Zac und Katarina die Plätze gegenüber?«

»Gern. Setzen Sie sich«, sagte sie und rückte seinen Stuhl vom Tisch ab. »Sie wissen sicherlich schon, dass Sylvia nicht kommen kann?«

»Ja.« Er knöpfte das Sakko auf und nahm neben ihr Platz. Sein Bein berührte ihres, und sie musste lachen, als sie spürte, dass sie darauf reagierte. Das war ein sicheres Zeichen dafür, dass es lange war, viel zu lange, dass sie ohne eine menschliche Berührung ausgekommen war. Normalerweise unternahm sie alle zwei Wochen eine Tour in die Stadt, wo sie sich nach dem Schwimmen mit einer Gesichtsbehandlung und einer Massage verwöhnen ließ, doch in der letzten Zeit war zu viel dazwischengekommen. Sie hatte es ersatzlos gestrichen.

Sie nahm ihr Bein nicht weg. Die Körperwärme war angenehm, und sie hatte nicht den Eindruck, dass er das absichtlich tat. »Na, liege ich richtig? Ist der Anzug Tom Ford?«

Er nickte langsam. Strich sich mit der Hand übers Kinn, an dem ein leichter Dreitagebart erkennbar war. »Sie erstaunen mich«, sagte er und sah sie schweigend an. »Wenn wir hier nicht jeder in einem anderen Boot säßen, dann ...« Er hustete kurz. »Was ich sagen will, Sie haben irgendetwas an sich, das ich mag.«

»Ich weiß jetzt nicht einmal, ob ich das als Kompliment betrachten soll«, antwortete sie.

»Sie sind schließlich die Schwester meines besten Freundes und meines Klienten, vermutlich liegt es daran.«

»Ach ja, und das verleitet Sie dazu, sich weniger professionell zu verhalten?«, entgegnete sie lächelnd.

Er schien amüsiert. »Ja, das könnte man so sagen.« Er winkte durchs Fenster. »Da sind sie ja.«

Nikki stand auf. Dachte, es käme ihr gelegen, sie auf Augenhöhe zu begrüßen, aber als Zacs Frau vor ihr stand, merkte sie, dass die so klein war, dass Nikki sich wie eine Riesin vorkam.

Zac lächelte gequält. »So, und wo ist Ihre Anwältin?«

»Sie ist verhindert.« Nikki hielt Katarina die Hand hin. »Hallo, mein Name ist Nikki. Schön, Sie zu treffen.«

»Katarina«, erwiderte die Frau, und Nikki lief bei dem Händedruck ein Schauer über den Rücken, doch schüttelte sie die schwache Hand dennoch zur Begrüßung.

Nikki misstraute allen Menschen, die keinen ordentlichen Händedruck hatten. Sie unterdrückte ein Seufzen. Matteo sah zu ihr herüber, ihre Blicke trafen sich kurz, doch den Ausdruck seiner Augen konnte sie nur schwer deuten.

»Setzen wir uns doch, ich kriege langsam Hunger«, sagte Nikki. »Ich bin hier zum ersten Mal, falls also jemand etwas empfehlen kann, wäre ich dankbar.«

Da Zac ihr nun gegenübersaß, sah Nikki ihn jetzt erst richtig an. Er sah ihrem Vater derart ähnlich, dass niemand behaupten könnte, Zacs Mutter hätte ihrem Vater dieses Kind untergeschoben, dachte sie. Diese Hoffnung hatte Nikki auch gehegt, doch kaum dass er auf Gyllentofta aufgetaucht war, war sie mit seinem Anblick begraben worden.

»Habe ich irgendwas im Gesicht kleben?«, fragte er abwartend.

»Sie sehen Papa so schrecklich ähnlich«, antwortete sie.

»Das sagt man«, entgegnete er. »Ich bin ihm ja nie begegnet, woher soll ich es wissen.«

»Wenn ich ehrlich sein soll, hätten Sie nicht viel davon gehabt, ihn zu treffen. Nicht so viel wie er zumindest. Er war ein lustiger Mensch, besaß aber kein Fünkchen Geduld. Das heißt, er konnte Verstecken spielen, bis man sich versteckt hatte, dann verlor er die Lust und ging einfach. Ich hab eine Weile gebraucht, bis ich begriff, dass ich aus meinem Versteck wieder rauskommen kann, ohne dass jemand mich gesucht und gefunden hat.« Sie verzog das Gesicht zu einem Lächeln.

Etwas in seinen Augen glomm auf.

Da tauchte ein Kellner an ihrem Tisch auf und verteilte die Speisekarten. »Das Tagesgericht finden Sie auf der ersten Seite«, sagte er müde. »Möchten Sie schon etwas trinken?«

Lange ging es gut. Sie unterhielten sich über alles Mögliche. Katarina war nett, aber Nikki wurde den Eindruck nicht los, dass das Paar am selben Morgen noch Streit gehabt hatte, denn Zac konnte das Sticheln nicht lassen. Er fuhr sie mitunter so an, dass diese Vermutung sich verfestigte. Natürlich konnte es auch der Situation geschuldet sein, dachte Nikki, die fand, dass sie die Rolle der Gastgeberin außerordentlich gut spielte. Erst als ein Umzug nach Gyllentofta zur Sprache kam, reagierte sie.

Katarina wollte natürlich eine Küche haben. Eine für sich allein. Und sie stellte es sich so vor, dass man das ganze Haus in der Mitte durchtrennte. Dass man die älteren Teile renovierte und modernisierte und so in Ordnung brachte, dass ihre Familie dort einziehen könne.

»Jetzt, wo wir dieses Haus geerbt haben, möchten wir ihm natürlich auch unseren Stempel aufdrücken.«

Diese Worte hatten wohl den Ausschlag gegeben, dass die Stimmung, gelinde gesagt, *etwas* kippte.

Aus Nikkis Mund flog der Kommentar, dass Katarina gern ihre Küche nehmen und sie sich sonst wohin stecken könne. Doch dass die sich darüber so dermaßen aufregte, hatte Nikki wohl kaum ahnen können. Zac redete auf Katarina ein, sich wieder zu setzen, als die aufgesprungen war und dabei den Stuhl umgeworfen hatte, doch sie starrte Nikki nur wutentbrannt an und rannte dann aus dem Restaurant. Nikki tat Zac fast schon leid. Aber es ehrte ihn, dass er nicht hinterherrannte.

»Nun gut, dann werde ich mal um die Rechnung bitten«, sagte sie und sah sich nach dem Kellner um. Sie winkte ihm zu, als er in ihre Richtung blickte. »Das Haus ist alt und gut erhalten, es wird nicht geteilt, und eine neue Küche gibt es auch nicht. Natürlich wird es nicht funktionieren, dass Sie einfach einziehen, das ist doch wohl logisch«, sagte sie, während das Kartenlesegerät arbeitete. Das Bein des Anwalts war schon vor einiger Zeit wieder abgerückt.

»Ich werde mit Katarina reden«, sagte Zac.

Er klang müde. Es schien nicht einfach zu sein, mit dieser Frau zusammenzuleben.

»Aber ich möchte wirklich auf Gyllentofta wohnen«, fuhr er gelassen fort. »Was halten Sie davon, selbst auszuziehen?«

28

»Frühstück«, brüllte Nikki in den ersten Stock hinauf, bevor sie zurück in die Küche ging. Der Tisch war bereits gedeckt, es war ihre zweite Mahlzeit an diesem Tag.

Während Annie geschlafen hatte, hatte Nikki die Pferde gefüttert und auf die Koppel geführt. In vier Stunden bekämen sie das nächste Mal Futter, zwei Stunden danach wurden sie in den Stall geholt, wenn sie sie abgeduscht hatte. Dann mussten sie gestriegelt werden, und da würde Nikki darauf bestehen, dass Annie mitkam und half. Die Pastorin war lahm, das war alles.

»Annie«, schrie sie noch einmal, und dann erklangen stolpernde Schritte auf der Treppe. In der Küchentür tauchte Winston auf, und Nikki seufzte laut, als sie ihn erblickte. Er trabte vor zum Tisch, an dem sie saß, und blieb abrupt vor ihr stehen, den Schwanz auf dem Boden. Seine Ohren waren aufgestellt, was auch immer ihn im Moment glücklich machte. Es musste wunderbar sein, ein Hund zu sein, zumal das Menschsein nicht besonders witzig war.

Kurz darauf erschien Annie, gähnend. Sie reckte die Arme zur Decke. »Meine Güte, hab ich gut geschlafen«, sagte sie und strahlte ihren Hund an, der noch immer dasaß und bettelte.

»Ach, mein Schnuckel, kriegste keine Leckereien von der doofen Nikki, Schatzebär.«

Nikki starrte Annie an und schüttelte sich. »Damit musst du sofort aufhören.« Sie stand auf, ging vor zum Wasserhahn und spülte die Kaffeetasse aus, bevor sie sie in die Spülmaschine stellte. »In diesem Haus reden Erwachsene wie Erwachsene.«

»Aber er versteht mich besser, wenn ich so mit ihm rede.« Annie ließ sich am Tisch nieder. »Kannst du dich nicht auch noch mal einen Moment lang hinsetzen?«

»Nein, ich habe einen Termin in der Stadt mit den Rechtsanwälten, und vorher sollte ich duschen.«

»Ja, das solltest du. Du stinkst nach Pferd.«

Nikki öffnete die Tür zur Speisekammer und holte eine Plastikdose heraus. »Hier drin ist Apfelkuchen.« Sie nahm den Deckel ab. »Du darfst aber nur ein Stück essen«, ermahnte sie Annie, als sie ihren lüsternen Blick bemerkte. »Das ist meine Medizin gegen den Blues.« Sie holte zwei Stücke von dem weichen Kuchen heraus, den sie in der vergangenen Woche gebacken hatte, und schloss die Dose wieder. »Stell die Dose zurück in die Speisekammer, wenn du *ein* Stück gegessen hast.« Sie holte einen kleinen Teller für die Kuchenstücke aus dem Schrank. Dann starrte sie Winston an, der sie sabbernd und mit aufforderndem Blick anstarrte. »Das kannst du vergessen«, sagte sie zu ihm, dann verließ sie die Küche mit dem Teller in der Hand. Sie musste duschen und sich hübsch machen.

Auf jeden Fall duschen.

Sie hatte das Kleid schon aufs Bett gelegt, und als sie es nach dem Duschen überstreifte, saß es perfekt. Immerhin etwas. Sie fuhr mit den Händen über ihre Beine und spürte die Härchen, die piksten. Sah man die? Sie beugte sich vor, um die Sache genauer zu betrachten, doch sie brauchte ihre Brille dafür. Wo hatte sie sie nur hingelegt? Sie sah im Bett nach, auf dem Nachttisch und im Badezimmer. Ergebnislos.

»Annie, liegt meine Brille vielleicht in der Küche?«, rief sie über die Treppe.

»Ich schau nach und bringe sie dir, wenn sie hier ist.«

»Danke.«

Während sie wartete, band sie sich einen Pferdeschwanz, so wie sie es seit fünfundzwanzig Jahren tat. An den Schläfen wurden die grauen Strähnen immer mehr, und auch wenn sie in dem sonst blonden Haar gar nicht weiter auffielen, nahm Nikki Notiz davon. Vielleicht sollte sie sich die Haare abschneiden lassen. Nicht richtig kurz, aber bis zu den Schultern?

Als Annie mit der Brille wedelnd hereinkam, stand Nikki vor dem Spiegel im Badezimmer und schminkte sich die Augen.

Sie wischte sich einen kleinen Klumpen Mascara weg, der an einer Wimper kleben geblieben war. »Das muss reichen«, sagte sie zu sich selbst. Sie setzte sich auf die Toilette und reckte sich nach der Brille, die Annie auf dem Waschbecken deponiert hatte.

Nachdem sie eines ihrer Beine unter die Lupe genommen hatte, stellte sie fest, dass man nur, wenn man ihrem

Unterschenkel sehr nahe kam, die feinen Härchen sehen konnte, aber wer sollte das tun?

Annie stand nach wie vor in der Tür und beobachtete interessiert, wie Nikki vornübergebeugt ihre Beine untersuchte.

»Ich kann meine Beine nicht einmal so weit überschlagen wie du. Wonach suchst du eigentlich?«

»Nach Haarstoppeln.« Nikki hob das eine Bein und stellte es auf den Boden. »Aber jetzt reicht's. Als Bäuerin muss man Gott sei Dank nicht so ladylike auftreten.«

Annie musste lachen. »Ich kenne ehrlich gesagt niemanden, der mehr ladylike ist als du.«

Nikki grinste. »Hat dir mein Apfelkuchen geschmeckt? Falls ich den Hof abgeben muss, könnte ich eine Bäckerei aufmachen?«

»Absolut. Er war köstlich, und wir müssen unbedingt mehr davon backen.«

»Noch nicht. Die Dose ist voll.«

»*War* voll.« Annie trat einen Schritt zurück.

Nikki riss die Augen auf, dann blinzelte sie. »Gib's zu, du hast dem Hund welche gegeben.«

»Ich sage nicht mehr dazu, als dass wir wieder backen müssen«, antwortete Annie und huschte aus dem Raum.

Zac hatte wirklich versucht, Bonnie aus ihren Streitigkeiten herauszuhalten, aber manchmal war das einfach nicht möglich.

»Aber zum Teufel, Katarina, jetzt musst du wirklich nachgeben«, fauchte er sie an, so leise wie möglich, aber sie gab nicht nach. Sie wollte zu dem Gespräch in die Anwaltskanzlei unbedingt mitkommen, und es war ihr völlig egal, was er davon hielt. Wenn er sie nicht mitnahm, würde sie selbst ins Auto steigen.

»Wie bitte, ihr lasst mich hier allein, während ihr zwei abhaut und streitet, was meint ihr, was das für ein Gefühl ist?«, rief Bonnie. »Könnt ihr jetzt vielleicht mal aufhören?«

Sie gingen geschlossen hinaus auf die Straße, wo beide Wagen parkten. Zac versuchte, die Ruhe zu bewahren. Es war schon stressig genug, Nikki zu treffen, da konnte er nicht noch mehr Adrenalinausstoß gebrauchen.

»Schnall dich an«, sagte er wie immer zu Bonnie, als sie in Katarinas Auto eingestiegen war. Er zwinkerte ihr zu, als sie die Kopfhörer aufsetzte, er wollte ihr vermitteln, dass alles gut würde, ohne zu wissen, wie das vonstattengehen sollte. Das Wichtigste war jetzt, dass seine Tochter diese Situation, die immer unzumutbarer wurde, unbeschadet überstand. Eigentlich war nichts besser geworden, seit Katarina die Therapie beendet hatte. Dass sie im Moment nicht trank, wirkte sich nicht positiv auf ihr Verhältnis aus.

»Wie es mir geht, ist dir natürlich piepegal«, schimpfte Katarina wütend. »Wenn ich mit deiner sogenannten Schwester nicht in einem Haus wohnen kann, ist dir das völlig egal.«

Er stieg in seinen Volvo, winkte Bonnie zu, als er Gas gab, und bog auf die Straße. Dreihundert Meter weiter war er auf der Hauptverkehrsstraße. Komisch, dachte er, dass mitten im Sommer so viel Verkehr ist, und legte den vierten Gang ein. Viele Lastwagen nahmen diesen Weg, was natürlich an dem hervorragenden Café lag, an dem die Fahrer gern Pause machten. Aber dennoch.

»Jetzt geh doch ran«, raunte Katarina mit Blick auf ihr Handy. Sie warf einen Blick auf Bonnie, die noch immer die Kopfhörer trug. Die Tochter hatte sich auf diese Art dem Streit entzogen, den sie am Telefon noch fortgeführt hatten. Und Zac nun offenbar auch. Er weigerte sich, etwas zu sagen, obwohl sie ihn in der Leitung hatte. Katarina hasste es, wenn er das tat. Wenige Dinge waren für sie eine größere Provokation als Schweigen, das war schon immer eine Strafe gewesen, die sie kaum ausgehalten hatte. Er behandelte sie wie eine lästige Fliege.

Ihr Adrenalin stieg, sie atmete schnell, und ihr Herz schlug heftig. Sie wippte auf dem Fahrersitz vor und zurück. Würde ihn am liebsten an den Haaren ziehen, ihm wehtun, wie am Spieß schreien, nur um irgendeine Reaktion hervorzurufen. Er hatte keine Gefühle, diese Fähigkeit, sie einfach abzuschalten, war unheimlich. Das hatte sie schon immer erschreckt. Sie wollte reden, aber er schloss einfach die Tür zum Schlafzimmer. Oder verließ ihr Haus ohne ein Wort. Er konnte tagelang sauer sein. Nicht ans Telefon gehen. Sie mit einem Blick ansehen, der rabenschwarz war, doch aus seinem Mund kam kein Ton.

Eine Strafe nach der anderen, immer wenn sie etwas getan hatte, was ihm missfiel.

»Shit, du bist so ein Schwein.«

Sie sah seinen steifen Nacken vor sich. Sie hasste ihn. Alle mochten Zac. Er war doch so superlieb. Immer so umsichtig. Der arme, arme Zac, der ohne Vater aufwachsen musste. Nur mit einer Mutter, die ihn belogen hatte. Und der jetzt eine Frau hatte, die Alkoholikerin war. Er musste das ganze Jahr keinen Pieps mehr von sich geben, Zac hatte das Mitleid gepachtet. Katarina hörte seine Atemzüge im Hörer.

Dann fiel ihr etwas ein, was sie tun könnte, damit er endlich reagierte. Die Geschichte hatte ihr eine Freundin berichtet, die in den Genuss gekommen war, nach Matteos Scheidung mit ihm ins Bett zu gehen. Er war damals der begehrteste Junggeselle der Stadt gewesen.

Jetzt gab Katarina die Story wieder, als wäre sie selbst dabei gewesen. Sie erzählte von dem Muttermal an seiner rechten Leiste, von seinen Händen, dass er so ausdauernd war ... Das konnte sie alles noch von sich geben, bis Zac direkt losbrüllte. »Sag, dass das nicht wahr ist«, schrie er. *»Sag es.«*

Endlich, dachte sie. Und legte auf.

Nikki fluchte laut, als ihre Klimaanlage nicht anspringen wollte, und auf der Fahrt nach Norrköping beschloss sie, sich ein neues Auto zuzulegen, sobald die Abwicklung des Testaments über die Bühne war. Sonst war sie sehr dafür, kaputte Sachen zu reparieren, doch auf ihr Auto musste sie sich verlassen können. Ihr Vater hatte den Ford nur als Zweitwagen angeschafft, aber Nikki hatte ihn mit Beschlag belegt. Er war umweltfreundlich und bislang einwandfrei gelaufen.

Sie nahm sich vor, beim nächsten Auto nach einem Tesla

Ausschau zu halten. Ein Elektroauto wäre für sie genau das Richtige, wenn sie in die Stadt fuhr. Auf dem Hof nahm sie meistens den Traktor.

Von Gyllentofta dauerte der Weg zwanzig Minuten bis in die Tiefgarage der Kanzlei. Sylvia hatte ihr den Code genannt, und nachdem sie ihren Wagen auf einem der Stellplätze geparkt hatte, war sie in den Aufzug gestiegen, der direkt zu den Büros fuhr.

Nikki war noch nie dort gewesen, bislang war Sylvia immer zu ihr auf den Hof gekommen. Bei ihrem Vater war es genauso gewesen, obwohl seine Angelegenheiten von einem älteren Herrn in Stockholm erledigt worden waren. Nikki konnte sich noch daran erinnern, dass er in seinem glänzend schwarzen Mercedes vorgefahren kam, als sie ein Kind war, und wie der Anwalt und ihr Papa sich mit ernsten Mienen in den Salon zurückgezogen hatten, die Tür geschlossen. Sie hätte Schelte bekommen, wenn sie die beiden gestört hätte, das hätte sie nie gewagt. Dafür hatte ihr Kindermädchen Eva sie mit selbst gebackenem Kuchen gelockt, und dann waren ihr Papa und sein Gast auf der Stelle vergessen.

Nikki hatte ihre Anwältin durch Magnus kennengelernt, als er unerwartet starb, hatte sie ihr geholfen. Nicht, dass es viel zu erben gegeben hätte, aber sie brauchte jemanden, der den Nachlass regelte. Dann hatte sie sich mit Kleinigkeiten immer wieder an Sylvia von Andretti & Partner gewandt, und dass sie nun auch nach dem Tod ihres Vaters die Dinge regelte, stand außer Frage.

Sylvia begrüßte Nikki an der Tür. »Komm rein. Matteo

und ich sitzen schon im Konferenzraum, wir warten nur noch auf Zac«, sagte sie und ging vor. Nikki wollte eigentlich erst noch die Toilette aufsuchen, sie war verschwitzt und wollte sich die Handgelenke kühlen, aber nun blieb ihr wohl keine Zeit mehr dafür.

»Sind Sie hergerannt?«, fragte Matteo und beäugte ihr Gesicht.

»Nein, meine Klimaanlage hat nicht funktioniert. Darf ich mich setzen?«

»Selbstverständlich. Zac muss jede Minute hier sein.«

Zehn Minuten später, als Nikki ungeduldig im Flur auf und ab lief, fragte Matteo, ob er ihr etwas zeigen dürfe. Sie folgte ihm in sein Büro, wo er auf eine gerahmte Fotografie wies, die auf seinem Schreibtisch stand. Darauf war ein kleiner dunkelhaariger Junge zu sehen, der ein großes Halbblut am Halfter hielt. Sie sah ihn fragend an.

»Ich wusste, dass das Foto irgendwo sein musste, und nachdem ich Ihr Pferd getroffen hatte, habe ich danach gesucht. Dieser Gaul wurde mein Freund, als ich mit meiner Mutter auf einem Hof in der Nähe von Göteborg war.«

Nikki sah ihm in die Augen. »Sie werden mich nicht dazu bringen, Sie zu mögen, nur weil Sie ein Tierfreund sind«, sagte sie abweisend. Das war zweifelsohne eine sympathische Eigenschaft, doch es änderte an der Sache an sich nichts. Dass er Zacs Anwalt war, machte ihn zu einem Monster.

»Darf ich Ihr Pferd noch einmal streicheln, wenn ich das nächste Mal auf Gyllentofta bin?«

»Auf eigene Gefahr.«

»Kommen Sie dann mit mir zur Koppel?«

Sie hob eine Augenbraue.

»Beim letzten Mal haben Sie das allein gut hingekriegt.«

»Ja, aber jetzt sind wir zwei doch ein bisschen befreundet, und da dachte ich mir …« Er lächelte, und sie durchschaute es, dass er versuchte, sie davon abzulenken, dass Zac zu spät kam. Es klappte nicht.

»Der Herr Anwalt sollte nicht so viele andere Dinge im Kopf haben, sondern lieber dafür sorgen, dass sein Klient auftaucht. Wo steckt er nur?«, fragte sie verärgert.

»Das frage ich mich auch. Ich rufe noch mal an.«

Nach der nächsten Tasse Kaffee wurde sie fuchsteufelswild. Sie hatte nicht vor, noch eine Minute länger dort zu sitzen und zu warten, weil der lässige Zac nicht gedachte aufzulaufen.

Sie sprang von ihrem Stuhl im Konferenzraum auf und schob ihn unter den Tisch. »Jetzt warte ich nicht länger, ich habe Tiere, um die ich mich kümmern muss. Sie können mich ja informieren, wenn Zac eingesehen hat, dass man die Zeit anderer Menschen nicht sinnlos verschwendet.«

»Es tut mir sehr leid, ich kann das überhaupt nicht verstehen«, sagte Matteo und sah betrübt drein. »Zac kommt nie zu spät.« Er seufzte und starrte auf sein Handy, das keinen Laut von sich gab. »Aber selbstverständlich können Sie hier nicht noch länger sitzen und warten, bitte entschuldigen Sie. Ich werde mich wegen eines neuen Termins bei Ihnen melden, und wenn es Ihnen lieber ist, dass wir raus nach Gyllentofta kommen, dann ist das natürlich auch kein Problem.«

»Schon zurück?«, fragte Anders, als Nikki die Wagentür öffnete. »Wie lief's denn?« Er stützte sich auf die Mistgabel, die er in der Hand hielt.

»Beschissen, weil der Rotzbengel nicht aufgetaucht ist. Er ist einfach nicht erschienen. Hast du so was schon mal gehört?« Sie stieg aus dem Wagen. »Und dieses kleine Prachtstück ist kochend heiß. Die Klimaanlage hat ihren Geist aufgegeben. Kannst du so was reparieren?«

»Nein, das muss eine Autowerkstatt machen.«

Nikki strich über ihr Kleid. »Ich brauche dringend ein neues Auto.«

»Kannst du nicht Nikodemus' Range Rover fahren? Der steht doch nur rum. Und der ist höchstens zwei Jahre alt.«

»Nein, so ein Wagen ist mir zu schwerfällig und stößt viel zu viele Abgase aus. Ich will ein Elektroauto haben. Einen Tesla. Papas Wagen können wir verkaufen, wenn alle Papiere unterschrieben sind, oder Zac kriegt ihn als Teil seines Erbes«, sagte sie und grinste schief.

Vom Autositz klingelte es, da hatte sie ihr Handy abgelegt. Nikki beugte sich hinüber und nahm es in die Hand.

»Das ist meine Anwältin«, sagte sie. »Jetzt ist Zac wohl endlich aufgetaucht.«

Sie nahm das Gespräch an, lauschte und sprach kein Wort. Ihre Anwältin fasste sich kurz, teilte nur das Notwendigste mit.

»Zac hatte einen Autounfall, Nikki. Es tut mir leid, aber er war auf der Stelle tot.«

Teil 2

29

Nikkis Kloß im Hals war wieder weg.

Nicht, dass sie sich freute, dass Zac tot war, natürlich nicht, aber jetzt konnte sie immerhin davon ausgehen, dass ihr niemand den Hof wegnehmen würde. Zacs Erbin war Katarina. Da Nikkis Vater nichts unternommen hatte, um das Gut zu schützen, ging Zacs Erbe komplett über auf sie. Aber über Sylvia hatte Nikki Katarina das Angebot gemacht, die Häuser auf Mallorca und an der Westküste zu übernehmen, inklusive des gesamten Inventars plus zehn Millionen Kronen, und Katarina hatte geantwortet, dass sie sich das überlegen werde, sobald es ihr etwas besser gehe.

»Ich glaube, sie wird zusagen«, hatte Nikki zu Sylvia gemeint, die ebenfalls nickte.

Es war einer dieser Herbsttage, an die Nikki zurückdenken würde, wenn in ein paar Monaten der Schnee über sie hereinbrach. Genussvoll sog sie den Duft von der taufrischen Wiese ein. In den Bäumen hing das Obst, das sie bald pflücken würden. Nikki ließ sich in die abgenutzten, weiß gestrichenen Gartenmöbel sinken. Sie zupfte ein paar Lacksplitter ab, die sich gelöst hatten. Tisch und Stühle konnten wirklich einen Eimer Farbe vertragen. Nikki waren diese alten Möbel seit Kindertagen vertraut. Doch in den Wintermonaten sollte sie sie endlich in den Keller hinuntertragen und frisch lackieren.

Als kleines Mädchen hatte sie sich immer ein Baumhaus gewünscht, aber ihr Vater hatte ihr geantwortet, dass sie *unter* den Bäumen alles bauen könne, wonach ihr der Sinn stand, also tat sie das. Und das wurde auch sehr gemütlich. Eva kramte für sie Kissen und Decken heraus und eine kleine Wiege, in die sie ihre Puppen legte. Skrållan, Anita und Niklas mussten sich den Platz darin mit einem alten Teddybären und einer Robbe teilen. Die schweren Baumkronen des alten Apfelbaumes schützten sie vor Regen. Nikki hatte sich nie getraut, draußen zu übernachten, aber jahrelang hatte sie unter diesem Baum gespielt.

Nikki stand auf, lief quer über den Hof zum Stall in die Sattelkammer, wo sie nach Trense und Sattel griff, die sie dann über die halb geöffnete Stalltür hängte, um anschließend Oberon zu holen. Er trabte mit ihr auf den Hof hinaus, schnaubte laut und warf den Kopf hin und her, während sie versuchte, ihm die Trense anzulegen. »Hallo, kannst du mal ruhig halten, bitte?«

Nikki sehnte sich danach, mit ihm über die Felder, die in Richtung Osten lagen, zu galoppieren, denn sie waren ebenerdig und in gutem Zustand und daher perfekt für die empfindlichen Beine ihres Pferdes. Oberon hatte sich schon einmal ein Vorderbein gebrochen, und seitdem musste sie sich genau überlegen, wo sie mit ihm ausritt. Er war mittlerweile ein älterer Herr, und ihre wilden Galoppritte, die sie früher über Stoppelacker unternommen hatten, mussten nun etwas gemäßigter ausfallen. Aber ab und zu wollte er sich auch mal richtig austoben, und Nikki hoffte, dass das heute auch so ein Tag war. Er durfte es sich aussuchen. Dieses Recht gestand sie ihm als Pensionär zu.

»Meinst du, Winston könnte neben euch laufen?«, rief Annie von ihrem geöffneten Fenster. Die hauchdünnen Vorhänge hingen teilweise hinaus und bauschten sich im Wind. Obwohl es noch früh am Morgen war, hatten sie bereits sieben Grad im Schatten, und die leichte Brise tat gut.

Nikki schüttelte den Kopf, während sie den Sattel auf Oberons Rücken legte.

»Nein, absolut nicht«, rief sie zurück. Sie beugte sich unter ihr Pferd, fing den Sattelgurt auf und zog ihn zu. Dann beschirmte sie ihre Augen mit der flachen Hand und sah hoch zu Annies Zimmer im ersten Stock. »Du könntest auch ein bisschen Bewegung gebrauchen, lauf du mit ihm eine Runde!«

Das Fenster ging mit einem Knall zu.

Nikki hatte es genau so gemeint. Auch wenn ihre Freundin jetzt sauer war, es musste einfach mal gesagt werden. Am liebsten hockte Annie in der Küche und aß, da sie jetzt angefangen hatte zu backen. Sie hatte die Speisekammer mit Mandelkuchen gefüllt, und Nikki hatte den Eindruck, sie versuchte, ihre Depression wegzuessen. Sie konnte sie ja nicht zum Reden zwingen, und im Moment schien es auch fast so, als nähme sie irgendwie Rücksicht, weil sie glaubte, Nikki würde um ihren Bruder trauern.

Sie würde später mit Annie reden und hören, wie es ihr ging. Schließlich wollte Nikki sich um sie kümmern und nicht umgekehrt, so wie früher. Aber Winston neben dem Pferd rennen zu lassen war keine gute Idee. Für so etwas war der Hund viel zu wild.

Sie waren auf Zacs Beerdigung gegangen. Annie hatte Nikki überredet, in der Hedvigkirche zu erscheinen. Sie hatten sich in die letzte Bank gesetzt, um schnell und unauffällig wieder verschwinden zu können.

»Wie auch immer du das siehst, er war dein Bruder und nicht irgendein Fremder«, hatte Annie in der Kirchenbank geflüstert, als Nikki unruhig hin- und hergerutscht war.

»Dann wird ja jetzt alles wieder so wie früher«, hatte ihre Mutter kurz darauf am Telefon gezwitschert. »Dann ist die Ordnung wiederhergestellt. Geh ruhig hin. Zeig ihnen, wer die richtige Köhler ist.«

Annie redete von Familienbanden, und Mama sprach von einer Art Stolz, aber Nikki fühlte keins von beidem. Sie war auch nicht traurig, fühlte sich eher wie auf null gestellt, aber die Verzweiflung von Zacs Tochter war ihr nahegegangen. Sie ging zumindest davon aus, dass es die Tochter gewesen war, die in der ersten Reihe zwischen Matteo und Zacs Frau Katarina gesessen hatte. Ihre Mutter hatte sie während der ganzen Zeremonie im Arm gehalten, und das Mädchen war von Weinkrämpfen geschüttelt worden. Es war herzzerreißend gewesen.

Nikki fiel wieder ein, dass sie sich vorgenommen hatte, Bonnie eine größere Schenkung zu machen. Es war zwar nicht so, dass sie nun mittellos war, nur weil ihr Vater gestorben war. Am Nachmittag wollte Nikki sich mit ihrer Anwältin treffen und sie bitten, etwas zu arrangieren. Immerhin war Bonnie Nikodemus' Enkeltochter, und Nikki fühlte mit ihr, auch wenn sie ihr nie begegnet war.

Katarina hatte den Termin für diesen Tag vorgeschlagen, und am Nachmittag wollten sie sich bei Andretti & Partner treffen. Nikki und Sylvia hatten sich eine Viertelstunde vorher verabredet.

Natürlich war es sinnlos, sich Spekulationen hinzugeben, doch Nikki hatte das Gefühl, dass sich alles klären und Katarina ihr Angebot annehmen würde.

Es zog in ihrem Rücken, als sie sich auf das Pferd schwang. Offenbar wurde nicht nur das Pferd langsam etwas steif, auch sie konnte die physische Abwärtsspirale nicht aufhalten. Als sie noch fünfundvierzig gewesen war, hatte sie das längst nicht zu spüren bekommen. Da war sie morgens aus dem Bett gesprungen, stark und voller Energie.

Neun Jahre später musste sie erst völlig wach sein, bevor sie aus dem Bett stieg. Sich langsam strecken, ausgiebig blinzeln, sich an der Kopfhaut kratzen, über die Wangen reiben, um den Blutkreislauf in Gang zu bringen. Aus irgendeinem Grund fühlten sie sich inzwischen immer kalt und knochentrocken an. Auch die Haut am ganzen Körper war trockener, und nach jeder Dusche mischte sie Babyöl unter ihre normale Hautcreme und rieb sich damit ein. Es war, als würde ihre Haut danach dürsten.

Gleichzeitig war ihr Körper nie so geschmeidig, wie wenn sie auf einem Pferderücken saß – wenn sie dann oben war. Ein bisschen ähnelte es dem Schwimmen, man spürte sein Gewicht nicht mehr, wenn man etwas beherrschte, das so viel größer war als man selbst. Sie machte Oberons kleinste Bewegung mit, und er folgte ihren diskreten Anweisungen, so wie er es immer getan hatte.

Sie schob sein Bein nach vorn, damit sie den Sattelgurt noch einmal fester ziehen konnte, warf einen letzten Blick hoch zu Annies geschlossenem Fenster, und dann trotteten sie langsam vom Hof. Nikki steuerte ihn mit den Schenkeln in Richtung Wiese. Die Zügel hingen lose herunter. Sie vertraute ihrem Pferd vollkommen. Andere Hengste durfte man keine Sekunde loslassen, weil sie jederzeit mit einem durchgehen konnten.

Sie streichelte seinen Hals. »Jetzt ist es sicherlich vorbei. Ab heute werden wir nur noch darauf achten, dass es uns gut geht. Dir, mir und allen anderen hier auf Gyllentofta.«

Sie freute sich schon darauf, wieder Investitionen tätigen zu können. Der Zaun rund um die Koppel musste vor dem Winter neu gestrichen werden, und da waren sowohl Handwerker als auch Farbe zu bezahlen.

Gerade als Nikki und Oberon dem Hof den Rücken kehrten, fuhren zwei Wagen vor. Sie hielt das Pferd kurz an und winkte den Fahrern zu.

»Alles in Ordnung bei dir?«, rief einer durch die offene Scheibe.

»Ja klar, wir wollen eine Runde aufs Feld und durch den Wald drehen.« Nikki hob die Hand zum Abschied. »Wir sind sicher nicht lange fort.«

Nikki lenkte Oberon über den schmalen Pfad, der zum Feld führte. Dann gab sie ihm die Sporen, und er wechselte in einen kurzen Trab am Zaun entlang. Er sprang und warf den Kopf hin und her, denn er wusste schon, dass er selbst gleich das Kommando übernehmen durfte. Sie trieb ihn nicht an, das war überflüssig. Aber er musste aufgewärmt werden, damit er sich nicht verletzte.

»Komm schon, jetzt darfst du bestimmen«, sagte sie, als sie eine Viertelstunde später aus dem Wald kamen. Da hatte sie ein paar einfache Übungen mit ihm gemacht, um seinen Körper vorzubereiten. Es war wichtig, dass man sich Zeit dafür nahm, er selbst hielt das manchmal nicht für nötig.

Jetzt zitterte er unter ihr, kaute auf dem Gebiss herum, trat im Kreis und wartete. »Dann lauf«, rief sie ihm zu, und auf dieses Signal hatte er gewartet. Er steigerte sein Tempo langsam, dann schob er den Kopf vor und flitzte los. Nikki stellte sich in die Steigbügel und hielt die Zügel ganz lose.

Der Pferdeschwanz schlug ihr auf den Rücken. »Komm schon, du kannst noch viel schneller«, spornte sie ihn an. Es staubte an den Hufen, sein Fell wurde leicht feucht, und während sie da galoppierten, fühlte Nikki sich zum ersten Mal seit langer Zeit richtig glücklich.

Punkt zwei hielt der Fahrstuhl im selben Stockwerk wie vor drei Monaten, an dem Tag, an dem Zac nicht aufgetaucht war.

Nikki nickte Matteo zu, als sie sich im Flur begegneten. Hin und wieder hatte sie an ihn gedacht. Manchmal mit einem Lächeln im Gesicht. Ohne Frage hatte er etwas an sich, das anziehend war. Jetzt war sein schönes Gesicht ganz grau. Ob er einmal richtig geschlafen hatte, seit Zac gestorben war? Die beiden waren beste Freunde gewesen, und Nikki fühlte mit ihm. Allein der Gedanke, sie würde Annie verlieren ... Matteo sah aus, als wolle er etwas sagen, doch sie kam ihm zuvor.

»Es tut mir leid, dass Sie Zac verloren haben«, sagte sie und sah in seine müden Augen.

»Und mir tut es leid, dass Sie nun keinen Bruder mehr haben«, sagte er leise.

Wenn sie sich sonst getroffen hatten, hatte er immer mit ihr geflirtet, wenn auch eher harmlos. Jetzt war der alte Charmeur nicht wiederzuerkennen. Die Trauer dieses Mannes war offenkundig, und das berührte Nikki viel mehr.

Als sie in Sylvias Büro kam, schloss sie hinter sich die Tür, ging vor zum Schreibtisch und setzte sich.

»Matteo wirkt unglaublich traurig«, sagte sie und zog den Poncho aus. Sie legte ihn auf dem Stuhl neben sich ab. Der Altweibersommer bescherte ihnen noch immer schöne Tage.

»Ja, es ist sehr schwer für ihn«, antwortete Sylvia ernst. »Ich habe ihm vorgeschlagen, ein paar Tage freizunehmen, aber er meint, er brauche die Arbeit.«

»Wo wir beim Thema sind. Hast du von Katarina schon irgendeine Antwort erhalten?«, fragte Nikki. Matteo konnte ja etwas angedeutet haben.

»Nein, wir können nur warten, bis sie hier ist«, sagte Sylvia und warf einen Blick auf die Uhr. »In zehn Minuten wissen wir mehr.«

30

Annie war extrem schlecht gelaunt. Nicht einmal Winston gelang es, sie aufzumuntern, im Gegenteil, sein fordernder Blick machte sie wütend. Ihr war klar, dass er hinauswollte, es war schönstes Wetter. Gyllentofta war wie gemacht für ausgedehnte Spaziergänge, aber was sollte man anfangen, wenn einem alles so aussichtslos erschien. Dass der Hund überhaupt jeden Tag für eine Weile hinauskam, war ein Wunder, für das er dankbar sein sollte. Für ihn bemühte sie sich hinunter in den Garten, ließ ihn laufen, sammelte den Hundekot mit einer Schaufel wieder ein, kippte ihn dann in eins der Rosenbeete und schleifte das Tier wieder nach drinnen. Sie schleifte ihn wirklich, und es dauerte seine Zeit. Dieser Kampf konnte sich auf eine halbe Stunde ausdehnen.

Jetzt warnte sie ihn vor, als sie hinausgingen. »Und hinterher direkt wieder rein, okay? Pieseln, kacken und dann wieder zurück?«

Sie deutete sein Schwanzwedeln als Zustimmung, und dann öffnete sie die Tür und ließ ihn laufen. Draußen vor dem Stall stand Anders und füllte einen Eimer mit Wasser. Er winkte ihr zu, und sie hob zur Begrüßung die Hand. Das war ein so lieber Mensch, dass sie sich Mühe geben sollte, wenigstens zu ihm nett zu sein.

Winston rannte über die Wiese, die Nase am Boden, pinkelte an einen Birnbaum hier und einen Apfelbaum da, dann setzte er sich in den Schatten gegenüber. Hinterher buddelte er den halben Rasen aus und schmiss ihn auf seinen Haufen Kacke, dann lief er weiter um die Bäume herum. Immer schneller, immer schneller, als hätte er sich bei einem Wettlauf angemeldet. Er blieb in ihrem Garten, und das war erfreulich, dachte Annie, die sich auf die Steintreppe vor der Haustür setzte, während der Hund beschäftigt war. Wenn sie rief, würde er nicht kommen, sie wusste, dass sie demnächst zu ihm hingehen und ihn anleinen musste. Und dann begann der Kampf.

Anders stellte den Eimer ab und kam zu ihr hinüber. Leider, denn sie hatte seit zwei Tagen nicht geduscht. Hatte sich einfach nicht aufraffen können. Ihre Haare sträubten sich, und der Morgenrock, den sie trug, hatte deutliche Fettflecken im Stoff von den Küchenkrümeln. Immerhin hatte sie sich heute die Zähne geputzt. Meinte sie. Es könnte auch gestern gewesen sein.

»Hallo, wie geht's dir?«, fragte er. Er nahm die Kappe ab und fuhr sich mit den Fingern durchs Haar.

»Ach, nicht besonders, ehrlich gesagt.«

»Ach ja.« Er holte eine Schachtel Zigaretten aus der Tasche seiner Shorts. »Willst du eine?«

Das erste Mal an diesem Tag musste Annie lächeln. »Nein, danke. Ich wusste gar nicht, dass du rauchst.«

»Tu ich auch nicht. Seit zwanzig Jahren trage ich eine Reserveschachtel mit mir herum, falls mich die Enthaltsamkeit verrückt macht. Heutzutage ist das mehr eine Art Amulett. Ohne diese Schachtel in der rechten Hosentasche komme ich mir ganz nackt vor.« Er lachte auf. »Ich tausche sie hin und wieder sogar aus, denn ich habe keine Lust, dass die Kippen irgendwann ausgetrocknet sind, wenn ich wirklich eine rauchen will.«

»Verrückt.«

Es war nicht schwer, Anders zu mögen. Er war direkt, unkompliziert und nett. Ungefähr so wie Nikki. Komisch, dass die beiden nie zusammengekommen waren, aber nach so vielen Jahren war es vielleicht auch einfach zu spät.

Annie stand auf und klopfte sich den Hintern ab, was völlig überflüssig war, denn ihr Morgenrock war sowieso schon ein Fall für die Waschmaschine.

»Jetzt muss ich dieses Tier wieder hineinkriegen«, seufzte sie und nickte hinüber zu Winston. »Sein Frauchen hat jetzt genügend frische Luft geschnappt.«

»Lass ihn bei mir«, bot Anders freundlich an. »Wir sind doch Freunde, seit ihr auf Mallorca wart, auf mich hört er jedenfalls sehr gut.«

»Meinst du das ernst? Vielen Dank! Lass ihn einfach ins Haus, wenn du keine Zeit mehr hast.«

Ein nettes Mädel, aber das war schon immer Anders' Eindruck gewesen. Sie versteckte sich nicht hinter einer Maske, bei solchen Menschen fühlte er sich wohl. Heutzutage liefen viele geschminkte Gesichter durch den Stall, und meist hielt er sich dann im Hintergrund, weil er sich so fehl am Platze fühlte.

Bei seiner Arbeit hatte er es meist mit Frauen zu tun. Frauen, die so waren wie er. Zwischen den Reitern und den Pferdepflegern gab es Unterschiede, so einfach war das. In den vielen Jahren hatte sich zwar hin und wieder mal ein Schäferstündchen im Heu ergeben, aber an mehr war er nie interessiert gewesen. In einem schwedischen Stall passierte mehr, als die Leute sich vorstellen konnten, dachte er und warf einen Blick auf Winston, der sich in die Sonne gelegt hatte. Auch eine Menge Dreck. Männer um die fünfzig, die den jungen pferdeverrückten Mädels hinterherstiegen. Igitt. Die sollte man in eine Box zu einem wilden Hengst einsperren, dann würden sie wissen, wie das ist.

Klappernde Hufe kündigten an, dass eine Schar Reiter auf dem Weg zurück auf den Hof war, und er seufzte. Mit der Ruhe war es jetzt vorbei, und er würde sich nun verdrücken, bis sie fertig waren und Gyllentofta wieder den Rücken kehrten. Dann würde er die Pferde versorgen und sich vergewissern, dass sie alles hatten, was sie brauchten.

Das konnten die Pfleger weitaus besser als die Reiter selbst, vielleicht lag es auch daran, dass Anders mit ihnen mehr zu tun hatte. Heute arbeiteten im Stall Frauen und Männer, und hier auf Gyllentofta hatte Nikki sie angestellt, nicht die Pferdebesitzer oder diejenigen, die die teuren Tiere ritten. Sie waren auch direkt Nikki unterstellt, nicht Anders. Seine Verantwortung war es, die Arbeiter auf dem Hof anzuleiten, und darin war er wirklich pingelig. Das Schlimmste für ihn war schludrige Arbeit.

Im Moment halfen ihnen drei Leute, Gyllentofta in Schuss zu halten. Wenn sie im Stall nichts mehr zu tun hatten, kümmerten sie sich um Wald und Feld. Sie waren handverlesen, aber das bedeutete nicht, dass sie immer gut zusammenpassten. Manche schauten den vielen jungen Frauen, die im Stall ein und aus gingen, viel zu interessiert hinterher, und innerhalb von zwei Jahren hatten sie drei Männer wieder entlassen müssen.

Wenn beide aneinander interessiert waren, war ihm egal, was daraus wurde. Eins der Mädchen, das schon viele Jahre auf dem Hof gearbeitet hatte, war heute mit einem der Pferdepfleger verheiratet, und diese Beziehung schien hervorragend zu funktionieren.

Anders musste Winston reinholen, bevor die Reiter ankamen, also lief er über den Kies zu dem Rasenstück, auf dem der Hund ausgestreckt lag. Er hockte sich hin und versuchte, das Tier zu wecken. Andere Hunde erwachten schon von den Schritten, aber nicht dieser. Er schlief wie ein Murmeltier und sah dann Anders nur müde an, während sein Schwanz es kaum schaffte, sich zu bewegen.

»Komm, mein Freund, du musst rein. Ich verspreche dir, dass ich dich später wieder rauslasse.«

Der Hund war so träge, dass er Anders problemlos folgte, als der sein Halsband fasste, und nachdem sie die Haustür hinter sich geschlossen hatten, kam er mit in die Küche. Anders wollte nachschauen, ob auch Wasser im Napf war. Winston hatte schließlich in der prallen Sonne gelegen, und obwohl es schon Herbst war, konnte es noch richtig heiß werden.

Annie saß am Küchentisch noch im selben Morgenrock, den sie schon eineinhalb Stunden zuvor getragen hatte. Sie hatte Karten vor sich ausgebreitet.

»Legst du eine Patience?«, fragte Anders.

Sie nickte. »Ja, eine, die nie aufgeht.«

»Nee, das tun die meist nicht. Aber es ist ein schöner Zeitvertreib.«

»Ja, wirklich. Gut, dass der Hund jetzt drinnen ist, dann können wir uns eine Weile ausruhen.« Sie lächelte Anders an.

»Das klingt gut. Ich will gerade nach Hause gehen und auch ein Päuschen machen, wenn das Jungvolk über den Hof hereinfällt, muss ich mich verdrücken.«

»Dann benutz doch ein Zimmer hier im Haus, du musst doch nicht nach Hause fahren.«

»Ach was, das dauert doch nur fünf Minuten.« Er warf einen Blick auf die Küchenuhr. »Nikki müsste auch bald zurück sein. Hast du schon was gehört, wie es gelaufen ist?«

Annie schüttelte den Kopf. »Nein, aber ich hoffe sehr, dass jetzt alles geklärt ist.«

»Ja, das hätte Nikki dringend nötig«, sagte Anders.

»Du und ich auch«, fügte Annie hinzu.

31

In dem Moment, als Katarina mitteilte, dass sie mit Bonnie nach Gyllentofta umziehen wollte, konnte Nikki nicht mehr an sich halten. In der Anwaltskanzlei brach mit einem Mal das Chaos aus, und Nikkis Mund sprach all die Worte aus, die sie sich verboten hatte zu sagen. Sugarbabe, Blutsauger und Bitch.

»Nie im Leben«, zischte sie und sprang auf. Sie drohte mit der Faust. »Wenn du glaubst, dass ich mein Zuhause teilen werde, *mein Zuhause*, und das noch mit einer Trinkerin, die alles umsonst bekommen hat, dann hast du dich geschnitten.«

Sie wusste im selben Augenblick, dass sie gerade eine Grenze überschritt. Dass Katarina ein Alkoholproblem hatte, wusste Nikki von Sylvia, und sehr wahrscheinlich war das eine vertrauliche Information gewesen. Sie würde sich entschuldigen müssen. Bei ihrer Anwältin, nicht bei Katarina, die hochnäsig und anmaßend wieder ihre Idee vorgebracht hatte, den älteren Teil des Hauses zu modernisieren.

Im Büro war es schrecklich warm. Nikki knöpfte den oberen Knopf ihrer Bluse auf und fächerte sich mit den Unterlagen vor dem Gesicht etwas Luft zu. Warum lief hier die Heizung, wenn draußen so schönes Wetter war? Ihr Blutdruck war auf 180, und von den Schläfen lief ihr der Schweiß aus weit geöffneten Poren. Als sie diesen Schwindel spürte, erkannte sie die Symptome wieder. Genau wie nach Papas Tod. Sie hielt sich am Schreibtisch fest. Musste sie wirklich hier umkippen?, dachte sie noch, als ihr Blickfeld immer kleiner wurde.

Als sie wieder zu sich kam, lag ihr Kopf auf Sylvias Schoß. Sie saßen auf dem Boden. Nikkis Beine auf einem Stuhl. Der besorgte Blick ihrer Anwältin war das Erste, was Nikki sah, als sie die Augen öffnete.

»Ich habe einen Krankenwagen gerufen«, sagte Sylvia.

»Bestell ihn wieder ab«, sagte Nikki heiser. »Ich habe nichts, außer dass es manchmal zu viel wird.« Als sie wieder Luft bekam, nahm sie die Beine vom Stuhl und setzte sich langsam auf. Zum Glück waren Katarina und Matteo nicht mehr im Raum.

»Ich bin tatsächlich ohnmächtig geworden.« Nikki stellte sich auf die Knie, hielt sich an der Tischkante fest und zog sich langsam hoch. Dann ließ sie sich auf einen Stuhl sinken.

»Mensch, du hast mich ganz schön erschreckt«, sagte Sylvia und stand auf. Sie ging hinüber zum Sideboard und schenkte ein Glas Wasser ein. »Bist du dir ganz sicher, dass du in Ordnung bist? Dann rufe ich noch mal bei der Notfallzentrale an und sage Bescheid.« Sie hielt ihr das Glas hin.

»Tu das«, antwortete Nikki. »Mir ist nicht mehr schwindelig.«

Sie fühlte sich wieder gut, aber war wirklich alles in Ordnung? Im Krankenhaus hatten sie ihr Herz durchgecheckt und nichts finden können, also gab es keinen Grund, sich Sorgen zu machen. Aber warum trat dieser Schwindel auf, wenn sie Gefühlsausbrüche hatte? Würde sie sich in Zukunft nicht mehr aufregen dürfen? In großen Schlucken trank sie das Wasser und stellte das Glas klappernd ab. Katarina gehörte die Hälfte von Gyllentofta, und sie wollte dort einziehen, anstatt das Haus auf Mallorca zu übernehmen, worauf Nikki so sehr gehofft hatte. Es war wirklich kein Wunder, dass sie so heftig reagiert hatte.

»Und wenn ich mich weigere, sie einziehen zu lassen und einen Teil des Hofs zu übernehmen?«, fragte Nikki, als Sylvia nach ihrem Telefonat zurückkam.

»Du meinst, den Worst Case? Dann können sie den Verkauf beantragen.«

»Machst du Witze?«

Die Antwort konnte Nikki an Sylvias Gesicht ablesen. Nie hatte sie ernster ausgesehen.

Nikki wedelte abwehrend mit der Hand, als sie ihren Wagen geparkt hatte und Anders ihr entgegengelaufen kam. »Ich muss erst eine Weile schlafen, aber später brauche ich dich und Annie noch. Kannst du heute vielleicht eine Stunde länger bleiben? Schau doch bitte, ob dir jemand beim Füttern helfen kann, ich schaffe es heute nicht.«

Annie war Gott sei Dank nicht in Sicht, und Nikki konnte die Treppe zum Schlafzimmer hinaufschleichen, ohne dass jemand sie aufhielt. Vorsichtig schloss sie hinter sich die Tür und holte tief Luft. Endlich zu Hause.

Sie zog ihre verschwitzte Bluse aus und warf sie auf den Boden. Dann knöpfte sie den Rock auf, zog den Reißverschluss herunter und ließ ihn einfach fallen. Als sie vor dem Bett stand, streifte sie noch BH und Slip ab, und dann kroch sie in ihre kühle Bettwäsche.

Eine Viertelstunde später setzte sie sich auf.

Das war's. Natürlich musste Katarina hier einziehen. Die Idee war hervorragend. Sie würde arbeiten und sich einsauen müssen wie alle anderen auch – und dann würde sie schon freiwillig nach Mallorca auswandern.

Diese dumme Kuh wollte sofort nach Gyllentofta umziehen. Dann soll sie doch kommen, dachte Nikki jetzt. Wenn sie sich das Leben auf dem Land romantisch vorstellte, dann musste sie es doch einfach nur kennenlernen.

Von der Idee einer vorübergehenden Lösung beflügelt, stieg sie wieder aus dem Bett und griff nach ihrem Morgenmantel, der an dem alten Haken an der Wand hing. Es erschien ihr am besten, dies sofort in die Wege zu leiten, und während sie Sylvias Nummer wählte, ging sie vor ans Fenster.

Die Reiter, die vorher noch auf dem Hof gewesen waren, waren verschwunden. Die Pferde standen im Stall, sie warteten noch auf ihre Abendmahlzeit, dann war der Arbeitstag zu Ende. Nikki würde etwas später hinuntergehen und Oberon und den anderen Gute Nacht sagen, bevor sie es sich mit Annie und Anders im Wohnzimmer gemütlich machte.

Sie musste sie beide im Boot haben, wenn der Plan klappen sollte.

»Sylvia, hallo, hier ist Nikki. Hast du die Telefonnummer von Katarina?«

»Nein, aber ich kann natürlich Matteo danach fragen. Kann er dich zurückrufen?«

»Ja, sicher.«

»Brauchst du sonst noch irgendwie Hilfe?«

»Nein, vielen Dank. Andernfalls melde ich mich.«

»Du klingst viel besser.«

»Ja, es geht mir wieder gut, danke. Bis bald.«

Es dauerte nur eine Minute, dann hatte sie Matteo in der Leitung.

»Sie haben uns Sorgen gemacht«, sagte er leise, ohne eine Begrüßungsfloskel. Seine Stimme klang ... zärtlich?

Nikki war es gar nicht gewöhnt, dass sich jemand um sie sorgte. Den meisten Männern machte sie Angst, das hatte sie schon mehrmals zu hören bekommen. Doch mit diesem Anwalt war es etwas anderes, schon seit ihrer ersten Begegnung, als er zu Oberon auf die Koppel gegangen war.

»Ja, aber jetzt ist es wieder vorbei. Ich hab einfach niedrigen Blutdruck. Anders kümmert sich um mich.« *Warum hatte sie das jetzt gesagt, so ein Unsinn.* Sie schüttelte den Kopf, um klarer zu denken. »Ich hätte gern die Telefonnummer von Katarina.«

Er räusperte sich. »Schön zu hören, dass jemand für Sie da ist, wenn es Ihnen nicht gut geht. Als Vertreter von Zacs Familie muss ich allerdings fragen, warum Sie sie anrufen wollen? Heute haben Sie nicht gerade ein Blatt vor den Mund genommen.«

Sie sah ihn vor sich. Neben seiner sehr männlichen Art hatte er auch etwas anderes an sich, etwas, das zum Vorschein kam, wenn es um Zacs Tochter ging. Seine Stimme wurde sanfter, wenn er von dem Mädchen sprach, das offenbar sein Patenkind war. Seine dunklen Augen wurden mild, seine Gesichtszüge entspannten sich. Nikki musste sich in Erinnerung rufen, dass er die Gegenseite vertrat.

»Ich weiß. Ich habe mich schrecklich benommen.« Sie kreuzte die Finger. »Und jetzt möchte ich mich dafür entschuldigen und Katarina und Bonnie auf Gyllentofta willkommen heißen. Mi casa es su casa, wie die Italiener sagen.«

Er hustete kurz und räusperte sich dann. »Hm. Das ist zwar Spanisch, aber ich verstehe es trotzdem. Nur eine kleine Vorwarnung. Wenn Sie Bonnie auch nur ein Haar krümmen, bekommen Sie es mit mir zu tun, dass das klar ist.«

»Und Katarinas Haare?«

Er verkniff sich die Antwort.

»Katarina«, säuselte Nikki nur Minuten später ins Telefon. »Es tut mir schrecklich leid, dass ich mich heute Nachmittag so schlecht benommen habe. Selbstverständlich sind Sie beide herzlich willkommen auf Gyllentofta. Ich werde gleich zwei Schlafzimmer herrichten lassen.« Sie verstummte, dachte, sie sollte diese unglaubliche Großzügigkeit erst einmal sacken lassen, bevor sie fortfuhr.

Katarina räusperte sich. »Das ist eine Wendung um 180 Grad«, sagte sie nur. »Darf ich fragen, warum?«

»Ich bin zur Vernunft gekommen, mir ist klar geworden, dass wir ja nun eine Familie sind. Leider habe ich meinen kleinen Bruder nicht oft gesehen, aber Sie sind seine nächsten Angehörigen, und ich würde Sie gern richtig kennenlernen.« Nikki zog Grimassen, es konnte ja niemand sehen.

Klang das nachvollziehbar?

Sie hoffte es sehr, denn jetzt, da sie sich entschieden hatte, wollte sie keine Zeit verlieren. Nikki hatte vorgehabt, ihre Idee mit Anders und Annie zu besprechen, aber daraus war nichts geworden. Gemeinsam alle Vor- und Nachteile zu überlegen hätte ihr einfach zu lange gedauert. Beide konnten gut abwägen, was häufig half, aber jetzt wäre Nikki durchgedreht, wenn sie es ihr hätten ausreden wollen. Aber sie wären sicherlich zu demselben Schluss gekommen: Man muss den Feind unter Kontrolle halten, das hieß: in der Nähe.

»Ich brauche etwas Bedenkzeit«, sagte Katarina leise.

Nikki verdrehte die Augen. »Das kann ich verstehen«, antwortete sie. »Nehmen Sie sich die Zeit, die Sie brauchen. Und kommen Sie gern vorbei, und schauen Sie sich um, wenn Sie sich erst noch ein Bild machen wollen. Und Sie können Bonnie sagen, dass ich bestimmt ein Pferd für sie hätte, falls sie sich fürs Reiten interessiert.«

»Oh, toll, ja, das sage ich ihr. Ihr geht es gerade nicht besonders gut. Ihr Papa war ihr Ein und Alles.«

Nikki spürte ihr schlechtes Gewissen. Sie wollte Bonnie nicht wehtun. Mit einem Mal wollte sie das Telefonat möglichst schnell beenden. Zum Glück klingelte es bei Katarina gerade an der Haustür. »Jetzt bekommen Sie Besuch, da will ich nicht länger stören«, sagte Nikki. »Aber melden Sie sich, wenn Sie vorbeikommen möchten.«

Im Hintergrund hörte sie Katarina die Tür öffnen. »Hallo, Matteo«, sagte sie und bat ihn hinein. »Bis bald, Nikki«, sagte sie dann ins Telefon. »Danke für Ihren Anruf und die Entschuldigung. Das freut mich.«

Nikki streckte ihrem Telefon die Zunge heraus, als sie es ausschaltete, aber anstatt sich nach ihrem verzweifelten Versuch gut zu fühlen, ging es ihr mies. Wie tief konnte man sinken? War Gyllentofta wirklich so wichtig, dass sie sich so erniedrigen musste?

Durchs Schlafzimmerfenster betrachtete sie ihr Gut. Die Reste der Ernte lagen in weißen Heuballen vor ihr. Jetzt kam die Dämmerung schon viel früher, und bald war es an der Zeit, die Daunendecke fürs Bett herauszuholen. Der Holzkorb, der vor dem Kachelofen stand, war nach wie vor leer, aber sie würde Holz aus dem Schuppen holen, bevor sie sich heute Abend hinlegte, dann konnte es ein bisschen trocknen, und sie konnte am Ende der Woche Feuer machen. Endlich würde sie ihre großen Strickpullover wieder überziehen können und die Jeans, die nur hierher passten. Aber sie würde den Hof auch kaum verlassen müssen. Im Gegenteil, ab jetzt fiel die meiste Arbeit zu Hause an. Höchste Zeit, mit der Planung für den Weihnachtsmarkt zu beginnen. Ein Projekt, das daraus entstanden war, dass Nikki zu Glühwein auf den geschmückten Innenhof eingeladen hatte. Nun fragte sie die umliegenden Höfe an, ob sie kommen und

Produkte aus eigener Herstellung verkaufen wollten. Da gab es alles: Saft, Marmelade, getrocknete Pilze, frisches, geräuchertes und eingefrorenes Fleisch, Brot, frisch gestampfte Butter, Eier, Ziegenfelle, Wolle, Kerzen. Sogar Holz. Das Rote Kreuz hatte eine Lotterie, bei der man geklöppelte Deckchen gewinnen konnte, und Gyllentofta verloste Reitstunden, die Nikki dann abhielt. Sie musste ein Gespräch mit der Presse vor Ort führen, dann die Stände kontrollieren, ob sie noch in einem guten Zustand waren, und mit den Ausstellern kommunizieren, damit alles fertig war, wenn Hunderte von Marktbesuchern am letzten Wochenende im November auf den Hof drängten.

Danach war es bis Weihnachten nicht mehr weit, und Nikki lud die Kinder aus der Nachbarschaft immer ein, im Schlittengespann hinter Britta mitzufahren und den Weihnachtsmann zu besuchen. Den spielte Anders, der mitten im Wald saß, umgeben von hell strahlenden Laternen. Dann bekamen die Kinder warmen Apfelsaft, den sie auf dem Hof hergestellt hatten, und ein kleines Weihnachtsgeschenk. Dies war eine der beliebtesten Veranstaltungen im ganzen Jahr.

Also war die Antwort unweigerlich *Ja*. Sie musste sich noch eine Weile erniedrigen.

Ihr Hof war es wert, auch wenn sie sich schrecklich dabei fühlte.

Nikki klopfte an Annies Tür, doch sie bekam keine Antwort.

»Ich komme rein«, rief Nikki und öffnete.

Winston und Annie lagen der Länge nach im Bett, Winston hob lahm den Kopf.

Nikki ging zum Bett ihrer Freundin.

»Aufwachen«, rief sie, und Annie zuckte zusammen.

Sie sah Nikki mit weit aufgerissenen Augen und erstauntem Blick an. »Ist etwas passiert?« Sie zwinkerte mehrmals und sah sich verwirrt im Zimmer um.

»Verschiedenes. Aber als Erstes will ich dir mitteilen, dass ich den perfekten Job für dich gefunden habe. Du wirst den diesjährigen Weihnachtsmarkt organisieren.«

Nikki fand, dass das eine großartige Idee war. Sie selbst hatte eine Menge anderer Dinge um die Ohren, und Annie hatte in der Kirche schon viele Basare veranstaltet. Das wäre eine gute Beschäftigung für sie, denn Nikki fand, dass die beste Medizin Arbeit war. Am besten noch körperliche Arbeit, die half gegen fast alles. Und das Projekt würde Annie jetzt aus dem Bett helfen. Allerdings sah diese skeptisch aus. Nikki setzte sich auf die Bettkante.

»Ja, meine Liebe. Ich werde mit allem anderen auf dem Hof mehr als beschäftigt sein. Du hast unseren Weihnachtsmarkt doch all die Jahre besucht und kennst dich aus. Für diesen Job brauche ich genau dich. Und ach ja, Katarina und Bonnie werden wohl bei uns einziehen. Das wird sicher ein Spaß.«

»Machst du Witze?« Mühevoll richtete Annie sich auf. »Sie ziehen zu uns? Und das soll eine gute Idee sein?«

»Nein, aber das Einzige, was noch bleibt, wenn Katarina nicht nachgibt, wäre ein Verkauf. Ich werde sie niemals auszahlen können, das hat ihr Anwalt schon vor Langem herausgefunden.« Nikki zuckte mit den Schultern. »Mir bleibt keine Wahl.«

»Wird sie auch von Matteo vertreten?«

»Jepp.«

»Ich finde ihn trotzdem nett.«

»Kann schon sein, aber er repräsentiert noch immer den Feind mitsamt Tochter.«

Das konnte sie leicht vergessen, wenn er mit samtweicher Stimme sagte, er habe sich Sorgen gemacht, oder wie er sich nun genau ausgedrückt hatte. Sie schob die Gedanken an ihn beiseite.

»Was meint Sylvia dazu?«, fragte Annie.

»Sie hat Angst, dass sie keine andere Lösung findet. Auf das Angebot, die anderen Häuser zu übernehmen, ist Katarina ja nicht eingegangen.«

»Und was kann ich tun?«

»Einfach meine Freundin sein. Und wenn wir schon dabei sind. Wie geht es dir eigentlich?« Nikki betrachtete sie von oben bis unten. »Mitten am Tag ein Schläfchen zu machen, passt gar nicht zu dir, und das ist heute nicht das erste Mal.«

»Ich habe das Gefühl, all meine Energie ist futsch, wie bei einem Faultier, und ich sollte mich jetzt um meine Zukunft kümmern. Aber allein die Vorstellung davon treibt mich wieder in den Schlaf.« Sie stupste Nikki an, damit sie rutschte, dann quälte sie sich aus dem Bett. »Jetzt gehe ich duschen, das ist mal ein Anfang.«

Nikki beobachtete besorgt, wie Annie zur Badezimmertür schlurfte. Der Weihnachtsmarkt würde Annie eine Weile beschäftigen, aber danach brauchte sie eine langfristige Aufgabe. Nikki würde sich Gedanken darüber machen, was das sein könnte, falls Annie auf dem Hof bleiben wollte. Sie hoffte, dass ein Job das Richtige für Annie war, um wieder auf die Beine zu kommen.

32

So vieles ging ihr vor dem Treffen mit Matteo durch den Kopf. Er war schrecklich unglücklich und hätte sich gewünscht, sie fühlte ebenso. Das tat sie nicht. Sie trauerte auf *ihre* Art und Weise um Zac. Auch wenn sie sich nicht mehr geliebt hatten, so war er doch der Vater ihrer Tochter, und früher hatte sie ja auch eine innige Liebe für ihn empfunden.

In solch einem Gefühlssturm hatten die beiden Hals über Kopf geheiratet. Zacs Mutter war sehr enttäuscht gewesen, denn sie wäre gern dabei gewesen. Katarinas Familie hatte nicht viel dazu gesagt. Ihr Vater hatte sich gefreut, dass er kein Budget zur Hochzeit hatte beisteuern müssen. Die Trauung hatten sie auf Arlanda vornehmen lassen, und dann waren sie mit Zacs Ersparnissen auf Hochzeitsreise nach Sansibar geflogen. Sie waren sich einig gewesen, dass das Geld so besser angelegt war als für ein rauschendes Hochzeitsfest.

Ein Jahr später war Bonnie zur Welt gekommen, und da war ihre Ehe schon auf dem absteigenden Ast. Es hatte beide frustriert, als sie einsehen mussten, wie unterschiedlich sie doch waren. Sein Schweigen und ihre ständige Suche nach

Aufmerksamkeit passten nicht gut zusammen. Irgendwann hatte ihr Trinken überhandgenommen. Anfangs hatte sie es schön gefunden, nach der Arbeit mit einem Glas Wein zu entspannen, das beruhigte so angenehm. Manchmal hatte sie zwei getrunken, und dann hatte das Leben gleich viel besser ausgesehen. Da war es ihr auch nicht aufgefallen, wenn Zac sauer und mürrisch war. *Kannst du nicht mehr wie Matteo sein?*, hatte sie zu ihm gesagt. *Matteo ist immer höflich und nett, von ihm kannst du einiges lernen*. Keiner hätte es ihr geglaubt, wenn sie erzählt hätte, wie Zac sich ihr gegenüber verhielt, denn anderen gegenüber war er sehr aufmerksam. Jeder liebte es, ihn um sich zu haben.

Nach einer Weile hatte sie sich schon nach Hause zu ihrem Rotwein gesehnt, wenn sie Bonnie morgens in der Vorschule abgegeben hatte. Der Wein im Karton war ihr bester Freund geworden – wie einfach, es nachträglich so zu betrachten. Während Zac am Tisch gesessen und an seinem Weinglas genippt hatte, hatte Katarina sich kurz entschuldigt, war in die Küche gegangen und hatte zwei Wassergläser mit Wein hinuntergekippt, bevor sie zurück ins Esszimmer ging, um wieder brav an ihrem Weinglas zu nippen. Diese Unterbrechung hatte zu Hochzeiten nur zwei Minuten gedauert, und Zac hatte lange gebraucht, bis er verstanden hatte, was da vor sich ging. Da hatte sie den Karton oder die Flasche in die Toilette verfrachtet, und aus zwei Gläsern waren vier geworden, bis sie wieder zurückkam.

Natürlich hatte er bemerkt, dass sie betrunken war. Erst hatte er ihr Lachen so gedeutet, dass sie nichts vertrug, aber das war natürlich vorbei, als er die leeren Weinkartons an allen möglichen Stellen entdeckt hatte.

Als Katarina angefangen hatte, über ihr Verhältnis zum Alkohol nachzudenken, war Bonnie gerade sieben geworden. An dem Tag hatte sie ihre Tochter allein zu Hause gelassen und war in eine Bar in der Nähe gegangen. Sie wollte nur schnell ein Glas trinken, nur eins, und dann wieder zu Hause sein. Eine Siebenjährige lässt man nicht lange allein, das ist allen Eltern klar.

Drei Stunden später war sie auf der Theke eingeschlafen, und als die Kneipe schloss, hatte der Barkeeper sie angestupst und versucht, sie zum Gehen zu bewegen.

Sie hatte zu Zac gesagt, dass sie nur kurz weg gewesen sei, denn zum Glück war er da, als sie heimkam. »Du warst schrecklich lange weg«, hatte Bonnie verzweifelt gesagt und war in Tränen ausgebrochen.

»Das war ich gar nicht, jetzt lüg doch nicht vor deinem Papa. Geh in dein Zimmer.«

Katarina war einige Male fremdgegangen, hatte Zac und alle anderen angelogen, hatte massenhaft Geld zum Fenster hinausgeworfen und sich unmöglich benommen. Aber von all den schlimmen Dingen, die sie im Suff gemacht hatte, war dieser Satz, den sie zu Bonnie gesagt hatte, das übelste ihrer Vergehen. Er ließ sich nicht ausradieren, und knapp zehn Jahre danach wurde Katarina immer noch schlecht, wenn sie nur daran dachte. Bonnie hatte gesagt, sie habe es ihr verziehen, aber Katarina wusste, dass Bonnie durch ihre Trinkerei Schaden genommen hatte. Das ging allen so, die mit einem Alkoholiker zusammenlebten.

Jeden Tag betete Katarina zu Gott, dass sie mit dem Trinken aufhören würde, denn nach Zacs Autounfall war sie kurz davor gewesen. In ihren dunkelsten Stunden wusste sie, dass es ihre Schuld gewesen war, dass Zac diesen Unfall gehabt hatte.

Katarina ließ Matteo in den Flur. Wie üblich sog sie seinen Duft ein. Das war immer schon so gewesen, daran hatte auch die Heirat mit Zac nichts geändert. Sie hatte Matteo schon lange vor ihrer Ehe gekannt, es gab nicht eine Frau in Norrköping, die nicht wusste, wer er war. Neben seiner äußerlichen Attraktivität, jene, die man sehen konnte, und jene, von der sie gehört hatte, war er seiner damaligen Frau treu gewesen und immer nett und aufmerksam. In der Kombination avancierte er zu einer Art Märchenprinz, einem Prachtexemplar von Mann, und es hatte kein weibliches Wesen gegeben, das seine Frau nicht beneidet hatte.

Katarina würde sofort mit Matteo ins Bett steigen. Leider hielt sich sein Interesse für sie in Grenzen, aber das konnte sich ja ändern, jetzt, wo es Zac nicht mehr gab.

Matteo ging ins Wohnzimmer und nahm auf dem Sofa Platz.

»So, und was wollte Nikki von dir?«, fragte er.

»Stell dir vor, sie hat eine Drehung um 180 Grad gemacht«, antwortete Katarina. »Jetzt sind Bonnie und ich herzlich willkommen.« Sie zuckte mit den Schultern. »Sie hat wohl nachgedacht. Begriffen, dass sie nicht länger der Herr im Hause ist.« Katarina setzte sich auf die Armlehne des Sofas. Ließ ihr Bein an seines stoßen. Wünschte sich, er würde die Berührung erwidern. Sie brauchte Körperwärme, Trost. Wer wäre da geeigneter als Matteo, der Zac so gut gekannt hatte?

»Jetzt brauche ich wirklich deine Hilfe, Matteo«, sagte sie leise. »Ich bin unglaublich einsam, seit Zac gestorben ist.«

»Das kann ich verstehen«, sagte er und wechselte mit dem Bein auf die andere Seite, um den Kontakt zu unterbinden. »Ich werde für Bonnie alles tun, was in meiner Macht steht, das bin ich Zac schuldig.«

Katarina legte den Kopf auf die Seite. »Wirst du mir nicht auch helfen?« Sie begab sich auf dünnes Eis, doch jetzt wollte sie es wissen.

»Das kommt ganz darauf an, wobei du Unterstützung benötigst.«

Wie sehr hätte sie sich gewünscht, dass sie in seinen Augen ein winziges Funkeln gesehen hätte, doch nichts dergleichen. Er sah sie an, als ob sie irgendeine fremde Klientin wäre.

Sie musste ihm Zeit geben. Im Moment trauerte er noch zu sehr um Zac, aber er liebte Bonnie, und mit der Zeit würde er sich schon in sie verlieben können, wenn sie die richtigen Karten spielte. Vielleicht sollte sie etwas kühler sein, nicht so offenherzig wie jetzt. Die Gefühle, die sie für ihn hegte, waren ja nicht gerade passend.

Sie stand auf und ging hinüber zum Sessel. »Ich denke da an Investments und solche Dinge, von denen ich keine Ahnung habe. Da bräuchte ich wirklich Hilfe.«

Jetzt sah sie einen Funken.

Matteo war reich, zumindest war er das vor einem Monat noch gewesen. In Wahrheit stand er hervorragend da. Doch in diesem Raum war sie die wirklich Vermögende.

Blieb abzuwarten, ob das für ihn Brennspiritus oder Wasser war. Das Funkeln verriet ihr, dass er immerhin Interesse hatte, und das war ein erster Schritt.

»Wir haben noch keinen genauen Überblick über die wirtschaftliche Lage«, antwortete er, »aber natürlich helfe ich dir gern. Wie geht's Bonnie?«

»Na ja, sie bewältigt ihren Alltag, aber nicht viel mehr. Sie geht in die Schule, aber wenn sie nach Hause kommt, hockt sie meistens in ihrem Zimmer oder besucht Zacs Mutter und übernachtet da.«

»Was ist mit dem Fußball?«

Katarina seufzte und schüttelte den Kopf. »Da war sie seit dem Unfall nicht mehr.«

»Und wie läuft's mit deiner Schwiegermutter?«

»Eva? Keine Ahnung. Sie wollte herkommen und eine Weile bei uns wohnen, aber das habe ich abgelehnt. Wir kommen auch ohne sie zurecht. Nichts gegen Eva, aber wir beide hatten nie einen besonders guten Draht zueinander. Sie war Zacs Mutter, nicht meine.«

»Aber sie ist doch immerhin Bonnies Großmutter.«

»Schon, aber Bonnie ist alt genug, diesen Kontakt selbstständig zu pflegen.«

»Ich dachte, es wäre keine schlechte Idee, Eva am Wochenende zu besuchen. Weißt du, ob Bonnie Zeit hat?«

»Nein, aber wir können ja jetzt vereinbaren, dass wir zu Eva fahren.«

Eine gute Idee. Es war wesentlich einfacher, Zacs Mutter zu treffen, wenn Matteo dabei war. Ihm fiel immer etwas ein. Wenn Katarina und Eva aufeinandertrafen, war es – nach den üblichen höflichen Begrüßungsfloskeln – meist sehr still zwischen ihnen. Eva weinte, und Katarina wusste nicht, wie sie sie trösten sollte.

»Nicht wir, Bonnie und ich«, korrigierte Matteo.

Klar. Katarina schlug die Augen nieder und sah auf ihre Hände, dann fasste sie sich und sah wieder auf. Lächelnd. »Natürlich. Ihr trefft euch und besucht Eva. Ich werde Bonnie bitten, dich anzurufen.«

Er stand auf. »Gut. Und wann wolltet ihr Gyllentofta anschauen?«

»Ich würde gern so bald wie möglich fahren. Offenbar sind dort schon Zimmer für uns vorbereitet, wenn wir dort wohnen möchten. Komische Kehrtwendung, findest du nicht?«

»So könnte man es ausdrücken.«

»Ich kann jetzt nicht entscheiden, ob ich dort hinziehen will oder nicht, aber einen Tagesausflug auf das Gut zu machen wäre schön.«

Matteo nickte. »Sag Bescheid, wenn du möchtest, dass ich mitkomme.«

Als er sich in den Flur bewegte, stand Katarina auf und ging hinter ihm her. Sie wollte nicht das Bild seines breiten vertrauten Rückens missen.

»Du weißt schon, wie sehr ich all das schätze, was du für uns tust«, sagte sie. Sie breitete die Arme aus, um ihn zu umarmen, doch stattdessen öffnete er die Wohnungstür. Auch gut, dachte sie und ließ die Arme wieder sinken.

»Er war mein allerbester Freund, das ist das mindeste, was ich für ihn tun kann«, sagte Matteo mit ernster Stimme und hob die Hand zum Abschiedsgruß. »Bis bald.«

Erst als die Tür hinter ihm ins Schloss fiel, ging Katarina auf, dass sie ihn vielleicht hätte fragen sollen, wie es *ihm* ging. Beim nächsten Mal musste sie unbedingt daran denken.

33

Matteo stieß rückwärts aus seinem Tiefgaragenplatz im Bürogebäude. Wieder war ein Tag zu Ende. Wie er die Wochen nach Zacs Tod überstanden hatte, wusste er nicht. Der Schmerz in der Brust machte es ihm schwer, sich aufrecht zu halten, aber irgendwie stand er dennoch jeden Morgen auf, aß sein Frühstück, duschte, rasierte sich, nahm ein frisch gebügeltes weißes Hemd aus dem Kleiderschrank, suchte eine Krawatte und einen passenden Anzug aus. Schnell etwas Wachs in die Haare, und schon eine Viertelstunde später stand er im Büro, wo er meist mehrere Termine pro Tag hatte.

Wenn sie sein Büro wieder verlassen hatten, sackte er auf dem Schreibtisch zusammen und blieb liegen, bis jemand klopfte oder das Telefon klingelte. Dann schnäuzte er sich, trat in Aktion und erledigte seinen Job so wie immer. Zumindest glaubte er das. Natürlich ging es nicht an seinen Kollegen vorbei, dass er litt. Sylvia verstand ihn am besten, sie hatten ja gewissermaßen dasselbe Mandat, und sie klopfte oft an seine Tür, um nach ihm zu sehen.

Direkt nach dem Unfall hatte er sich um alle anderen

gekümmert und sich damit von seiner eigenen Trauer ferngehalten. In erster Linie hatte seine Aufmerksamkeit natürlich Bonnie gegolten. Sie und Zac hatten sich extrem nahegestanden. Mit den Jahren war die Nähe immer größer geworden, und als Katarina anfing zu trinken, hatte Bonnie im Grunde nur noch einen Elternteil gehabt.

Aber Bonnie weigerte sich, mit Matteo zu reden, sie wollte in Ruhe gelassen werden, und Matteo hatte keine andere Wahl, als dies zu respektieren. Er wollte sich nicht aufdrängen, auf der anderen Seite konnte er sie auch nicht loslassen. Jeden Tag schickte er ihr eine SMS mit Vorschlägen für gemeinsame Unternehmungen. Oder auch nur einen Gruß. *Denk an dich und würde gern ein Spiel mit dir anschauen*, hatte er ihr gestern geschrieben, doch auch darauf hatte sie nicht geantwortet.

Er parkte zu Hause an der Straße und nickte einem Nachbarn zu, bevor er schnell zu seiner Dachwohnung hochlief und den Schlüssel ins Schloss steckte. Im Flur flog die Aktentasche auf die Bank. Dann ging er hinüber ins Schlafzimmer, zog das Sakko aus und hängte es auf einen Bügel. Hinter der Tür stand der Wäschekorb. Als er das Hemd abgelegt hatte, knüllte er es zusammen und zielte. Unterhose und Strümpfe nahmen denselben Weg. Die Krawatte, die er auf dem Bett abgelegt hatte, hängte er noch auf, dann legte er sich bäuchlings nackt auf das zerknitterte Laken. Die Sehnsucht nach jemandem, der ihn jetzt einfach nur tröstend in den Arm nahm, war so groß, dass es wehtat.

Sein Nickerchen dauerte keine fünfzehn Minuten, aber es reichte aus, dass er wieder genügend Energie getankt hatte, um aufzustehen, nach dem Telefon zu greifen und sich etwas zu essen zu bestellen.

Die Vorteile einer Wohnung in der Innenstadt überwogen die Nachteile, dachte er, als er im Restaurant, das sich im Erdgeschoss befand, anrief. Sie sagten zu, sein Essen innerhalb von einer halben Stunde hochzubringen. Seit Wochen hatte er schon nicht mehr selbst gekocht, er hatte keine Lust, und sein Appetit hatte sich in Grenzen gehalten. Alberto, der Inhaber der Gastwirtschaft, war ein alter Kumpel von ihm, und er war es auch gewesen, der ihm den Tipp gegeben hatte, dass die Dachwohnung frei wurde, als er nach seiner Scheidung eine neue Bleibe suchen musste.

Zacs Tod hatte in Matteo Zweifel ausgelöst, ob er wirklich noch ein Sommerhäuschen an der Westküste haben wollte. Das war immer ihr Ding gewesen, und nachdem er nun Angebote für die Wohnung in Smögen bekommen hatte, sollte er sie vielleicht einfach verkaufen, ohne in ein Objekt in der Gegend neu zu investieren. Schließlich gab es noch andere Standorte am Meer.

Da klingelte es an der Tür.

»Setzen Sie das Essen bitte auf meine Rechnung«, sagte Matteo und hielt dem Kellner einen Hundertkronenschein hin. »Der ist für die letzten Treppenstufen, die Sie sich hochgequält haben.«

Am nächsten Morgen stand Sylvia schon bei ihm im Büro, als er die Aktentasche gerade erst abgestellt hatte.

»Ich will dich wirklich nicht zu irgendwelchen gesetzeswidrigen Handlungen animieren, aber ich habe eine Höllenangst, dass Katarina Gyllentofta aufs Spiel setzen wird.«

»Selbst wenn es so wäre, was kann ich dagegen tun?«, fragte Matteo, zog die obere Schreibtischschublade auf und nahm einen Notizblock heraus. Dann ließ er sich auf seinem Bürostuhl nieder, während er seiner Kollegin ins Gesicht sah.

»Du kannst versuchen, sie im Auge zu behalten. Und mir einen Hinweis geben, wenn du merkst, dass sie auf Abwege gerät«, sagte Sylvia leise. Sie verschränkte die Arme und stützte sich mit dem Hintern an seinem Schreibtisch ab.

»Deine Mandantin hat Katarina und Bonnie heute zu sich eingeladen, weißt du davon?«, fragte er.

»Ja, das hat sie mir gestern erzählt.«

»Katarina möchte, dass ich dabei bin, vielleicht möchtest du dich anschließen?«

»Nikki hat mich zwar nicht darum gebeten, aber vielleicht hast du recht. Wenn du dabei bist, sollte ich es vielleicht auch sein. Wann soll's losgehen?«

Er warf einen Blick auf die Uhr. »Demnächst. Wir treffen uns um elf. Katarina hat mich eben angerufen, als ich aus der Haustür ging. Offenbar ist es ihr gelungen, Bonnie zu überreden, sich den Hof mal anzuschauen. Es hieß, Nikki lädt uns zum Mittagessen ein. Jetzt mal unter uns, Sylvia: Wer war um Himmels willen der Anwalt des alten Mannes? Wieso hat er den Hof nicht vor diesem Elend bewahrt?«

»Ja, ich weiß, es ist ein Jammer. Ich hatte vor ein paar Jahren einen ganz ähnlichen Fall, und am Ende wurde das ganze Anwesen verkauft.«

Matteo faltete die Hände hinter dem Kopf und lehnte sich zurück. »Das ist schon fast unverantwortlich. Wenn er gewusst hätte, dass sein Sohn mit Katarina verheiratet ist ...« Er verstummte, mehr durfte er nicht von sich geben. Wie auch immer die Dinge lagen, Katarina war seine Mandantin, das konnte man nicht ändern. Doch, im Grunde schon. Aber dann ging es zulasten von Bonnie, und nur ihr Wohlergehen hatte er im Blick. Leider gehörte Katarina dazu.

»Du musst nicht mehr sagen«, erwiderte Sylvia und stand auf. »Dann sehen wir uns nachher? Ich nehme meinen Wagen, dann kann ich hinterher direkt nach Hause fahren. Mein Mann betreut die Kinder am Vormittag, deshalb bin ich am Nachmittag dran.«

»Okay. Dann bis später.«

Matteo sah keine anderen Autos auf dem Hof. Er war mehr als eine halbe Stunde zu früh dran, also nahm er an, dass er der Erste war, so wie er das gern hatte. Er legte die Sonnenbrille auf dem Beifahrersitz ab und öffnete die Tür. Der Geruch des Bauernhofs versetzte ihn in die Vergangenheit. Wie oft waren seine Mutter und er auf den Bauernhöfen rund um Göteborg unterwegs gewesen? Matteo hatte erlebt, wie Kühe gekalbt hatten, gestorben waren, Föten gedreht, Hörner gekappt und Katzen geimpft wurden, er hatte zugesehen, wie seine Mutter mit einem Stier gekämpft hatte, und er war ohne Sattel auf Ardennern geritten.

Lange war er davon überzeugt gewesen, dass er auch Tierarzt werden wollte, doch dann kamen ihm die Rechtswissenschaften in die Quere, und heute besaß er nicht einmal einen Fisch im Aquarium. Doch den Duft würde er nie vergessen. Den Kontakt zu den Tieren auch nicht. Es war nicht schwer, die Berufswahl seiner Mutter zu verstehen.

Er ließ den Wagenschlüssel in der Tasche seiner Jeans verschwinden. In jeder Hinsicht handelte es sich um einen informellen Besuch, daher hatte er seinen saloppen Pullover übers Hemd gezogen, das über seiner Hose hing. Dazu trug er ein paar dunkle Sneaker, die auch etwas Dreck vertrugen. Er wollte sich gern noch den Stall und die Reithalle ansehen, in die er beim letzten Besuch nur einen schnellen Blick geworfen hatte.

Im Stall zählte er achtzehn Boxen. Ganz hinten stand ein Pferd, also lief er los, um es zu begrüßen. Er sah nur dessen Widerrist, aber war das nicht derselbe Hengst, den er beim letzten Mal auf der Koppel entdeckt hatte?

»Hallo, mein Guter, kennst du mich noch?«, fragte er ihn, als er näher kam.

»Was machen Sie denn schon hier? Sie sind viel zu früh. Machen Sie sich vom Acker«, rief eine Stimme und schniefte.

Er warf einen Blick über den Rand der Box. Auf dem Boden saß Nikki mit angezogenen Beinen an die Stallwand gelehnt. Sie sah ihn mit tränennassen Augen an. Hätte er nicht gewusst, dass sie beide gleich alt waren, hätte er sie für zwanzig gehalten. Ihr Zopf hatte sich gelöst, sie hatte Heu im Haar, und trotz ihrer Traurigkeit leuchteten ihre Augen hellblau.

Er legte den Kopf auf die Arme. »Wie geht's?«

»Beschissen«, sagte sie und stand auf. »Es geht beschissen.« Sie wischte sich die Hose ab und kam auf ihn zu. »Wenn Sie einen Schritt zur Seite machen, kann ich die Tür öffnen.«

»Darf ich reinkommen?«

»Nein, ich komme raus.« Sie streichelte ihr Pferd über den Kopf. »Bis später«, flüsterte sie.

Matteo machte Platz. Über ihre Wangen liefen noch immer die Tränen, und fast automatisch streckte er die Hand aus, um sie wegzuwischen.

Nikki wich aus. »Was machen Sie da?«, fragte sie.

»Entschuldigung«, sagte er. »Ich …«

»Ich muss niemandem leidtun«, sagte sie und fuhr sich mit den Hemdsärmeln über die Augen. Sie setzte sich in Bewegung, und er folgte ihr langsam.

»Es sollte nicht abwertend sein.«

»Es kam mir so vor.«

»Dann tut es mir sehr leid.«

Sie ging hinüber in die Stallküche, wo er beim letzten Besuch die Leckereien für die Tiere gefunden hatte. Auf der Bank lag eine Katze, die aufsprang und einen Buckel machte, als sie hineinkamen.

Matteo ging zu ihr hin und kraulte sie hinter den Ohren. Schnurrend strich sie ihm um die Beine.

Nikki holte eine Tüte Katzenfutter aus einem Küchenschrank und füllte den leeren Napf auf, der auf dem Boden stand. Die Katze miaute und sprang von der Bank.

»Warum sind Sie jetzt schon da?«, fragte sie ihn und sah ihn mit großen Augen an.

»Ich weiß nicht recht«, antwortete er aufrichtig. »Ich wollte mich noch ein bisschen umschauen.«

»Das Eigentum Ihrer Mandantin begutachten«, sagte sie säuerlich und drehte ihm den Rücken zu.

Matteo griff sie am Arm und drehte ihn vorsichtig auf ihren Rücken, sodass sie sich umdrehte.

»Au, das tut weh.«

»Nein, das tut nicht weh«, sagte er. »Aber Sie können mich wenigstens anschauen, wenn wir miteinander reden. Und ein bisschen freundlicher sein, schließlich habe ich Ihnen nichts getan.« Er hielt sie so locker, dass sie sich ohne jede Anstrengung jederzeit hätte frei machen können.

Aber sie tat es nicht. Sie ließ ihn gewähren.

Ihre Augen schienen die Farbe zu wechseln. Sonderbar. Vielleicht lag es daran, dass sie wütend war? Er ließ ihren Arm nicht los. Ihre nackte Haut unter dem Ärmel der Jacke kribbelte, wo seine Hand sie berührte. Sie stand zehn Zentimeter vor ihm, und plötzlich schossen ihr wieder die Tränen in die Augen, und da reagierte er instinktiv. Er zog sie an sich. Als sie keinen Widerstand leistete, umschlang er sie mit beiden Armen.

Selbst als er eine Minute später ihr Kinn hob, sie ansah und küsste, als sei es die natürlichste Sache der Welt, machte sie keinen Schritt zurück. Der Kuss dauerte eine kleine Ewigkeit und war so sanft und schön, dass Matteo sich vollkommen darin verlor. Dann war es, als erwachten sie beide mit einem Mal, und sie traten ein Stück zurück.

Sie sah ihn völlig verdutzt an.

Er musste genauso irritiert ausgesehen haben.

Das war keine besonders gute Entwicklung mit Blick auf die bevorstehenden Ereignisse. Er war der Anwalt ihrer Gegnerin. Sein Ziel musste es sein, all ihre Träume zu zerstören.

Aber mit der Wärme, die seine Lippen noch lange nach dem Kuss spürten, stieg in ihm der Wunsch auf, sie wieder und wieder zu küssen.

34

Nikki hatte duschen und sich umziehen wollen, doch dadurch, dass Matteo früher aufgetaucht war, schaffte sie es nicht mehr.

Es war ein wunderschöner Kuss gewesen. Warm, weich, erotisch. Sie hatte sofort reagiert. Matteo auch, er hatte sie so nah an sich gedrückt, dass sie es hatte spüren können. Seine Art, sie zu halten, war besonders. Zärtlich, aber gleichzeitig voller Verlangen. Ihre Gedanken überschlugen sich. Was hatte das zu bedeuten? Hatte sie es herausgefordert? Natürlich hatte sie bei ihren früheren Begegnungen schon etwas verspürt, aber dieser Kuss war völlig aus heiterem Himmel gekommen.

Jaja, dachte sie, als sie sah, wie Sylvias weißer Wagen durch die Allee rollte. Das Wichtigste war, dass Katarina nun keine Dummheiten mit dem Eigentum machte, um das es jetzt ging, und der beste Garant dafür war wahrscheinlich Matteo, denn er hatte Bonnies Wohlergehen im Blick. Nikki konnte den Kuss nicht allein ihm anlasten, sie hatte ebenso bereitwillig die Lippen geöffnet. In dem Moment war es ganz natürlich gewesen.

Er kam auf sie zu und blieb neben ihr stehen, während sie auf die anderen Autos warteten. Dicht an dicht, dass sich ihre Schultern berührten.

»Du hast wahnsinnig weiche Lippen«, sagte er, den Blick starr auf die Zufahrt gerichtet.

»Du auch.« Sie sah in dieselbe Richtung, spürte seine Körperwärme. Schauderte.

»Aber das hat natürlich keinerlei Konsequenzen.«

»Natürlich nicht.«

Zitterte ihre Stimme? Sie berührte ihn doch nur mit der Schulter. Das war völlig verrückt.

»Aber sind wir jetzt Freunde?«

»Na klar …« Sie räusperte sich.

»Leider habe ich das Gefühl, ich will dich noch einmal küssen«, flüsterte er, obwohl niemand sonst in der Nähe war und sie hätte hören können.

»Geht mir auch so«, flüsterte sie zurück.

Ihre Blicke trafen sich gerade da, als Sylvias Wagen vor der Scheune hielt, und Nikki wurde wieder in die Wirklichkeit katapultiert. Ohne noch ein Wort miteinander zu wechseln, gingen sie zum Auto, das etwas entfernt auf dem Hofgelände parkte.

»Ach, du bist schon da«, sagte Sylvia zu Matteo, als er ihr die Wagentür öffnete.

Er lächelte. »Ja, ich wollte … schon ein bisschen auskundschaften.« Er schielte zu Nikki hinüber.

Sie war verwirrt. Es gab tausend Gründe, warum das überhaupt keine gute Idee war, aber ihr Körper reagierte so heftig wie seit Langem nicht. Immer hatte sie ihren gesunden Menschenverstand walten lassen, und das musste sie auch weiterhin tun, auch wenn ihr Körper etwas anderes wollte. Das war eine ganz normale Reaktion, wenn man lange keinen Sex mehr gehabt hatte, denn *so* sonderbar war er ja doch nicht, dachte sie und sah zu ihm hinüber. Oder …?

»Und Katarina ist unterwegs?«, fragte Sylvia.

»Davon gehe ich aus. Jetzt ist es ja Punkt elf«, antwortete Matteo.

Sylvia schloss die Wagentür. »Ist deine Freundin auch da?«, fragte sie Nikki.

»Annie? Ja, sie deckt gerade den Tisch. Es gibt Salat und Mandelkuchen. Eine einzigartige Kombination, würde ich sagen.«

Gegen halb zwölf trudelten Katarina und Bonnie ein, und als Nikki ihnen entgegenlief, war sie eigentlich sauer, dass sie sich so verspätet hatten, doch ließ sie es sich nicht anmerken. Stattdessen lächelte sie, so freundlich sie konnte.

»Hallo und herzlich willkommen, ihr zwei«, sagte sie und sah über Katarinas Schulter. »Hallo, Bonnie, ich heiße Nikki.«

Das Mädchen antwortete nicht, sah nicht einmal auf. Ganz eindeutig war sie eine Köhler, dachte Nikki. Sie war etwas feingliedriger, aber Nikki erkannte die Ähnlichkeit zwischen ihnen beiden.

Als Matteo auf Bonnie zukam, wies sie seine Umarmung zurück, stattdessen hingen ihre Arme schlaff neben dem

Körper. Gyllentofta schien sie nicht im Geringsten zu interessieren.

»Ich dachte, wir nehmen nur ein leichtes Mittagessen zu uns, ich hoffe, es ist nicht zu früh? Ich bin seit sieben Uhr auf den Beinen und habe die Pferde rausgelassen und hab dann gefrühstückt, jetzt habe ich wie immer einen Bärenhunger.« Sie quasselte und ging voran zum Haupthaus, die neuen Familienmitglieder wie ein Lemmingezug hinterher. Hoffentlich war Annie jetzt in der Küche fertig.

Nikki hatte Annie nicht gefragt, ob sie das Essen vorbereiten könne, sie hatte es ihr aufgetragen. Wenn Annie selbst entscheiden könnte, würde sie nicht einen Finger krümmen und noch immer im Bett liegen, das war Nikki völlig klar. Ihre Freundin sah sich gar nicht mehr ähnlich, und Nikki musste unbedingt noch einmal mit ihr darüber reden. Es gab auch noch andere Dinge, bei denen sie ihr helfen konnte. Nikki tat Arbeit gut, aber für Annie musste ja nicht dasselbe gelten.

»Kommt rein«, sagte sie und trat die Füße am Türrahmen ab, um das Heu loszuwerden, das im Stall immer an den Sohlen kleben blieb. »Im Haus läuft ein Hund frei herum, wenn euch das etwas ausmacht, sagt es mir bitte, dann schließe ich ihn ein.«

Sie drehte sich um und sah Katarina und Bonnie an. Beide schüttelten den Kopf. Katarina schwieg, das war ganz ungewöhnlich, fand Nikki. In der Anwaltskanzlei hatte sie ununterbrochen geredet, aber jetzt erweckte es fast den Eindruck, als hätte man ihr aufgetragen, nur zuzuhören.

War das Matteos Verdienst?

Es war aber auch vollkommen egal. Nikki kam Katarinas Zurückhaltung sehr entgegen.

Da hörte Nikki plötzlich ein Hupen vom Hof. Sie hielt inne und drehte sich auf der Stelle um. Es klang, als könnte der Fahrer nicht mehr loslassen. Verärgert setzte sie ihre Brille auf, die sie in den Haaren stecken hatte.

Was soll das denn, muss das jetzt sein.

Sie hätte nicht erzählen dürfen, dass Katarina auf dem Weg zu ihr war, sie hätte wissen müssen, dass ihre Mutter ausflippen würde.

»Entschuldigt mich einen Moment«, sagte sie, und dann rannte sie die Treppe hinunter, auf das Auto ihrer Mutter zu, um sie aufzuhalten und zur Rückkehr nach Stockholm zu bewegen.

Aber wenn sie wollte, konnte ihre Mutter ganz fix sein. Sie sprang aus dem Wagen, als hätte sie genau gewusst, welches Ziel ihre Tochter verfolgte.

Sie winkte der Gesellschaft auf der Treppe zu. »Hallöchen, ich muss nur meine Koffer holen, dann leiste ich euch Gesellschaft.« Sie tat so, als hätten die Gäste nur auf sie gewartet.

»Was machst du hier?«, raunte Nikki, als sie auf sie zukam. »Ich habe dich nicht eingeladen.«

»Ich wusste ehrlich gesagt nicht, dass ich eine Einladung brauche, um meine einzige Tochter besuchen zu dürfen«, rief Bibbi entrüstet.

Natürlich hatte Nikki keine Chance. Sie konnte ihre Mutter ja nicht ins Auto zurückverfrachten, und das wäre schon nötig gewesen, um sie wieder zurück in ihre Wohnung zu bringen. Was sich hier abspielte, war viel zu spannend, als dass Bibbi auf dieses Schauspiel verzichtete, dachte Nikki und sah zu, wie ihre Mutter den Gästen entgegenlief, um sie zu begrüßen.

Gerade als ihre Mutter hineinrauschte, kam Winston durch die Tür, und da freute er sich so, dass jemand ihm entgegenlief, dass er sich vor Freude kläffend auf die Hinterbeine stellte und versuchte, die Vorderbeine auf Bibbis Schultern zu heben. Diese schrie vor Schreck, als sie nach hinten fiel.

Wahrscheinlich ist es nicht nett, es nicht zu verhindern, dachte Nikki, während sie zusah, wie Winston ihrer Mutter das Gesicht abschleckte. Aber er freute sich doch nur. Nikki unterdrückte ein Kichern, ging auf sie zu und hielt ihr die Hand hin.

»Dieses Ungetüm hast du mit Absicht rausgelassen, weil ich nicht willkommen bin«, brummte ihre Mutter und wischte sich mit den Ärmeln übers Gesicht.

»Das stimmt nicht, Annie ist für die Erziehung dieses Tieres zuständig, Beschwerden musst du bitte an sie richten.«

Mama bürstete sich ab, dann richtete sie sich auf und tat das, worin sie besonders gut war: *Was soeben passiert ist, ist nicht passiert, und hier komme ich.*

»Ach, wie schön, euch alle zu sehen. Ihr könnt es euch ja denken, ich bin Bibbi, Nikodemus' Witwe, und obwohl viele sagen, das kann doch nicht wahr sein, bin ich Nikkis Mutter.« Sie feuerte dabei ihr strahlendstes Lächeln ab.

Nikki schloss die Augen und schüttelte den Kopf, während sie Winston ein paar Leckerlis gab, die sie in der Tasche hatte. Sie würde ihre Mutter eine Weile reden lassen und sie dann hoch in ihr Zimmer schicken.

35

Was dann hinter der Küchentür geschah, war ein Rätsel, aber als Annie hineinkam, sah Bonnie, die noch immer auf den Boden starrte, auf und stieß eine Art Schrei aus. Es klang wie ein Schluchzer.

Als sie sich dann Annie in die Arme warf, begriff Nikki gar nichts mehr. Sie sah Matteo fragend an, der nur mit den Schultern zuckte. Katarina fiel die Kinnlade runter. Die Einzige, die sich überhaupt nicht darüber wunderte, war Nikkis Mutter.

»Sieh mal an, ihr seid alte Freunde«, sagte sie nur und ließ sich am Küchentisch nieder. »Darf man zuschlagen?« Sie reckte sich nach dem Brotkorb.

»Warte doch bitte, bis alle am Tisch sitzen«, sagte Nikki, während sie mit großen Augen verfolgte, wie Annie, einen Arm um Bonnie gelegt, das Mädchen zur Tür hinausführte.

»Dann setzen wir uns eben«, sagte Nikki und fuhr mit dem Arm über den Tisch. »Greift zu.« Sie warf einen Blick auf ihre Mutter, die bereits dabei war, ihr Knäckebrot mit einer Scheibe Käse zu belegen.

Sylvia nahm gegenüber von Nikkis Mutter Platz. Sie war

bislang noch nicht zu Wort gekommen, doch da sie nur zu Nikkis Unterstützung dabei war, war es auch nicht nötig gewesen.

»Jetzt fällt mir ein, woher ich Annie kenne«, sagte Matteo und strahlte. Er ließ sich neben Nikkis Mutter nieder, die ein sehr zufriedenes Gesicht machte, da sie nun einen gut aussehenden Anwalt als Tischherrn hatte. »Ich hatte bei der Pächterversammlung doch schon das Gefühl, sie zu kennen, aber in der Umgebung fiel es mir einfach nicht ein. Sie ist Pastorin, stimmt's?«

»Ja, aber im Moment ist sie … in einer Art Zwischenstadium, könnte man sagen, und wohnt hier bei mir«, erklärte Nikki.

»Sie hat Bonnie letztes Jahr konfirmiert. Stimmt's?« Matteo drehte sich zu Katarina um, die völlig verloren schien.

»Ich habe sie gar nicht wiedererkannt, aber wahrscheinlich hast du recht«, antwortete sie. Sie stand noch immer und sah unentschlossen über den Tisch, sie schien nicht zu wissen, wohin sie sich setzen sollte.

»Setzen Sie sich doch neben mich, meine Kleine«, sagte Nikkis Mutter und zog den Stuhl neben sich vom Tisch. »Wir sollten uns ein bisschen kennenlernen. Wir sitzen ja in einem Boot, wir sind jetzt beide Witwen.«

»Mama, lass gut sein«, sagte Nikki. »Du bist keine Witwe, du bist mit Steven verheiratet. Und Katarina hat gerade ihren Mann verloren.«

»Jaja, aber ich war mit Nikodemus verheiratet. Die Einzige, die mit ihm verheiratet war. Seine anderen Frauen waren es nicht. Die nach mir kamen.« Sie lachte verzückt.

Nikki bemerkte, dass Matteo das Lachen kaum noch unterdrücken konnte. Sie selbst konnte sich nicht darüber freuen, dass ihre Mutter angereist war, es war nur eine Frage der Zeit, bis sie voll ins Fettnäpfchen trat und Katarina auf die Füße.

»War Bonnie auf der Konfirmandenfreizeit?«, fragte Nikki, als sie sich auf die andere Seite von Katarina gesetzt hatte.

»Ja, bei Norrköping auf einem Bauernhof. Mir fällt aber nicht mehr ein, wie er hieß«, sagte sie und sah Matteo Hilfe suchend an. »Um so was hat sich immer Zac gekümmert«, sagte sie. Ihre Stimme zitterte.

»In Tapperhult.«

»Oh, da ist es so wunderschön«, fiel ihre Mama ein. »Als wir das Boot hatten und durch den Götakanal gefahren sind, haben wir da Station gemacht, daran kann ich mich gut erinnern. Nikodemus hat das Boot nach mir getauft. *Bibbi 2*. Kannst du dich noch daran erinnern, Nikki?«

»Nein.« Sie reichte Katarina die Salatschüssel. »Soweit ich mich erinnern kann, bin ich nie auf dem Kanal Boot gefahren.«

»Doch, doch. Und Papa war so stolz auf dich, weil du schon mit zwei Jahren ›Schiff Ahoi‹ sagen konntest.«

»Möchtest du keinen Salat?«, fragte Nikki und sah Katarina an. Besser, Mamas Geschichten gleich zu unterbinden, sonst fand sie kein Ende. »Das ist der Spezialsalat der Pastorin mit roter Bete und Schafskäse.«

»Danke, seit dem Unfall habe ich kaum Appetit«, erwiderte sie, nahm aber einen kleinen Löffel davon auf ihren Teller.

»Hier ist Butter fürs Brot. Magst du vielleicht eine Scheibe Käse?«

Vom Treppenhaus ertönten Stimmen, und dann erschienen Annie, Bonnie und Winston in der Tür.

»Platz«, sagte Annie in strengem Tonfall zu ihrem Hund, der sie müde ansah und sich dann vorbeidrängelte, um sich neben seiner neuen Freundin Bibbi niederzulassen.

Nikki sah Matteo an. Als er ihr zuzwinkerte, wurde ihr ganz warm ums Herz. Im Stall war sie von Gefühlen überwältigt worden, die sie seit Urzeiten nicht mehr erlebt hatte. Das plötzliche Auftauchen ihrer Mutter hatte sie etwas abgekühlt, aber als sie seine heißen Blicke spürte, merkte sie, dass ihre Hand am Brotkorb zu zittern begann.

Annie und Bonnie ließen sich am anderen Tischende nieder und redeten leise miteinander. Nikki war nicht sonderlich erstaunt, dass sie sich kannten, wenn Bonnie gerade konfirmiert worden war. Die Freizeit, die Annie in Östergötland geleitet hatte, war am beliebtesten. Diese Lager waren die beste Aufgabe in ihrem Job, hatte Annie gesagt.

Bonnie ist süß, dachte Nikki. Ihrem Papa so ähnlich, aber mit dem zarten Körperbau der Mutter.

»Hallo, ihr da drüben, möchtet ihr auch Salat?« Nikki hielt ihnen die Schüssel hin, und Annie nahm sie und versorgte Bonnie, die dankend lächelte. Es war augenscheinlich, dass sie sich gut verstanden. Welch ein Glück, denn Nikki hatte kaum Erfahrung im Umgang mit Jugendlichen.

Natürlich kamen hin und wieder welche in den Stall,

aber da gab Nikki den Ton an, und niemand traute sich, ihr zu widersprechen. Und es gab auch niemanden, der ihr etwas anvertraute, zumindest hatte das bislang niemand getan. Im Gegenteil, die meisten streckten den Rücken durch, wenn sie Nikki sahen, und setzten ihre Arbeit stillschweigend fort.

Doch ihre Beziehung zu Bonnie würde hoffentlich anders aussehen. Sie hatte nicht die geringste Ahnung, was sich in Bonnies Kopf abspielte, aber sie würde es gern wissen. Sie waren verwandt, durch ihre Adern floss dasselbe Blut. Neben ihrer Mutter war Bonnie die einzige nähere Verwandte, die Nikki besaß. Es gab Cousins in den USA, aber Bonnie war ihre Nichte, und Nikki fühlte sich ihr wirklich verbunden. Bonnie war ohne ihre Schuld in einen Konflikt geraten, den schon die Erwachsenen kaum verstanden. Erst den Vater zu verlieren und dann womöglich auch noch das Zuhause, das musste für ein junges Mädchen unermesslich hart sein. Wenn man hinzuzählte, dass ihre Mutter auch noch Probleme hatte, dann wurde einem klar, dass dieser junge Mensch so viel Unterstützung wie möglich brauchte. Nikki hoffte, sie selbst könnte ein bisschen dazu beitragen. Sie musste ganz einfach lernen, eine gute Tante zu sein.

Nikki wusste, dass sie sich Zac gegenüber hätte freundlicher verhalten können, und wenn er am Leben geblieben wäre, hätten sie sich schlussendlich vielleicht angefreundet. Wenn sie Bonnie betrachtete, schämte sie sich. Nikki konnte den Hof verkaufen, sich etwas Kleineres zulegen und sich dann ein schönes Leben machen. Bonnies Verlust des Vaters stellte Nikkis Probleme völlig in den Schatten.

Sie drehten alle gemeinsam eine Runde über das Gut. Sylvia unterhielt sich mit Katarina und Nikkis Mutter, Bonnie und Annie liefen ein paar Meter vorweg, da erschien Matteo an Nikkis Seite.

»Ich glaube, ich mag dich«, sagte er leise.

»Klingt gut«, sagte Nikki und merkte, wie ihre Mundwinkel nach oben drängten.

»Freundschaft?«

»Ja.«

»Und welche Art von Freundschaft? Nah, ganz nah oder zwischendrin?«

»Geht weiter in Richtung Wald.« Nikki drehte sich zu den anderen um und zeigte den Weg. »Da stehen jetzt fast all unsere Pferde. Aber geht nicht ohne mich in den Wald hinein.«

Annie, Bonnie, Sylvia und Nikkis Mutter drehten um und liefen in die andere Richtung. Nikki und Matteo blieben nebeneinander stehen.

»Ich würde dich zu gern verführen, denn du ziehst meinen Körper magisch an, aber ich weiß, dass das der reinste Wahnsinn wäre«, sagte Nikki offen und drehte sich zu ihm um. »Also: Freunde.«

Seine hochgezogenen Augenbrauen verrieten, dass er mit so einer Antwort nicht gerechnet hatte. Er grinste übers ganze Gesicht und zog sie einen Meter zurück, bevor er sie sanft um die Ecke des Stalles schob, wo sie niemand beobachten konnte. Er beugte sich so nah zu ihr, dass sie seinen Atem spüren konnte. Einen milden Duft nach Mandeln. Sie wollte ihn küssen.

Er presste sie leicht gegen die Stallwand. Sein Blick glühend heiß. Sie hätte ihm sagen können, er solle aufhören, doch sie tat es nicht.

»Bist du immer so direkt?« Seine Hand lag auf ihrer Hüfte.

»Meist. Ist das ein Problem?«

»In diesem Fall? Überhaupt nicht, ich finde es wunderbar, auch wenn wir nur Freunde sein werden.« Seine Hand rutschte tiefer über ihren Hintern.

»Gut. Aber das sollten wir doch geheim halten, ich bin mir nicht sicher, ob so eine Art Freundschaft akzeptiert wird.«

»Die wird *nicht* akzeptiert«, sagte er und drückte sie. »Ich habe einiges zu verlieren, wenn das herauskommt, aber wenn keiner von uns etwas ausplaudert, dann weiß ja auch keiner, was wir tun, wenn wir freihaben.«

»Genau mein Gedanke. Dann sind wir jetzt ... frei?« Sie küsste verstohlen seinen Brustkorb. Ihr Blick hing an seinem Mund.

»Sind wir heute Abend frei?«

»Und dann sind wir frei ... bei dir zu Hause?«

»Ja, warum nicht. Oder sind wir in einem Hotel frei und können noch lange im Zimmer frühstücken, nachdem wir ... die ganze Nacht Schach gespielt haben?«

»Ich habe nie so lange frei, tut mir leid, ich habe Tiere zu versorgen, eine Freundin und eine durchgeknallte Mutter, um die ich mich kümmern muss, aber für drei Stunden kann ich mich mal verdrücken. Vielleicht sogar vier, kommt darauf an, wie das Spiel sich entwickelt.« Sie konnte den Blick nicht von seinem Mund abwenden. Sie drehte sich um, und als sie niemanden sehen konnte, stellte sie sich auf die Zehenspitzen und presste ihre Lippen auf seine.

»Wann und wo?«

»Ich hatte mir gedacht, dass dein Pferd hier stehen könnte«, sagte Nikki und zeigte auf eine der leeren Boxen. »Bist du schon mal geritten?«

Bonnie zuckte mit den Schultern. »Kann schon sein.«

»Hättest du Lust auf ein eigenes Pferd?«

Wieder Schulterzucken.

»Dann kann ich das für dich organisieren«, sagte Nikki. »Und wenn du doch keinen Spaß daran hast, dann kann jemand anders das Pferd übernehmen.«

»Whatever.«

Natürlich würde es Zeit brauchen, denn es war offensichtlich, dass Bonnie nichts zur Verbesserung der Stimmung beitragen wollte. Katarina ebenso wenig. Sie sagte kein Wort, wenn Bonnie Nikki gegenüber unfreundlich war, stattdessen rückte sie näher an Matteo heran. Sie suchte ständig Blickkontakt mit ihm.

So sieht es also aus, dachte Nikki. *Die Witwe schmachtet dem besten Freund ihres Mannes hinterher.* Das ernüchterte Nikki. Wenn Katarina Wind davon bekäme, dass zwischen Matteo und ihr etwas lief, würde sie völlig ausrasten. Am besten beerdigten sie alle Pläne, bevor es zu spät war. Aber schade war es schon, sehr schade. Und wenn sie ihm das vermitteln wollte, dann musste das geschehen, bevor sie sich heute Abend sahen, denn dann wäre es mit Sicherheit zu spät.

36

Eine Stunde, nachdem Matteo Gyllentofta verlassen hatte, rief Nikki ihn an und sagte ab. Zwei Minuten danach wählte sie seine Nummer erneut und sagte, dass sie liebend gern kommen würde. Er hatte sie nicht gefragt, wieso sie es sich anders überlegte. Er war einfach froh, dass er sie so bald wie möglich wiedersehen würde.

Matteo war in der Regel nicht nervös, wenn er ein Date hatte, im Gegenteil, meist sah er diesen Terminen mit einem gesunden Selbstvertrauen sehr gelassen entgegen. Aber jetzt, kurz bevor Nikki vor der Tür stehen würde, war er nicht mehr so selbstbewusst. Er war eher niedergeschlagen als ausgelassen, und vielleicht hatte sich all das, was am Tage passiert war, nur wie ein Pflaster auf seine Wunden gelegt.

Nikki trauerte im Gegensatz zu ihm nicht um Zac, und das war wohl auch nicht verwunderlich, denn schließlich lag es daran, dass ihre Probleme nur dadurch entstanden waren, dass Zac ihr Bruder gewesen war. Wäre er nicht Nikodemus' Sohn gewesen, hätte Matteo Katarina nicht vertreten müssen und keine Frau unterstützen, die ihn überhaupt nicht interessierte. Sie war nur Bonnies Mutter. Nun musste er Augen und Ohren offen halten, aber eigentlich bräuchte er ein paar Wochen, um sich auszuruhen und sich Zeit zum Trauern zu nehmen. So was hatte er nie zuvor getan. Trauer hatte er immer erhobenen Hauptes bewältigt, sowohl bei seiner Scheidung als auch damals, als seine Eltern starben. Vielleicht waren all diese Trauergefühle auch Jahr für Jahr mehr geworden und drohten, ihn nun zu überrollen? Er hatte von sich immer geglaubt, er habe ein dickes Fell, aber seit Zacs Tod war er davon weit entfernt.

Eine Affäre mit der Gegenseite zu beginnen, wenn noch dazu ein Streit in der Luft lag, war nicht besonders schlau. Aber Nikki berührte ihn auf eine Art und Weise, die er nicht für möglich gehalten hatte, und es kam ihm unausweichlich vor, dass sie sich treffen mussten, trotz des Risikos. Er konnte es sich nicht erklären, das Gefühl wurde immer stärker, und er musste sie einfach sehen, sie erleben. Er konnte nicht Nein sagen.

Er war verletzlich, allein und hegte stärkere Gefühle für Nikki, als er sollte. Das war fast lächerlich, sie hatten ja noch nicht mal ein erstes Date gehabt. Lag es an seiner Trauer, dass er so empfänglich für Gefühle war, wäre sonst vielleicht gar nichts passiert? Und was bedeutete das alles für sie? Sie hatte erwähnt, dass Anders sich um sie kümmern würde, wie sollte er das verstehen? Matteo war kein eifersüchtiger Mann, nie gewesen, aber der Gedanke an den Vorarbeiter ärgerte ihn, schließlich war der den ganzen Tag in Nikkis Nähe.

Als Matteo vor seinem Kleiderschrank stand und die Hemden betrachtete, die dort ordentlich in Reih und Glied und sogar der Farbe nach sortiert hingen, entschied er sich, heute ein T-Shirt zu tragen, ein ungebügeltes. Und Jeans, die er eine Weile nicht gewaschen hatte. Er nahm an, dass in der Art auch ihre Garderobe aussehen würde.

Da war er fünfundfünfzig Jahre alt, stand vor seinem Kleiderschrank und *überlegte, was er anziehen sollte.*

Er machte sich Gedanken um sie, das stellte er wieder fest. Eine Frau, die von Anfang an ziemlich unfreundlich gewesen war. Aber natürlich war sie bissig gewesen, weil sie sich bedroht gefühlt hatte. Wer hätte in ihrer Situation nicht so reagiert? Sie schmeichelte sich überhaupt nicht ein, und Matteo musste sich eingestehen, dass er das nicht gewohnt war – und das war auch der Grund, warum er ihr jetzt vertraute. Er war überzeugt davon, dass sie das, was jetzt zwischen ihnen geschah, nicht ausnutzen würde. Was auch immer das war ... oder werden würde.

Natürlich war das eine Vorstellung, die sie nur für Katarina gab, und er glaubte nicht, dass das lange halten würde. Ob Nikki damit irgendwelche Ziele verfolgte oder es nur tat, um den Augenblick zu retten, wusste er nicht. Er hatte erlebt, dass sie ihm gegenüber ehrlich war. Heutzutage war das eine Seltenheit, denn die meisten Menschen versuchten, nicht zu viel zu sagen, allen nach dem Mund zu reden und ihre Gefühle lieber unter Verschluss zu halten.

Er sah auf seine Kleider und fragte sich, warum er so unsicher war. Ein frisch gebügeltes Hemd und ein paar Chinos waren viel mehr er selbst.

Wenn Nikki in Reitklamotten erschien, dann war es eben so.

Es klingelte an der Tür. Er holte tief Luft und öffnete.

Hätte er durch den Spion gelinst, wäre ihm wahrscheinlich die Kinnlade heruntergefallen. Das blonde Haar fiel gewellt über ihre Schultern, das knielange Kleid verriet weibliche Formen und braune Beine, und in den schwindelerregend hohen Schuhen war sie zehn Zentimeter größer als am Nachmittag. Sie hielt ihm einen Strauß rote Rosen hin.

»Die sind von Gyllentofta. *Louise* ... irgendwas. Ich kenne mich mit Pferden besser aus«, sagte sie und lächelte.

Ihre Lippen glänzten. Sie hatte sich die Augen geschminkt, sodass sie nun noch intensiver blau leuchteten.

Matteo war stumm.

»Soll ich hier draußen stehen bleiben?«, fragte Nikki amüsiert.

»Nein, nein, entschuldige. Komm rein. Ich bin völlig verblüfft, dass du keine Reitkappe trägst.«

Er beugte sich zu ihr und küsste sie auf die Wange. Ließ seine Lippen noch einen Moment länger verweilen, um ihren Duft aufzusaugen. Dann nahm er den Strauß und nickte in Richtung Küche. »Herzlich willkommen, ich werde zuerst eine Vase holen.«

»Darf ich mich bei dir umsehen?«

»Natürlich, gern.« Er ging in die Küche und nahm eine Vase aus dem offenen Regal. Während er Wasser hineinfüllte, sah er zu ihr in den Flur, wo sie stand und auf ihn wartete.

»Möchtest du ein Glas Wein?«, fragte er.

»Gern. Muss ich meine Schuhe ausziehen, um deine Wohnung betreten zu dürfen?«

»Nein, bloß nicht, du darfst sie *nicht* ausziehen«, sagte er lächelnd.

Als er zusah, wie sie ins Wohnzimmer ging, dachte er, dass er noch vor einer Viertelstunde vermutet hatte, sie würden sicher zuerst eine Weile reden. Sich aneinander herantasten, wie so oft beim ersten Date. Mittlerweile glaubte er das nicht mehr.

Er beeilte sich, die Vase mit Wasser und zwei Gläser mit Wein zu füllen, den er schon geöffnet hatte. Dann ging er zu ihr.

Sie stand da und betrachtete seine Bilder an der Wand.

»Interessiert?«, fragte er und reichte ihr ein Glas. Dann stellte er sich hinter sie, damit er die Motive so sehen konnte wie sie.

»Danke. Interessiert an Kunst, meinst du?« Sie schüttelte den Kopf. »Kein bisschen. Entweder gefällt mir etwas oder nicht, auf dem Niveau bewege ich mich.«

Sie hatte eine ganz besondere Art, ihren Nacken zu bewegen. Mit einer ganz sanften, kleinen Bewegung fiel ihr Kopf leicht zur Seite. Als sie die Bilder ansah, tat sie genau das, und er spürte eine starke Versuchung, sie wieder zu berühren. Er beugte sich vor und küsste ihre nackte Schulter neben dem schmalen Träger ihres Kleides. Die blassgelbe Farbe machte sich gut auf ihrer Haut.

Als sie nicht widersprach, legte er ihr Haar behutsam auf die andere Schulter und ließ seine Lippen ihren Nacken hinaufwandern. Er spürte, wie sie erzitterte. Sie bewegte sich ein Stück nach hinten, damit sie ihr Glas auf dem Tisch an der Seite abstellen konnte. Vorsichtig drückte sie ihren Körper an seinen. Erst nur den Rücken, dann den ganzen Körper. Sie bewegte sich sanft, schaukelte mit den Hüften. Ihr runder Po an seinem harten Schwanz. Er legte die Arme um sie, und sie griff nach seinen Händen, legte sie auf ihre Brüste. Durch den dünnen Stoff fühlte er ihre steifen Brustwarzen.

»Das passiert, wenn du mich in den Nacken küsst«, flüsterte sie.

»Und das passiert mit mir«, antwortete er leise und rieb seine Erektion an ihrem Hintern.

»Schon?«

»Seit ich dir die Tür aufgemacht habe«, sagte er und biss sie leicht in den Nacken. »Oder seit unserem Kuss am Nachmittag? Oder unserer ersten Begegnung?«

Seine Hände gingen auf Entdeckungsreise. Ihr Körper war warm, weich, kurvig. Weiblich.

Sie drehte sich zu ihm um, legte ihre Arme um seinen Hals, suchte seinen Mund. Sie küssten sich behutsam, nahmen sich Zeit. Ihre Zungen tanzten miteinander, während er ihren Körper an sich presste. Er wollte sie sehen, ihren nackten Körper berühren, sie heftig und sanft liebkosen.

Mit einem Mal schob sie ihn von sich fort und machte einen Schritt zurück.

»Wissen wir, was wir da tun?«, fragte sie und strich sich eine Haarsträhne aus dem Gesicht. »Ich möchte mit dir schlafen, ich glaube, das wäre fantastisch ... aber das wäre verrückt, oder?« Sie sah ihn fragend an, während sich ihr Brustkorb hob.

Natürlich hatte sie recht. In der Sache. Er versuchte, die

Kontrolle wieder zu gewinnen, und holte einmal ganz tief Luft.

Ihr Blick fragte ihn um Rat, bat darum, dass er den nächsten Schritt entschied. Das konnte er nicht. Sie mussten sich einig sein, ob sie weitergehen wollten oder ob es klüger war – und das stand außer Frage –, an dieser Stelle aufzuhören.

Ihre geschwollenen Lippen waren so verlockend, dass er die Augen fast schließen musste, als er Nein antwortete. Niemals hatte er eine Frau mehr begehrt.

37

Die Situation war äußerst merkwürdig. Und angenehm. Es war sehr viel besser, eine heimliche, unerfüllte Affäre zu haben, als Nikki es sich hätte vorstellen können. Die Verliebtheit hielt sie hellwach. Die flüchtigen Küsse, die nie zu mehr führten, waren eine richtige Tortur. Sie war wie ein Kind, das die Weihnachtsgeschenke unter dem Baum liegen sah.

Zwei Wochen dieser Was-das-nun-auch-immer-war-Beziehung mit Matteo war ihr Körper so geschmeidig geworden, hatte sie so viele neue Arten von Liebkosungen erkundet und den ersten Orgasmus ihres Lebens voll bekleidet erlebt. Bislang waren sie nicht einmal zusammen essen gegangen. Oder hatten zusammen gefrühstückt. Dafür war einfach nie die Zeit gewesen.

Annie hatte sich mehrmals erkundigt, warum Nikki an dem einen oder anderen Nachmittag in die Stadt fuhr, und darauf hatte sie nur kurz geantwortet, dass das niemanden etwas anginge. Sie konnte nicht lügen, aber wollte auch nicht davon erzählen. Nikki brauchte dieses komische Geheimnis ganz für sich allein.

Als ihre Mutter nach ein paar Tagen endlich nach Hause

fuhr, fiel es Nikki leichter, sich aus dem Staub zu machen, denn sie täuschte man nicht so schnell. Sie hatte ihr schon zugeflüstert, dass Nikki einen Liebhaber durchaus verdient habe. *Ich habe doch selbst solche kleinen Geheimnisse gehabt*, hatte sie verzückt und lachend erklärt, als ob Nikki so etwas hören wollte.

Sicherlich wäre es etwas anderes gewesen, wenn ihre Mutter gewusst hätte, dass es sich um Katarinas Anwalt handelte, mit dem sie sich traf, dachte Nikki, als sie das Fenster öffnete und die kühle Luft ins Zimmer ließ, wo ihre Mutter genächtigt hatte.

Während sie die Decke aufschüttelte, ging ihr einiges durch den Kopf.

Annie ließ Nikki ihr Geheimnis haben, und die Zeit, die sie mit Matteo verbrachte, lenkte sie von den Problemen, die sie mit dem Hof hatte, ab. Bei ihm fühlte sie sich frei, weiblich und ständig erregt. Sie wunderte sich, dass sie es schafften zu widerstehen, aber sie hatten beschlossen, dass sie keinen Schritt weiter gehen durften, bis die ganze Sache abgeschlossen war.

Lächelnd hielt sie mitten in ihrer Arbeit inne. Sie drückte die Decke zärtlich. Das Sofa war eins ihrer Lieblingsplätze, und wenn sie da unter der Schwere seines Körpers lag, sein Gesicht an ihrem, dann kribbelte es im ganzen Unterleib.

Heute konnten sie sich nicht treffen, denn sie wurde zu Hause gebraucht. Und in nächster Zeit würden sie sich sowieso weniger sehen, denn die Springsaison hatte begonnen. Auch wenn meist tagsüber trainiert wurde, waren mindestens drei Abende in der Woche belegt. Vielleicht konnten sie mal zusammen mittagessen? Für einen schnellen Kuss zwischendurch ... Jetzt strahlte sie übers ganze Gesicht, was sie in der letzten Zeit häufig tat, und das, obwohl der Hof Gefahr lief, verkauft zu werden, und sie keine Ahnung hatte, wie ihre Zukunft aussah.

Die Frage war, ob sie jemals ein Mann physisch derart angezogen hatte.

Mit Magnus war es etwas anderes gewesen. Sie waren jung gewesen und Sex nicht so schrecklich wichtig, soweit sie sich erinnern konnte. In so vielen anderen Bereichen waren sie bereits ein eingespieltes Team gewesen. Sie hatten die Pferde gehabt. Miteinander reden können. Viel gelacht. Dass sie dann oft eingeschlafen waren, ohne vorher Sex zu haben, hatte keinen von beiden irritiert. Da waren sie sich vollkommen einig gewesen.

Matteo machte sie schwach, feucht und risikobereit, denn er war sehr stark, sexy und konnte wahnsinnig gut küssen. Weiter als bis dahin dachte sie bislang nicht.

Anders saß in der Stallküche und sah Nikki an, als sie hineinkam. Ihr Schritt war energisch, was er bei ihr schon lange nicht mehr gesehen hatte. Das freute ihn.

Sie hatte ihn gewarnt, gesagt, dass Katarina und Bonnie auf dem Hof einziehen würden und dass Katarina ihm mit Sicherheit zu verstehen geben würde, wer der Herr im Haus war.

»Du kannst einfach so tun, als würdest du ihr gehorchen«, hatte Nikki gesagt. »Und versorg sie gern mit Arbeit. Immerhin denke ich, dass wir sie auf diese Art und Weise am schnellsten wieder loswerden. Es wäre ein Traum, wenn sie sich dann doch für die Häuser auf Mallorca und an der Westküste entscheiden würde, damit ich Gyllentofta behalten kann.«

Aber Anders glaubte nicht, dass Katarina darauf eingehen würde. Warum sollte sie auf so viele Millionen verzichten, die das Gut nun mal wert war? Wenn sie die beiden anderen Grundstücke nähme, müsste Nikki sowieso noch Unmengen obendrauf legen. Und das Geld hatte sie nicht, wenn sie nicht einen Teil des Hofs veräußern würde, was ihr nie im Leben einfiele. Der einzige Pächter, der sich so etwas leisten könnte, war Lennartsson, und den verabscheute Nikki bis aufs Blut.

Anders hatte sich immer gefragt, warum sich Lennartsson keinen eigenen Hof zugelegt hatte, in der Gegend stand einiges zum Verkauf. Aber er wollte da bleiben, wo er war, und sagte immer, wenn seine Frau und er eines Tages keine Lust mehr auf Landwirtschaft und Tierzucht hätten, könnten sie einfach die Koffer packen und gehen. Sie hatten keine Kinder und mussten nicht daran denken, etwas für irgendwen zu hinterlassen. Das klang zwar ganz vernünftig, aber bisher hatte Anders von einer *Lustlosigkeit* noch nichts mitbekommen.

Nikki hätte denselben Grund, von einem Tag auf den anderen aufhören zu wollen, denn auch sie hatte keinen Erben. Aber Anders vermutete, dass sie Bonnie nun als ihre natürliche Nachfolgerin betrachtete und dass sie sie auch deshalb bei ihnen einziehen ließ.

Er hob den Kater vom Schoß und setzte ihn auf die Bank, wo er gerne lag, dann ging er aus dem Stall.

»Wann fahren wir denn zum Norra Gärdet und kontrollieren den Zaun?«, rief er Nikki zu, die in Oberons Box stand.

Sie sah über die Tür. »Wann du Zeit hast. Ich kann ihn auch striegeln, wenn wir zurück sind.«

»Dann musst du mindestens den ganzen Nachmittag einplanen, eher länger«, warnte er sie.

»Ja, ich weiß. Hast du wegen des Fütterns Bescheid gegeben?«

»Jaja, ich dachte vor allem an dich und Oberon.«

»Er ist schlau, er kapiert das«, sagte sie und kam aus der Box. »Nehmen wir dein Auto oder meins?«

Annie wollte Fitnesstraining machen. Heimlich natürlich. So etwas konnte sie ihrer Freundin nicht erzählen, ohne sich freche Kommentare anhören zu müssen, und das wollte sie sich ersparen.

Die Wahrheit war, dass sie sich langsam schrecklich langweilte. Und das, wo sie doch die Ruhe gesucht hatte, von den ganzen Gemeindemitgliedern Abstand haben wollte, die nicht verstehen wollten, dass auch Pastoren eine Grenze der Belastbarkeit hatten. Jetzt fand sie die Idee gar nicht so blöd, wieder mit Frischverheirateten über die ehelichen Pflichten zu reden.

Sie hatte den Auftrag bekommen, den Weihnachtsmarkt zu organisieren, aber vermutlich war das so schnell erledigt, dass sie drei oder vier Märkte auf die Beine stellen könnte und immer noch Däumchen drehen würde.

Das Training im Internet dauerte eine halbe Stunde und war so anstrengend, dass sie in dieser Zeit an nichts anderes denken konnte. Sie hatte auch das Backen eingestellt, das war sicher gut. Aber so wurde es auch wesentlich langweiliger.

Was sollte sie tun, wenn sie keine Patiencen legte oder Kuchen aß?

Sie musste Anders um Arbeit bitten. Er war nett. Er war der Einzige neben ihr, der Winston wirklich herzlich begegnete. Die meisten anderen fanden den Hund zu groß, plump und eklig. Und das war er ja *auch*.

Aber vor allem war er das Beste, was Annie besaß.

Sie hatte viele Jahre gebraucht, bis sie sich zugetraut hatte, einen Hund anzuschaffen. Sie war sich nicht sicher gewesen, ob sie sich um ein Tier kümmern könnte, wo sie in Beziehungen doch immer versagt hatte. Aber dann empfahl ihr jemand einen Züchter, der Dackelwelpen hatte. Annie hatte immer gedacht, das sei der perfekte kleine Freund für sie.

Er liebte Wald und Feld, war klein und beweglich und brauchte nicht allzu lange Spaziergänge am Tag. Ohne ihr künftiges Haustier schon kennengelernt zu haben, hatte Annie beschlossen, es Winnie zu taufen. Sie hatte sich eine Hündin vorgestellt, denn sie hatte sich eingebildet, dass sie ein weibliches Tier besser verstehen würde als ein männliches.

An dem Tag, als sie sich auf den Weg zum Züchter gemacht hatte, war sie extrem nervös gewesen, sie hatte die ganze Nacht kein Auge zugetan und sich auch prompt verfahren, sodass sie fünfundzwanzig Minuten zu spät zu der Welpenpräsentation gekommen war.

Keiner hatte sie auf dem Hof in Empfang genommen, aber von einem hinteren Gebäude hatte sie Kläffen gehört, war dorthin gegangen und hatte die Tür geöffnet.

Da drinnen, in einem Raum ohne Tageslicht, hatte ein Käfig mit einem viel zu großen Welpen gestanden, und als er Annie erblickt hatte, war er so übermäßig glücklich gewesen, dass dies die allergrößte Liebeserklärung gewesen war, die Annie jemals bekommen hatte und je bekommen würde.

Er war hoch- und runtergesprungen, so wie es der Käfig erlaubte, hatte abwechselnd gekläfft und geheult. Er war zum Gitter gerannt und hatte ununterbrochen mit dem Schwanz gewedelt. Das hatte vermutlich den Ausschlag gegeben, dachte sie, als sie schließlich mit einer Deutschen Dogge auf dem Rücksitz heimfuhr statt eines kleinen Dackels.

Winston liebte sein Frauchen bedingungslos, und das beruhte auf Gegenseitigkeit. Annie war niemals zuvor so verehrt worden, und das tat ihr in vielerlei Hinsicht gut. Sie hörte auf, sich selbst zu verachten. Ja, sie war dick, aber ihr Hund liebte sie trotzdem.

Sie sah auf ihren lieben Riesen, der nun auf dem Boden lag und an einem Knochen nagte, der so groß wie Annies Unterarm war. Erst würde sie dieses Trainingsprogramm absolvieren und dann mit ihm einen Spaziergang machen.

Sechs Stunden, nachdem sie losgefahren waren, kamen Nikki und Anders zurück auf den Hof und fuhren in die Garage. »Danke für die Hilfe, aber jetzt ist Schluss für heute«, sagte Nikki und öffnete die Wagentür.

Auch Anders stieg aus. »Danke dir, es tut gut, jetzt zu wissen, woran wir sind und was zu tun ist.« Er machte sich schon auf den Weg vom Hof.

Nikki zog das Garagentor zu, als sie Annie erblickte.

»Hallo«, rief sie. »Was hast du gemacht, als wir fort waren?«

»Ich habe das neue Pferd gefüttert.«

Annie klang ganz stolz. Streckte sich und kam näher.

»Welches neue Pferd?«, fragte Nikki verwundert.

»Das, mit dem Katarina heute kam, mit dem sie Bonnie am Wochenende überraschen will.«

»Moment mal«, Nikki warf einen besorgten Blick zu Anders. »Heißt das, da steht ein ganz neues Pferd im Stall? Eins, von dem wir gar nichts wissen? So ein Sch …« Das Letzte klang wie ein Heulen, und sie rannte zur Stalltür und riss sie auf, dicht gefolgt von Anders. Ganz hinten, in der Box neben Oberon, stand ein Pferd, das nicht in den Stall gehörte. Ein Schecke, der den Kopf gerade über die Stalltür drehte.

»Ich versteh es nicht ganz«, sagte Annie, die nun hinterhergekommen war. »Was ist daran falsch?«

»So ein Tier kann eine Menge Krankheiten einschleppen. Würmer, Druse. Wenn wir uns so was einhandeln, dann sind wir für längere Zeit erledigt. Ist dieses Pferd entwurmt? Ohne den Nachweis kommt es mir nicht auf die Wiese.«

»Aber das ist doch lächerlich. Ihr geht ständig auf Wettbewerbe. Da haben die Tiere doch auch Kontakt zu anderen Pferden.«

»Nein«, erklärte Nikki. »Sie dürfen nicht mal ihre Nase an ein anderes Pferd stupsen.« Sie sah Anders an. »Rufst du bitte Lucia an, dann isoliere ich das Pferd.«

Oberon sah über die Kante seiner Box.

»Wenn Katarina dir jetzt eine Krankheit eingebrockt hat …«, sagte Nikki zu ihm. »Dann bringe ich sie um.«

38

Katarina hielt ein Kleid in die Höhe. Ein knallrotes und so weit ausgeschnittenes Kleid, dass man bis zum Nabel schauen konnte. Mit ihrer kleinen Oberweite konnte sie so etwas immer noch tragen, doch jetzt wollte sie es verschenken, weil sie es mittlerweile unpassend fand. Sie warf es auf den Berg Klamotten, den sie bereits aussortiert hatte. Nach einer kurzen Überlegung ereilte das erbsengrüne Etuikleid dasselbe Schicksal. Und das rückenfreie kleine Schwarze auch, das sie immer dann anzog, wenn sie auf die Blicke der Männer aus war.

Sie öffnete noch einen schwarzen Müllsack und begann, die sexy Garderobe hineinzupacken. Bislang hatte sie mehr aussortiert als zurückbehalten, und das war ein gutes Gefühl. Sie wollte sich von dem alten Zeug trennen, denn das half ihr, die Frau zu werden, die sie sein wollte.

Oder eher sein sollte.

Eine verlässliche Mutter zu sein war das Wichtigste. Wenn sie keinen Wein anrührte, ging es ihr ganz gut. Das Schwierige war nicht, mit dem Trinken aufzuhören, sondern nicht wieder anzufangen, aber im Moment – ein Tag nach dem anderen – ging es ihr besser. Die Treffen mit den Anonymen Alkoholikern taten ihr gut. Sie hatte sich eine Frauengruppe gesucht, um sich auf die Inhalte konzentrieren zu können und nicht abgelenkt zu werden, wenn sie die Aufmerksamkeit taxierte, die sie von den anwesenden Männern erhielt. Das war befreiend. Im Moment hatte sie keinen Bedarf.

Bonnie verstand nicht ganz, warum sie umziehen mussten, und Katarina konnte auch nicht ausreichend erklären, warum sie hier nicht mehr wohnen wollte. Hier waren zu viele Erinnerungen lebendig, zu vieles, das ihre Gefühlswelt negativ beeinflusste. Eine Angst, die sie zwar tagsüber fernhalten konnte, die ihr nachts aber den Schlaf raubte. Sie wusste, warum, sie gab sich die Schuld an Zacs Tod, und mit diesen Schuldgefühlen würde sie leben müssen. Eines Tages würde sie davon in der Selbsthilfegruppe erzählen, doch so weit war sie noch nicht.

Sie freute sich wirklich auf den Umzug nach Gyllentofta. Zac hatte sich das Leben auf dem Hof für seine Tochter gewünscht, das hatte er immer wieder verlauten lassen. Nach Katarinas erster Begegnung mit Nikki in diesem Restaurant war sie nicht scharf darauf gewesen, auch nur in der Nähe von ihr zu wohnen, aber nun hatte sich ihre Einstellung geändert. Sie war es Zac schuldig, außerdem gehörte ihr die Hälfte vom Hof, selbst wenn sie das noch immer nicht fassen konnte.

Es musste ihr gelingen, Nikki zu überreden, das Haus in der Mitte zu teilen. Die alten Säle, die es noch gab, waren zwar schön, aber nun mussten zwei Familien in diesem Gebäude miteinander auskommen, und da musste man Veränderungen zulassen. Nikki wollte sie gern als Traumtänzerin darstellen, aber das wurde ihr nicht gerecht, und als Katarina Matteo gebeten hatte, ihr bei den Investments zu helfen, war das völlig ernst gemeint gewesen. Sie hatte noch nie Lust auf Shopping oder Reisen gehabt, Dinge, für die ihre Freundinnen ein Vermögen ausgeben konnten. Ihr war ein behütetes Zuhause wichtiger, das war immer schon so gewesen, auch wenn sie gerade das aufs Spiel gesetzt hatte, aber jetzt, da sie mit Bonnie alleine war, war es wichtiger denn je.

Katarina musste sich für vieles entschuldigen. Sie hatte schon viel Vertrauen von Bonnie verspielt, doch sie würde alles daransetzen, es nach und nach zurückzugewinnen. Am Ende würde sie eine richtig gute Mutter sein.

Die Anstellung in der Werbeagentur zu kündigen war der erste Schritt gewesen. Die Branche verursachte viel zu viel Stress. Keiner schien über ihre Kündigung wirklich enttäuscht gewesen zu sein, und dafür hatte sie Verständnis. Auch wenn sie einige Kunden für die Agentur gewonnen hatte, war sie doch eine sehr unzuverlässige Mitarbeiterin gewesen. An einem Tag lieferte sie hervorragende Leistungen ab, am nächsten kam sie nicht mal aus dem Bett.

Sie betrachtete ihre Kleiderstapel. Ein hellblauer Pullover mit V-Ausschnitt? Na ja, warum nicht. Sie faltete ihn zusammen und legte ihn aufs Bett. Daneben befanden sich schon drei verschiedenfarbige Flanellblusen, die sie im Ausverkauf bei H&M mitgenommen hatte, an denen jedoch noch die Preisschilder hingen. Perfekte Klamotten fürs Land, wenn Bonnie und sie sich um das neue Pferd kümmerten, denn sie erwartete kaum von Nikki, dass sie ihnen dabei behilflich wäre.

Katarina kannte solche Menschen. Eine eingebildete Upperclass-Schnepfe, die den Gedanken nicht ertragen konnte, dass sie das, was ihrer Meinung nach ihr gehörte, mit irgendwem teilen sollte. Sie spielte Theater und tat freundlich, doch tief in ihrem Inneren war sie todunglücklich. Es täte ihr gut, sich das einzugestehen, anstatt diese Fassade aufrechtzuerhalten. Katarina durchschaute sie. Sie hatte ihr ganzes Leben damit verbracht, Menschen zu durchschauen, Stimmungen einzuordnen. Wenn sie einen Raum betrat, hatte sie die Situation innerhalb von Minuten erfasst. Wer war miteinander befreundet, wer konnte wen nicht leiden, welche Paare hatten eine Affäre?

Von so was konnte sie ein Lied singen.

Ihre Mutter hatte ihr das schon früh beigebracht. »Du musst als Erstes wissen, in welcher Stimmung sich dein Papa befindet, bevor du ihn um etwas bittest«, war ihr Rat gewesen. Und Katarina hatte sich daran gehalten.

Als Jugendliche hatte sie ausgelernt. Es hieß, ihr Vater sei launisch, aber sie beobachtete jede kleine Veränderung an ihm und konnte genau vorhersagen, wann er sich aufregte. Sie war perfekt darin geworden, ihn zu manipulieren, was in ihrem Elternhaus überlebenswichtig gewesen war. In jeder Situation musste sie die Schlauere sein. Daher war Nikki, die glaubte, ihr wirkliches Ich zu verbergen, für Katarina ein leichtes Spiel. Sie musste nur noch Nikkis Schwachstelle finden.

Ein schneller Blick auf die Uhr. Halb zwei. Sie sollte fertig werden und nicht so viel grübeln.

Die Möbel würde sie einlagern lassen bis auf das Doppelbett. Darin hatte sie auch schon mit anderen Männern geschlafen. Darauf war sie nicht stolz, aber es war die Wahrheit. Sie hatte Zac zu einer Reaktion provozieren wollen, doch mit nüchternem Kopf sah sie die Sache anders. Er hatte ihr zwar zu wenig Wertschätzung entgegengebracht, doch das galt für sie genauso.

Jetzt versuchte sie, diesem ständigen Bedürfnis nach Bestätigung entgegenzuwirken. Dieses Mal *durfte* sie nicht versagen. Es war belastend, sich dies vor Augen zu halten, denn wenn ihre Schuldgefühle am stärksten waren, half eigentlich nur Bestätigung oder ein Drink, damit es ihr besser ging.

»Kommen Sie rein.« Katarina hielt den Möbelpackern von der Diakonie die Wohnungstür auf und zeigte auf die zehn Mülltüten, die im Flur standen. »Da steht ›Kleidung‹ drauf, sie ist gewaschen. Im Wohnzimmer finden Sie alle Lampen und Möbel, die wegkönnen, alles, was dableibt, habe ich mit Bettlaken abgedeckt. In der Küche stehen zwölf Kartons, auf denen ein rotes Kreuz ist, die können Sie auch mitnehmen. Im Schlafzimmer sind die Betten für Sie, die Nachttische und die Lampen.« Sie freuten sich offenbar über Katarinas perfekte Organisation und nickten.

Bonnie war in der Schule. Katarina wollte sie abholen, und dann würden sie direkt nach Gyllentofta fahren. Matteo hatte zugesagt mitzukommen, doch den Kampf mit Nikki müsse sie selbst austragen, hatte er gemeint. Wenn sie das nicht wolle, dann müssten sie das ganz förmlich in der Kanzlei erledigen. Er war als Unterstützung für Bonnie dabei, nicht als Waffenträger für Katarina, und er war so klar und deutlich gewesen, dass sie diesmal keinen Versuch unternommen hatte, ihn zu bezirzen.

Er hatte nie auf sie reagiert. Im Gegensatz zu vielen anderen Männern. Er schien sie für dumm zu halten, und das war ihr so peinlich, dass sie am liebsten im Erdboden versinken würde. Dass gerade der Mann, den sie am allermeisten verehrte, sie so wenig mochte, tat weh.

»Hallo, seien Sie doch etwas vorsichtiger«, rief sie verärgert, als die Männer an den Türrahmen stießen und eine Macke im weißen Holz hinterließen. Das Putzunternehmen, das sie für den morgigen Tag bestellt hatte, musste versuchen, das wieder in Ordnung zu bringen.

Das Umzugsunternehmen, das ihre Möbel zum Teil einlagern und zum Teil nach Gyllentofta bringen sollte, war in einer Stunde bestellt.

Am Vorabend hatten Katarina und Bonnie das Nötigste in zwei Koffern verstaut. Die Sachen aus dem Bad würde Katarina einpacken, sobald sie die Zeit dazu hatte. Sie wollte alles in einer Sporttasche transportieren. Sie würden sie auf dem Hof ja gleich wieder auspacken.

Sie hatten die Wohnung für den Verkauf fotografiert. Die Makler hatte ihnen geraten, die Wohnung für die Besichtigungen »so schön möbliert« zu lassen, doch Katarina hatte die Geduld gefehlt, so lange zu warten. Mit den Bildern konnte man zeigen, wie man sie so gemütlich einrichten konnte, wie Zac und sie es gemacht hatten.

Natürlich war es eine kleine Herausforderung, das Haus auf dem Hof heimelig zu machen. Die größere war es, Nikki zu den Umbaumaßnahmen zu bewegen. Nikki hatte seit gestern mehrmals angerufen, doch Katarina war nicht ans Telefon gegangen. Sie hatte angenommen, dass es um dieses Pferd ging, das sie gekauft hatte und auf den Hof hatte bringen lassen, und dass Nikki sich vermutlich weigerte, es zu füttern, wenn sie die anderen Tiere im Stall fütterte.

Katarina fand, dass Nikki ihr diesen kleinen Gefallen wirklich tun könnte. Ab heute Abend würden Katarina und Bonnie sich dann selbst um ihr Pferd kümmern. Zwar hatte keiner von ihnen Ahnung davon, aber das würden sie schon lernen.

»Bist du so weit?«, fragte Katarina, als Bonnie vor der Schule ins Auto stieg.

»Nein, du weißt es doch. Ich will lieber zu Hause wohnen.« Sie sah Katarina mit unendlich traurigen Augen an.

Katarina schluckte und streichelte ihr übers Knie. »Meine Kleine, wir sind jetzt auf dem Weg nach Hause. In unser neues Zuhause. Ich bin mir sicher, dass du es ins Herz schließen wirst«, sagte sie und hörte selbst, dass sie eher wie eine ambitionierte Verkäuferin klang als wie eine Mama, von der man sich liebevoll trösten ließ.

39

Nikki war aufgebracht, erregt und verletzlich gleichzeitig. Von einem ebenso leidenschaftlichen Matteo an die Stallwand gepresst, schickte sie ein Stoßgebet zum Himmel, dass jetzt niemand hereinkommen möge. Ihr Körper wollte es unbedingt riskieren, ihre Vernunft riet ihr, sich zu verstecken. Ihr Gefühl sagte ihr, Matteo hätte eine Ohrfeige verdient, denn er hatte seiner Mandantin nicht beigebracht, dass man nicht einfach ein fremdes Pferd in den Stall holt, wie man gerade lustig ist, und dasselbe Gefühl appellierte an sie, auf der Hut zu sein.

Matteo beherrschte ihre Gedanken viel mehr, als sie es sich eingestehen wollte, seit diese sonderbare Affäre zwischen ihnen begonnen hatte.

»Du hast mir gefehlt«, hauchte er in ihr Ohr. »Irgendwas machst du mit mir, was ich seit Urzeiten nicht mehr erlebt habe.«

»Mir geht es genauso«, erwiderte sie, und das stimmte. »Ich denke fast nur noch an dich. Komm.« Sie nahm ihn an der Hand und zog ihn in eine leere Box. »Wir sollten uns wenigstens ein bisschen verstecken.

Eine Viertelstunde später standen sie zusammen vor dem Stall und begrüßten Katarina und Bonnie. Es war schon dunkel draußen, mittlerweile war es Herbst geworden, doch sie hatten noch wunderschöne Tage. Nikki war ganz warm von den Küssen im Stall. Während die Gäste den Wagen parkten, legte Matteo seine Hand auf ihren Po.

»Ich *muss* auf deren Seite stehen«, sagte er zu seiner Entschuldigung. »Aber das hat nichts mit meinen Gefühlen für dich zu tun, sind wir uns da einig?«

Nikki nickte. Sie musste sich keine Sorgen machen. Die Bedingungen waren ihnen beiden klar, die hatten sie schon nach dem ersten Kuss abgesteckt.

»Here we go«, sagte sie leise und lächelte. Für den Anfang wollte sie freundlich sein. Alles Weitere würde sie ansprechen, wenn Bonnie nicht dabei war.

»Wie meinst du das?«, fragte Katarina entrüstet. »Ich hätte deine Pferde einer Gefahr ausgesetzt? Ich habe den Hengst von einem ganz renommierten Züchter geholt, sie haben nichts von Krankheiten gesagt.«

Nikki verdrehte die Augen.

»Dann informier dich, lies Bücher. So geht das nicht. Jetzt haben wir euer Pferd isoliert. Irgendetwas stimmt nicht mit ihm, vielleicht ist es nur eine Erkältung, vielleicht ist es auch die Druse, die Ergebnisse der Proben bekommen wir erst in einer Woche. Bis dahin habt ihr verschiedene Auflagen zu erfüllen, wenn ihr mit ihm in Kontakt seid. Denn ihr müsst das Tier versorgen, meine Angestellten tun das nicht.«

»Deine? Was geht in deinem Kopf vor? Unsere Angestellten, Nikki. Sprich mir nach. *Unsere.*«

Guter Gott, erlaube mir, ihr ein Hufeisen an den Kopf zu donnern.

»Erst musst du beweisen, dass du dieser Aufgabe gewachsen bist«, sagte Nikki und sprang vom Küchenstuhl auf. »Bis dahin haben alle, die hier auf dem Hof arbeiten, die Anweisung, nur auf mich zu hören«, rief sie und ging in die Halle.

»Bitch«, hörte sie Katarina noch rufen.

Nikki lächelte Matteo zu, der ihr auf der Treppe entgegenkam.

»Jetzt schon Krieg?«, fragte er.

»Ja. Deine Mandantin ist ein Volltrottel«, antwortete Nikki und drückte ihren Körper an seinen, als er vorbeiging. Er streckte die Hand aus und fing ihren Arm ein.

»Kannst du es bitte noch einmal versuchen?«, fragte er. »Nur für Bonnie?« Er hob ihre Hand an seinen Mund und drückte seine Lippen auf die Haut.

Sie war von ihren Gefühlen so überwältigt, die durch ihren Körper wogten, dass sie nur einen Moment lang die Augen schloss. Als sie sie wieder öffnete, fluchte sie innerlich und zog ihre Hand augenblicklich zurück. Bonnie machte auf dem Absatz kehrt und rannte zurück in ihr Zimmer.

Mist, sie musste sie beobachtet haben.

Matteo hatte Bonnie den Rücken zugewandt und konnte nichts bemerkt haben.

»Sie hat uns gesehen«, sagte Nikki. »Bonnie hat uns gesehen und ist in ihr Zimmer gerannt. Vielleicht solltest du mit ihr reden.«

Er verzog das Gesicht. »Shit. Ich kann sie nicht anlügen,

und wie die Lage ist, kann ich ihr auch nicht sagen.« Er schüttelte den Kopf und kratzte sich am Kinn. »Daran bist du schuld. Du bist so unwiderstehlich, und ich halte es nicht aus, dich nicht berühren zu dürfen.« Er grinste breit. »Aber ich muss mit ihr reden, bevor sie mit Katarina spricht. Bei dir alles in Ordnung?«

»Ja. Geh lieber. Bis später.«

Er klopfte an Bonnies Tür, und als sie nicht antwortete, öffnete er sie langsam. Bonnie lag auf dem Bett und schaute auf ihr Handy.

»Was machst du?«

»Du meinst, während du Nikki knutschst? Nichts.«

»Ich knutsche Nikki nicht.«

»Ich hab's doch mit eigenen Augen gesehen.«

»Ich hab ihr einen Handkuss gegeben.«

Bonnie verzog angeekelt das Gesicht.

Er ging zu ihr und setzte sich auf die Bettkante. »Ich mag sie sehr. Und sie ist an diesem Schlamassel ebenso unschuldig wie du und deine Mama. Sie ist nicht böse, sie will nur ihren Hof behalten.«

»Und ich wollte meinen Papa behalten. Man kriegt nicht immer das, was man will.«

»Ich weiß, Schatz, ich weiß.« Er streichelte ihr übers Bein. »Aber wenn man sie mal näher kennenlernt, ist sie ganz in Ordnung, das wirst du auch noch feststellen.«

»Hm, ich finde, das hast du schon ausgiebig getan. Erst mit meiner Mama und dann mit Nikki.«

»Was willst du damit sagen? Ich glaube, deine Mama

wird sie irgendwann auch ins Herz schließen. Wie wollt ihr hier alle wohnen, wenn ihr euch nicht mögt?«

»Das weiß ich doch nicht. Ich wurde einfach mitgeschleppt, ich will in der Stadt wohnen. Keiner hat mich gefragt, was ich will. Ich hasse diesen Stall, und ich hasse es, dass Mama die Wohnung verkauft, ich hasse es, dass ich mit dem Bus zur Schule fahren soll. Und ich hasse *dich* für das, was du getan hast.«

Matteos Herz brach, als er spürte, wie unglücklich sie war.

»Ich wünschte, ich könnte dir helfen.« Matteo wusste nicht, was er noch sagen sollte. Er fühlte sich völlig hilflos.

»Warum hast du das Ganze dann nicht gestoppt?«

»Ich konnte es nicht.«

»Aber du bist doch mein Patenonkel, hättest du dir nicht etwas einfallen lassen können?«

Matteo war sich nicht ganz sicher, wovon sie eigentlich sprach.

»Ich konnte nichts tun«, sagte er.

»Du könntest Mama heiraten, das würde mir helfen«, sagte Bonnie.

Hatte sie so was im Kopf? Hatte sie gedacht, dass ... »Um alles andere kannst du mich bitten«, sagte er mit ernster Stimme. »Aber die Witwe meines besten Freundes zu heiraten, das ist zu viel verlangt.«

»Okay«, sagte Bonnie und sah ihm stur in die Augen. »Aber ich finde, dass du das meinem Papa schuldig bist.«

Er strich ihr über die Wange und stand auf. »Kommst du mit?«

»Nee.«

»Okay.«

Er schloss die Tür hinter sich. Gedankenverloren ging er die Treppe hinunter.

Nikki stand am Herd, Annie saß auf einem Stuhl am Tisch.

»Hallo, Annie«, sagte Matteo.

»Hallo, Matteo. Setz dich. Gleich gibt es Fischsuppe. Das kann Nikki am besten, finde ich.«

Er zog einen Stuhl vom Tisch. »Wo ist Katarina?«, fragte er Nikki.

»Ich habe sie zu Anders geschickt, er arbeitet heute Abend. Es ist Zeit, dass sie ein bisschen Verantwortung übernimmt.« Er sah fasziniert zu, wie sie einen Finger in den Topf tauchte und ihn ableckte.

Er räusperte sich. »Schmeckt's gut?«

»Wenn du wüsstest«, antwortete sie lächelnd und verdrehte die Augen. »Wenn du zum Essen bleiben willst, musst du helfen. Du könntest mit Annie den Tisch decken.«

Er schob den Stuhl wieder zurück. Nikki zeigte auf einen Oberschrank. »Da sind die Teller. Bitte deckt für sechs Personen, denn ich glaube, Anders möchte auch mitessen. Im Schrank daneben sind die Gläser. Ich trinke gern ein Glas Wein zum Essen, aber ich weiß nicht, was ihr möchtet, daher stellt doch Wasser- und Weingläser auf den Tisch.«

Als Annie losgetrabt war, um zwei Flaschen Wein zu holen, kam Nikki näher.

»Wie lief's?«

»Ging so. Lass uns später drüber reden.«

»Willst du hier übernachten? Das Gästezimmer gegenüber von meinem Schlafzimmer ist noch frei.«

Er nickte, und sie lächelten sich an, bevor sie wieder nach ihrer Fischsuppe sah.

Er war bereit, Risiken einzugehen, enorme Risiken, und er musste wirklich mal die Gesamtsituation betrachten. Was hatte ihre Romanze zu bedeuten? Er war verrückt nach ihr, aber war es auch Liebe? Konnte er das nach dieser kurzen Zeit schon behaupten, und das, obwohl sie noch nicht mal miteinander geschlafen hatten? Oder lag es noch an der Trauer um Zac, dass er so gefühlsduselig war?

Konnte man wirklich Glück und Trauer gleichzeitig empfinden?

Rein praktisch betrachtet, sollte er als Erstes an Bonnie denken, und dass er sich daran erinnern musste, war schon ein Zeichen, welch großen Einfluss Nikki auf ihn und sein Urteilsvermögen hatte. Wie sollte er die Fürsorge für Katarina und Bonnie mit den Gefühlen, die er für Nikki hegte, unter einen Hut kriegen?

Er brachte es nicht fertig, sich zurückzuhalten, wenn er mit ihr zusammen war. Das Einzige, was da seinen Kopf beherrschte, war, ihr so nah wie möglich zu kommen. Sie anzufassen. Ihren Duft einzusaugen. Ihre Stimme zu hören.

Er glaubte nicht, dass er es schaffte, sich nicht mehr mit ihr zu treffen. Und trotzdem wäre er vielleicht dazu gezwungen, wenn der Konflikt zwischen Katarina und Nikki am Ende vor Gericht ausgetragen werden musste.

Als sie sich zu ihm umdrehte und lächelte, blieb ihm komplett die Luft weg.

»Mein Gott, ich glaube, ich liebe dich«, kam wie von selbst aus seinem Mund, und er konnte nichts dagegen tun.

40

Katarina packte so fest zu, dass ihr Gesicht ganz rot anlief, und Anders rechnete es ihr hoch an, dass sie es immerhin versuchte.

Noch hatte sie nicht die geringste Ahnung, aber wenn sie so weitermachte, würde sie lernen, was auf einem Hof zu tun war.

»Hallo, ist hier jemand?«

Anders hob den Kopf.

Lennartsson. Was machte er um diese Uhrzeit auf Gyllentofta?

»Wir sind hier.«

Lennartssons Reaktion, als er Katarina erblickte, war fast komisch. Er nahm Haltung an, wischte sich die Fäuste an seinem Overall ab. Dann zog er die Kappe vom Kopf und fuhr sich mit den Fingern durchs Haar. Plötzlich lächelte er übers ganze Gesicht.

»Hallo. Ich heiße Katarina.« Sie stellte die Mistgabel an die Stallwand und hielt ihm die Hand hin.

»Erik. Aber die meisten nennen mich Lennartsson.«

Der Typ konnte ja sogar freundlich sein, dachte Anders

erstaunt. In der Regel benahm er sich nämlich wie ein störrischer Esel, der nur das tat, was er wollte. Er war der Pächter, der das meiste Land nutzte und somit sehr wichtig war. Nikodemus und Lennartsson hatten sich immer gut verstanden, aber mit Nikki hatte er seine Probleme, und das war immer schon so gewesen.

»Und wer bist du?«, fragte Lennartsson neugierig. »Hast du ein eigenes Pferd?«

»Nein, nein. Mein Mann war der Bruder von Nikki. Als er vor Kurzem verstarb, habe ich die Hälfte von Gyllentofta geerbt.«

Fast unmerklich zog Lennartsson eine Augenbraue hoch.

»Oh, mein Beileid. Ich pachte hier einen großen Teil des Hofes und habe deinen Mann mal getroffen. Doch ich hatte es so verstanden, dass er seinen Teil verkaufen wollte.«

»Das muss ein Missverständnis gewesen sein, im Gegenteil, er wollte gern hierherziehen.« Sie lächelte und legte eine Hand auf Lennartssons Arm. »Wie schön, mal einen der Pächter kennenzulernen, vielleicht können Sie mir bei Gelegenheit mal Ihren Hof zeigen?«

Anders traute seinen Augen nicht. Schmeichelte sie sich tatsächlich bei Lennartsson ein? Bei ihm musste sie sich nicht sonderlich anstrengen. Sogar Anders hatte das Gerede gehört, jede Menge schmutzige Wäsche aus Lennartssons Privatleben.

»Das tue ich sehr gern«, antwortete er. Aus seiner Hosentasche zog er ein Stück Papier und einen Bleistift. »Hier«, sagte er, als er fertig geschrieben hatte. »Das ist meine Handynummer. Ruf mich an, dann hole ich dich ab. Wann auch immer. Vielleicht schon morgen?«

»Was wollten Sie denn eigentlich?«, unterbrach ihn Anders, denn Lennartsson schien sein Anliegen völlig vergessen zu haben.

»Ach, ist nicht so wichtig, ich habe einen Zaun, der repariert werden muss, und ich dachte, Sie könnten sich darum kümmern, wenn Sie die anderen sowieso flicken.«

Noch nie zuvor hatte er derart höflich um etwas gebeten, in der Regel verlangte er immer die sofortige Erledigung seiner Anliegen, wenn sie in Nikkis Verantwortungsbereich lagen.

Anders sah auf die kleine, puppenhafte Katarina.

Wie viel Schaden wollte sie eigentlich noch anrichten?

Während Katarina mit Anders über den Hof lief, dachte sie, dass ihr die Arbeit im Stall tatsächlich Spaß gemacht hatte. Da Nikki es untersagt hatte, ihr Pferd mit den anderen auf die Koppel zu bringen, hatte Anders ihr mitgeteilt, dass Katarina und Bonnie sich selbst um das Tier kümmern müssten. Sie durften auch nicht in der Nähe der anderen Pferde sein, solange ihr Pferd in Quarantäne war, was ungefähr eine Woche dauern würde.

Das Pferd war brav, und Katarina fiel manches wieder ein, was sie als Mädchen in der Reitschule gelernt hatte. Anders war nett zu ihr, und sie arbeitete gern mit ihm zusammen. Matteo hatte sie immer imponieren wollen, und jetzt war es ganz angenehm, sich nicht verstellen zu müssen.

Die Quintessenz des Abends war, dass alles gut geklappt

hatte, nur Lennartssons plötzliches Auftauchen hatte sie nervös gemacht.

Er hatte sie mit seinem Blick schier verschlungen. Von oben bis unten. Ein kurzer Augenblick reichte, da hatte sie einen Fiesling erkannt, und leider wurde sie bei solchen Männern zu schnell schwach. Und brachte sie sofort dazu, sie haben zu wollen. Es war lange her, dass ihr einer den Hof gemacht hatte, und das beschleunigte die Sache zudem. Zwar arbeitete sie gerade daran, sich von diesem Bedürfnis zu befreien, doch es war wie eine Droge, wie eine geöffnete Weinflasche unter ihrer Nase. Die Lust war da, auch wenn es verboten war, nur einen winzigen Schluck zu probieren.

Sie ehrte Zacs Andenken, indem sie hier war, und obwohl sie selbst in seinem Traum vom Leben auf dem Hof nicht vorgekommen war, wusste sie, dass er alles getan hätte, wirklich alles, um Bonnie glücklich zu machen.

Das war der Preis, den Katarina für ihre Schuld bezahlte. Sie war nur wegen Bonnie hier. Um die Mutter zu werden, die Katarina sein wollte, musste sie dem enormen Kick widerstehen, den ein Verhältnis mit Lennartsson für sie bedeutet hätte.

Sie. Musste. Widerstehen.

Die Telefonnummer in der Jackentasche ließ ihr keine Ruhe.

Bonnie wälzte sich im Bett hin und her. Sie sollte mit den anderen zusammen essen, aber dann wieder hochgehen. Ihr Zimmer war eigentlich nicht schlecht, wenn man Rosa und Blümchenmuster mochte, aber zu Bonnie passte das nicht besonders gut, und sie wollte die Wände so bald wie möglich neu streichen. Ihrem Vater hatte sie in dem Haus an der Westküste mehrfach beim Streichen geholfen, und wenn man die Ecken gut abklebte und Papier auf den Boden legte, musste man nur noch die Farbe über die Wände rollen.

Sie würde hier sicher erst mal wohnen müssen, das hatte sie begriffen, als ihre Mutter gesagt hatte, dass sie aus ihrer Wohnung ausziehen würden. Wenn man fünfzehn ist, darf man kein Wörtchen mitreden, das war Fakt. Sie konnte ihre Mutter damit erpressen, dass sie allen anderen erzählte, wie es zu dem Unfall gekommen war, aber das Schlimmste an allem war, dass sie nur noch ihre Mama hatte. Sie und die Großmutter.

Matteo, der zu Bonnie immer gesagt hatte, sie könne sich ganz auf ihn verlassen, konnte sie vergessen. Er meinte wohl, sie kapierte es nicht, aber natürlich tat sie das. Schließlich war sie fünfzehn und nicht blöd im Kopf. Erst hatte er mit Mama geschlafen und dann mit Nikki.

Bonnie vermisste ihren Papa so schrecklich. Der Arme, der so einen Verräter zum Freund gehabt hatte. Das ganze Leben war nur noch schrecklich.

»Bonnie«, rief Annie die Treppe hoch. »Komm, wir essen.«

Annie wollte stehen bleiben, bis das Mädchen erschien. Sie hatte sie von dem Konfirmandenlager noch so gut in Erinnerung. Klein und dünn, auffallend niedlich und anders als die anderen Mädchen. Bonnie wollte Fußball spielen, nicht ihre Nägel lackieren, und damit war sie so ziemlich die Einzige unter den Mädels gewesen. Annie kannte das Gefühl, nicht zu sein wie die anderen, allzu gut. Zu Hause hatte Bonnie ihre Fußballmannschaft gehabt. Im Konfirmandenlager war sie meist mit den Jungs zusammen gewesen und mit ihnen losgezogen.

Annie hatte Zac als sehr engagierten Vater in Erinnerung. Er hatte seine Tochter auch dort besucht. Und im Gegensatz zu vielen anderen Jugendlichen hatte Bonnie sich über den Besuch ihres Papas sehr gefreut. Andere hatten mit ihren Eltern nicht mal ein Wort wechseln wollen, deshalb hatte Annie die Eltern immer vorgewarnt. Auch wenn die Konfirmanden die Zehn Gebote gelernt hatten, mit dem vierten war es in diesem Alter immer etwas schwierig.

Nach der Freizeit hatten Annie und Bonnie noch etwas Kontakt per SMS gehabt, aber dann war es im Sande verlaufen. Annie musste sich um die furchtbaren Problemchen ihrer Gemeindemitglieder kümmern, und Bonnie wechselte in die achte Klasse.

Annie hatte selbst nie eigene Kinder haben wollen. Das lag sicherlich an ihrer Kindheit mit so vielen Geschwistern, aber sie hatte auch Angst vor der Verantwortung gehabt. Nicht, dass sie jemals vor der Entscheidung gestanden hätte, denn kein Mann hatte je ein Kind mit ihr haben wollen, aber *wenn* ... Sie liebte Kinder. Jugendliche ganz besonders, die irgendwie alle auf dem Weg waren. Um die kümmerte sie sich besonders gern, denn die Suche nach der eigenen Identität kannte sie selbst nur zu gut. In den Sommerlagern hörte sie viel von Eltern, die nichts verstanden, von Mädchen, die nicht knutschen wollten, von Jungs, die nur das eine im Kopf hatten, und verrückten Chefs, die die Jugendlichen bei ihren Ferienjobs traktiert hatten.

Und dann ging es manchmal auch richtig zur Sache: Erzählungen von Übergriffen, betrunkenen Eltern, Schlägereien, Pflegeheimen, Hilferufen. Der Schmerz, wenn ihnen keiner glaubte, obwohl sie ungerecht behandelt wurden. Sie hörte Geschichten von Außenseitern, von Mobbing. Sie lernte Flüchtlingskinder kennen, die ihre Eltern verloren hatten, und Kinder, um die sich kein einziger Erwachsener kümmerte, weil sie nicht mit ihren Eltern zusammenziehen durften.

Genau dann war ihre Arbeit als Pastorin sinnvoll. Nicht wenn sie einen Trunkenbold beerdigte, den die Familie, nur weil es gut aussah, in einem weißen Sarg in die Erde ließ.

»Bonnie, hallo.« Sie rief noch einmal, diesmal etwas lauter.

»Wir fangen jetzt an«, hörte sie Nikki aus der Küche rufen.

Sollte sie sie in Frieden lassen oder zwingen? Bonnie musste doch etwas essen, also beschloss Annie, die Treppe hochzusteigen.

»Jetzt komm schon«, sagte sie und klopfte an die Tür. Da hörte sie Schritte, und Bonnie öffnete mit säuerlichem Blick.

»Was ist das denn für eine Miene«, sagte Annie. »Jetzt komm schnell mit, sonst ist das Essen kalt. Deine Tante hat eine hervorragende Fischsuppe gekocht, und Mama und Anders sind im Stall fertig. Alle warten nur auf dich.«

Bonnie zog ein Gesicht. »Bäh, wie eklig. Gibt es auch Brot?«

»Ja klar, wir haben jede Menge Brot, Käse und noch mehr, was du vermutlich magst. Aber das gibt es nur jetzt.«

Matteo sah Bonnie an, als sie in die Küche kam. Sie blickte unterkühlt zu ihm hinüber. Mist. Er musste sich irgendetwas einfallen lassen, wie er sie wieder zurückgewinnen konnte, aber im Moment hatte er keine Idee.

Als Zac noch lebte, war ihr Umgang immer völlig unkompliziert gewesen, aber danach hatte sie Matteo komplett ausgeblendet. Hatte ihn nicht mehr in ihre Gedanken eingeweiht so wie früher.

Matteo wusste, dass sie mit ihrer Großmutter redete. Eva hatte ihm bei einem Telefonat berichtet, dass Bonnie wissen wollte, wie Zac als junger Mann war. Ob er wie sie auch ein Talent für Ballsport gehabt hatte. Wie er in der Schule gewesen war, ob er viele Freunde gehabt hatte.

Als Matteo merkte, wie verloren sie aussah, kam ihm der Gedanke, Zacs Mutter nach Gyllentofta zu holen. Matteo hatte keine Ahnung, wie, wo und wann Eva und Nikodemus ihre Affäre gehabt hatten und ob das noch ein heikles Thema war. Vielleicht war Zac sogar in diesem Haus gezeugt worden? Falls das stimmte, hoffte er, dass sie das nicht abhalten würde, Bonnie an ihrem neuen Wohnort hier zu besuchen. Er würde Nikki nicht fragen, ob sie einverstanden wäre. Er vertrat Bonnie, und das durfte er nicht vergessen. Und dann fiel ihm ein, dass Nikki nicht gesagt hatte, dass sie ihn auch liebte.

41

»Man sagt von mir, ich sei so etwas wie ein frischer Wind«, erklärte Nikkis Mutter, als sie am nächsten Vormittag völlig unangemeldet mit Sack und Pack vor der Tür stand.

Nikki, die auf einem Pferderücken saß, sah sie von oben herab an und seufzte innerlich. Meine Güte, es war doch erst ein paar Wochen her, dass sie hier gewesen war. Nikki wollte gerade ausreiten, um etwas Zeit für sich allein zu haben. Sie konnte einfach keinen klaren Gedanken fassen, wenn es zu Hause immer von Menschen wimmelte. Und die Situation mit Katarina und Bonnie erforderte einen klaren Kopf.

»Könntest du nicht einfach Bescheid sagen, wenn du vorhast zu kommen? Das Haus ist voller Gäste, mir wird es im Moment einfach etwas viel.«

»Gast? Ich? Entschuldige, mein kleines Mädchen, aber ich habe hier schon gewohnt, lange, bevor an dich zu denken war.« Bibbi schnaubte und hielt Anders ihre Handtasche hin, der so nett war, ihr sowohl ein Lächeln zu schenken als auch helfend die Hand zu reichen. Ohne mit der Wimper zu zucken, drückte sie ihm Koffer und Taschen in die Hand.

»Reite einfach los. Ich finde mein Zimmer schon. Komm, komm«, sagte sie zu Anders, als wäre er ein Hund.

»Dein Bett muss frisch bezogen werden. Da hat Katarinas Anwalt heute übernachtet.«

Mama blieb wie angewurzelt stehen und drehte sich um.

»Das gehört sich aber nicht.«

»Ihr gehört das halbe Haus«, erklärte Nikki, weil sie merkte, dass sie diese Übernachtung irgendwie begründen musste.

»Aber dann kann er doch wohl in ihrem Korridor schlafen, nicht in deinem. Ich merke schon, ich werde hier gebraucht«, knurrte Bibbi und setzte sich in Richtung Haus in Bewegung. »Ich werde mich gemeinsam mit Annie der Sache annehmen. Sie ist neben mir ja die Einzige, die zwischen Gut und Böse unterscheiden kann.«

Nikki ritt im Schritt vom Hof. Ob das jetzt immer so blieb? Keine Ruhe mehr, ständiges Geplapper. Das würde sie nicht aushalten. Und wenn Katarina nun am Hof Gefallen fand, sogar die Arbeit und das eintönige Leben mochte, das der Betrieb mit sich brachte? Das passte nicht in ihren Plan.

Dann würde Nikki darüber nachdenken müssen, selbst auszuziehen. Im Moment bekam sie hier viel zu wenig Luft.

Hatte Annie sich vielleicht ungefähr so in Tapperhult gefühlt? Dass sie ständig überrannt wurde, niemals ihre Ruhe hatte? Jetzt waren ja nicht nur Katarina und Bonnie da, auch Bibbi nahm sich das Recht heraus aufzulaufen, wann es ihr passte.

Aber ihre Mutter hatte schon recht, was diese Nacht anging.

An diesem Abend waren sie beide brav jeweils in ihre Zimmer gegangen und hatten die Tür geschlossen. Annie war auch im Flur gewesen, deshalb war an etwas anderes nicht zu denken gewesen.

Es war ein gutes Gefühl gewesen. Sie hatten sich beherrschen können. Sie waren erwachsene und reife Menschen, die einfach auch Nein sagen konnten.

Dann hatte das Handy gepiept. *Was hast du an? Ich bin nackt und schrecklich einsam*. Und dann hatte eine Konversation begonnen, die ... nicht ganz jugendfrei war. Sie lächelte bei dem Gedanken daran. Fühlte sich wieder wie mit fünfzehn.

Nikki spornte Oberon an, in den Trab zu wechseln, und während sie durch den Wald ritten, dachte sie überhaupt nicht mehr an Katarina und Bonnie. Der Einzige, der ihre Gedanken beherrschte, war deren Anwalt.

Er hatte ihr seine Liebe gestanden, und Nikki hatte keine Antwort gehabt.

Dass sie jetzt schon so viel für ihn empfand, hatte sie völlig überrumpelt. Sie genoss den Augenblick, immer mit dem Gedanken, dass ihre Beziehung extrem zerbrechlich war, und so ein Gefühl wie Liebe war in ihrem Kopf noch gar nicht angekommen.

Noch ein einziger Patzer, und sie dürften sich nicht mehr sehen. Gestern war es schon kurz davor gewesen, als Bonnie sie beobachtet hatte, und je länger das ging, desto unvorsichtiger würden sie werden. Sie würden sich einfach berühren, ohne vorher nachzudenken, keiner von ihnen konnte die Finger vom anderen lassen.

Heute war es kühl draußen, daher brauchte sie den Pullover, den sie übergezogen hatte, wirklich. Der Himmel färbte sich dunkler, und dichte Wolken türmten sich auf, genau so, wie es im Wetterbericht vorhergesagt worden war. Diese Pilzstelle im Wald kannte nur sie. Vielleicht noch Anders, aber dann war er zumindest noch nicht da gewesen, denn sie hatte auf dem Boden keine frischen Spuren gefunden, nachdem sie selbst zuletzt dort gewesen war. *Vielleicht ist das jetzt die letzte Gelegenheit, Pilze zu sammeln*, dachte sie, saß ab und holte die Tüte aus ihrer Tasche heraus. Sie ließ die Zügel hängen. Oberon würde keinen Schritt ohne sie machen.

Sie nahm ihr Taschenmesser in die Hand, und als sie sich hinhockte, um die Pfifferlinge abzuschneiden, hörte sie die Maschinen vom Feld ganz in der Nähe. Es war selten richtig still, selbst im Wald. Viele Bauern hatten heute ganz normale Berufe, die sie wochentags ausübten, und bestellten ihr Land dann nur an den Abenden und Wochenenden.

Sie knipste den Pilz über dem kleinen erdigen Fuß ab, entfernte mit dem Messer schon den gröbsten Dreck und legte ihn dann in ihre Tüte. Es war das perfekte Wetter für die Herbstsaat. Heute hatte sie keine Zeit mehr, auf dem Traktor mitzufahren, aber als kleines Mädchen hatte sie es geliebt, wenn der Netteste der Landarbeiter sie mitgenommen hatte. »Das wird eines Tages alles dir gehören. Nur gut, wenn du lernst, wie man es macht«, hatte er lachend gesagt.

Papa hatte nie einen Handschlag getan. Allerdings hatte

er auch niemanden herumkommandiert. Er war ein gutmütiger Mann gewesen, der fähige Leute angestellt hatte, um sich selbst nicht die Finger schmutzig machen zu müssen.

Er hatte sich auch nicht ins Zeug gelegt, Nikki für die Arbeit auf dem Hof zu begeistern, es schien ihm ziemlich egal gewesen zu sein, ob sie sich einmal vorstellen konnte, diesen Job zu übernehmen. Nikodemus hatte Witze gerissen und seinen Spaß gehabt, er war der selbstverständliche Mittelpunkt jedes Festes gewesen, und die Frauen hatten ihm zu Füßen gelegen, aber Nikki hatte ihn doch oft als einen recht verschlossenen Menschen erlebt. Als sie älter wurde, hatte sie häufiger gedacht, dass ihm die Fähigkeit, etwas wahrzunehmen und einzuordnen, völlig abging. Manches, um das man sich wirklich hätte kümmern müssen, hatte er einfach unter den Teppich gekehrt. Und deshalb befand sich der Hof wohl auch in dieser misslichen Lage. Vielleicht hatte er es sogar genossen, ihnen diese Situation einzubrocken? Ob er auch das nur als Spiel betrachtet hatte?

Sie stand auf, streckte den Rücken durch und sah hinüber zu Oberon. Er war verschwitzt. Komisch. Sie hatte ihn nicht besonders gefordert, und er hätte sich von dem Ritt längst schon erholt haben müssen.

»Wollen wir wieder umdrehen?«, fragte sie und sah in ihre Tüte, die zur Hälfte gefüllt war. Ihre Ausbeute würde auf jeden Fall für das warme Essen heute Abend reichen.

Oberon nickte, als wäre er einverstanden.

Mit losem Zügel ließ sich ihn im Schritt nach Hause trotten. Irgendwas war mit ihm los, und das beunruhigte Nikki sehr. Sie griff nach ihrem Handy, das sie in der Innentasche ihrer Jacke verstaut hatte, und rief Lucia an. In einer halben Stunde würden sie zu Hause sein, und sicherheitshalber wollte Nikki, dass Lucia sich ihr Pferd einmal ansah. Jedes andere Pferd hätte Nikki erst einmal selbst untersucht. Aber Oberon war nicht jedes andere Pferd.

Als niemand abnahm, hinterließ Nikki eine Nachricht auf der Mobilbox, dass Lucia zurückrufen oder besser noch kommen möge, und dies so schnell wie möglich. Sie streichelte Oberon über den Hals.

»Ich sage es noch mal: Wenn Katarina irgendeinen Scheiß in den Stall eingeschleppt hat, bringe ich sie um.«

Als sie auf den Hof trabten, erblickte Nikki ein Auto, das sie nicht kannte. Sie seufzte. Wurden es jeden Tag mehr Leute auf dem Hof? Ihr war, als hätte sich Gyllentofta von einem Tag auf den anderen in eine Art Pension verwandelt, in der sie ständig für Bett und Frühstück sorgen sollte.

Plötzlich schallte ein schriller Schrei durch die Luft, und eine Frau, die vor Nikkis Ausritt noch nicht da gewesen war, kam mit einem Koffer in der Hand aus dem Haus gerannt, Nikkis Mutter wild fuchtelnd hinterher. Ihr Schottenrock wickelte sich um ihre Beine, und die Schluppenbluse wedelte hin und her und schien sich nun in ihrer Perlenkette zu verhaken.

»Verschwinde!«, kreischte sie. »Hau ab, du … mieses Stück. Einfach herkommen, um sich ein Stück vom Kuchen zu holen. Nikodemus' Erbe. Dass du dich nicht schämst.«

Nikki stand mit offenem Mund da. Mutter? Nikki hatte

ihre Mutter so selten derart aufgebracht erlebt, dass sie ganz schockiert war.

Und wer war diese Frau, die ihre Mutter derart auf die Palme brachte?

Nun kamen noch mehr Leute aus dem Haus gerannt, als Erster Matteo. »Nun beruhigen Sie sich doch, wir sollten doch miteinander reden können.«

»Reden?«, schrie Nikkis Mutter, ohne sich umzudrehen. »Mit der spreche ich nicht, das habe ich seit einundfünfzig Jahren nicht getan. Verschwinde, sage ich. Verschwinde!« Ihre Aufmerksamkeit war komplett auf die Frau vor ihr gerichtet.

Die kleine grauhaarige Dame war schneller und saß bereits im Auto und hatte die Zentralverriegelung aktiviert, als Nikkis Mutter vor dem Wagen stand.

Matteo winkte Nikki zu. »Könntest du uns behilflich sein und dich um deine Mutter kümmern, dann übernehme ich Zacs Mama?«

Zacs Mama? Was hatte sie hier zu suchen? Nikki hatte weder Zeit noch Lust, sich damit zu beschäftigen, zumal ihr Pferd krank war. Sie schnalzte, damit Oberon sich in Richtung Stall in Bewegung setzte.

»Nikki«, rief Matteo.

Sie machte eine abwehrende Handbewegung. Hoffentlich hatten sie das Problem geklärt, wenn sie zurückkam. Sie warf einen Blick zu dem düsteren Himmel hinauf. Spätestens der bevorstehende Regenguss würde diesem Streit ein Ende setzen. Draußen zumindest.

42

Katarina musste duschen, bevor ihr jemand über den Weg lief, doch sie stellte fest, dass sie keineswegs so diskret ins Haus huschen konnte, wie sie es sich vorgestellt hatte. Mitten auf dem Hof parkte der Wagen ihrer Schwiegermutter. Draußen stand Nikkis Mutter und schrie hysterisch, während Matteo versuchte, sie zu beruhigen. Von Nikki keine Spur, aber Bonnie stand in der Tür. Und natürlich die Pastorin an ihrer Seite.

»Was geht hier vor sich?« Katarina ging vor zum Wagen. Sie klopfte an die Scheibe. »Warum sitzt du da drinnen, komm doch raus«, schrie sie, damit ihre Schwiegermutter sie auch durch die Glasscheibe hören konnte.

»Ich glaube, im Moment ist das keine so gute Idee«, sagte Matteo. »Die Damen liegen noch irgendwie im Clinch miteinander, wenn ich Bibbi richtig verstanden habe.«

»Im Clinch?«, brüllte Bibbi. »Sie hat mir meinen Mann ausgespannt. Und meine Tochter auch. Als sie nach Gyllentofta kam, um Nikkis Kindermädchen zu werden, ging unsere Familie in die Brüche. Aber er hat es ihr heimgezahlt, als sie schwanger wurde. Da wollte Nikodemus sie nicht mehr haben. Ha!« Sie schlug auf das Wagendach. »Hau ab, du Miststück, hau einfach ab.«

Matteo sah durch die Scheibe, als Eva den Motor anließ. »Ich rufe dich an«, gestikulierte er, drehte sich um und sah Katarina an, die sofort lächelte und winkte.

Katarina hatte nichts dagegen, dass ihre Schwiegermutter wieder verschwand. Diese war zwar in jeder Hinsicht eine Seele von Mensch, aber im Moment hatte Katarina keine Lust, nett und freundlich zu sein. Nicht einmal ein Plausch mit Matteo konnte sie locken. Sie wollte nur unter die Dusche und über das, was am Morgen passiert war, nachdenken.

Erik Lennartsson.

Sie war noch immer ganz hingerissen. Die Begegnung hatte sie ebenso berauscht wie drei Gläser Wein.

»Hallo, Schatz, hast du gut geschlafen?«, fragte sie Bonnie, als sie zur Tür kam.

»Warum ist Bibbi so sauer auf Großmutter?«

»Großmutter hatte offenbar eine Affäre mit ihrem damaligen Ehemann, deinem Opa«, erklärte Katarina. »So was kommt in den besten Familien vor.«

»Ist ja krass. Dann hat er Großmutter betrogen?«

Katarina fing an, sich zu ärgern. Was wusste Bonnie wohl? Nichts. Sie war fünfzehn und ein sehr behütetes Kind. Das war nicht Katarinas Verdienst, sondern Zacs. »Ich habe nur mitbekommen, was Bibbi ihr vorgeworfen hat, aber ich kann mir vorstellen, dass es auch noch eine andere Fassung dieser Geschichte gibt. Ich bin spazieren gewesen und verschwitzt, daher muss ich erst mal unter die Dusche. Bis später.«

Sonderbare Frau, dachte Annie. Sie machte keinerlei Anstalten, ihre Schwiegermutter und Bibbi zu beruhigen, sie zuckte einfach mit den Schultern und ging.

Trauer konnte Menschen extrem verändern, das hatte Annie schon so oft beobachtet. Tiefe Gefühle konnten denselben Effekt haben. Untreue, neue Beziehungen, Betrug und wahre Liebe. Alles konnte aus den Ruinen eines großen Verlusts entstehen, Dinge, die man nie für möglich gehalten hätte.

Katarina lief an ihnen vorbei und rannte die Treppe hinauf, da fiel Annie ein, dass der erste Spaziergang fällig war.

»Winston«, rief sie, und kurz darauf kam der Hund aus der Küche. »Wir gehen raus«, sagte sie im Flur zu Bonnie, während sie die Leine vom Haken an der Wand nahm. »Magst du mitkommen?« Sie warf Winston, der hin und her sprang, einen strengen Blick zu.

»Nee«, antwortete sie. »Ich werde mich auf das Spiel vorbereiten. Du bringst mich dann hin, das hast du doch versprochen?«

»Ja, natürlich. Ich freue mich schon drauf, mal wieder ein Fußballspiel anzuschauen, ist lange her.« Annie lächelte Bonnie an, die ein fröhliches Gesicht machte.

»Das ist mein erstes Spiel, seit Papa …« Sie verstummte, und das Lächeln erstarb.

Annie legte ihr eine Hand auf die Schulter und sah ihr ins Gesicht. »Alles in Ordnung?« Sie betrachtete sie aufmerksam, und erst, als Bonnie nickte, legte sie Winston die Leine an, warf sich die Jacke über und ging durch den Hintereingang hinaus, um nicht noch mehr von Bibbis Gejammer anhören zu müssen.

Vor dem Stall stand der Wagen der Tierärztin. Annie linste durch die geöffnete Tür und hielt die Leine kurz, damit Winston nicht hineinlief. Er war gern bei den Pferden, doch er durfte nicht mal in ihre Nähe kommen. Nikki meinte, er würde nach ihren Beinen schnappen, doch das war das Dümmste, was Annie je gehört hatte. Aber es hatte keinen Sinn, sich darüber zu streiten. Jeder wusste, wer diesen Streit gewinnen würde, und das war garantiert nicht das Team Annie-Winston.

»Hallo.« Anders kam aus der Küche und lief auf sie zu, während er sich die Hände an einem Handtuch abtrocknete. »Oberon geht es nicht gut, deswegen ist Lucia hier und nimmt ein paar Proben ab.« Anders hockte sich vor Winston hin, der schwanzwedelnd vor ihm stand.

»Okay. Dann stören wir nicht länger. Wir wollen gerade eine Runde drehen«, fuhr sie fort.

»Macht es euch etwas aus, wenn ich mitkomme?«

»Im Gegenteil.«

»Ich kann euch meinen Spezialweg zeigen, ich glaube, den kennt nicht einmal Nikki. Sie sitzt ja immer auf einem Pferderücken, wenn sie draußen ist, und da wird sie diesen Weg nicht nehmen. Wartet einen Moment.« Er warf das Handtuch auf einen Haken an der Tür, griff zu seiner Jacke, die danebenhing, und als er die untere Stalltür geschlossen hatte, ging er mit großen, eiligen Schritten los, während er noch den Reißverschluss zuzog.

Annie lief stolpernd hinter ihm her, mit Winston an der Leine springend.

»Ich kann nicht so schnell«, keuchte sie. »Du musst in unserem Tempo gehen, wenn du mitkommen willst.«

Er blieb auf der Stelle stehen und drehte sich um.

»Entschuldige, wie blöd von mir. Willst du Winston nicht von der Leine lassen?«

Er ging erst weiter, als sie auf seiner Höhe war.

»Bist du verrückt? Das würde ich mich nie trauen.« Verlockend war es schon, so wie er zog. Sie würde es zwar niemals zugeben, aber an manchen Tagen wünschte Annie, er wäre der Dackel, den sie eigentlich hatte anschaffen wollen.

»Wenn ich mit ihm gehe, läuft er immer frei«, sagte Anders sorglos.

»Wie, im Wald?«

»Ja.«

»Das unterlässt du bitte sofort«, sagte sie energisch. »Wenn er ein Tier entdeckt, springt er hinterher, und dann habe ich keinen Winston mehr. Du darfst ihn nie mehr mitnehmen, wenn du mir das nicht versprichst.«

»Aber wann hat er dann mal das Gefühl, frei zu sein? Ich finde es ein bisschen gemein, ihn hier anzuleinen, wo kaum ein Auto vorbeifährt. Ich meine, jemand hat mal ausgerechnet, dass hier im Schnitt drei Autos vorbeikommen, und zweieinhalb davon sind Traktoren.«

»Mein Hund, meine Entscheidung. Und Pastoren darf

man nicht belügen. Versprich mir, dass du ihn nirgendwo anders als auf dem Hof mehr freilässt.«

»Okay.«

»Danke.«

Sie lächelten sich an und spazierten schweigend weiter. Beide mussten laut lachen, als Winston in einen Graben abtauchte und nicht merkte, dass darin Wasser stand. Als er kurze Zeit später eine Wühlmaus entdeckte, nahm Anders die Leine. Er führte die beiden über einen schmalen kleinen Pfad den Berg hinauf. Annie ächzte, dieses Gelände war anstrengend. Anders ging vor und zog die Zweige zur Seite. Vor einigen mussten sie sich ducken, während sie gleichzeitig auf den Boden achtgaben, damit sie nicht über die Wurzeln stolperten.

Aber die Mühe hatte sich gelohnt, als sie oben waren.

Vor ihnen lag Gyllentofta. Gelbe, rote und grüne Felder vor einem nun fast wolkenfreien Himmel.

Anders legte den Arm um sie und drückte sie.

»Was sagst du dazu? Ich habe doch einen herrlichen Arbeitsplatz, oder?«

»Wie viel davon gehört zu Gyllentofta?«, fragte Annie.

»Alles, auch wenn das meiste verpachtet ist. Der größte Pächter, dieser Lennartsson, war gestern hier. Und Katarina hat ihn so bezirzt, dass er sie heute zu sich eingeladen hat. Ich frage mich, ob Nikki seinen Hof jemals von innen gesehen hat.« Er zeigte auf ein Gebäude. »Da ganz hinten kannst du Lennartssons Hof sehen.«

»Und die anderen Gebäude?«

»Das rote ist die Mosterei, aber die kennst du wohl. Weiter hinten liegt die alte Dorfschule. Das gelbe Haus.«

»Ich wusste gar nicht, dass es hier eine Schule gibt«, sagte sie erstaunt, während sie zusah, wie Winston sich dicht an Anders drückte.

»Es ist lange her, dass dort unterrichtet wurde. Aber ich meine, mich zu erinnern, dass Nikodemus noch auf diese Schule ging«, sagte Anders und fuhr fort: »Die Gemeinde hat das Gebäude früher vermietet, aber jetzt steht es leer. Es hätte eigentlich ein bisschen Zuwendung verdient. Nikki muss sich darum kümmern, dass das Haus renoviert wird, denn sonst kann man es in ein paar Jahren nur noch abreißen, und das wäre doch schade.« Er kraulte Winston hinter dem Ohr. »Wollen wir weitergehen?«

Als Katarina unter die Dusche stieg, noch immer unter Strom, gingen ihre Gedanken zu den Ereignissen des Tages zurück.

Sie hatte Lennartsson nach dem Frühstück angerufen, als Annie und Bonnie zusammengehockt und geflüstert hatten. Warum sollte sie auf Gyllentofta bleiben, wenn selbst ihre eigene Familie nicht mit ihr reden wollte? Zwanzig Minuten später hatte er sie abgeholt.

Als sie die Wagentür geöffnet hatte, hatte ihr der Duft von frisch geduschtem Mann entgegengeschlagen. Beim Einsteigen hatte sie sein schönes Auto bewundert und sanft über den hellen Ledersitz gestrichen. Ein strahlend weißes Lächeln traf das andere. Die Erklärung, dass er als größter Pächter die neue Besitzerin kennenlernen wollte, hatte sie ihm sowieso nicht abgenommen. Er hatte sie attraktiv gefunden. Und sie ihn. Außerdem, und das allein reichte schon als Grund, sich ihm zu nähern, brauchte sie einen Verbündeten. Viele hatte sie ja nicht.

Verstohlen hatte sie einen Blick auf seine Hand geworfen, um festzustellen, ob noch der Abdruck eines abgenommenen Eheringes sichtbar war. Das hätte ihr nichts ausgemacht. *Vorher* hätte sie nichts Verbotenes getan und *vorher* auch nicht daran gedacht, obwohl ihr Körper unaufhaltsam zu dem Mann auf dem Sitz neben ihr drängte.

Matteo wollte, dass Nikki und sie zusammenarbeiteten und keine Bündnisse schafften, doch er selbst agierte nicht in diesem Sinne. Und warum sollte sie nicht auch jemanden dazu bringen, auf ihrer Seite zu stehen? Es war ungerecht und mies, ihn zu hintergehen, schließlich war er noch ihr Anwalt. Doch sie und Nikki würden sich niemals einigen, und auf Anders konnte sie nicht zählen. Er hatte ihr zwar am gestrigen Tag geholfen, doch wenn es hart auf hart kam, war es klar, auf wessen Seite er stand.

Alle entschieden sich für Nikki. Und wenn sich sogar noch Bonnie von ihr abwendete, war Katarina ganz verloren.

Es war doch wirklich nicht verwunderlich, dass sie ihre Chance darin witterte, Lennartsson auf ihre Seite zu ziehen. Das Spiel, das sie im Sinn hatte, war sehr verlockend, und sie wusste genau, dass sie die Finger davon lassen sollte, aber war es klug, sich völlig zu isolieren? Sie hatte von ihrem Mann ein Erbe bekommen, das war das einzige Vergehen, was ihr anzulasten war.

Sie hatte Erik im Auto taxiert. Er war etwas älter, so in

Matteos Alter, aber das hatte sie anziehend gefunden. Ein erfahrener, ein starker Mann. Seine groben Hände hatten vielversprechend ausgesehen. Sie hatten schon das Steuer gestreichelt, und als er den Gang gewechselt hatte, war seine Hand dicht an ihren Jeans vorbeigestrichen, und das war kein Zufall gewesen. Er hatte genau gewusst, was er tat, und sich dafür auch nicht entschuldigt.

Das hauchdünne Eis, auf das sie sich begeben hatte, hatte ihren Puls in die Höhe getrieben. Der reinste Wahnsinn. Sie hatte schon Schauer vom Adrenalin gespürt, als *noch* gar nichts passiert war.

»Gleich sind wir bei mir«, hatte er erklärt. Kein Wort von seiner Frau. »Was hältst du von einem kleinen Spaziergang? Ich habe ... eine Scheune, nach der ich mal sehen sollte.«

Er hatte ihr einen Strohhalm aus dem Haar gezogen. »Jetzt gehörst du mir«, hatte er gesagt. Er hatte auf seinen Arm gestützt dagelegen und sie mit besitzergreifendem Blick angesehen, und sie hatte es genossen, dass er sie dominieren wollte, aber nicht durfte. Das hatte sie richtig schwach gemacht.

Ein ganz normaler Bauer aus Östgötaland, wer hätte gedacht, dass so ein Mann sie ausziehen würde? Er hatte die Hose noch anbehalten. Hatte ihre Schenkel sanft liebkost, dann seine raue Hand auf ihre Pobacke gelegt und so fest zugekniffen, dass sie laut gequiekt hatte. Der Schmerz war heftig, aber erotisch gewesen. Seine Hand war zu ihrer Brust weitergewandert, dann zurück zu ihrem Bauch und wieder an ihren Hintern. Mit seinem starken Arm hatte er sie so nah an sich herangezogen, dass ihr Körper gar nicht anders konnte, als sich an seinen zu pressen. Sie hatte mit einem Bein seinen Oberschenkel umklammert. Sich langsam an seinen Jeans gerieben, während sie ihn gierig dabei küsste. Sie wusste genau, dass er sich auf sie stürzen und hart in sie stoßen wollte, ohne vorher zu fragen, doch das würde sie nicht zulassen. Nicht, bevor sie es ihm erlaubte. Sie hatte selbst nicht begreifen können, wie sie die Lust, sich ihm hier und jetzt hinzugeben, hatte beherrschen können. Das Spiel war so unwiderstehlich, weil es ein Spiel mit dem Feuer war. Er hatte ihr exakt beschrieben, wie er es mochte und was er mit ihr anstellen wolle, und sie hatte mit trockenem Mund gelauscht. Einen Moment lang hatte sie mit dem Gedanken gespielt aufzugeben, ihn zu bitten, ihr endlich das zu geben, wonach ihr Körper verlangte. Und im nächsten Moment war die Angst wieder da gewesen, dass er sich auf sie stürzen würde. Nie hatte sie mehr Lust empfunden.

Aber.

Er war ein stinknormaler Mann, der ihren Grund und Boden pachtete.

Sie wusste es, und er wusste es auch.

Die Macht lag in ihren Händen.

Und das war enorm sexy, so etwas hatte sie noch nie erlebt. Unter der Dusche konnte sie endlich die Gefühle freilassen, die sich den ganzen Morgen lang angestaut hatten.

Sie besaß *ihn*.

Sie kam allein schon fast von dem Gedanken.

43

Nikki versuchte, an Lucias Gesicht etwas abzulesen, aber wie immer war der Gesichtsausdruck der Tierärztin neutral. Sie untersuchte Oberon sorgfältig, dabei hing das Stethoskop um ihren Hals, und sie murmelte vor sich hin.

»Ich denke, wir sollten ihn sicherheitshalber isolieren. Wir wollen ja nicht, dass er die anderen Tiere mit seiner Erkältung ansteckt.« Sie klopfte ihm auf den Hals. »Ich nehme noch ein paar Proben, und dann sehen wir ja, was dabei herauskommt.«

»Aber du denkst nicht, dass es die Druse ist?«, stöhnte Nikki. »Doch, ich sehe es dir an«, log sie, um Lucia unter Druck zu setzen.

Lucia zuckte mit den Schultern. »Ganz ehrlich, Nikki, natürlich könnte es eine beginnende Druse sein, aber genauso gut auch eine normale Erkältung. Irgendwas hat er auf jeden Fall, denn er hat Fieber. Doch erst wenn wir die Laborergebnisse haben, wissen wir es genau.«

»Okay, danke.«

Als Lucia wieder gefahren war, machte Nikki eine neue Box für Oberon fertig, die von den anderen Pferden etwas entfernt war. Sie versuchte, sich einzureden, dass sie sich keine Sorgen machen musste. Doch das Pferd war schon alt und sein Immunsystem nicht mehr so stabil.

Die Pferdepfleger waren jetzt auf dem Weg in den Stall. Nikki hörte die Autos draußen vorfahren und flitzte hinaus, um sie an der Tür abzufangen und zu bitten, Abstand zu ihrem Pferd zu halten. Die meisten gingen sowieso nicht mehr freiwillig in seine Nähe. Es war einmal vorgekommen, dass Oberon einem einen Schlag versetzt hatte, und beinahe hätte er Nikki dafür angezeigt, doch sie hatte darauf verwiesen, dass er selber schuld gewesen sei. Man fasste Oberon nicht an, das wusste jeder, der seinen Fuß in den Stall setzte.

Im Haus herrschte die Ruhe nach dem Sturm, mit dem sie die anderen allein gelassen hatte. Nikkis Mutter und Annie hockten im Wohnzimmer, von Katarina und Bonnie fehlte jede Spur.

»Ich will nur duschen und mich umziehen«, sagte Nikki und wedelte mit ihrer Tüte, in der die Pilze lagen. »Wenn ihr sie nachher als Abendessen möchtet, dann kann ich sie zubereiten, aber ihr müsst sie putzen.«

»Das überlasse ich Bibbi«, sagte Annie. »Ich fahre in einer Viertelstunde zum Fußball.«

»Ich soll Pilze putzen?« Bibbi sah ihre Tochter mit großen Augen an. »Du solltest dir eine Haushälterin zulegen.«

»Eine Haushälterin? Ach, Mama.«

Ihre Mutter lebte wirklich in einer anderen Welt. Wie ernährte sie sich eigentlich? Soweit Nikki wusste, hatten ihre Mutter und Steven niemanden, der ihnen zu Hause half, was auch völlig überflüssig war, denn beide waren kerngesund und fit.

»Ich bitte Anders darum.« Bibbi strahlte.

»Das tust du nicht«, entgegnete Nikki energisch. »Ich lege die Tüte auf die Arbeitsplatte. Und dann kannst du mir gern mal erklären, was das vorhin war. So hab ich dich ja noch nie gesehen.«

Auf dem Weg ins Badezimmer fragte sie sich, wo eigentlich Matteo abgeblieben war. Vielleicht war er Zacs Mutter hinterhergefahren. Die Arme.

Dass ihre eigene Mutter so die Fassung verlieren konnte! Selten genug hatte Nikki erlebt, dass ihre Eltern überhaupt irgendwelche Gefühle zeigten, daher war so eine emotionale Reaktion fast schon erfrischend.

Nikki hatte das Wasser schon laufen lassen, damit es warm war, als sie unter die Dusche stieg. Die heißen Strahlen drangen durch ihr Haar. Schnell schrubbte sie sich ab, bevor sie die letzten Tropfen aus der Shampooflasche direkt auf ihre Kopfhaut fließen ließ. Sanft massierte sie das Shampoo ein, und als ihr Haar voller Schaum war, lehnte sie den Kopf nach hinten, um es auszuspülen. Das Wasser war mittlerweile abgekühlt, daher drehte Nikki den Hahn weiter auf. Nichts geschah. Sie drehte noch ein Stück, doch es tat sich nichts. Der Wasserstrahl wurde immer kälter, und sie begann zu frieren. Wütend starrte sie auf die Armatur.

Jetzt war es eiskalt.

Verdammter Mist. Sie schimpfte laut, während sie sich ein Handtuch schnappte und aus der Dusche stieg. Sie wickelte sich ein und beugte sich dann noch mal über die Kante der Badewanne. Schließlich hatte sie noch Shampoo im Haar.

Das frostig kalte Wasser strömte ihr über den Kopf. Daran konnte nur Katarina schuld sein, die nicht kapierte, dass man nicht ausgedehnt duschte, wenn man auf dem Land wohnte und einen Warmwasserboiler hatte.

Nikkis Zähne klapperten, an eine Spülung war nicht zu denken. Sie wickelte sich das Handtuch um den Kopf, warf sich ihren dicken Morgenmantel über, fuhr in ihre Pantoffeln und flitzte in den Flur des anderen Flügels.

Sie klopfte an Katarinas Tür.

»Wer ist da?«, erklang von innen.

»Ich bin's. Mach auf«, rief Nikki scharf. Sie zog den Gürtel fest und streckte den Rücken durch.

Katarina öffnete die Tür nur einen Spalt. Auf ihrem Bett saß Matteo. Da zögerte Nikki kurz, doch als sie Katarinas überlegenes Grinsen sah, gelang es ihr nicht mehr, so freundlich zu sein, wie sie es hätte sein sollen. Die Frau war schließlich kein Kind mehr.

Als Nikki fertig war, sah Katarina ihr ins Gesicht.

»Okay, jetzt hast du einen langen Vortrag über einen Wasserboiler gehalten, und wofür ...?« Katarina zwirbelte eine Haarsträhne zwischen den Fingern und wirkte nun so lächerlich wie Frauen über vierzig, die sich benehmen, als seien sie viel jünger.

»Ich habe gesagt, du duschst zu lange.«

»Was? Kann man sich in diesem Haus nicht mal waschen?«

»Das warme Wasser reicht für eine Stunde. Normale Menschen waschen sich in zehn Minuten. Bitte sei so nett, und rufe dir in Erinnerung, dass hier noch mehr Leute sind außer dir.«

»Wenn deine verrückte Mutter nicht meine Schwiegermutter aus dem Haus gejagt hätte, wären wir noch mehr Personen, da kannst du dich ja freuen«, sagte Katarina und lächelte zuckersüß.

Nikki brachte es nicht fertig, zu Matteo hinüberzusehen, bevor sie auf dem Absatz kehrtmachte und die Tür hinter sich zuschlug.

Sie musste sich beruhigen, die kalte Dusche war nicht die Welt. Es war wesentlich schlimmer, dass Oberon krank war.

Weil Matteo sich noch im Haus befand, zog Nikki Jeans und ein T-Shirt an anstelle der schönen alten Adidashose mit Löchern an den Knien, die sie immer trug, wenn sie zwischen Haus und Stall hin- und hersprang. Ihr zotteliges Haar steckte sie hoch. Make-up? Nein, das war ihr zu viel Aufwand. Nur ein Tröpfchen Parfüm.

Nikki warf einen Blick auf die Uhr. Zwei. Jetzt wollte sie sich schnell ein Brot schmieren, da das Mittagessen ausgefallen war. Das Schweinefilet gab es später.

In der Küche stand ihre Mutter und putzte die Pilze. Sie seufzte laut, als Nikki in der Tür erschien.

»Ich hoffe sehr, dass du das zu schätzen weißt, was deine Mutter für dich tut«, sagte sie und fuchtelte mit dem kleinen Messer herum. »Das strengt mich wahnsinnig an.«

»Ich kann verstehen, dass das eine Herausforderung ist«, sagte Nikki. »Welch ein Glück, dass ich so eine starke und arbeitswillige Mutter habe. Aber den gröbsten Dreck habe ich schon im Wald abgeputzt.«

»Davon merkt man nichts«, entgegnete Bibbi und seufzte erneut.

»Du musst sie abspülen«, sagte Nikki lächelnd. »Neue Zeiten, neue Erkenntnisse.«

Sie öffnete den Kühlschrank. »Sind Annie und Bonnie jetzt gefahren?«

Bibbi nickte.

Nikki nahm Käse und Butter heraus und schob zwei Scheiben Brot in den Toaster.

»Was war denn nun eigentlich mit Zacs Mutter?«, fragte sie.

Weiter kam sie nicht.

In der Tür stand plötzlich jemand. Nikki schob sich die Brille auf die Nase, die in ihren Haaren steckte.

Hatte sie richtig gesehen?

»Es stimmt, dass du mich lieber hattest als sie«, erklang es mit einem Mal von der Tür, und da drehte auch Bibbi sich um.

Nikki griff sofort nach dem Handgelenk ihrer Mutter. In dieser Hand hielt sie nämlich noch immer das kleine Messer.

Nikki hätte diese Stimme unter Tausenden wiedererkannt.

»Eva?«, flüsterte sie. »Aber *natürlich.* Das hätte ich mir doch denken können!«

Die Frau nickte, und da versuchte Bibbi, sich aus Nikkis festem Griff zu winden. »Mama, hör sofort auf.«

»Es ist so lange her, Nikki«, sagte Eva zurückhaltend. »Ich wünschte, wir hätten uns unter anderen Umständen wiedergesehen.«

Ihre Stimme brach.

»Na ja, ich bin ja die ganze Zeit hier gewesen, du hättest nur vorbeikommen müssen.«

»Darf ich dich in die Arme schließen?«

Eva standen die Tränen in den Augen, aber Nikki schüttelte dennoch den Kopf. Das wurde ihr zu viel. »Nein, aber komm rein, und setz dich. Möchtest du eine Tasse Kaffee?«

Ihre Mutter schien sich etwas zu entspannen, als klar war, dass sie nicht noch zusehen musste, wie ihre Tochter ihr altes Kindermädchen umarmte, und als sie das Messer zur Seite legte, nahm Nikki es und steckte es in die Spülmaschine, bevor sie die Kaffeetassen herausholte.

Eva ging vorsichtig vor zum Tisch. Sie hängte ihren Mantel über einen Stuhl und setzte sich, den Blick auf Bibbi gerichtet.

»Gut, dass du zurückgekommen bist«, sagte Nikki. »Ich wünschte nur, es wäre früher gewesen.«

»Hätte das einen Unterschied gemacht?«

»Ich weiß es nicht. Aber du bist einfach verschwunden.« Nikki war im Moment ein bisschen verwirrt, doch sie konnte sich noch gut erinnern, wie verzweifelt sie gewesen war, als ihr Kindermädchen von einem Tag auf den anderen das Haus verlassen hatte. Ihr Vater hatte ihr erklärt, Eva würde heiraten und könne deshalb nicht mehr auf Gyllentofta sein.

Aber warum, Papa? Warum darf ich sie nicht mehr sehen? Sie kann mich doch noch besuchen, warum denn nicht? Ich verstehe das nicht, Papa, lieber Papa, bitte frag sie, ob sie zurück zu uns kommt. Entschuldige dich, wenn du etwas Dummes gemacht hast. Bitte …

»Dein Vater …«

Als Nikki bemerkte, dass ihre Mutter sich einmischen wollte, brachte sie sie mit einem ernsten Blick in Richtung Wohnzimmer zum Schweigen. Sie würde nicht zögern, ihre Mutter einzuschließen, und das wusste Bibbi.

»Dein Vater hat es mir verboten und angedroht, er würde mir jede Hilfe verwehren, wenn ich etwas verriete. Aber du wusstest es, Bibbi. Du hast es immer gewusst. Warum hast du es Nikki nicht erzählt?«

Nikki drehte sich zu ihrer Mutter um. »Du hast von Zac gewusst?«

Ihre Mutter nickte. »Ja, ja, ja, aber zu mir hat Nikodemus auch gesagt, dass ich schweigen soll.«

»Aber warum hast du dich daran gehalten, ihr wart doch geschieden?«

»Auf dem Papier schon«, sagte Eva trocken. »Aber deine Eltern hatten ein Verhältnis bis zu dem Tag, an dem dein Vater starb.«

In Nikkis Kopf zündete das reinste Feuerwerk, und sie schlug mit der Faust auf den Tisch, dass die Damen vor Schreck zusammenfuhren. »Verdammt noch mal! Sind in dieser Familie eigentlich alle verrückt?«

44

Annie saß neben Anders auf dem Beifahrersitz. Er hatte angeboten, sie zu fahren, als er von dem Fußballspiel gehört hatte.

»Darf ich dich eine Sache fragen?«, sagte sie.

»Bitte.«

»Bist du jemals verheiratet gewesen?«

»Nein. Du etwa?« Er schielte sie von der Seite her an.

»Nein.«

»Warum fragst du?«

»Weil du so schrecklich nett bist und nette Männer in der Regel nette Frauen haben.« Sie wollte ihm nicht schmeicheln, doch sie war überrascht, dass er nicht liiert war.

Annie drehte den Kopf zu Bonnie um, die auf dem Rücksitz saß. »Wie geht's dir, bist du aufgeregt? Du hast ja eine ganze Weile nicht gespielt.«

Bonnie lächelte blass. »So aufgeregt, wie man nur sein kann.«

Sie hatten vorher darüber geredet, dass es ihr schwerfallen könnte. Zum ersten Mal saß Zac nicht auf der Tribüne, und das würde ihr sicher sehr fehlen. »Aber es fühlt sich sowieso immer leer an«, hatte Bonnie erklärt. »Da macht es auch keinen Unterschied, ob ich in meinem neuen Zimmer hocke, in dem neuen Haus oder auf dem Fußballplatz. Papa fehlt mir, egal, wo ich bin.«

Annie streckte ihre Hand zum Rücksitz aus und streichelte Bonnie übers Bein. »Ich werde dich so anfeuern, dass es dir peinlich wird«, sagte sie lächelnd. »Und ich glaube, Anders wird mir helfen.«

Es war, als ob Annies gesammelte Wut auf die ganze Welt in dem Moment verflossen war, als Bonnie auf Gyllentofta aufgetaucht war. Das musste ein Auftrag von Gott sein, auf dieses Mädchen aufzupassen, es konnte gar nicht anders sein.

Ansonsten war es etwas dürftig mit den Botschaften von oben.

Was Annie mit ihrem Priestergewand, ihrer Wohnsituation und dem Fehlen jeglicher Ambitionen anfangen sollte, darauf bekam sie keine Antwort, auch wenn sie jeden Abend betend niederkniete.

Seit Zacs Beerdigung hatte sie keine Kirche besucht, und einen Gottesdienstbesuch hatte sie auch abgelehnt. Es war ein sonderbares Gefühl, keine Sehnsucht nach der Kirche, dem Raum selbst, zu verspüren, aber sie glaubte, sie habe die Erlaubnis, Gott in sich zu tragen, in seinem Geiste zu wirken, auch wenn es außerhalb seines Hauses geschah. Aber ganz sicher konnte sie natürlich nicht sein.

Bonnie hatte keine Ahnung davon, dass sie gottgesandt war, und Annie nahm ihre Aufgabe mit größtem Einsatz wahr. Die Mutter des Mädchens war noch immer nicht sie selbst, und Matteo hatte zu viel Mitleid mit Bonnie, um ihr guttun zu können. Bonnie würde das alles gut überstehen, doch sie brauchte jemanden, dem sie sich anvertrauen konnte.

Katarina konnte diese Rolle sicherlich ausfüllen, wenn sie nach all ihren Pirouetten wieder auf dem Boden gelandet war, doch im Moment sah es so aus, als sei sie noch recht instabil, und das spürte Bonnie natürlich auch. Annie nahm an, dass Bonnie sie nicht einmal gefragt hatte, ob sie sie zu dem Spiel begleiten wolle. Entweder hatte sie Angst, einen Korb zu bekommen, oder es war ihr einfach egal. Darüber hatten Annie und Bonnie gar nicht gesprochen. A *und* B, so nannte Nikki sie inzwischen.

Nikki hatte gefragt, ob sie mitkommen könne, doch das hatte Bonnie abgelehnt. »Dann verzichte ich lieber auf das Spiel«, war ihre Antwort gewesen.

»Warum magst du Nikki nicht? Sie ist meine beste Freundin, und sie ist supernett.«

»Ich mag sie einfach nicht. Aber Matteo und Mama mag ich auch nicht. Ich mag eigentlich nur dich und Großmutter. Und dich auch ein bisschen, Anders«, schob sie hinterher.

»Sie sind nicht schuld am Tod deines Vaters. Alle wollen nur dein Bestes.« Annie hätte sich gewünscht, dass Bonnie es verstände.

»Hm, das sagt man so.«

An dem Tag, an dem Bonnie bereit war, über den Unfall zu reden, der ihren Vater das Leben gekostet hatte, würde Annie für sie da sein. Doch noch war es nicht so weit.

»Möchtest du etwas?«, fragte Anders. Sie warteten auf den Anpfiff der zweiten Halbzeit, und er war gerade aufgestanden.

»Vom Kiosk?«

Er nickte.

»Eine Tasse schwarzen Kaffee.«

»Kein Wiener Würstchen?«

Annie lächelte. »Nein, danke.«

Sie betrachtete seinen Rücken, als er von der Tribüne stieg, und sah ihn dann über den Rasen zum Kiosk laufen.

»Ich bin oft zu Hause und spiele Gitarre«, hatte er kürzlich geantwortet, als sie gefragt hatte, was er denn mache, wenn er nicht arbeitete.

»Singst du auch?«

»Nein, ich klampfe nur ein bisschen. So leidlich, würde ich sagen. Aber man kann sich da leicht verlieren, mit einem Mal ist ein ganzer Abend vergangen, ohne dass ich einen einzigen Menschen gesehen habe.«

»Fühlst du dich nie einsam?«

»Manchmal. Und du?«

»Ich hab mich eher nach Einsamkeit gesehnt. Als Pastorin ist man immer im Dienst, und das ist für mich nicht das Richtige. Ich werde ziemlich pampig, wenn ich keine Zeit mehr für mich habe.«

Jetzt warf Bonnie einen Blick hinauf zur Tribüne, und Annie winkte ihr begeistert zu. Soweit Annie es beurteilen konnte, war Bonnie die Beste in der Mannschaft. Auch wenn das Mädchen selbst kein Tor geschossen hatte, hatte es die

Vorlagen zu zwei von drei Toren gegeben, die in der ersten Halbzeit für Norrköping gefallen waren.

»Hier«, sagte Anders und hielt ihr die Tasse hin.

»Danke.«

»Annie, erzähl doch mal mehr von dir. Was hast du für Interessen?«

»Ich weiß gar nicht, ob ich welche habe«, antwortete sie und überlegte eine Weile ... »Ich lese, sehe gern Filme im Fernsehen oder im Kino und mache Blödsinn mit Nikki. Das ist im Moment wohl schon alles. Na ja, und dann habe ich ja Winston, und er braucht auch seine Zeit.«

»Bist du mit ihm mal in der Hundeschule gewesen?«

»Sieht es so aus?«, antwortete Annie grinsend.

Er musste lachen. »Wohl eher nicht. Aber er hat Charme und ist ein ganz Lieber, das ist doch wohl das Wichtigste.«

»Weißt du was, ich mag dich immer mehr«, rief Annie lachend und winkte auf den Platz hinunter, wo sich die Mannschaften für die nächste Halbzeit aufstellten.

Was für ein netter Nachmittag!

45

Als Bibbis Telefon klingelte, saßen Bibbi und Eva jede in einer Ecke der Küche, wo Nikki sie platziert hatte. Etwas anderes war unmöglich.

Nikki selbst war von den ganzen dramatischen Vorstellungen derartig erschlagen, dass sie auf der Stelle hätte ins Bett gehen können, doch erst musste sie nach den Pferden sehen.

An den Wochenenden hatten die meisten, die auf dem Hof arbeiteten, frei. Nur sie selbst und noch eine weitere Person waren für die Tiere zuständig. Nikki kannte keine Bauern, die nicht sieben Tage die Woche arbeiteten. Schließlich fraßen und verdauten die Tiere auch nicht von Montag bis Freitag von 8 bis 17 Uhr. Mit nur einer Kraft als Unterstützung hatte Nikki an den Wochenenden daher mehr zu tun als an einem gewöhnlichen Wochentag.

Ihre Mutter telefonierte noch, doch als Bibbis Tonfall von einem anfangs freundlichen Ton in ein gebrülltes *»und was ist mit mir?«* mündete, wusste Nikki, dass noch kein Ende des Dramas in Sicht war.

Daher bat sie Eva freundlich, sie eine Weile allein zu lassen. Nikki wollte wirklich eine Gelegenheit suchen, sich mit ihr auszusprechen, zumal Eva so sehr um ihren Sohn trauerte. Doch im Moment war es der völlig falsche Zeitpunkt. Das war erst möglich, wenn ihre Mutter wieder abgereist war.

Gerade als Eva auf dem Weg aus der Küche war, kam Matteo hinein. Er sah Eva erstaunt an. »Du bist wieder da?«

»Kannst du vielleicht einen kleinen Spaziergang mit ihr unternehmen?«, fragte Nikki. »Ich muss mit Mama reden.«

Er nickte. »Komm, Eva, schauen wir doch mal, was du hier noch kennst. Katarina ist oben in ihrem Zimmer, und Bonnie müsste nun auf dem Heimweg vom Fußballspiel sein.«

Als sie die Küche verließen, ging Nikki auf die wimmernde Bibbi zu. Sie hatte die Arme um ihren Körper geschlungen, schaukelte hin und her und stieß sonderbare Laute aus.

»Was ist denn passiert?«

»Steven will sich scheiden lassen und mich hinauswerfen. Er hat offenbar einen *Freund*, der einziehen soll. Er hat mir angeboten, eine Zweizimmerwohnung in einem Vorort für mich zu kaufen. In einem Vorort«, heulte sie. »Ich kann doch nicht in der Pampa wohnen, auf gar keinen Fall. Das verstehst du doch, Nikki, oder? Das ist ein schrecklicher Tag, schrecklich. Erst Eva, die mich hintergangen hat, und dann das. Wie viel soll ich denn noch ertragen?«

Nikki räusperte sich demonstrativ. »Na ja, du hast aber auch eine ganze Menge zu erklären«, sagte sie und ließ sich auf einem Küchenstuhl gegenüber ihrer Mutter nieder.

Dann beugte sie sich über den Tisch. »Die Tatsache, dass du und Papa die ganzen Jahre lang heimlich liiert wart, ist mir völlig neu. Habt ihr nie daran gedacht, dass eure Tochter, *eure gemeinsame Tochter*, euer einziges Kind, es vielleicht schön gefunden hätte, euch zusammen zu sehen?«

Nikki konnte sich nicht beherrschen, obwohl ihre Mutter nach diesen schlechten Neuigkeiten müde aussah. Natürlich hatte sie gewusst, dass Steven schwul war, das merkte jeder sofort, der ihn kennenlernte. Nikki war immer davon ausgegangen, dass in dieser Beziehung jeder vom anderen profitierte. Dass er offensichtlich eine weibliche Partnerin brauchte und Bibbi einen reichen Mann. Nikki hatte gehört, dass sie gut miteinander klarkamen, zumindest hatte ihre Mutter sich nie beschwert.

Sehr selten erlebte man Bibbi niedergeschlagen, doch jetzt war sie völlig am Boden zerstört. So klein und dünn und traurig sah sie fast zerbrechlich aus. Sie wirkte gealtert. Das hatte Nikki noch nie wahrgenommen. Ihre Mutter war ein Energiebündel, wie man es nur selten vorfand, so war es immer gewesen. Gefühllos, ohne Empathie, doch mit einer erstaunlichen Art Zuneigung für das, von dem sie meinte, dass es ihr gehörte.

Und Nikki zählte dazu.

Bibbi seufzte. »Mein liebes Kind. Die Jahre verflogen, und wir haben nie darüber gesprochen, dass wir eine Art Verhältnis hatten, wir haben einfach weitergemacht, als ob 1964 nichts geschehen wäre. Ich habe mehrmals geheiratet, er hatte junge Dinger, die ihm am Hals hingen, aber wir hatten das, was nur uns gehörte. Irgendeine Form von Liebe, würde ich sagen.«

»Und warum habt ihr euch getrennt? Du hast immer gesagt, der Grund sei seine Untreue gewesen.«

»Können wir darüber vielleicht ein andermal reden? Ich habe gerade eine Wohnung in Hökarängen bekommen und muss mich jetzt hinlegen, um das zu verdauen.«

Im Stall war es unangenehm still. Nikki fütterte den Kater, dann ging sie zu Oberon. Er ließ den Kopf hängen, doch er nahm die Mohrrübe, die sie ihm mitgebracht hatte. Während sie ihn striegelte, sagte sie ihm, er müsse schnell wieder gesund werden, denn sie brauchte ihn, um vom Haus wegzukommen.

»Da drinnen tobt der Wahnsinn«, sagte sie und zog die Bürste durch seine Mähne. »Mama ist jetzt wohnungslos, und diese Traumtänzerin hat sich eingeschlichen mit einem Anwalt, der so attraktiv ist, dass man es in seiner Nähe kaum aushält.«

»Ach, das ist also deine Meinung.«

Nikki kniff die Augen zusammen. Shit. Katarina war jetzt wirklich nicht willkommen. Das war Nikkis Zeit mit ihrem Pferd.

Sie richtete sich auf und schaute zur Tür der Box, wo Katarina stand.

»Du schmachtest also nach meinem Anwalt. Sehr interessant«, sagte sie und schaute auf ihre langen roten Nägel. »Interessant, aber nicht ungefährlich.« Sie hob den Kopf und sah Nikki in die Augen. Ihr Blick war eiskalt. »Du denkst doch wohl nicht, dass du mich über Matteo manipulieren kannst? Wofür hältst du mich eigentlich? Glaubst du, ich bin völlig blöd? Hol hundert Millionen aus der Tasche, dann bist du mich los. Wenn Matteo das Geld besorgen kann, gehört er dir. Wenn nicht, solltest du dich nach einem anderen attraktiven Anwalt umsehen. Bonnie und ich werden Zacs besten Freund behalten. Und unseren Teil von Gyllentofta auch. Jetzt hast du dich wieder einen Schritt von einer Zusammenarbeit entfernt.«

Nikki schlich ins Haus, als sie aus dem Stall zurückkam, und verriegelte die Schlafzimmertür hinter sich. Sie würde jetzt schnell duschen und sich dann im Bademantel aufs Bett legen, die Kopfhörer aufsetzen und den ganzen Abend lang keinen Finger krümmen. Die Pfifferlinge konnte jemand anders essen, sie pfiff auf das Abendessen.

Zwei Stunden später drang durch die Ritze ihrer Zimmertür der Duft aus der Küche, doch sie versuchte, ihn zu ignorieren. Stattdessen konzentrierte sie sich auf die YouTube-Clips mit Katzenjungen und lachenden Babys.

Doch sie verzog nicht einmal den Mund.

Als es an der Tür klopfte, rief sie »Verschwinde!«. Erst als sie merkte, dass es Annie war, stand sie auf und öffnete langsam die Tür, um sicherzugehen, dass sie allein dastand. So war es, und nicht nur das: Sie hielt ein Tablett, auf dem ein Teller mit Essen stand. Und ein großes Glas Rotwein. Nikki fing fast an zu heulen.

»Du bist die beste Freundin der Welt«, murmelte sie und schaute auf das Schweinefilet mit Pfifferlingsoße. Ohne dass sie es abgesprochen hatten, hatte Annie noch Kartoffelmus gemacht. Nikki steckte den Finger hinein und probierte. »Mit reichlich Butter«, sagte sie zufrieden, und Annie nickte.

»Heute hast du mir wirklich leidgetan«, sagte Annie.

Nikki knuffte die Kissen zurecht, bevor sie sich wieder aufs Bett setzte, und Annie stellte das Tablett vorsichtig neben Nikki ab.

»Guten Appetit.« Annie ging ans Fenster.

»Oberon ist krank«, sagte Nikki, während sie sich das Tablett auf die Beine hob.

»Ich weiß. Wie geht's ihm jetzt?«

»Zum Glück nicht schlechter.« Sie fuhr mit der Gabel ins Kartoffelmus und in die Soße, pikste in ein Stück Fleisch und schob sich beides in den Mund. Oh, wie köstlich, sie hätte es selbst nicht besser kochen können. »Du bist eine hervorragende Köchin«, sagte sie mit vollem Mund. »Und ich hab gedacht, du könntest nur backen.«

»Was sagst du zu der Sache mit Eva? Du hast in den ganzen Jahren immer wieder von ihr erzählt. Bist du je auf die Idee gekommen, sie könnte Zacs Mutter sein?« Annie ging zu Nikkis Bett und legte sich neben sie, die Hände auf dem Bauch.

»Nein, nie. Er hatte doch so viele Frauen. Aber ich weiß echt nicht, was ich dazu sagen soll. Ich fühle mich total leer. Im Moment habe ich vor allem Angst, dass es mit meiner Ruhe nun ein für alle Mal vorbei sein könnte. Ist das nicht komisch? In diesem Moment könnte ich Katarina Gyllentofta schenken, wenn ich nur ein eigenes Haus hätte, in dem ich mit den Menschen leben könnte, die ich mag. Und du darfst gern bei mir einziehen, wenn du versprichst, weiterhin so gute Mahlzeiten zu kochen.«

Sie löffelte noch ein bisschen von der Pfifferlingsoße. Die war wirklich himmlisch. Doch der Wein schmeckte nicht so gut, wie sie es erwartet hatte. Bei dem Gedanken an ihr krankes Pferd verging ihr auch irgendwie die Lust auf Alkohol.

Als es an der Tür klopfte, hielt Nikki einen Finger vor den Mund, damit Annie ruhig war. Da folgte das nächste Klopfen.

»Nikki, ich weiß, dass du da bist. Mach auf«, sagte Matteo und drückte die Türklinke nach unten. Da weder Nikki noch Annie daran gedacht hatten abzuschließen, öffnete sich die Tür. Er war überrascht, als er sah, dass Nikki nicht allein war. »Ich wollte dir nur sagen, dass ich Zacs Mutter in dem Zimmer gegenüber von Katarina unterbringe.« Er lächelte Annie zu. »Da sind Sie ja. Ich möchte Ihnen noch für das hervorragende Essen danken, ich bin pappsatt.«

Trotz des Lächelns sah er gestresst aus, der Arme. Und es würde nicht besser werden, wenn er erfuhr, dass Nikki im Stall zu laut geredet hatte. Blieb abzuwarten, wie Katarina darauf reagierte.

»Ja, mach das«, sagte Nikki. »Und danke, dass du die Nerven hast, dich um die beiden zu kümmern. Sind Eva und Mama jetzt Freundinnen geworden?«

Er lachte heiser. »Ich glaube, deine Mutter weiß nicht, was schlimmer ist: dass Eva hier ist oder dass sie aus Östermalm wegziehen muss. Zumindest habe ich nicht den Eindruck, dass sie diesen Steven irgendwie vermissen wird.«

»Bleibst du heute über Nacht? Du scheinst ja ein erfolgreicher Friedensunterhändler zu sein.« Sie selbst war der Meinung, dass ihre Stimme ganz normal klang, und als sie zu Annie hinüberlinste, hatte sie nicht den Eindruck, dass ihre Freundin diese Frage unanständig fand. Er hatte ja auch vorher schon bei ihnen übernachtet, daher wäre es nicht merkwürdig, wenn er es wieder täte.

»Nein, ich muss morgen früh in der Kanzlei sein, deshalb fahre ich jetzt und überlasse dir die Beaufsichtigung der älteren Herrschaften.«

»Danke.« Nikki lächelte, das konnte sie sich nicht verkneifen, wenn er sie so ansah. Als ob er Annie hinauswerfen und sofort ihren Platz neben Nikki auf dem Bett einnehmen wollte. Wehmütig stellte sie fest, dass es dauern würde, bis sie sich allein wiedersehen konnten. Mit kranken Pferden, durchgedrehten Alten, einer angriffslustigen Witwe und einer Nichte, die sich abkapselte, war an Zeit für etwas anderes nicht zu denken, wie sehr es auch schmerzte.

Als er die Tür wieder geschlossen hatte, fragte Annie: »Wie lange läuft das eigentlich schon?«

Nikki drehte sich zu ihr um.

»Ich weiß nicht, wovon du redest.«

»Natürlich weißt du das. Aber du versuchst, es geheim zu halten, weil es ziemlich unangebracht ist.« Dann lächelte sie. »Und sehr süß. Zwei erwachsene Menschen, die durch die Gegend schleichen und glauben, dass es keiner mitkriegt, obwohl jeder Blick, den sie austauschen, funkelt wie Meeresleuchten.«

46

In der Nacht und am frühen Morgen war Oberons Zustand unverändert: fiebrig und schnupfig, doch es ging ihm nicht schlechter. Daher beschloss Nikki, wie geplant ins Schwimmbad zu fahren. Sie musste raus und sich ablenken. Im Stehen aß sie schnell ein belegtes Brot in der Küche und nahm den Kaffee mit zum Wagen. Als sie zurückstieß, bemerkte sie, dass die Haustür aufging, da legte sie rasch den ersten Gang ein und fuhr los, bevor ihre Mutter sie aufhalten konnte. Dieser Tag hatte gut begonnen, und für ein paar Stunden wollte sie jetzt ihre Ruhe haben. Hinterher würde es ihr leichter fallen, die Probleme vor Ort in Angriff zu nehmen.

Langsam gewöhnte sie sich an den großen Wagen ihres Vaters. Zweifellos war er bequem. Die Sitze waren breit, und im hinteren Teil des Fahrzeugs war Platz für Gerümpel aus dem Wald und mehrere Sattel gleichzeitig. Aber umweltfreundlich war er gar nicht, dachte sie, als sie auf den Parkplatz abbog.

An der Kasse holte sie ihre Karte aus dem Portemonnaie,

und gerade, als sie auf dem Weg die Treppe hinauf war, hörte sie, wie jemand ihren Namen rief.

Sie drehte sich um.

»Na, so was, grüß dich.« Sie lächelte Lennartssons Frau Karin an, die hinter ihr lief. Seit der Pächterversammlung hatten sie sich nicht mehr gesehen.

»Gehst du hier auch immer schwimmen? Warum sind wir uns noch nie über den Weg gelaufen?«, fragte Karin, als sie auf gleicher Höhe war.

»Seit Mai habe ich es nicht mehr geschafft«, antwortete Nikki lächelnd, »es war einfach zu viel los.«

»Wie schaffst du das alles jetzt?«

Sie stiegen weiter die Treppe hinauf.

»Unter uns gesagt habe ich ein riesiges Problem«, erwiderte Nikki. »Ich kann immer noch nicht verstehen, warum Papa den Hof nicht davor bewahrt hat, geteilt zu werden.« Sie nickte kurz einer Bekannten zu, die ihnen auf dem Flur zu den Umkleideräumen entgegenkam.

»Ich weiß, dass mein Mann dich nicht immer unterstützt hat, aber ich stehe voll auf deiner Seite. Ich finde, du hast Gyllentofta jahrelang hervorragend geführt. Und Erik würde es zwar nie zugeben, aber er kann sich wirklich nicht beschweren, außer, dass du eine Frau bist. Nur dass du es weißt.«

Man sah ihr an, dass sie es ehrlich meinte, und Nikki blieb spontan stehen und legte ihr die Hand auf die Schulter.

»Danke, das tut gut zu hören, denn dein Mann ist wirklich nicht leicht zu durchschauen«, sagte Nikki aufrichtig. »Ich frage mich immer, wie ihr beide zusammengekommen seid.« Nikki verstummte, sie spürte, dass sie wohl etwas zu weit gegangen war. Sie hatte ihre Meinung über Karins Ehemann nie offen ausgesprochen, und nun war es ihr einfach herausgerutscht.

»Mit Erik habe ich mir eine hundertprozentige Kopie meines Vaters ausgesucht. Ich bin nicht blind«, sagte sie. »Aber ich habe ihn wohl trotz seiner Eskapaden geliebt. Nach mehr als dreißig gemeinsamen Jahren kenne ich ihn recht gut. Ich weiß, dass du ihn in der Oberstufe zurückgewiesen hast, das haben ja alle mitbekommen.«

»Das hab ich verdrängt«, sagte Nikki.

»Erik nicht«, sagte Karin und grinste. »Er vergisst nichts, was er einmal als Kränkung empfunden hat.«

»Aber das macht dir nichts aus?«

»Kein bisschen«, antwortete sie und öffnete die Tür zur Damenumkleide. »Er ist unglaublich eitel und kann nicht verlieren, aber er kann zärtlich und sogar fürsorglich sein. Zumindest, wenn wir allein sind.«

»Es freut mich jedenfalls zu hören, dass du nicht unglücklich bist«, sagte Nikki und ging nach ihr durch die Tür. »Dass die Pächter lieber einen Mann am Ruder gesehen hätten, ist mir klar, seit Papa nach Mallorca gezogen ist.«

Sie belegten zwei Schränke nebeneinander und zogen sich schweigend aus. Nackt, nur mit ihrem Handtuch um den Körper, gingen sie zu den Duschen. Nikki hatte ihre Haare zu einem Knoten hochgebunden, sie würde sie nach dem Schwimmen waschen.

Sie sollte sich mit Karin mal verabreden. Immer war sie so still gewesen, wenn sie sich getroffen hatten, aber da war wohl auch jedes Mal Lennartsson dabei gewesen. Da bekam sie keinen Fuß auf den Boden. Sehr schade, denn sie war wesentlich intelligenter als er.

Als sie die Badeanzüge angezogen hatten, gingen sie Seite an Seite zum Becken. Es war mehr oder weniger leer.

»Ich spring dann mal rein«, sagte Nikki.

»Bis gleich, wenn du mich einholst«, erwiderte Karin lachend.

Da Nikki nun schon in Norrköping war, konnte sie auch in der Kanzlei ihrer Anwältin vorbeifahren und Hallo sagen. Sie hatten keinen Termin, und Sylvia war vielleicht auch beschäftigt, aber manchmal musste man es einfach versuchen, dachte Nikki und tat so, als hätte es nichts damit zu tun, dass sie die Hoffnung hegte, Matteo über den Weg zu laufen.

Sie fuhren gleichzeitig in die Tiefgarage, und er machte große Augen, als er ihren Wagen sah.

»Das ist die Überraschung des Tages«, sagte er, als sie geparkt hatten und er zu ihrem Auto gelaufen kam, um ihr die Tür zu öffnen. »Ich wusste nicht, dass du heute hier bist.«

»Ich auch nicht. Ich war beim Schwimmen, und da kam ich auf die Idee, hier vorbeizufahren.«

»Wolltest du Sylvia oder mich treffen?«

»Dich. Aber wenn du nicht da gewesen wärst, hätte ich vielleicht mit ihr gesprochen.«

Er beugte sich zu ihr ins Auto, griff nach ihrem nassen Zopf und zog sie an sich. Der Kuss war zärtlich. Weich. Warm. In ihrem Bauch kribbelte es vor Glück.

»Jepp«, sagte er, als ihre Lippen wieder voneinander abließen.

»Was hat ›Jepp‹ zu bedeuten?«

»Ich liebe dich immer noch.« Er nahm den Kopf aus dem Wagen und klopfte auf das Dach. »Nicht vergessen.«

Er ging in Richtung Aufzug, und sie sprang aus dem Wagen, knallte die Tür zu, schloss ab und rannte hinterher. Irgendwo zwischen dem vierten und fünften Stock drückte sie auf den Nothaltknopf.

»Das können wir nicht«, sagte er lächelnd, als sie sich ihm mit vielsagendem Blick näherte.

»Aber klar, Herr Anwalt, einfach mal ein bisschen wild and crazy sein.«

»Das darfst du mit mir nicht machen.« Seine Hände fuhren durch ihr feuchtnasses Haar. »Wie soll ich ein guter Anwalt sein, wenn ich immer nur dich vor mir sehe?«

»Nicht mein Problem«, murmelte sie, die Lippen an seinem Hals.

Als der Aufzug im siebten Stock hielt, standen sie brav nebeneinander. Es fiel ihr schwer, das Lächeln zu unterdrücken, denn sie konnte nun nicht mehr verleugnen, was sie schon so lange wusste: Sie war verrückt, besinnungslos und unglaublich verliebt in Matteo. Und jedes Mal, wenn sie sich begegneten, wuchs das Gefühl, dass sie zusammengehörten. Es war der reinste Wahnsinn, es ging viel zu schnell, doch es war unausweichlich, und sie wagte es nicht, an die Zukunft zu denken, sondern musste versuchen, die Gegenwart zu genießen, so gut es ging.

Vor ihnen stand eine ganze Schar Leute. »Meine Güte,

sind Sie stecken geblieben? Ach Gott, Sie sehen noch richtig verängstigt aus. Ganz rot im Gesicht. Ich glaube, ich nehme lieber die Treppe«, sagte eine Frau, und die anderen schlossen sich ihr an.

Hinter den Menschen stand Katarina mit verschränkten Armen und hochgezogenen Augenbrauen. Nikki und Matteo sagten kein Wort zueinander. Nikki bog schnell nach rechts in den Gang, und Matteo nahm Katarina am Arm und ging mit ihr in die andere Richtung.

»Welch nette Überraschung. Setz dich. In einer halben Stunde kommt ein Mandant, aber bis dahin habe ich Zeit«, sagte Sylvia. »Mit Katarina und dir läuft es nicht besonders gut, seit sie zu dir gezogen ist, oder?«

»Nein, und mit uns wird es auch nie gut laufen. Vor Kurzem ist bei ihr eine Sicherung durchgebrannt, und sie hat gesagt, wenn ich wolle, könne ich sie mit hundert Millionen Kronen auszahlen. Hat sie diese Zahl von euch?« Nikki setzte sich an den Tisch.

»Das weiß ich nicht, da muss ich Matteo fragen. Aber ganz unrealistisch klingt es nicht.«

»Na ja, wenn man sich vorstellt, dass ich das Geld aus dem Hut zaubern soll, dann schon. Falls du vielleicht eine gute Bank kennst, die Kredite in dieser Höhe auszahlt, dann nenne sie mir bitte, bevor ich etwas Dummes tue.«

»Das würde ich dir nicht empfehlen«, sagte Sylvia und hielt ihr fragend eine Flasche Wasser hin.

»Danke, sehr gern.«

Die Anwältin schenkte ihr ein Glas ein und reichte es ihr.

»Ganz ehrlich: entweder ich oder sie. Mit uns beiden geht es gar nicht. Matteo und du, ihr müsst euch eine Lösung ausdenken, die mich nicht mehr kostet, als ich bezahlen kann.«

»Matteo? Er will für seine Mandantin natürlich so viel wie möglich rausholen«, sagte Sylvia energisch. »Er ist furchtbar lieb und nett, und wir verhandeln auf korrekte und freundliche Art und Weise miteinander, aber er ist knallhart. Einer der besten Anwälte im Land. Lass dich von ihm nicht an der Nase herumführen«, warnte sie Nikki. »Er wird *alles* für Katarina tun, deshalb ist er so erfolgreich. Und dank seiner Freundschaft zu Zac sind auch noch Gefühle im Spiel, was die Angelegenheit nicht weniger verkompliziert. Wir beide dürfen unser Augenmerk nur auf deine Interessen richten, denn er wird nur für seine Mandantin denken. Ich hoffe, du hast nichts anderes erwartet, sonst wirst du am Ende furchtbar enttäuscht sein«, sagte Sylvia, und die verschreckte Nikki konnte an Sylvias Gesichtsausdruck ablesen, dass sie jedes Wort ernst meinte.

47

Katarina war mit Lennartsson um zwei Uhr verabredet, und nach dem Termin bei Matteo war sie noch motivierter. Matteo war mit Nikki aus dem Fahrstuhl gestiegen, und sie konnte es nicht verstehen, dass niemand sonst deren offensichtliche Erregung bemerkt hatte. Nikkis Hals war noch ganz rot gewesen.

Dann hatte Matteo auch noch die Stirn gehabt, sich nicht voll und ganz auf Katarinas Seite zu stellen, sondern immer wieder seine Kompromissvorschläge vorgetragen, und das hatte sie auf die Palme gebracht.

Als Rache an der Welt wollte sie heute mit Erik ins Bett gehen. Sie würde ihm genau sagen, was er mit ihr machen sollte. Er durfte keinen kleinen Finger bewegen, solange sie ihm das nicht vorschrieb.

In Matteos Büro hatte sie sich vollkommen machtlos gefühlt, und wenn sie mit Erik schlief, wollte sie exakt das Gegenteil empfinden.

Fünf nach zwei parkte sie vor der Scheune. Er kam ihr lächelnd entgegen.

»Meine Prinzessin«, sagte er und streckte die Hand aus. »Ich habe dich vermisst. Wir haben viel zu besprechen.«

»Ich bin nicht zum Reden gekommen«, sagte Katarina. »Heute darfst du mit mir schlafen.«

Es war eine Tatsache, dass Katarina den Respekt vor Matteo verloren hatte, seit sie wusste, dass zwischen ihm und Nikki etwas lief. Erst hatte sie nur so eine Ahnung gehabt, doch Nikkis Worte im Stall hatten all ihre Befürchtungen bestätigt. Der Beweis war, als die zwei mit rosigen Gesichtern aus dem Fahrstuhl gestiegen waren. Er, der meinte, Zacs bester Freund gewesen zu sein. Wie konnte er Katarina nur so hintergehen? Und Bonnie? Nein, jetzt war er wirklich von seinem Sockel gestürzt.

Der Retter hieß Erik Lennartsson, und sie wurde ganz kribbelig, wenn sie nur an ihn dachte.

Kurz bevor sie die Tür wieder geschlossen hatte, um zu gehen, hatte er ihr eine Art Zusammenarbeit vorgeschlagen. Jetzt musste sie darüber nachdenken, was für Bonnie und sie das Beste war. Ihrer Tochter gefiel es nur, weil Annie auch im selben Haus wohnte, und bislang hatte Katarina deren Freundschaft hingenommen, aber als die Pastorin anfing, sich nur noch um Bonnie zu kümmern, fand Katarina, dass es langsam an der Zeit sei, dass Annie in ihr Pfarrhaus zurückkehrte. Dasselbe galt für Nikkis Mutter. Beim Frühstück hatte sie verkündet, dass sie noch eine Weile bleiben wolle. Wie konnte Nikki so etwas entscheiden, ohne sich mit Katarina abzusprechen?

Evas Anwesenheit war auf Matteos Initiative zurückzuführen, sie wollte sich nicht durchschnorren, sondern ihr Enkelkind besuchen. Im Moment lebten Bibbi und die Pastorin auf Katarinas Kosten, und das ging ihr komplett gegen den Strich.

Sie spielte mit dem Gedanken, wie es wohl sein würde, mit Erik zusammenzuwohnen? So eine sexuelle Anziehung hatte sie mit Zac nie erlebt, auch am Anfang ihrer Beziehung nicht. Die Wahrheit war, dass sie sich zu keinem anderen Mann je so hingezogen gefühlt hatte, selbst zu Matteo nicht.

Wie würde ihr Leben aussehen, wenn sie auf seinen Vorschlag einginge?

»Matteo, da ist eine Idee aufgetaucht, die ich gern mit dir diskutieren möchte«, hatte sie am Telefon gesagt, als sie auf dem Hof von Gyllentofta parkte. »Aber ich habe ein Problem. Ich kann dir nicht mehr vertrauen. Du schläfst mit der gegnerischen Seite, und ich weiß nicht recht, wie ich damit umgehen soll.«

Wenn sie ihn damit überraschte, ließ er es sich zumindest nicht anmerken.

»Ich bin auf deiner Seite«, sagte er ihr. »Und noch viel mehr auf Bonnies.«

»Aber du schläfst mit Nikki?«

»Das geht dich wirklich nichts an. Ich vertrete dich und deine Tochter und versuche, das Beste für euch herauszuholen. Wenn du nicht zufrieden bist, solltest du vielleicht den Anwalt wechseln. Es gibt viele gute Kollegen, die ich empfehlen kann.«

Es ehrte ihn, dass er es nicht abstritt, was sie schon lange wusste, und hätte es sich um jemand anderen gehandelt, dann hätte sie sofort den Anwalt gewechselt. Doch jetzt wusste sie nicht, was sie tun sollte. Er war ein ehrlicher Mensch, zumindest war er das immer gewesen, und er kannte die Familie seit Ewigkeiten. Bonnie liebte ihn heiß und innig, auch wenn sie im Moment allen gegenüber – außer Annie – feindlich gesinnt war.

»Ich werde nach Hunnebostrand fahren. Ich muss das Haus winterfest machen und meine persönlichen Dinge abholen, weil Nikki ja jetzt Zugang zum Haus hat«, sagte Katarina. »Ich möchte dich bitten mitzukommen, damit ich mit dir über ein Angebot reden kann, das ich erhalten habe.«

»Kein Problem. Ich muss sowieso raus nach Smögen, das passt gut.«

»Nur du und ich«, sagte sie eindringlich.

Shit.

Schon wieder stand er mit dem Rücken zur Wand, dachte Matteo, als das Gespräch zu Ende war. Er würde aus der Angelegenheit nicht heil herauskommen, sosehr er sich auch bemühte. Dass die Fahrt nach Smögen anstand, stimmte, er hatte dort zwei Boote liegen, die er aus dem Wasser holen musste, und selbst, wenn er die Wohnung möbliert verkaufte, hatte er dort noch Sachen, die er verpacken und nach Norrköping transportieren lassen sollte. Aber er hatte gehofft, er könnte Nikki mitnehmen. Ein Wochenende dort mit ihr wäre zu schön gewesen. Die Herbsttage konnten dort an der Küste auch verregnet und windig sein, aber sie waren wunderschön, wenn man nur ein paar Tage Zeit hatte.

Mit Katarina zu fahren würde eine Qual sein. Selbst

wenn er in seiner Wohnung wohnte, musste er Stunden mit ihr allein im Auto zubringen, doch er sah keine Alternative. Es gab keinen Ausweg, und zudem hatte er ein schlechtes Gewissen. Und sie hatte mit ihren Zweifeln völlig recht, ihre Fragen waren legitim bei der gegenwärtigen Situation. Matteo hatte geglaubt, er könne professionell sein, allerdings war ihm klar, dass das extrem schwierig war.

Und vielleicht war jetzt der Zeitpunkt gekommen, dass seine Beziehung zu Nikki unter Druck geraten würde und das geschah, was er inständig zu vermeiden versucht hatte. Ob Nikki verstehen würde, dass er gezwungen war, sich Bonnies Mama gegenüber loyal zu verhalten, weil er das Zac einfach schuldig war? Natürlich nicht. Er verstand ja selbst kaum, wie das klappen sollte.

Solche Gefühle hatte er nicht mehr empfunden, seit er seine Ex-Frau kennengelernt hatte. Trotzdem würde er Nikki vielleicht enttäuschen müssen, und dann würde sie Schluss machen, das war ihm klar. Sie war stolz, stark und sehr gradlinig. Sie brauchte ihn nicht. Er würde einen Platz in ihrem Leben bekommen, wenn er die Karten richtig legte, ansonsten würde er rausfliegen. Daran zweifelte er keinen Moment.

Er stand von seinem Bürostuhl auf, zog den Mantel über das Sakko, der neben der Tür hing. Er brauchte einen Spaziergang und frische Luft.

Er rannte fast schon die Treppen hinunter, und als er auf den Gehweg trat, atmete er einmal tief durch. Er spürte, wie der Sauerstoff seine Lungen füllte und weiter in seinen Körper drang. Er konnte dieses Problem lösen, er *musste* es. Er schlug den Kragen hoch, schob die Hände in die Taschen und ging mit schnellen Schritten auf den Fluss Strömmen zu. Wenn ihm doch nur eine Strategie einfiele, wie er es hinkriegte, Nikki nicht zu verlieren und gleichzeitig alles für Katarina und Bonnie zu tun.

Es tat weh zu erkennen, dass das vielleicht unmöglich war.

48

Nikki summte vor sich hin, als sie durch den Stall ging. Im Moment war alles ganz friedlich. Es war nur das Malmen der Pferde zu hören, weil sie ihnen gerade Heu in die Boxen gebracht hatte. Katarina war mit Matteo an die Westküste gefahren, Bibbi war in Stockholm und traf sich mit Steven, und das ehemalige Kindermädchen Eva hatte sich wieder auf den Heimweg gemacht.

Bonnie war in der Schule. Katarina hatte Annie gefragt, ob es okay sei, ihre Tochter ein paar Tage allein auf Gyllentofta zu lassen, und Annie hatte natürlich zugesagt. Sie taten sich gegenseitig gut. Und Nikki erhielt endlich mehr als nur einsilbige Antworten. Bonnie erkundigte sich hin und wieder nach dem Hof und wollte wissen, ob Nikki schon immer auf Gyllentofta gelebt hatte, und da ergriff Nikki die Gelegenheit, ein bisschen von Bonnies Großvater Nikodemus zu erzählen und ein paar Fragen über Zac zu stellen. Bonnie hörte ihr zu und antwortete, und das ohne den muffigen Gesichtsausdruck, den sie sonst immer zur Schau trug. Nikki war überzeugt, dass es allein Annies Verdienst war, dass es Bonnie etwas besser ging. Nikki konnte längst nicht so gut über Gefühle reden wie Annie, also näherte sie sich Bonnie eher so, dass sie ihre Fragen beantwortete, die meist aufkamen, wenn sie gemeinsam im Stall waren. Und dann zeigte sie ihr auch, wie man diese oder jene Arbeit verrichtete. Wie man die Trense einrieb, die Beine der Pferde untersuchte und welche Art Futter jedes Pferd bekam. Nikki machte es vor und ließ Bonnie alles ausprobieren. Man musste auch nicht über alles reden. Nikki konnte sich nicht erinnern, dass sie in ihrer Jugend jemals über irgendein Gefühl gesprochen hatte, aber sie wusste genau, dass es ihr immer geholfen hatte, im Stall zu arbeiten, wenn sie traurig gewesen war.

Nikkis Vorstellung, dass Arbeit eine gute Therapie war, hätte sie sicherlich zu einer miserablen Mutter werden lassen, doch sie würde mit der Zeit eine wirklich gute Tante werden. Zumindest hoffte sie das. Sie hob Trassel hoch, der ihr um die Beine strich, und bohrte ihre Nase tief in sein Fell. »Willst du Futter haben? Das kriegst du sofort, wenn ich Oberon herausgeholt habe. Hast du schon gehört, dass Lucia gesagt hat, mit ihm sei alles in Ordnung?« Sie setzte den Kater wieder ab, als sie zum Hintereingang des Stalls kam. An der Öffnung hielt sie inne und sah hinaus auf die Weiden.

Vor ein paar Jahren hatte sie mal darüber nachgedacht, eine kleine Pension zu eröffnen. Es gab auf dem Gyllentofta so viele Zimmer, die leer standen, und manchmal hatte sie den Eindruck gehabt, im Haus fehle Leben, so wie im Stall. Wenn alle Reiter und die Pfleger am Abend gegangen waren, wurde es sehr still. Nikki hatte sich ausgemalt, dass interessante Leute zu Besuch kämen, mit denen sie im Wohnzimmer am Kamin hocken könnte. Menschen, die etwas anderes zu erzählen hatten. Die mehr in ihrem Leben erlebt hatten, als Ställe auszumisten.

Männer, die mit einem Hauch von großer, weiter Welt vorbeikamen, die sie verführten und dann weiterfuhren. Ein bisschen, wie Matteo es getan hatte. Nur war er noch da.

Sie drehte sich um und ging zu Oberon hinüber, und als sie ihn hinausführte, war sie unendlich froh, dass sie diese Idee nicht in die Tat umgesetzt hatte. Jetzt war das Haus voll, und sie hasste es.

»Aber Mama, jetzt beruhige dich doch. Ich kann kein Wort verstehen, wenn du schluchzt.«

Nikki aß gerade ihr Mittagessen. Ein Brot mit Schinken, Tomate und französischem Senf. Das musste reichen. Sie hatte morgens schon Porridge gefrühstückt und war nicht besonders hungrig, als ihre Mutter völlig verzweifelt anrief.

»Außer dieser schrecklichen Wohnung soll ich ni-i-i-chts bekommen«, stammelte sie. »Nur das Auto darf ich behalten. Jetzt muss ich mein ei-i-i-genes Geld aufbrauchen.«

»Na, was für ein Glück, dass du selber Geld hast«, sagte Nikki. »Viele in deinem Alter haben ja nur ihre Rente.«

»Ja, aber sie sind von ihrem Mann auch nicht rau-u-u-usgeworfen worden, so wie ich. Und ich habe ihn so sehr geliebt.«

»Na ja, meinst du wirklich? Und Papa?«

»Das war keine Liebe, das war nur Se-e-e-ex«, heulte sie.

»Okay, detaillierte Informationen brauche ich nicht«, erwiderte Nikki postwendend.

Es war offensichtlich, was ihre Mutter mit den Tränen bewirken wollte, und obwohl Nikki merkte, dass sie manipuliert wurde, war ihr klar, dass ihr nicht mehr viele Jahre blieben, um ihre Mutter richtig kennenzulernen. Hatte Nikki ihr je die Chance gegeben, sich von einer anderen Seite zu zeigen? Wenn sie das ändern wollte, dann musste sie es jetzt tun. Ihr Vater war gestorben, ohne dass sie ihn wirklich gekannt hatte. Auch er muss doch noch mehr Facetten gehabt haben als die wenigen, die sie erlebt hatte? Vielleicht konnte ihre Mutter ihr mehr von der gemeinsamen Zeit erzählen.

»Liebe Nikki, darf ich nach Gyllentofta ziehen? Ich verspreche dir, dass ich meine Teller in die Spülmaschine stelle und lerne, wie man Pilze putzt.«

»Okay, Mama, komm«, sagte Nikki nach einem kurzen Moment des Zögerns.

»Meinst du das ernst?«

Ihre Mutter schluchzte still, und das ging Nikki zu Herzen.

»Ja, ich meine es ernst. Komm einfach. Natürlich kannst du auf Gyllentofta wohnen.«

Als sie aufgelegt hatten, spürte Nikki, dass die Entscheidung richtig gewesen war. Sie hatte schon darüber nachgedacht, seit bekannt geworden war, dass Steven sich trennen wollte. Bibbi war etwas überspannt, aber sie war immerhin ihre Mutter. Diese Frau, nach der Nikki sich so unendlich gesehnt hatte, auch wenn Eva sich gut um sie gekümmert hatte.

Draußen vor dem Küchenfenster sah sie Anders, sie klopfte an die Scheibe und winkte ihn zu sich hinein.

»Hast du schon gehört, dass wir aufatmen können? Oberon hat nur eine Erkältung«, rief sie, als er in der Tür stand.

»Ja, hab ich«, sagte er und zog die Schuhe aus. »Hast du eine Tasse Kaffee für mich?«

Nikki stand von ihrem Hocker auf, der vor dem Fenster stand, und ging hinüber zur Kaffeemaschine. »Schwarz?«

Er nickte.

»Setz dich doch.«

»Danke, aber ich bin dreckig, ich bleib lieber stehen.«

»Ach, komm, wer ist hier nicht dreckig?« Sie zeigte auf ihre Reithosen. »Zum Glück bin ich mal wieder allein zu Hause, da ist es mir egal«, sagte sie und setzte sich wieder an den Tisch, nachdem sie Anders eine Tasse an seinen Platz gestellt hatte.

Er zog den Stuhl vor und setzte sich.

»Weißt du was? Dieser Tage war ich beim Schwimmen und habe Karin Lennartsson getroffen. Sie ist so eine nette Frau«, sagte Nikki. »Kennst du sie?«

»Kennen wohl nicht gerade, aber wir wechseln ab und zu ein Wort miteinander«, erwiderte er. »Sie ist völlig anders als ihr Mann.«

»Und süß, finde ich«, sagte Nikki nachdenklich. »Auf die Entfernung wirkt sie älter, aber sie hat nur einen unvorteilhaften Gang. Aus der Nähe sieht sie fast niedlich aus.«

Anders trank seinen Kaffee. Er sah aus, als würde ihm etwas durch den Kopf gehen.

»Ja, vielleicht«, sagte er und stellte die Tasse wieder ab. »Es ist bestimmt kein Zuckerschlecken, mit dem schlimmsten Schürzenjäger in der Gegend verheiratet zu sein, meinst du, sie weiß das?«

»Ja, ich denke schon. Die meisten verschließen vor so was lieber die Augen.«

»Ja, es wäre ja furchtbar, wenn sie gezwungen wäre, in dieser Ehe auszuharren. Wohin sollte sie gehen? Er würde ihr sicher keinen Öre schenken, der ist bestimmt geizig bis aufs Blut«, sagte Anders und nahm die Tasse wieder in die Hand.

»Ach, übrigens, Mama ist auf dem Weg hierher. Wie es scheint, wird sie dieses Mal bleiben. Frag mich nicht, wie ich das aushalten soll, denn das weiß ich noch nicht, aber ihr Mann hat sie rausgeworfen, und jetzt weiß sie nicht, wohin, und in einem Vorort will sie partout nicht wohnen.«

»Okay.«

»Ich habe gerade von ihr erfahren, dass Papa und sie die ganzen Jahre noch ein Verhältnis hatten, also hat sie auch ihren Anteil daran, dass die Ehe mit Steven nicht hielt.«

Nikki sah etwas in Anders' Gesicht vorbeihuschen, das sie stutzig machte.

»Sag mal, Anders, wusstest du das?«, fragte sie verblüfft.

»Frag mich nicht, wie oft ich die beiden erwischt habe.« Er musste lachen und schüttelte den Kopf. »Das erste Mal hatte ich hier gerade angefangen zu arbeiten, ich war fünfundzwanzig und hatte eine Riesenangst vor Nikodemus.

Das war, bevor ich erfuhr, dass er auf Elchjagd ging in der Hoffnung, dass sie kein einziges Tier erlegen würden. Wenn er schoss, dann nur in die Luft.« Beim Gedanken daran musste er grinsen. »Ich kam jedenfalls zufällig in die Scheune und hab sie gehört. Das war komisch, denn wenn sie hier war, und andere Menschen waren um sie herum, dann taten sie ja immer so, als würden sie sich kaum kennen. Aber ich weiß, dass sie oft bei ihm auf Mallorca war.«

Nikki schwieg eine Weile. »Dann kanntest du Zac auch?«, fragte sie schließlich. »Ich habe es dir angesehen, als du von Papas Nachlass gesprochen hast. Da hattest du so was Sonderbares im Blick.«

Er nickte und sah zu Boden. »Es tut mir leid, aber ich hab versprochen ... er hat mir das meiste anvertraut. Dich auch«, fügte er lächelnd hinzu. »Ich musste ihm versprechen, dafür zu sorgen, dass es dir gut ging.«

Nikki sah ihn überrascht an.

»Hat er das so gesagt?«

»Ja.«

Nikki schüttelte den Kopf. »Das Beste, was er hätte tun können, wäre gewesen, von Zac zu erzählen, anstatt dir solche Geheimnisse aufzubürden. Aber danke, dass du dich so um mich gekümmert hast«, erwiderte sie grinsend und stand auf. Sie konnte Anders nicht böse sein, ihn traf ja keine Schuld. Eigentlich war es ein gutes Zeichen, dass er ein Geheimnis über so einen langen Zeitraum hatte für sich behalten können.

»Ich muss jetzt Oberon hereinholen. Kommst du mit?«

Sie nahm die Tasse und stellte sie in die Geschirrspülmaschine.

»Willst du mir deine geben?« Sie streckte die Hand aus.

Anders trank aus, gab Nikki die Tasse, schob den Stuhl wieder an den Tisch und ging zur Tür, um seine Schuhe anzuziehen.

Nikki hielt die Haustür auf. »Lass dich nicht von Mama herumkommandieren, wenn sie da ist«, sagte sie und sah ihn streng an. »Du bist viel zu lieb, und das wird sie ausnutzen. Wie läuft es eigentlich mit Katarina? Kümmert sie sich um die Mähre?«

»Nein, das machen Bonnie und ich.«

»Okay, ich werde mit ihr reden, wenn sie zurück ist. Und sag ihr bitte, dass Mama einzieht. Das wird sicher ein lustiges Gespräch.«

»Der Anwalt und sie scheinen übrigens irgendwelche Pläne zu haben.«

Nikki zuckte zusammen. »Wie kommst du darauf?«

»Keine Ahnung. Sie wirkte so fröhlich, als sie sich zu dieser Reise verabredet haben. Sie sind ja nur zu zweit, und ich hatte den Eindruck, da läuft irgendwas.«

49

»Du bist heute der Sonnenschein«, sagte Nikki säuerlich zu Annie, die Winston vor dem Stall herumstreunen ließ. Matteo war jetzt seit drei Tagen fort und hatte in der Zeit nur eine SMS geschickt. Nikki war miserabel gelaunt.

»Das ist doch nicht schlecht, oder?«, fragte Annie und pfiff hinter Winston her, der irgendetwas im Graben verfolgte.

»Solltest du ihn nicht lieber an der Leine führen?«, fragte Nikki verärgert.

»Ja, aber dein Vorarbeiter meint, das sei fast schon Tierquälerei, und wer könnte es besser wissen?«

»Ich zum Beispiel. Stell dir vor, dein Pony kommt auf die Idee, auf die Koppel zu rennen? Er wäre im Handumdrehen nur noch Hackfleisch.«

»Kein Problem. Und hör auf, ihn ›Pony‹ zu nennen. Deine Pferde sind total lieb zu ihm, und er liebt sie allesamt.«

»Schon möglich, aber wenn es nun doch passiert? Dein Hund ist sehr sozial, aber nicht sehr intelligent, das wirst du doch genauso sehen. Er ist fast schon ein bisschen blöd, wenn wir mal ehrlich sind. Und diese Tiere leben gefährlich, denn sie begreifen nicht, was es heißt, von einem Pferd totgetrampelt zu werden.«

»Blödsinn«, schnaubte Annie. »Du kannst auch blöd sein, du Miesepeter.«

Da grinste Nikki. »Jetzt sind wir endlich in derselben Stimmung. Wie wär's mit einem Spaziergang?«

Nikki sehnte sich sehr danach, Annie ihr Herz auszuschütten. Sylvias deutliche Worte hingen ihr nach. *Er ist furchtbar lieb und nett, aber er ist auch knallhart. Lass dich nicht an der Nase herumführen.*

Matteo war mit Katarina verreist, und selbst, wenn Nikki keinen Augenblick davon ausging, dass zwischen den beiden etwas passieren würde, so wusste sie doch, dass Katarina schlauer war, als sie aussah.

Nikki versuchte, auf andere Gedanken zu kommen.

»Warum bist du eigentlich so beschwingt, was hat sich getan?« Sie betrachtete Annie, die so zufrieden aussah.

»Ich weiß nicht so recht. Diese depressive Phase ist offensichtlich vorbei, was nicht heißt, dass ich mir keine Sorgen um die Zukunft mehr mache. Das ist nach wie vor so.«

»Willst du nicht bei uns bleiben?«

»Doch, im Grunde schon. Aber ich bin ja nur hier, weil du es gut mit mir meinst, und dann möchte ich auch zu irgendetwas nütze sein.«

Nikki knöpfte ihre Jacke zu und sah hoch in den Himmel. Heute würde es nicht regnen, aber sobald sich die Wolken vor die Sonne schoben, würde die Temperatur stark abfallen.

»Ich merke, dass du etwas auf dem Herzen hast«, sagte Nikki. »Spuck's aus.«

»Als ich vor Kurzem mit Anders einen Spaziergang gemacht habe, hat er mir Gyllentofta gezeigt und die einzelnen Häuser, die auf deinem Grund stehen. Unter anderem ein altes Gebäude neben der Apfelmosterei.«

»Die alte Schule? Die ist schön, nicht wahr?«

»Ich habe es so verstanden, dass sie leer steht.«

»Ja, schon lange. Wenn du sie für irgendetwas gebrauchen kannst, nur zu.«

Annie grinste breit. »Mir ist eine verrückte Idee gekommen. Stell dir vor, man könnte dort Freizeiten veranstalten. Es müssen ja nicht unbedingt Konfirmanden sein, aber irgendwas mit Jugendlichen fände ich gut.« Ihre Augen funkelten. Annie sprach von ihrer Leidenschaft.

»Das klingt doch fantastisch«, sagte Nikki. »Mach einfach. Von mir aus hast du völlig freie Hand. Es ist gut, wenn in diese alten Mauern wieder Leben kommt.« Ihre beste Freundin so enthusiastisch zu sehen tat gut.

»Darf ich hinüberfahren und mir die Schule anschauen?«, fragte Annie andächtig. »Ich habe sie ja nur vom Berg aus sehen können.«

»Selbstverständlich. Die Schlüssel sind im Büro.«

Annies Freude vertrieb Nikkis Gedanken daran, was gerade in Hunnobostrand geschehen mochte.

»Und was denkst du, was da gerade an der Westküste passiert?«, fragte nun Annie, die anscheinend Gedanken lesen konnte.

»Ich weiß nicht recht, ich denke darüber nach.«

»Du denkst an Matteo.« Annie grinste. »Ich glaube, ehrlich gesagt, dass ihr beide ziemlich viel aneinander denkt.«

Nikki versuchte, sie scharf anzusehen, doch das gelang ihr nicht recht. Stattdessen ging ihr Gesichtsausdruck in ein Lächeln über. Sie konnte es einfach nicht länger für sich behalten. Als dieses Thema zuletzt zur Sprache kam, hatte sie sich noch beherrschen können, doch nun sprudelte es aus ihr heraus.

»Ja. Wir haben uns oft getroffen. Und wir haben es so schlecht geheim halten können, dass uns jetzt Katarina auf die Schliche gekommen ist. Es ist gut möglich, dass unsere kleine Romanze schon vorbei ist, denn seine erste Priorität sind natürlich Katarina und Bonnie. Meine Anwältin hat mich vorgewarnt, ich solle mich keinesfalls auf ihn einlassen. Vielleicht hat sie recht.« Ihre Worte überschlugen sich.

Annie setzte ein nachdenkliches Gesicht auf. »Wenn man zwischen dem Mann und dem Anwalt nicht trennen kann, könnte es kompliziert werden.«

»Ich weiß nicht, ob ich das kann«, sagte Nikki. »Wie soll ich ihm je verzeihen, wenn er etwas tut, das dem Hof schadet?«

Sie gingen weiter auf dem Kiesweg. Winston sprang wild um sie herum.

»Seit sie fort sind, hat er kaum etwas von sich hören lassen, und das kann nichts Gutes heißen«, sagte Nikki. »Ich habe so ein Gefühl, dass irgendwas im Gange ist, und das macht mir Angst.«

»Was wäre denn der Worst Case?«

»Dass ich hintergangen werde.«

Das war sicherlich das Schlimmste, wenn er hinter ihrem Rücken irgendwelche Strategien verfolgte. Geheimnisse, in welcher Form auch immer, konnte Nikki nicht ausstehen. Davon hatte sie mittlerweile genug.

»Ich finde, er macht einen sehr sympathischen Eindruck.«

»Stimmt auch, aber sein Mandat geht immer vor, hat Sylvia mir erklärt.«

»Aber man kann doch trotzdem nett sein?« Annie pfiff Winston hinterher, ohne dass der auch nur mit der Wimper zuckte, und da steckte Nikki die Finger in den Mund und pfiff schrill. Der Hund machte eine Vollbremsung wie vor einer roten Ampel.

»Kannst du dieses Ungetüm jetzt bitte anleinen?«, fragte sie. »Ich hab mir gedacht, wir könnten ein paar Preiselbeeren sammeln. Ich hab total Lust auf Kohlauflauf.« Sie bog auf einen kleinen Pfad, der in den Wald führte, ab.

»Wir haben aber keinen Beerenpflücker.«

»Doch, der hängt an einem Ast weiter vorn auf dem Weg. Es ist immer so lästig, ihn hin- und herzutragen«, sagte Nikki.

»Und wo willst du die Beeren hineintun?«

Nikki zog eine Plastiktüte aus der Tasche und wedelte damit herum.

»Und jetzt komm.«

Nikki ging in ihr Schlafzimmer, um ganz in Ruhe mit Matteo telefonieren zu können.

»Matteo.« Seine Stimme klang förmlich.

»Hallo, ich bin's. Wir haben ein paar Tage nichts voneinander gehört, daher dachte ich …«

»Im Moment passt es schlecht, kann ich dich zurückrufen?«

»Natürlich.«

Was für eine Abfuhr. Niederschmetternd. Ihr Bauchgefühl trog sie nicht, Katarina und er führten etwas im Schilde, was Nikki nicht erfahren sollte.

Ihre Beine waren bleischwer, als sie wieder die Treppe hinunterstieg. Doch am schwersten war ihr das Herz. Nikki würde ohne Matteo zurechtkommen, keine Frage, es würde nur eine Weile wehtun. Ohne Gyllentofta jedoch würde sie nicht überleben.

Sie lief durch die leere Küche hinüber ins Wohnzimmer, wo sie sich auf das Sofa warf und den Fernseher einschaltete. Das Nachmittagsprogramm war so aufregend wie ein Regentag auf Mallorca. Sie zappte hin und her, doch am Ende gab sie auf und schaltete den Apparat wieder aus. Mit den Händen unter dem Kissen legte sie sich auf die Seite und starrte die Wand an.

Sie sollte vielleicht Sylvia anrufen und sich erkundigen, welche Rechte Katarina hatte und was sie unternehmen konnte, ohne Nikki vorher zu informieren. Und ebenso umgekehrt. Was konnte Nikki tun, ohne vorher Katarina fragen zu müssen? Katarina hatte ja lang und breit erzählt, dass sie das Haus in der Mitte teilen wolle, dass sie mit Bonnie den alten Teil bewohnen wolle, aber das konnte man doch wohl nicht einfach tun, ohne dass beide Hausbesitzer sich darüber einig waren?

Nikki ballte eine Faust unter dem Kissen.

Matteo hatte ihr erzählt, dass Zac eigentlich einen Ehevertrag abschließen und dann erst die Scheidung einreichen wollte, doch dass er das nicht mehr geschafft hatte, bevor er Nikodemus beerbte. Dann wollte also auch Zac vermeiden, dass seine Frau sich hier einnistete oder einen Teil seines Erbes bekam. Bonnie sollte teilhaben, aber Katarina nicht.

Es war kalt im Zimmer, und Nikki legte sich das Wollplaid über, das über einer Armlehne hing. Hätte sie mehr Energie gehabt, dann hätte sie in dem offenen Kamin Feuer gemacht, doch an diesem Tag fehlte ihr einfach die Kraft.

Als es klingelte, streckte sie ihre eiskalte Hand zum Couchtisch aus und griff nach dem Telefon.

Es war Matteo.

»Bist du jetzt freundlicher?«

Er lachte. Ach, dieses Lachen. Es hatte solchen Charme, machte alles leicht und beschwingt. Sie versuchte, ihn sich vorzustellen. Seine Hand am Telefon, der zurückgelehnte Kopf, wenn er lachte. Sein Haar, das sich im Nacken leicht lockte.

»Entschuldigung, es war keine Absicht, so kurz angebunden zu sein, aber ich kann einfach nicht mit dir reden, wenn Katarina neben mir sitzt.«

»Mir gehört immerhin das halbe Haus in Hunnebostrand, daher müsste ich dich ja jederzeit anrufen können, auch wenn jetzt du da bist und nicht Sylvia.«

»In jeder anderen Situation wäre das auch okay, aber ich bin verrückt nach dir, und das sieht man mir einfach an. Zumindest behauptet Katarina das. Man kann nicht behaupten, dass sie sich für mich freut.«

Nikki setzte sich auf, die Decke noch immer um den Körper gewickelt. Sie fror so sehr, dass ihre Zähne klapperten. Ob sie krank wurde? Sie legte ihre Hand an die Stirn, doch da die eiskalt war, konnte Nikki nicht viel daran ablesen.

»Ich habe das Gefühl, ihr heckt irgendwas aus«, sagte sie. »Ich will ehrlich sein, darum kreisen meine Gedanken.«

»Du weißt, dass ich nichts dazu sagen darf«, antwortete er. »Über Katarinas Pläne muss ich schweigen, wenn sie mich darum bittet.«

»Das heißt, es gibt Pläne?«, schlussfolgerte Nikki. »Wofür? Kannst du mir wenigstens ein Stichwort geben?«

»Nein, das kann ich nicht.«

»Werden sie mir schaden?«

Keine Antwort.

Sie wartete, hoffte, er würde doch noch etwas sagen. Sie beruhigen mit den Worten, dass es keinen Grund gebe, sich Sorgen zu machen.

Doch er schwieg, und dieses Schweigen war aussagekräftig genug.

»Das wird unsere Beziehung nicht aushalten«, sagte Nikki schließlich, als sie die Stille nicht länger ertrug. Alles in ihr schrie auf gegen die Worte, die nun über ihre Lippen kamen, doch sie hatte keine Wahl. »Dann müssen wir uns trennen. Ich kann nicht mit dir zusammen sein und gleichzeitig zusehen, wie du mein Leben zerstörst. Das funktioniert nicht.«

»Nikki …«

»Ich meine es ernst, Matteo, und ich glaube, du weißt es selbst. Viel Glück, wahrscheinlich begegnen wir uns dann in irgendeinem Gerichtssaal wieder. Ich bin nicht wütend, nur unendlich traurig.«

Danach ging sie wie ein Roboter hinüber zum Stall und legte sich heulend zu Oberon in die Box. Dass Anders irgendwann kam, sie hochhob, ins Haus hinübertrug und aufs Bett legte, nahm sie kaum wahr.

Sie konnte sich nicht erinnern, wann sie zuletzt so verzweifelt gewesen war.

50

Bonnie war fuchsteufelswild. Ihre Mutter wollte *wieder mal* alles ändern.

»Wie stellst du dir das vor?«, schrie sie.

Katarina versuchte, sie zu beruhigen, und sah sie scharf an. »Jetzt reg dich nicht so auf. Ich rede nur von Alternativen, es gibt überhaupt noch keine Entscheidungen.«

Bonnie verkroch sich in den Kissen auf der Fensterbank, als ihre Mutter wütend den Raum verließ. Nicht das idiotische Verhalten ihrer Mutter machte sie traurig, denn Bonnie wusste selbst, dass sie selber mehr nach ihrem Vater kam. Sie war deshalb traurig, weil sie mittlerweile die Tiere und den Hof ins Herz geschlossen hatte. Das war nach und nach wie von selbst gekommen. Obwohl sie ihre Tante noch immer nicht mochte, konnte Nikki ihr doch viel erzählen, zum Beispiel über ihren Großvater. Sie sagte, dass Bonnies Vater und ihr Großvater sich sehr ähnlich gewesen seien und dass sie traurig war, dass sie selbst Bonnies Vater gar nicht richtig kennengelernt hatte.

Und Nikki wollte von Bonnie viel über Zac wissen. Also hatte Bonnie ihr erzählt, wie lieb er gewesen war, dass er sich immer um Bonnie gekümmert habe, dass er ein Ass in Mathe war, aber in Englisch richtig schlecht. Es tat gut, über ihn reden zu können, und Nikki war sehr interessiert und hörte aufmerksam zu. Wenn Bonnie hingegen mit ihrer Großmutter über Papa sprach, wurde die immer so schrecklich traurig. Und das schwappte dann sofort auf Bonnie über. Es war leichter, mit Nikki über Zac zu reden, die ihn gar nicht gekannt hatte.

Es tat gut, dass sie ihr Pferd hatte. Bonnie war bei ihm im Stall, sooft es ging. Langsam begriff sie, wie man mit Pferden umging und dass sie richtig gute Freunde sein konnten. Sie hatte zwar Freunde in der Schule, aber keiner von ihnen besuchte sie zu Hause. Früher war das üblich gewesen. Jetzt hatte sie das Tablet in der Tasche und konnte ihnen die Bilder aus dem Stall von ihrem Pferd zeigen. Daraufhin wollten sie alle gern zu Besuch kommen, aber bislang war noch keiner da gewesen.

Das machte Bonnie nichts aus, in der neunten Klasse hatten sie viel zu tun. Wenn sie gute Noten haben und aufs Sportgymnasium gehen wollte, musste sie richtig pauken. Außerdem gab es Training und Turniere, die Zeit kosteten. Meist kutschierte Anders sie dorthin, was wirklich lieb von ihm war.

Bonnie glaubte, dass Annie und Anders zusammen waren. Oder zumindest waren sie enge Freunde, denn sie lachten viel miteinander. Mama und Papa hatten nie gelacht. Zumindest nie zusammen. Sicherlich hatten sie geglaubt, sie könnten Bonnie eine heile Welt vorspielen, doch sie hatte die ganze Zeit gewusst, dass sie sich trennen würden. Nicht nur, wenn Mama trank.

Sie selbst hatte noch nie einen Freund gehabt. In der Siebten hatte sie mal einen Jungen geküsst, in der Achten mit einem herumgefummelt. Aber jetzt in der Neunten war ihr klar, dass sie auf Mädchen stand, doch sie hatte bislang keinen ersten Schritt gewagt. In die 9 b ging ein Mädchen, das sie manchmal länger ansah, aber sobald das Mädchen zurückschaute, kam Bonnie sich blöd vor. Das fühlte sich sehr merkwürdig an, und außerdem würde dann das Gerede losgehen. Das war es nicht wert. Die meisten in der Klasse waren auch Singles, da fiel es gar nicht auf, wenn Bonnie niemanden hatte. Manche hatten schon mal Sex gehabt, aber die meisten noch nicht.

So was konnte Bonnie Mama nicht erzählen. Nicht, dass sie denken würde, ihre Mutter würde auf eine bestimmte Art und Weise reagieren, aber sie würde es wahnsinnig hoch hängen. Sie unterstützen wollen und sich dabei nur lächerlich machen. Das war ihr einfach zu blöd.

Bonnie hatte schon kapiert, was ihre Mutter für ein Typ war, denn immer, wenn sie im Suff irgendwas Dummes gesagt hatte, tat es ihr hinterher furchtbar leid. Aber auch das war so peinlich. Dann musste sie immer die Übermutter spielen.

Dass sie sich jetzt so aufregte, lag daran, dass sie gedacht hatte, sie hätte Bonnie einen Gefallen getan, den ihre Tochter nicht würdigte. Das ärgerte ihre Mutter am meisten. Wenn sie fand, dass sie sich anstrengte und sich niemand dafür bedankte.

Und jetzt hatte sie dafür gesorgt, dass Nikki dort nicht wohnen bleiben konnte. Also würde auch Annie ausziehen müssen. Und Nikkis verrückte Mutter Bibbi auch, die eigentlich sehr witzig und total lieb war. Nein, am Anfang hatte Bonnie sich auf Gyllentofta überhaupt nicht wohlgefühlt, aber mittlerweile war es völlig anders. Ihre Mutter mochte hier nicht mit Nikki zusammenwohnen. Die Erklärung, dass sie es für Bonnie tat, war vorgeschoben.

Großmutter und Bibbi konnten sich allerdings nicht leiden, und dagegen konnte man im Moment wohl auch nichts tun.

Nikki und Mama konnten sich nicht ausstehen. Und Bonnie mochte Nikki auch nicht besonders. Nur manchmal. Aber das hatte ja noch lange nicht zu bedeuten, dass sie wollte, dass Nikki und all die anderen wegziehen sollten.

Ohne sie wäre es schrecklich leer auf dem Hof.

Mama hatte erklärt, dass sie das mit Matteo gemeinsam geplant habe. Wenn das stimmte, hasste Bonnie ihn nun noch mehr. Es war leichter, ihn zu hassen, als ihre Mama.

Matteo hatte Nikki mehrfach angerufen, als er von der Westküste zurückgekommen war, musste aber einsehen, dass sie beschlossen hatte, nicht mehr mit ihm zu reden. Er konnte es ihr nicht mal verdenken. Und er wusste auch nicht, was er sagen würde, wenn sie tatsächlich den Hörer abnähme.

Dass sie zwischen Arbeit und Freizeit unterscheiden sollte? Das war einfach nur lächerlich.

Er hätte Katarinas Mandat niederlegen sollen. Jetzt war es offensichtlich, nachdem er nicht nur Nikki, sondern auch

Bonnies Vertrauen verloren hatte. Keins von beidem hatte er gewollt. Im Gegenteil, er wollte eigentlich beiden eine Stütze sein. Wollte Nikki Liebe schenken und Bonnie Vertrauen.

Matteo verzog das Gesicht und legte die Wurst, die er gekauft hatte, neben sich auf den Sitz. Er hatte die Hälfte gegessen, das war genug.

Der Termin am Nachmittag war einer der schlimmsten seiner Laufbahn. Er würde nicht nur eine Frau, die er verachtete, unterstützen, er zerstörte gleichzeitig das Leben der Frau, die er liebte.

Das Tor der Tiefgarage öffnete sich langsam, und als er hinuntergefahren war und seinen Wagen geparkt hatte, ging er gemächlich zum Fahrstuhl. Er warf einen Blick auf seinen sauberen metallic-schwarzen Mercedes. Er konnte sich vorstellen, was sie sah: ein protziger Anwalt mit einem sexy Auto, das Lässigkeit und Geld signalisierte. Keine Substanz, nur leeres Geschwätz. Er wollte, dass sie ihn und seine Situation verstand, aber das hatte er sich jetzt selbst eingebrockt. Und jetzt hatte er die Quittung bekommen.

In der Küchenzeile füllte er seinen großen Kaffeebecher, dann ging er hinüber in sein Büro und schloss die Tür hinter sich. Er hängte den Mantel an den Haken, lockerte die Krawatte, zog sein Sakko aus und warf es über den Besucherstuhl. Aus der Aktentasche zog er die Unterlagen, die er an diesem Tag brauchte, und legte sie vor sich auf den Schreibtisch.

In einer Stunde würde es vorbei sein, dann hätte er dabei

geholfen, Nikkis Leben so zu zerstören, dass es für ihn und sie keine Chance mehr geben würde.

Das Würgen überkam ihn ganz plötzlich, und mit der Hand vor dem Mund rannte er hinaus zur Toilette.

51

Mit hängenden Zügeln ging es los. Schneller als Schritt durfte sie beim ersten Ausritt nach solch einer langen Pause nicht reiten. Es war immer etwas Besonderes, nach einer Auszeit wieder auf dem Pferderücken Platz nehmen zu dürfen, doch heute war Nikki vor allem von anderen Gefühlsstürmen beherrscht. Sie war traurig, der Kloß im Hals wollte nicht verschwinden, was sie auch anstellte.

Sie war blauäugig und vor Liebe blind gewesen und hatte nicht sehen wollen, dass genau das passieren würde. Es war nicht Matteos Fehler, sie waren beide erwachsene Menschen, die diese Beziehung offenen Auges eingegangen waren. Sie hatten beide gewusst, dass es riskant war. Noch immer hatte sie nicht die geringste Ahnung, was ihr bevorstand, irgendwann würde man es ihr mitteilen. So lange musste sie sich auf die Tiere und das Tagesgeschäft konzentrieren, auch wenn sie in Angst und Trauer lebte. Appetit hatte sie auch nicht mehr.

Den Teller hatte sie zur Seite geschoben, obwohl Annie alles getan hatte, um sie zum Essen zu bewegen.

»Kannst du mir nicht sagen, was eigentlich geschehen

ist?«, hatte Annie besorgt gefragt, aber das konnte Nikki nicht, weil ja noch nichts passiert war. Gar nichts, außer dass Matteo und sie sich nicht mehr sahen.

»Gibt es denn keine andere Lösung?«, hatte Annie gefragt. »Vielleicht ist es ja gar nicht so schlimm, wie du denkst.«

»Glaub mir«, hatte Nikki geantwortet. »Es ist so schlimm.«

»Hast du schon mit Sylvia gesprochen?«

»Ich rede nur mit dir, alles andere muss bis morgen warten.«

Ein Traktor kam ihnen vom Feld her entgegen, und als er hupte, stoppte Nikki Oberon und wartete. Es war Lennartssons Feld, und obwohl sie nicht die geringste Lust hatte, mit ihm zu sprechen, hatte sie wohl gerade keine Wahl.

Oberon schnaubte. Er hatte keine Lust, still zu stehen, also ließ sie ihn langsam im Kreis laufen, bis der Traktor da war.

Lennartsson machte ein zufriedenes Gesicht, als er abstieg.

»Ich wollte gerade zu dir rüberkommen«, sagte er, und seine weißen Zähne blitzten.

Die Mädels in der Schule waren verrückt nach ihm gewesen. Nur Nikki nicht. Mehr als einmal hatte sie Nein gesagt, und am Ende war er so wütend gewesen, dass er sie einfach angepackt hatte. Um loszukommen, hatte Nikki richtig zuschlagen müssen, und so war er vor der halben Klasse zu Boden gegangen. Das hätte jeden gedemütigt, aber Erik Lennartsson war nicht jeder. Ihn hatte diese Niederlage doppelt gereizt. Er hatte sie gefragt, ob sie mit ihm auf den Schulball ginge. Erst als sie vor seinen Augen mit einem anderen herumgeknutscht hatte, hatte er es endgültig begriffen.

Dann war er aus ihrem Dunstkreis verschwunden und erst wieder aufgetaucht, als ihr Vater ihn als neuen Pächter präsentierte, ein paar Jahre, bevor er nach Mallorca auswanderte.

»Na wunderbar, dann musstest du nicht so weit laufen«, sagte sie, weil sie wusste, dass es sich jetzt lohnte, freundlich zu sein. »Wie kann ich dir behilflich sein?«

»Ach, ich komme wirklich gerne rüber«, sagte er grinsend. »Ich nehme an, dann hast du es noch nicht gehört?«

»Was gehört?«

»Dass Katarina ihre Hälfte vom Hof verkauft hat.«

Er zog eine Dose Snus aus der Hosentasche und formte eine Kugel. Das zufriedene Grinsen hielt sich auf seinem Gesicht noch, als er sich die Portion unter die Oberlippe steckte und mit der Zunge nach hinten schob. Er wischte die Finger an der Kante der Dose ab, dann schraubte er sie zu und ließ sie wieder in der Tasche verschwinden.

Wovon redete er? »Nein, davon habe ich nichts gehört.«

»Ich komme gerade aus der Anwaltskanzlei, wo wir die Papiere unterzeichnet haben. Ich habe ihren Anteil an Gyllentofta gekauft, jetzt musst du deinen Hof also mit mir teilen.«

Er kam einen Schritt näher. Streckte eine Hand aus und klopfte Oberon auf den Hals. Das Pferd warf den Kopf unruhig hin und her. »Du und ich, Nikki«, fuhr er fort. »Das war doch schon immer mein Traum, und das weißt du.« Er lachte, und wie in Slow Motion sah sie diese eklige braune Brühe von seinen Lippen über die Zähne laufen.

In ihrem Kopf drehte sich alles.

Lennartsson gab Oberon einen Klaps auf den Hintern, und das Pferd begann, unruhig zurückzugehen. Als er Anstalten machte, sich aufzubäumen, war Nikki klar, dass sie mit ihm verschwinden musste, und sie drehte mit ihrem nervösen Hengst um und galoppierte davon, ohne auch nur einen Moment darüber nachzudenken, ob das, was Lennartsson verkündet hatte, auch wirklich stimmte. Auf diese Gelegenheit hatte er jahrzehntelang gewartet. Und die Chance hatte sich geboten, als sich herausstellte, dass sie einen Bruder hatte. Oder hatte er das vielleicht schon viel früher gewusst?

Als Oberon nicht langsamer werden wollte, ließ sie ihn, obwohl er sich heute noch nicht anstrengen sollte. Etwas war in Nikki zerbrochen, tief in ihrem Inneren, und der Schweiß lief ihr über die Stirn. Das Pferd musste auf sich selbst achten, sie war völlig handlungsunfähig. Als Oberon mit voller Geschwindigkeit in den Wald hineingaloppierte, hallte Lennartssons Lachen noch in ihrem Kopf, und Nikki spürte, wie sie im Sattel zu taumeln begann, wie ihr Gesichtsfeld immer kleiner wurde.

Dann kam der Schlag.

Annie sah Katarina an. Sie schien in Panik zu sein, als sie in die Küche kam, wo Annie gerade die Spülmaschine befüllte.

»Ich muss mit Nikki reden, wo ist sie denn?«

»Ich weiß nicht, vielleicht im Stall?«

Katarina schüttelte den Kopf.

»Ist Oberon da? Sie wollte heute zum ersten Mal nach seiner Krankheit wieder mit ihm ausreiten, dann ist sie wohl noch unterwegs. Wir essen in einer Stunde, und Nikki verpasst nie eine Mahlzeit, dann sprich doch nachher mit ihr«, sagte Annie arglos, während ein Teller neben dem anderen seinen Platz in der Spülmaschine fand.

»Ich muss sofort mit ihr reden«, erwiderte Katarina nervös.

»Dann ruf sie doch an. Sie hat ihr Handy immer dabei. Was ist denn passiert?«

»Hast du Erik schon gesehen?«

»Wen? Meinst du Lennartsson? Nein.«

Katarina atmete auf. Die beiden schienen irgendetwas auszuhecken, das wusste Annie ja bereits, und sie fragte sich, was sie jetzt ausgebrütet hatten.

Ob er sich wegen Katarina scheiden ließ?

Annie hasste Fremdgehen. Das lag nicht daran, dass man das Treuegelöbnis vor Gott sprach, sondern daran, dass man seinen Partner so tief verletzte.

Die Stunden, die sie mit betrogenen Ehepartnern zugebracht hatte, konnte sie nicht mehr zählen, und es war schrecklich gewesen, sie so leiden zu sehen. Erst trennte man sich, dann verabredete man sich mit anderen. Sie hatte nicht grundsätzlich etwas gegen Scheidungen, ihr war völlig klar, dass manche Menschen es nicht ein Leben lang miteinander aushielten, aber Lennartsson behandelte seine Frau mies, das hatte Annie schon bei der Pächterversammlung bemerkt. Er war ganz einfach ein Mistkerl, auf den Katarina offensichtlich abgefahren war. Nikki hatte ihr erzählt, dass schon seit Jahren über ihn geredet wurde.

»Wenn du sie siehst, würdest du ihr sagen, dass ich sie suche?«

»Das tue ich.«

Als Annie Kartoffeln geschält und in einen Topf gelegt hatte, holte sie das Hackfleisch aus dem Kühlschrank. Bonnie hatte sich das Essen aussuchen dürfen und sich Hacksteak gewünscht. Annie füllte den Topf mit Wasser, gab Salz dazu und stellte ihn auf den Herd. Dann lief sie in den Flur.

»Bonnie«, rief sie laut. »Jetzt machen wir die Frikadellen.«

Dann ging sie in die Küche zurück und hörte kurz darauf Schritte auf der Treppe.

Bonnie ging erst an Annie vorbei und warf einen Blick ins Wohnzimmer. Dann flüsterte sie ihr zu: »Versprichst du mir, nichts weiterzusagen, wenn ich dir etwas verrate?«

»Kein Wort wird über meine Lippen kommen, ich schwöre.«

»Mama hat vor, euch rauszuschmeißen. Frag mich nicht, wie das gehen soll, aber es hat etwas mit Erik zu tun. Ich glaube, er zahlt Mama aus oder so. Auf jeden Fall müsst ihr ausziehen, und wir bleiben da. Nur Mama und ich und dieser Lennartsson. Aber ich will nicht mit denen zusammenwohnen.« Sie schluchzte, und Annie nahm sie in den Arm.

»Schh, alles wird gut. Wir müssen mit Nikki darüber reden. Ich glaube nicht, dass deine Mama oder Erik sie einfach rauswerfen können. Da hat sie etwas falsch verstanden.«

Das klang sehr sonderbar, fand Annie. Konnte ein Teilhaber seine Hälfte einfach so mir nichts dir nichts verkaufen? Nein, das musste ein Missverständnis sein.

»Wie gesagt, wir müssen mit Nikki reden«, fuhr Annie fort.

»Ich habe sie und Oberon von meinem Fenster aus gesehen, da auf dem Feld, ganz hinten rechts. Da ist sie jemandem mit einem Traktor begegnet, und als sie eine Weile geredet haben, ist sie mit Oberon in den Wald hineingaloppiert.«

»Doch nicht galoppiert?«

»Doch.«

Wie merkwürdig, Nikki wollte doch heute nur Schritt mit ihm reiten. Sie würde bei Anders noch mal nachfragen.

»Weißt du was, wenn du den Hackfleischteig zubereitest, flitze ich in den Stall und suche nach Anders.«

Annie zog nicht einmal die Schürze aus, sie fuhr nur schnell in die Schuhe, die neben der Küchentür im Flur standen, und rannte los.

»Nikki«, rief sie, während sie auf den Stall zulief. »Nikki. Anders.«

»Hier ist sie nicht«, sagte Anders, der vor der Tür stand. »Sie ist mit Oberon ausgeritten.«

»Und galoppiert mit ihm durch den Wald, wie Bonnie erzählt hat. Das hat sie von ihrem Fenster aus beobachtet. Wollte Nikki heute schon Galopp reiten?«

»Nein, absolut nicht, Bonnie hat sich sicher vertan.«

»Das Mädchen kann zwischen Schritt und Galopp unterscheiden, das weißt du selbst.«

»Ja, aber es kann nicht sein, dass Nikki Oberons Gesundheit derart aufs Spiel setzt.«

»Kann es sein, dass er mit ihr durchgegangen ist?«

»Oberon? Mit Nikki auf dem Rücken? Nein, das kann ich mir nicht vorstellen. Dann müsste er plötzlich in Panik geraten sein.«

»Das verstehe ich nicht. Sie hat jemanden auf einem Traktor getroffen, auf dem rechten Feld, hat Bonnie erzählt. Sie haben sich unterhalten, und dann ist sie fortgaloppiert.«

»Das hat Bonnie von ihrem Fenster aus gesehen? Das sind Lennartssons Felder, die sie von da aus sieht. Dann hat Nikki wohl ihn getroffen.«

Annie spürte, wie sie bleich wurde. »Bonnie hat erzählt, dass Katarina ihren Teil vom Hof an Lennartsson verkauft habe, und ihr Plan sei, alle, die zu Nikki gehören, rauszuschmeißen.«

Anders schloss die Augen und schüttelte den Kopf. »Dieser Schweinehund. Sie rausschmeißen kann er wohl kaum, wenn ihr noch die Hälfte gehört, aber er kann ihr natürlich das Leben zur Hölle machen, sodass sie freiwillig geht. Das würde mich überhaupt nicht wundern. Und Katarina, was denkt sie sich dabei? Erik ist doch mit Karin verheiratet.«

»Wie kann er sich das leisten? Es geht hier doch um Unsummen.«

»Die haben Geld wie Heu. Wir haben uns oft gefragt, warum er sich nicht einen eigenen Hof kauft, anstatt hier so viel von Gyllentofta zu pachten. Aber wahrscheinlich hat er die ganze Zeit auf so eine Gelegenheit spekuliert.« Anders sah auf die Uhr. »Oberon kriegt demnächst sein Futter, in zehn Minuten sollten sie zurück sein. Wenn nicht, müssen wir nach ihnen suchen, dann ist vielleicht etwas passiert. Ich rufe Lennartsson an und frage mal nach, in welche Richtung sie geritten sind.«

52

Eine Stunde später waren Nikki und Oberon noch immer nicht zurück, und jetzt war die Aufregung groß. Anders hatte Lennartsson angerufen, der lachend erzählt hatte, dass Nikki und Oberon wie die Verrückten übers Feld und in den Wald hineingeritten waren und dass er nicht die geringste Ahnung habe, wohin sie wollten.

»Hast du schon die guten Neuigkeiten gehört?«, hatte er voller Stolz gefragt. »Wenn du dich gut anstellst, darfst du deinen Job behalten.«

Anders dachte im Moment keine Sekunde lang an seinen Job. Als Erstes mussten sie Nikki finden. Mit Schrecken fiel ihm Nikkis Panikattacke nach Nikodemus' Tod ein, und er bekam eine Heidenangst, dass sie so einen Anfall im Sattel erlitten haben könnte. So was konnte für beide schlimm ausgehen.

»Ich will euch helfen«, sagte Katarina, die ihm in den Stall hinterhergerannt kam. »Ich habe einen Riesenfehler gemacht.«

Die Geschichte sprudelte geradezu aus ihr heraus, während Anders die hintere Tür schloss, die Longierleine von der Wand nahm, in die Küche ging, den Erste-Hilfe-Kasten suchte und einen Eimer mit Wasser füllte, falls Nikki und Oberon etwas zu trinken brauchten, wenn man sie fand. Aus dem Küchenschrank nahm er auch das Such-Kit, das sie bislang nur einmal benutzt hatten, als zwei Pferde ausgebüxt waren.

Katarina erzählte, sie habe sich mitreißen lassen und völlig den Verstand verloren. Sie habe Lennartsson geglaubt, als er meinte, Bonnie und sie könnten auf dem Hof wohnen bleiben, und er würde sich trennen und bei ihnen einziehen, sobald die Scheidung durch war. Er würde Bonnie in seinem Testament bedenken, weil er ja keine eigenen Kinder hatte. Für Katarina hatte es wie ein Traum geklungen, endlich war sie die Verantwortung los, dazu finanziell unabhängig, und zudem könnte sie trotzdem dafür sorgen, dass Bonnie ihr Erbe bekam. Er hatte es billig bekommen, sie hatte seinen Argumenten Glauben geschenkt, und als die Papiere unterschrieben waren, hatte er vierzig Millionen Kronen bezahlt für etwas, von dem Matteo meinte, es sei fünfundsiebzig Millionen wert. Katarina war es egal gewesen. Vierzig Millionen waren eine schöne Stange Geld, und die halben Häuser auf Mallorca und in Hunnebostrand besaß sie ja auch noch.

Eine Stunde nach der Vertragsunterzeichnung hatte Erik ihr mitgeteilt, dass er sich nun doch nicht scheiden lassen wolle und dass er zu Karin gehöre und er mit ihr nach Gyllentofta ziehen wolle.

Anders gab zu dieser Geschichte keinerlei Kommentar ab. Die Frau war zu dumm, aber sie war nicht die Erste, die auf Lennartssons Schmeicheleien hereingefallen war. Jetzt hatte sie den Hof an den Teufel verkauft, und das war der Grund dafür, dass Nikki nicht zurückkam.

»Bitte, gib mir irgendeine Aufgabe«, flehte sie ihn an. »Was auch immer. Das ist alles meine Schuld.«

Nikki konnte sich später noch mit ihr auseinandersetzen. Im Moment brauchte er jeden Mann, den er kriegen konnte.

»Du kannst zu Hause bleiben und uns benachrichtigen, sobald sie oder das Pferd nach Hause kommen.« Er winkte drei Arbeitern zu, die so viele Männer angeheuert hatten, wie die Nachbarn zur Verfügung stellen konnten. Annie stand mit Winston bereit, der wie ein Kalb auf der grünen Weide herumsprang, und neben ihr stand die völlig bleiche Bibbi – und Bonnie, die an den Nägeln kaute.

»Du musst sie lebend finden, Anders«, sagte Bibbi. Ihre Stimme war fest, obwohl man die Panik in ihren Augen sah. »Versprich es mir.«

»Hört her«, rief Anders der Gruppe zu, die sich vor ihm versammelt hatte. Er leitete in dieser Situation nun den Suchtrupp an, und jeder hörte ihm aufmerksam zu. »Wir wissen, dass sie über die östlichen Felder geritten ist, und Lennartsson sagt, er hat gesehen, dass sie in den Wald hineingeritten ist, und konnte in etwa ausmachen, wo. Mein Vorschlag ist, dass wir dorthin fahren und uns dann am Waldrand aufteilen. Ich vermute, sie ist abgeworfen worden. Sie geht nicht ans Telefon, und hätte Oberon sich verletzt, dann hätte sie uns natürlich längst verständigt. Also alle, die mitkommen, rein in die Wagen. Katarina hält hier die Stellung, falls Nikki oder das Pferd hier auftauchen. Kommst du denn überhaupt allein mit Oberon zurecht?«

»Das weiß ich nicht, aber ich versuche es.« Ihre Stimme zitterte. Wäre sie an diesem Chaos nicht schuld, hätte sie Anders fast leidgetan.

»Das nützt uns nichts. Dann bleibst du auch da«, sagte er und zeigte auf einen der Jungs, von dem er wusste, dass Oberon auf ihn hören würde. »Katarina, du kommst mit. Schaut, dass ihr vernünftige Jacken und Schuhe anhabt. Diese Suche kann dauern, und es kann kalt werden, also los, zieht was an. Wir treffen uns in genau fünf Minuten wieder und besprechen, wie wir vorgehen.« Er sah Bonnie skeptisch an. »Schaffst du das?«

»Ja klar«, antwortete sie und sah ihm ernst in die Augen. »Schließlich geht es um meine Tante.«

Die fünfzehn Mann starke Truppe stellte sich am Grabenrand auf, und Anders markierte mit Fähnchen die Stellen, von denen sie losgegangen waren. Wenn er sie nicht beim ersten Versuch fand, wollte er noch mehr Leute dazuholen. Der Wald vor Gyllentofta war groß und weit, und Oberon konnte ebenso gut nach links gerannt sein oder gerade hindurch, das waren die Teile des Waldes, die die Gruppe sich als Erstes vornehmen würde.

Anders' Theorie war, dass Nikki ohnmächtig geworden war und sich auf dem Pferderücken nicht lange hatte halten können. Und dass das schon früh passiert war.

Bibbi hielt sich krampfhaft an Annie fest, sie ließ ihren Arm nicht los. Und Annie konnte sie verstehen. Allein in den Wald zu laufen war ein Unterfangen, besonders, wenn man fast achtzig war und kaum etwas anderes als Asphalt gewohnt. Bibbi hatte zwar mal auf Gyllentofta gelebt, doch es war fraglich, ob sie den gekiesten Hof in der Zeit jemals verlassen hatte.

»Bibbi geht mit mir mit«, rief Annie. »Ihr könnt uns als eine Person zählen.«

Die Männer sollten den Wald einzeln mit zehn Metern Abstand durchkämmen. Annie hielt Winston fest an der Leine. Er wollte losrennen, und sie musste all ihre Kraft aufbringen, um ihn festzuhalten. Wenn sie Nikki nur ohne Schrammen fänden, würde sie Winston und sich sofort zu einem Kurs in der Hundeschule anmelden. Und richtig trainieren. Gut für sich sorgen. Gesunde Sachen essen. Sie würde freundlicher werden, auch Erwachsenen gegenüber. Wenn sie Nikki nur fänden, dann ...

»Hat jeder verstanden, wie wir vorgehen? Haben alle eine Trillerpfeife?«

Fünfzehn Hände fuhren in die Luft, und Winston kläffte.

»Dann gehen wir los.«

Annie lächelte Bonnie, die zehn Meter vor ihr stand, aufmunternd an. Das Mädchen war verschlossen, mitgenommen von den Ereignissen. Annie war klar, dass die letzten vier Monate für Bonnie schrecklich gewesen sein mussten, endlich gewann sie wieder Boden unter den Füßen ...

Sie war ihrer Tante gar nicht so unähnlich, so wie sie sich den Veränderungen stellte, sich den neuen Bedingungen anpasste. Ihren Weg fand, auch wenn jemand anders den groben Rahmen absteckte. Jugendliche hatten alles noch vor sich und schienen geradezu darauf programmiert, sich trotz Hindernissen und Gegenwind durchzuschlagen, weil das Leben selbst es verlangte. Sie verloren einen Elternteil und damit den Halt, aber schienen einen neuen zu finden, obwohl sie trauerten. Sie lebten und trauerten gleichzeitig, das war tröstlich zu sehen, dachte Annie. Aber noch einmal umzuziehen, wenn man schon traurig war, war für jeden zu viel. Arme Bonnie.

Wenn sich Annies Leben verändert hatte, hatte sie immer Gott an ihrer Seite gewusst, doch im Moment war sie sich nicht sicher, ob er noch da war. Sie vermisste die Zwiegespräche mit ihm. Zu gerne hätte sie ihn gebeten, Nikki zu helfen, doch sie hatte zu viel Angst, keine Antwort zu erhalten, also ließ sie es sein. Und überließ Nikkis Schicksal den Menschen, die neben ihr gingen.

»Es ist ein gutes Zeichen, wenn ihr auf Pferdeäpfel tretet«, rief Anders, der in der Mitte lief. »Dann ist Oberon bestimmt nicht weit.«

Bibbi stolperte, und als Annie ihr die Hand hinhielt, witterte Winston die Gelegenheit. Er riss sich los und rannte in den Wald hinein, ohne sich umzudrehen. Anders pfiff, und Annie schrie, doch das war dem Hund schnurzegal.

»Er wird zurückkommen«, rief Anders Annie zu, um sie zu beruhigen. »Wenn er merkt, dass er allein ist, verliert er den Spaß, und unsere Stimmen kann er ja hören.«

Sie hatte das Gefühl, als seien schon Stunden vergangen, doch als Annie einen Blick auf ihre Armbanduhr warf, war es erst vierzig Minuten später. Manchmal hörten sie Winston, er bellte, und da antwortete Anders, sodass der Hund sich sicher fühlte. Nun war Annie auch der Meinung, dass Winston am Ende wieder zu ihnen zurückkommen würde. Allein der Gedanke, in diesem dunklen Wald Nikki und Winston zu verlieren, brachte sie um.

Matteo hatte Sylvia gebeten, mit Nikki allein reden zu dürfen, doch darauf war Sylvia nicht eingegangen. Sie einigten sich darauf, gemeinsam nach Gyllentofta zu fahren und mit ihr zu sprechen. Nach den Vormittagsterminen fuhr er nach Hause und zog sich um. Jeans und ein Troyer waren passender als der Anzug, auch wenn es ein offizieller Besuch war und nichts anderes. Er wusste ja nicht einmal, ob sie überhaupt mit ihm reden würde, oder vielleicht nur mit Sylvia.

Katarina hatte erst vor Freude gestrahlt, aber kurz darauf gejammert wie ein geschlachtetes Schwein, als Lennartsson verkündet hatte, dass sie ausziehen müsse. Matteo wunderte sich nicht. Er hatte Lennartsson nie über den Weg getraut, und er fragte sich, warum Katarina auf ihn hereingefallen war. Er hatte versucht, Katarina von dem Verkauf abzuhalten, hatte jedes Argument vorgebracht, das ihm eingefallen war, doch sie war fest entschlossen gewesen, Lennartsson ihren Teil zu verkaufen, und das noch zu einem viel zu niedrigen Preis.

Matteo war bewusst, dass seine Beziehung zu Nikki nun wirklich vorbei war, aber er wollte ihr noch sagen, wie sehr ihm das leidtat. Dass er sich ihrem Bruder und Bonnie gegenüber loyal verhalten musste. Aber natürlich spielte es für sie keine Rolle, denn sie verstand diesen Konflikt ja. Hatte ihn immer verstanden. Das Problem war nur, dass die Sache jetzt völlig anders ausgegangen war, als sie es gehofft hatte. Erst hatte sie einen Bruder als Teilhaber bekommen, dann eine Schwägerin, die alles verändern wollte, und nun einen dominanten Pächter, der noch eine persönliche Rechnung mit Nikki offen hatte. Warum Lennartsson auf Nikki so böse war, hatte er bei der Besprechung nicht erwähnt, aber es musste sich um eine Art Rache handeln, dachte Matteo, der das Geschäft mit Lennartsson und dessen Frau im Büro zum Abschluss gebracht hatte, während Katarina ungeduldig in einem anderen Besprechungszimmer gehockt und gewartet hatte.

Das ist okay, dachte er, als er einen Blick in den Spiegel warf, bevor er die Wohnung verließ. Sie würde ihm wahrscheinlich sowieso die Tür vor der Nase zuschlagen, also war es ziemlich egal, wie er aussah.

Er holte Sylvia ab, die noch Kostüm und hohe Schuhe trug. Von Haustür zu Haustür brauchten sie genau zwanzig Minuten, und in der Zeit hatte sich das flaue Gefühl in seinem Magen unangenehm verstärkt, so sehr, dass er während der Autofahrt kein einziges Wort sprach. Aber es führte kein Weg daran vorbei. Er sehnte sich sehr danach, Nikki wiederzusehen, dabei hatte er gleichzeitig das Gefühl, als drehte sich ihm der Magen um bei dem Gedanken, dass sie ihn abblitzen lassen würde.

Sie klopften, doch als niemand öffnete, ging Matteo hinüber zum Stallgebäude, und Sylvia lief um das Haus herum zum Kücheneingang, der eigentlich nie abgeschlossen war.

Trassel begrüßte ihn an der Stalltür und strich ihm um

die Beine. Er beugte sich hinab und nahm das Tier auf den Arm. »Wo ist sie denn?«, flüsterte er dem Kater ins weiche Fell.

Da hörte er eine Stimme in der Stallküche.

Matteo hob die Hand zum Gruß, als er hineinging. Auf dem Stuhl saß ein junger Mann in Arbeitskleidung. Er würde wissen, wo Nikki sich aufhielt.

Der junge Mann hielt die Hand hoch und signalisierte Matteo, leise zu sein. Er zeigte auf das Handy, das er am Ohr hielt.

»Okay, okay ... Okay.« Er legte das Telefon auf den Tisch und stand auf.

»Sie haben sie bewusstlos gefunden.«

»Wovon sprechen Sie? Wer ist bewusstlos? Was ist passiert?« Matteo erstarrte vor Schreck und spürte, wie ihn ein eiskalter Schauer durchfuhr.

»Nikki. Sie ist nicht ansprechbar. Der Notarzt ist da, und im Moment wird sie aus dem Wald zur Straße heraustransportiert. In ein paar Minuten müssten sie hier vorbeikommen.«

Matteo musste sich setzen.

»Und was heißt das? Ist Nikki verletzt?« Er sah den jungen Mann erwartungsvoll an. »Erzählen Sie mir, was geschehen ist.« Jetzt hatte die Angst völlig von ihm Besitz ergriffen.

Der Mann berichtete, was er wusste, und dann zuckte er mit den Schultern. »Mehr weiß ich auch nicht. Sie ist von Oberon gestürzt, und man hat sie gefunden, aber ihr Pferd nicht.«

Da hörten sie durchdrehende Reifen von einem Wagen

auf dem Hof, und Matteo und der junge Mann rannten beide hinaus. Hinter dem Rettungswagen flog der Kies in die Luft, als er vorbeifuhr. Dahinter kamen zwei Autos, die ebenso schnell waren.

»Was ist denn passiert?«, fragte Sylvia, als sie aus dem Haupthaus kam.

»Nikki ist verletzt«, schrie Matteo, während er zu seinem Auto rannte. Sein Herz schlug wie verrückt. Das musste jetzt gut ausgehen, das musste es einfach.

»Fahr«, sagte Sylvia. »Ich halte die Stellung und warte. Und ruf mich an, sobald du etwas weißt.«

53

Als Matteo in die Notaufnahme kam, stürzte sich Bonnie wütend auf ihn und hämmerte mit den Fäusten auf seinen Brustkorb. Gleichzeitig liefen ihr die Tränen übers ganze Gesicht.

»Wie konntest du mich so hintergehen. Und ich hab dir vertraut«, schrie sie.

Er nahm sie in den Arm und hielt sie ganz fest, auch wenn sie Widerstand leistete.

»Bitte der Reihe nach, Bonnie. Sag mir zuerst, wie es Nikki geht. Dann reden wir über alles andere, das verspreche ich dir, aber im Moment ist Nikki am wichtigsten.« Es fiel ihm schwer zu reden. Am liebsten hätte auch er geschrien und wild um sich geschlagen. Dass er unversehrt im Krankenhaus angekommen war, war sowieso ein Wunder, er war gefahren wie ein Wahnsinniger.

Langsam beruhigte sich Bonnie in seinen Armen, doch sie schluchzte noch immer. »Ich weiß nur, dass sie nicht reden konnte, als ich sie gefunden habe. Sie lag auf der Seite und sah aus, als wär sie tot. Und aus ihrem Kopf sickerte Blut.«

Annie kam auf Matteo zu, und er konnte schon an ihrem Gesicht ablesen, wie ernst die Lage war.

»Wir wissen noch nichts, Matteo. Im Moment wird sie noch untersucht. Wir können nur warten und be ... hoffen, meine ich.«

Plötzlich schnappte sie nach Luft und griff nach Matteos Arm. Sie nickte zur Tür, die gerade geöffnet wurde.

Auf der Liege, die sie herausrollten, lag Nikki. Ihr Gesicht war blutverschmiert, mehr konnte er nicht sehen, ehe das Personal mit ihr schon im Flur verschwunden war auf dem Weg zu den Fahrstühlen.

Verzweifelt sah er zu Bonnie, die von Schluchzern geschüttelt wurde. Ihretwegen musste er versuchen, seine Gefühle zu beherrschen. Sie brauchte jetzt jemanden, der stark war, und wenn er als Patenonkel jemals eine wichtige Rolle spielte, dann war es jetzt.

»Das war Nikki, stimmt's? Was ist, wenn sie stirbt? Alle in meiner Familie sterben.«

»Nikki nicht«, sagte Annie. »Sie wird hundert Jahre alt, das versprech ich dir.« Ihre Stimme klang fest, doch Matteo sah die Angst in ihren Augen.

»Woher weißt du das?«, fragte Bonnie verdutzt.

»Sie muss es einfach. Ich überlebe es sonst nicht«, antwortete Annie. »Ich überlebe es sonst nicht.«

Katarina kam auf sie zu. Die seit dem Nachmittag schwerreiche Frau sah aus wie ein Gespenst. »Das ist meine Schuld«, murmelte sie, als würde sie mit sich selber reden. »Das ist alles meine Schuld.«

Matteo hätte ihr beinahe zugestimmt, doch das war weder der richtige Ort noch der passende Zeitpunkt dafür. Bonnie brauchte Katarina, und egal, wie es ihr ging, sie musste sich wegen ihrer Tochter zusammenreißen.

»Wir können später darüber reden«, sagte er. »Im Moment ist es wichtiger, dass wir eine Familie sind.« Er warf Katarina einen vielsagenden Blick zu und nickte hinunter zu Bonnie, die noch immer ihren Kopf an seine Brust presste.

Sie verstand den Wink. »Komm, wir setzen uns«, sagte sie und zog Bonnie von ihm weg.

Bei dem Gedanken an Nikki wurde Matteo ganz schlecht. Sie würde es doch wohl schaffen? Hilflos sah er Annie an, die neben ihm stand. »Wie ist das passiert? Kannst du mir das erzählen?«

»Das weiß keiner so genau. Anders glaubt, dass sie vielleicht eine Art Schock erlitten hat, als Lennartsson ihr erzählt hat, dass ihm jetzt die andere Hälfte von Gyllentofta gehört. Im Sommer hatte sie bereits Panikattacken gehabt, und Anders vermutet, dass sich die Nachricht so ausgewirkt hat. Sie saß ja auf Oberon und ritt völlig unkontrolliert von Lennartsson weg, in den Wald hinein. Wir haben weder ihr Pferd gefunden noch Winston, der sich losgerissen hat.« Annie hatte Tränen in den Augen, als sie ihn ansah. »Anders sagt, dass Pferde und Hunde von allein nach Haus finden. Hauptsache, wir haben Nikki gefunden.«

Matteo sah Annie an, welche Sorgen sie sich machte. Er legte ihr die Hand auf die Schulter. »Das mit deinem Hund tut mir leid. Aber ich glaube, wir können Anders vertrauen. Er weiß, wovon er spricht.«

»Das hoffe ich sehr«, erwiderte sie mit brüchiger

Stimme. »Ein paar Männer sollten im Wald bleiben, solange es noch Tageslicht gab, aber jetzt ist es ja stockdunkel.« Sie fuhr sich mit dem Pulloverärmel über die Augen. Dann stupste sie Matteo in die Seite. »Da kommt die Ärztin.«

Sie eilten ihr entgegen, während die schon neben Nikkis Mutter Platz nahm.

»Mein Name ist Viktoria Lindfors, ich bin Unfallärztin. Ich habe Frau Köhler betreut, seit sie eingeliefert wurde. Bei der Röntgenuntersuchung haben wir festgestellt, dass sie eine Blutung im Schädel hat. Die ist sicherlich durch den Sturz entstanden, und deshalb müssen wir sie sofort operieren. Zudem hat sie offenbar ein verstauchtes Fußgelenk, eine gebrochene Rippe und ein gebrochenes Handgelenk, doch als Erstes konzentrieren wir uns auf die Blutung im Kopf. Die ist akut und sehr ernst.«

»Ist sie in Lebensgefahr?«, fragte Annie verängstigt.

»Wir tun alles, was in unserer Macht steht«, antwortete die Ärztin und erhob sich wieder.

Sie trafen sich in der Küche auf Gyllentofta. Es war mitten in der Nacht. Keiner hatte einen Bissen gegessen. Bibbi, Katarina, Bonnie und Anders saßen um den Esstisch, während Annie Brot und Aufschnitt auftischte.

Es war totenstill im Raum. Annie schälte die Gurke, zerteilte die Paprika und sah aus dem Fenster. Sie hoffte immer noch, dass Winston jeden Moment auftauchte. Sie machte sich wahnsinnige Sorgen. Die Operation würde ein paar Stunden dauern, und im Krankenhaus hatten sie ihnen gesagt, dass es besser sei, sie führen nach Hause. Sie würden

Nachricht erhalten, sobald der Eingriff beendet war. Aber Matteo hatte sich geweigert zu gehen, und Annie fand, es war ein gutes Gefühl zu wissen, dass er da in Vrinnevi vor Ort war. Schließlich war er ja Anwalt und würde bestimmt alle Informationen einholen, die er kriegen konnte, dachte sie, während sie das Gemüse klein schnitt und auf einen Teller legte, den sie auf den Tisch stellte. »Bitte schön«, sagte sie still. Sie selbst hatte nicht den geringsten Hunger. »Bedient euch. Ich gehe in mein Zimmer. Wenn einer von euch etwas hört, dann holt mich.«

Sie sah Anders' fragenden Blick, aber schüttelte den Kopf. Jetzt musste sie allein sein.

In ihrem Zimmer zog sie den Sessel vors Fenster. »Gib mir ein Zeichen«, sagte sie zu Gott, während sie in die Dunkelheit starrte. »Ich brauche verdammt noch mal nur ein klitzekleines Zeichen.«

Im Morgengrauen erwachte sie.

Der Nebel lag dicht über den Feldern. Ihr Körper war ganz steif, und sie zitterte vor Kälte. Sie sah auf die Uhr. Fast halb acht. Noch kein Anruf. Sie hatte drei Stunden geschlafen, jetzt musste die OP doch beendet sein?

Sie stand auf, reckte sich und wollte gerade die Bettdecke holen, als sie die Konturen zweier Figuren erkannte, die langsam ganz hinten auf dem Kiesweg erschienen. Ihr Herz schlug ihr bis zum Hals. Ihre Kehle schnürte sich zusammen, sie bekam kaum noch Luft. Waren das etwa …? Sie rannte aus dem Zimmer, die Treppe hinunter und ließ die Tür einfach ins Schloss fallen, dann flitzte sie, so schnell sie konnte, zur Schmalseite des Hauses, wo der Kiesweg begann.

Hinter der Ecke blieb sie wie angewurzelt stehen.

Da kamen sie angetrabt. Winston hielt die Zügel im Mund und führte den hinkenden Oberon langsam auf den Hof. Als der Hund Annie erblickte, gab er ein Freudengebrüll von sich, ließ die Zügel auf den Boden fallen, und sein ganzes Hinterteil wackelte vor Freude, als er ihr entgegensprang. Er weinte und bellte abwechselnd.

Ihr lieber, guter Winston hatte sich um Oberon gekümmert. Der beste Hund der Welt hatte Nikkis Pferd heimgeführt. Annie hob den Kopf zum Himmel und flüsterte »danke«, während ihr die Tränen über die Wangen liefen, hinunter auf Winstons Fell.

»Anders«, rief sie, nicht ganz so laut wegen der frühen Morgenstunde. »Anders.«

»Ja«, hörte sie die Antwort aus dem Stall.

»Komm raus, ganz langsam und leise. Sie sind heimgekommen.«

54

Was war das für ein heftiger Schmerz in ihrem Kopf?

Hatte jemand nach ihr gerufen? Sie war müde, wollte einfach nur schlafen.

»Nikki, aufwachen.«

Sie versuchte, die Augen zu öffnen. Eins nach dem anderen. Sie blinzelte gegen das Licht. Wie hell es war.

»Hallo.« Jemand schien sie anzulächeln.

Nikki räusperte sich.

»Sie müssen nicht antworten, sehen Sie einfach nur auf das Licht.«

Es war ein Gefühl, als würde ihr Kopf explodieren.

»Ich habe Kopfschmerzen«, sagte sie leise. Ihre Stimme war brüchig. Sie hatte das Gefühl, irgendetwas steckte in ihrem Hals.

»Sie bekommen gleich etwas gegen die Schmerzen«, sagte jemand. »Wissen Sie, wie Sie heißen?«

»Nikki Köhler.« Sie schloss die Augen wieder.

»Wann sind Sie geboren?«

»Am ersten November neunzehnhundertzweiundsechzig.« Sie hatte einen ganz trockenen Hals. »Bin ich im Krankenhaus?«, fragte sie. »Warum?«

»Sie sind von einem Pferd gestürzt. Hier ist ein bisschen Wasser.«

Jemand hielt ihr einen Strohhalm an die Lippen. Erst da spürte sie, wie ausgetrocknet sie waren. Das Wasser schmeckte wunderbar. »Haben Sie auch Vaseline?«, fragte sie mit heiserer Stimme. »Ich habe das Gefühl, meine Lippen springen auf, sobald ich spreche.«

»Wir kümmern uns gleich darum, Sie müssen nicht viel reden. Ich gebe jetzt etwas Schmerzstillendes in den Tropf, und dann werde ich Ihnen kurz mitteilen, was passiert ist, bevor ich die Menschen reinlasse, die draußen vor der Tür stehen und ungeduldig darauf warten, Sie endlich sehen zu dürfen.«

»Ich hab dich noch nie unrasiert gesehen«, war das Erste, was sie sagte, als Matteo ins Krankenzimmer kam. Er hatte Tränen in den Augen, das erkannte sie, obwohl er versuchte, sie schnell wegzuwischen.

»Heulsuse«, sagte sie. »Die haben doch nicht dir in den Kopf gebohrt.« Sie lächelte, fühlte sich fast ein bisschen high. Aber wahrscheinlich bekam sie morphinhaltige Medikamente aufgrund der vielen Brüche, die sie erlitten hatte. Ihr Fuß trug einen Verband, das Handgelenk lag in Gips, und das Atmen fiel ihr wegen der gebrochenen Rippe sehr schwer. Aber die Medikamente schlugen an, auch wenn sie sich davon ein bisschen wie beschwipst fühlte.

Er setzte sich auf die Bettkante, beugte sich vor und

küsste sie auf die Stirn, auf den Verband. »Meine Güte, hast du mich erschreckt«, sagte er. »Tu das nie wieder.«

»Auf der einen Seite habe ich eine Glatze. Sie mussten die Haare abrasieren«, sagte sie. »Aber ich hatte sowieso vor, mir die Haare schneiden zu lassen, deshalb ist es nicht so schlimm.«

Sie wurde unterbrochen, als Annie hereinkam. Nikki winkte ihr mit ihrer eingepackten Hand zu. »Vielleicht sollte ich mit dem Reiten aufhören. Komm her! Wie geht's dir? Kannst du mir erzählen, was passiert ist, ich kann mich nicht richtig erinnern.«

Nikki bemerkte, wie Matteo und Annie sich anschauten.

Irgendetwas stimmte nicht, doch sie konnte es sich nicht zusammenreimen. Sie hatte begriffen, dass sie von Oberon gestürzt war, das konnte man ihrem Körper ja ansehen, aber warum? Er war doch krank gewesen? Oder war er jetzt wieder gesund?

Sie konnte sich nicht recht erinnern, alles war irgendwie schwammig.

»Du sollst deinen Kopf jetzt noch nicht anstrengen, deine Erinnerung wird wiederkommen, hat die Ärztin gesagt.« Annie streichelte ihr über die gesunde Hand. »Ich lasse euch noch ein bisschen reden. Möchtest du deine Mutter schon sehen?

»Will ich das jemals?«, fragte Nikki grinsend.

»Ich brauche deine Hilfe, Annie.«

Bibbi hatte Annie gebeten, mit ihr ins Krankenzimmer zu gehen, wenn sie ihrer Tochter wiederbegegnete. Sie hatte gemeint, dass sie als Mutter keine Ahnung habe, wie sie reagieren würde, und eventuell Beistand benötige.

Sie hatten sich eine ganze Weile unterhalten, als sie darauf warteten, Nikki endlich sehen zu dürfen.

Bibbi, die immer der Frohsinn in Person war, egal, ob es angebracht war oder nicht, war regelrecht zusammengebrochen.

»Ich glaube, ich habe ihr nie gesagt, dass ich sie liebe«, jammerte sie.

Annie legte ihre Hand auf Bibbis Hand.

»Es fällt mir schwer, über Gefühle zu reden, aber dass mein kleines Mädchen sterben könnte, ohne zu wissen, wie sehr ich sie liebe ...«

Und dann sprudelte die ganze Geschichte aus ihr heraus, Bibbi konnte sich nicht bremsen. Annie bekam zu hören, wie Nikkis Kindermädchen sich an Nikodemus herangemacht hatte, und dass Bibbi zusehen musste, wie er sich immer mehr zu Eva hingezogen gefühlt hatte. Es wäre nur eine Frage der Zeit gewesen, bis er sich von Bibbi getrennt hätte, und sie hatte es nicht ertragen, auf diesen Moment zu warten.

Der Streit, den sie am letzten Abend gehabt hatten, war vernichtend gewesen.

Du bist doch geisteskrank und gehörst eingesperrt, hatte er geschrien. *Und du bist ein Hurenbock. Ich werde jedenfalls nicht in einem Harem bleiben, jetzt gehe ich*, hatte sie voller Wut zurückgebrüllt.

Als Bibbi abgefahren war, hatte die zwei Jahre alte Nikki in der Tür gestanden, den Daumen im Mund, den Teddy im

Arm. Nikodemus hatte danebengestanden, eine Hand auf der Schulter seiner Tochter. Hinter der Küchengardine war Evas Schatten zu sehen gewesen, und als das große Taxi den Hof verlassen hatte, hatte Bibbi die Vorstellung kaum ertragen, dass Eva nun ihr Kind ins Bett bringen würde.

Ein ganzes Jahr lang war sie von Nikki getrennt gewesen. Nikodemus hatte ihr verweigert, ihre Tochter zu sehen, und zu der Zeit hatte sie dagegen nicht viel ausrichten können. Sie war auf seinen guten Willen angewiesen gewesen, denn ohne sein Geld hätte sie nichts zum Leben gehabt.

Erst nach diesem Jahr, als sie Nikki endlich wiedersehen durfte, hatte sie begriffen, wie sehr sie einander fremd geworden waren. Als Bibbi die Arme ausgebreitet hatte, um Nikki zu begrüßen, war ihre Tochter davongelaufen und hatte sich hinter Eva versteckt.

»Das war so erniedrigend, dass ich mich heute noch an diese Gefühle erinnern kann«, sagte sie und drückte Annies Hand.

Sofort war in ihr der Wunsch aufgekommen, sich zu rächen, und als sie Nikodemus verführt hatte, war das eine Befriedigung auf der ganzen Linie gewesen, nicht nur rein sexuell. Sie war es – und nicht Eva –, die diese Nacht in seinem Bett verbracht hatte, und in dem Moment hatte sich das sehr, sehr gut angefühlt. Es wurde noch besser, als er sie bat, nach Gyllentofta zurückzukommen, und sie dankend ablehnte.

»Ach, dieser verdammte Stolz. Im Nachhinein ist mir natürlich klar, dass ich hätte zurückziehen sollen. Wenn du wüsstest, wie oft ich es bereut habe, es nicht getan zu haben.

Nikodemus war stolz, er würde kein zweites Mal fragen, und ich wäre nie auf die Idee gekommen, ihn selbst zu bitten«, sagte sie. Sie putzte sich die Nase, dann fuhr sie fort: »Begreifst du, ich habe ihn besinnungslos geliebt«, erklärte sie, »und genau das ist die schlimmste Art von Liebe, denn du gehst das Risiko ein, wahnsinnig verletzt zu werden.«

Zwei Wochen, bevor er starb, waren sie auf Mallorca zusammen gewesen. Hatten eng umschlungen auf der Terrasse gesessen. Achtundfünfzig Jahre lang war er ihre einzige große Liebe gewesen, und sie glaubte daran, dass auch sie das für ihn war, selbst wenn es dieses Kind mit Eva gab. Sie hatte mit ihren Ehemännern ja auch geschlafen, außer mit Steven, und dass Nikodemus hier und da auch mal eine Frau mitbrachte, machte Bibbi nichts aus, solange sie ihr nicht gegenüberstehen musste.

»Wenn es Nikki wieder besser geht, solltest du ihr das alles erzählen. Und besonders, dass du sie liebst«, sagte Annie. In dem Moment durften sie ins Krankenzimmer.

Bibbi holte tief Luft, dann griff sie nach Annies Hand und stand auf. Als sie aus dem Krankenzimmer wieder herauskamen, saß Eva einsam davor. Gelassen setzte sich Bibbi neben sie und sah ihr ins Gesicht. Eva hatte gerade ihren Sohn verloren. Bibbi hätte beinahe Nikki nicht mehr gehabt. Ihre Kinder waren Geschwister gewesen.

Bevor Annie die zwei alleine ließ, warf sie noch einmal einen eingehenden Blick auf die beiden älteren Damen, die so viele Jahre in Feindschaft zugebracht hatten. Als Bibbi Eva ein Taschentuch anbot, wusste Annie, dass sie kurz davor waren, sich zu versöhnen. Das würden sie ohne sie schaffen.

55

Es würde herrlich sein, endlich wieder nach Hause zu kommen, dachte Nikki, die Sehnsucht nach ihren Pferden und ihrer Katze hatte, danach, sich die Haare waschen und in ihrem eigenen Bett liegen zu können. Im Krankenhaus sprangen alle um sie herum und hatten sie in eine Art Porzellanpuppe verwandelt, was sie richtig aufregte. Sie war vom Pferd gefallen. Das war ihr schon einige Male passiert, ohne dass die Leute sich so komisch benahmen.

Matteo holte sie ab, diesmal jedoch nicht mit dem Sportwagen.

»Wie viele Autos hast du eigentlich?«, fragte sie neugierig.

»Im Moment nur dieses hier«, sagte er und öffnete ihr die Tür. Von Kopf bis Fuß trug sie immer noch Verbände, und Schmerzen hatte sie auch noch, doch ihre Verletzungen heilten in einem Krankenhausbett auch nicht schneller. Sie wollte lieber mit einer Decke zu Hause hocken, in den Garten schauen und Winston zusehen, wenn er seine wilden Sprünge machte.

Sie hatte die Erzählung mehrmals zu hören bekommen

und liebte es, wie Annies Augen sich mit Tränen füllten, sobald sie beschrieb, wie Winston und Oberon gemeinsam aus dem Nebel getreten waren, so wie Helden in einem Film. Zwei verletzte humpelnde Soldaten, die beide von Lucia versorgt werden mussten, doch die ein paar Tage später schon wieder auf den Beinen waren.

Als Nikki den Gurt anlegte, drehte sich Matteo zu ihr um.

»Erinnerst du dich wirklich an gar nichts? Nicht mal daran, dass du Lennartsson auf dem Feld begegnet bist?«

»Nein«, sagte sie langsam. »Nein, daran kann ich mich nicht erinnern. Hab ich ihn getroffen?«

Matteo schlug die Augen nieder. Ihm lag etwas auf der Zunge, das er ihr mitteilen wollte, das hatte sie schon gespürt. Etwas stand zwischen ihnen.

»Ich kriege Angst, wenn du so aussiehst, Matteo. Was ist passiert, was keiner wagt, mir zu erzählen?« Ein Erinnerungsfetzen kam auf. Hatte das mit der Reise an die Westküste zu tun? Hatte er ... »Sind wir im Unfrieden auseinandergegangen? Vor dem Unfall?« Sie versuchte krampfhaft, sich zu erinnern. »Du warst mit Katarina an der Westküste, stimmt's?« Nikki und Matteo hatten telefoniert. Irgendwas war da mit einem Telefonat gewesen ...

Sie setzte sich so aufrecht wie möglich hin. Wie eine Wasserflut kamen die Erinnerungen zurückgespült und füllten den Leerraum, wo noch im Krankenhaus diese Gedächtnislücke gewesen war.

»Du warst mit Katarina an der Westküste, und ihr habt

Pläne geschmiedet. Jetzt weiß ich es wieder. Du hast dich nicht gemeldet, und dann *habe ich Schluss gemacht.*«

Warum saß sie dann jetzt hier in seinem Auto? Sie hatten ihre Beziehung doch beendet. Jetzt hatte er sie hier hereingelockt, dank ihrer Aphasie. Sie machte den Gurt wieder los und versuchte, die Tür zu öffnen. Sie war verschlossen.

»Bevor du nach Hause kommst, müssen wir über den Rest auch noch reden«, sagte er und ließ den Motor an.

Sie kam nicht weiter. Er hatte sie total an der Nase herumgeführt, und eigentlich waren die anderen Besucher auch nicht viel besser gewesen, denn keiner hatte ein Wörtchen fallen lassen. Jeder hatte so getan, als sei alles wie gehabt. Dabei war nichts wie immer, dachte sie, als plötzlich Lennartsson in ihrem Gedächtnis erschien. Dieses eklige weiße Grinsen. Da war doch was gewesen. Dieses Grinsen. Der Snus an den Zähnen ...

»Halte sofort an.« Sie ruckelte wieder am Türgriff.

»Nein«, sagte er. »Jetzt halte ich nicht. Du musst dich erinnern, an alles. Denk nach, Nikki, denk nach.«

Sie war mit Oberon ausgeritten und hatte Lennartsson getroffen, so viel wusste sie noch. Er war vom Traktor abgestiegen, hatte gegrinst und gesagt ...«

»Halt an, verdammt noch mal«, schrie sie. In ihrem Kopf hämmerte es, dass sie schon Blitze vor den Augen sah. »Halt an, ich weiß es jetzt wieder. Ich weiß es ...«

Sie kauerte sich in ihrem Sitz zusammen. Ihr Herz schien fast zu zerspringen. Sollte sie Gyllentofta verlieren? Wie hatte sie etwas so Wichtiges vergessen können?

Wenn Lennartsson der halbe Hof gehörte, würde sie

dort nicht wohnen bleiben können. Er würde mit allen Mitteln versuchen, sie hinauszuekeln.

Daran sollte sie sich erinnern, bevor sie nach Hause kamen.

Matteo fuhr an den Seitenstreifen und schaltete den Motor aus. Dann drehte er sich zu ihr um. »Es tut mir so schrecklich leid, dass du das durchmachen musst.« Seine Stimme zitterte.

»Fahr mich nach Hause«, sagte sie leise. »Bitte, Matteo, fahr mich einfach nach Hause.«

Die anderen standen vor dem Haus, allesamt mit ernsten Mienen. Nicht einmal Nikkis Mutter machte Späßchen und versuchte, die Stimmung aufzuheitern. Katarina war gar nicht da, aber Eva stand neben Bibbi, und keine von beiden machte den Eindruck, als wolle sie die andere in Stücke reißen, und das allein war schon ein beeindruckendes Bild. Anders stand nah bei Annie, die Bonnie im Arm hatte.

»Du kommst nicht mit«, sagte Nikki monoton zu Matteo, als er ihre Hand nahm und ihr aus dem Wagen half. Sie spürte, wie er sie streichelte, bevor er sie zurückzog. »Aber danke fürs Fahren und dass du mir geholfen hast, mich zu erinnern. Kann mir jemand die Treppe hinaufhelfen?«

Anders kam sofort angesprungen, und Nikki steckte ihren gesunden Arm unter seinen. Die anderen, die vor dem Eingang standen, machten Platz für die zwei.

»Willst du irgendwas?«, fragte Annie.

»Ja, ich will Gyllentofta. Kannst du das regeln?«

Matteo hatte das getan, was er Annie versprochen hatte,

er hatte Nikki dazu gebracht, sich zu erinnern. Auf dem Weg nach Hause hatte er Katarina angerufen und ihr mitgeteilt, dass er ihr Mandat niederlege. Sie hatte nun ihren Teil verkauft und benötige seine Hilfe nicht mehr. Um die Investments, die sie tätigen wollte, sollte sich nun jemand anders kümmern. Das Einzige, was Matteo sich wünschte, war, dass sie ihm für den Umgang mit Bonnie keine Steine in den Weg legte. Ihre Beziehung war noch immer angespannt, aber immerhin nahm Bonnie jetzt schon ab, wenn er anrief. Wenn er sie fragte, ob er zu einem Fußballspiel mitkommen dürfe, sagte sie, es sei okay. Das war ein Schritt in die richtige Richtung, aber noch weit entfernt von dem Zustand, als Zac noch lebte.

Matteo vermisste seinen besten Freund und fragte sich, was er wohl zu der Beziehung zwischen ihm und Nikki gesagt hätte. Wahrscheinlich wäre er genauso wütend geworden wie seine Frau. Mit vollem Recht, natürlich. Ihr Verhältnis war in keiner Weise okay gewesen. Und jetzt war es vorbei.

Der Schmerz, den Nikki empfunden hatte, als ihr klar wurde, dass Lennartsson Katarinas Teil vom Hof übernommen hatte, ging Matteo durch und durch. Die arme Nikki. Katarina als Teilinhaberin war schon schlimm genug gewesen. Doch Lennartsson war die Hölle. Nikki würde sich für den Rest ihres Lebens mit ihm herumschlagen müssen, und das wusste sie genau. Deshalb hatte sie auch das Gefühl, schon jetzt alles verloren zu haben.

Matteo hatte seine eigenen Verluste zu verkraften. Zac. Bonnie. Und jetzt Nikki. Die drei wichtigsten Menschen in seinem Leben. Die Beziehung zu seinem Patenkind musste er wieder kitten. Unbedingt. Er hatte Angst, dass er sonst völlig durchdrehte.

»Komm doch für eine Weile zu uns. Du kannst einfach dableiben.« Seine große Schwester, die ein Herz aus Gold hatte, jedoch eine viel zu kleine Wohnung, war wie immer sehr lieb gewesen. Der Verkauf seiner Wohnung auf Smögen war unter Dach und Fach, es mussten nur noch die Papiere unterzeichnet werden. Statt den ganzen Weg mit dem Auto zu fahren, konnte er ebenso gut den Zug nach Göteborg nehmen und sich dann einen Mietwagen holen und weiter nach Smögen fahren. Aber er würde sich ein Hotelzimmer nehmen und sie dann mal zum Essen einladen, anstatt auf dem Gästesofa in ihrer Küche zu übernachten.

Als er den Wagen zurückgab, war die letzte Verbindung zu dem Landstrich gekappt, wo Zac und er ihr Paradies gehabt hatten.

Allein die Erinnerung daran brachte ihn um.

56

Alle ließen sie in Ruhe. Annie sah nach ihr, sie war die Einzige, die Nikki in ihrer Nähe ertrug. Annie brachte ihr Essen, das Nikki appetitlos beiseiteschob, dann servierte sie Kaffee, kaltes Wasser und frisch gebackenen Mandelkuchen.

»Du musst irgendetwas zu dir nehmen«, sagte Annie mit vollem Ernst. Sie saß im Sessel vor dem Fenster und hatte die Beine auf Nikkis Bett abgelegt.

»Warum?«, fragte Nikki heiser.

»Weil du wirklich immer weniger wirst«, sagte Annie eindringlich.

Nikki sah sie mit leerem Blick an. Ihr war alles egal. Es war fast eine schöne Vorstellung, sich in nichts aufzulösen, denn so ging ja alles zu Ende. Mit den Kilos verschwand auch das eigene Ich. Keine schlechte Lösung.

»Aha«, antwortete sie. »Ist mir völlig egal. Ich hab keinen Hunger.«

»Und wie lange willst du dich noch im Selbstmitleid suhlen?«

»Was hast du gesagt?«

»Du hast ganz genau gehört, was ich gesagt habe. Jetzt liegst du hier seit neun Tagen. Es reicht langsam, Nikki.«

»Was weißt du schon davon? Ich liege hier, solange ich will.«

»Dann tu das. Und in der Zeit schleicht sich Lennartsson immer näher ans Haus heran. Er ist schon wie ein Großgrundbesitzer durch den Stall stolziert und hat versucht, sich mit Oberon gutzustellen.«

Nikki zuckte mit den Schultern.

»Ist dir auch egal?«

»Ja. Er kann keinen rausschmeißen. Mir gehört die andere Hälfte«, sagte Nikki.

»Das stimmt. Aber willst du hier denn mit Lennartsson wohnen?«

»Natürlich nicht.«

»Je länger du hier liegst, desto näher prescht er sich ran, ich wollte es nur gesagt haben.«

Sie stand auf und trat vor Nikkis Bett. »Darf ich wenigstens ein bisschen lüften, langsam fängt es hier an zu müffeln. Vielleicht ist ein bisschen frische Luft ...«

Nikki schüttelte energisch den Kopf und starrte demonstrativ auf die Bettdecke, anstatt Annie anzusehen, sie konnte die Enttäuschung in den Augen ihrer Freundin nicht aushalten.

»Ich komme in ein paar Minuten zurück«, sagte Annie seufzend.

»Okay.« Nikki sank tiefer in die Kissen. Sie musste schlafen, Schlaf hatte sie im Moment am nötigsten.

Annie hatte alle zu einer Hausversammlung zusammengetrommelt. Katarina ließ sich natürlich nicht blicken. Sie schämte sich immer noch und hielt sich fern, sooft es ging. Bonnie weigerte sich wegzuziehen, aber jeder wusste, dass es nur eine Frage der Zeit war, bis Lennartsson mit seiner Karin auftauchte und einziehen wollte, und dass Katarina dann nichts anderes übrig blieb, als auszuziehen.

Die Frage war nur, wie viel Lennartsson seiner Frau eigentlich erzählt hatte. Wer ihr in Söderköping über den Weg gelaufen war, hatte Karin nichts angemerkt. Sie schien nicht zu wissen, was ihr Mann getan hatte, um Gyllentofta kaufen zu können.

Dabei wusste jeder, dass er mit Katarina ins Bett gegangen war, ihr schöne Versprechungen gemacht und sie überredet hatte, Gyllentofta weit unter Wert an ihn zu verkaufen. Nur Karin offenbar nicht.

»Nikki liegt da oben in ihrem Zimmer und wird von Tag zu Tag weniger«, sagte Annie zu Bibbi, Eva und Anders. »Es ist sicherlich nicht gerade passend für eine Pastorin zu tratschen, aber irgendwas müssen wir unternehmen.«

Matteo holte Bonnie von der Schule ab. Sie hatte ihn eine halbe Stunde vorher angerufen und gefragt, ob sie sich treffen wollten, und er hatte alle Termine für den Nachmittag abgesagt und war losgefahren.

Jetzt kam sie angeschlendert. Er lächelte und winkte ihr zu. Seit dem Unfall vor zwei Wochen hatten sie sich nicht mehr gesehen.

Er hatte auch niemanden sonst von Gyllentofta getroffen. Nikki wollte er nicht anrufen, denn sie würde sowieso nur wieder auflegen, und Bonnie wollte er nicht ausfragen, sie hatten nur wenig Kontakt per SMS.

»Wie geht es Nikki?« Er stellte exakt die Frage, die er sich eigentlich verkneifen wollte, und das, noch bevor Bonnie überhaupt neben ihm im Wagen saß. Idiot.

»Sie ist sehr traurig«, sagte Bonnie und schloss die Tür hinter sich.

»Und wie geht's dir?« Er strich ihr übers Knie.

»Geht so.«

»Was heißt das?« Er ließ den Motor an.

»Na ja, es sind so viele Dinge. Ich weiß nicht, wohin wir umziehen werden, das ist blöd. Ich finde Mama total sonderbar, seit sie ihren Teil an diesen Lennartsson verkauft hat, den ich kaum kenne. Aber weißt du, was das Schlimmste ist, Matteo?« Sie holte einmal tief Luft, bevor sie weitersprach. »Dass sie zu Papa gesagt hat, dass ihr beide miteinander geschlafen habt, und ich kann nicht aufhören, darüber nachzudenken, ob das wirklich stimmt.«

Er drehte sich ruckartig zu ihr um und schaltete dabei den Motor wieder aus. Langsam schüttelte er den Kopf. »Nein, Bonnie, das ist nicht wahr. Wann hat sie das zu Papa gesagt?«

»Direkt vor dem Unfall. Als sie kurz vorher telefonierten. Sie hat sicher gedacht, ich hätte es nicht mitgekriegt, weil ich Kopfhörer aufhatte.«

Matteo starrte sie an. »Das war eine Lüge.« Sie musste ihm einfach glauben.

»Irgendwie hab ich mir das schon gedacht. Aber ich

glaube auch, das hat dazu geführt, dass er unkonzentriert gefahren ist, und dann ist Mama schuld an Papas Tod.« Sie brach in Tränen aus, und Matteo konnte nichts dagegen tun, was ihre Mutter gesagt hatte. Aber was die Schuldfrage anging, da konnte er etwas richtigstellen.

»Im Polizeibericht stand, dass es überhaupt nicht an deinem Papa gelegen hat. Der Fahrer des Lastwagens hat auf sein Handy geschaut statt auf die Straße und ist deshalb über eine rote Ampel gefahren und hat Papas Wagen seitlich erfasst.«

»Bist du dir da ganz sicher?«, schluchzte Bonnie. »Warum hat mir das keiner gesagt?«

»Keine Ahnung«, antwortete Matteo und legte den Arm um sie. »Aber es stimmt, ich habe die Unterlagen zu Hause, da kannst du es schwarz auf weiß nachlesen.«

»Dann ist Mama nicht schuld an Papas Tod?«

»Nein, absolut nicht«, sagte Matteo mit Nachdruck.

Als er Bonnie zurück nach Gyllentofta gebracht hatte, drehte er wieder um und fuhr in die Stadt zurück, obwohl sie ihn gebeten hatte, mit hineinzukommen. Er hatte sich nicht getraut, denn er hätte es nicht ausgehalten, von Nikki noch eine Abfuhr zu bekommen.

Es reichte schon, dass er immerzu an sie denken musste.

Auf dem Heimweg machte er noch einen Abstecher ins Büro und holte sich ein paar Unterlagen, um ein paar Tage von zu Hause aus arbeiten zu können. Aber was hieß schon arbeiten. Die Sehnsucht danach, sich zu verkriechen, wurde von Tag zu Tag stärker, und zu Hause war es am schlimmsten. Nicht, dass er sich etwas antun würde, doch er befand sich in einer Abwärtsspirale, die ihn in eine unbekannte Dunkelheit zog, und das machte ihm Angst.

Da klopfte es an der Tür.

»Herein«, sagte er und sah sich nach seiner Aktentasche um.

»Hallo, störe ich?«

Er sah auf.

»Hallo, Frau Lennartsson. Nein, gar nicht, kommen Sie rein. Wie kann ich Ihnen behilflich sein?« Sie war bei der Vertragsunterzeichung natürlich dabei gewesen, aber im Gegensatz zu ihrem Mann war sie eine sehr sympathische Person. Es war gar nicht so leicht für sie, Lennartssons fixen Ideen etwas entgegenzusetzen.

»Ich will die Scheidung einreichen«, sagte sie ruhig. »Können Sie mich vertreten?«

Annie öffnete die Tür und schaute hinein.

Nikki lag auf ihrem Bett und machte keinerlei Anstalten, es zu verlassen.

»Karin Lennartsson ist hier und möchte dich sprechen«, sagte Annie.

»Was? Wozu das denn? Ich habe ihr nichts zu sagen.«

»Nein, das ist ihr klar. Aber sie will dir etwas erzählen. Du musst nur zuhören.«

Nikki seufzte. »Okay, dann lass sie herein. Es ist ja nicht ihre Schuld, dass ihr Mann so ist, wie er ist.«

»Ich lasse euch beide allein«, sagte Annie und machte für Karin Platz, die nun den Raum betrat.

Langsam ging sie vor an Nikkis Bett.

»Setz dich in den Sessel«, sagte Nikki. »Ich kann nicht gerade sagen, dass ich froh bin, dich zu sehen, dein Mann ist leider ein rotes Tuch für mich, das wirst du verstehen.«

Karin setzte sich aufrecht hin. Sie lächelte herzlich. »Das kann ich absolut verstehen«, sagte sie. »Ich bin hier, um mit dir über ein Geschäft zu sprechen.«

Nikki sah sie fragend an. »Wenn es um den Weihnachtsmarkt geht, dann musst du mit Annie reden, sie übernimmt das in diesem Jahr.«

»Nein«, erwiderte sie. »Ich möchte mit dir über Gyllentofta reden, von dem mir die Hälfte gehört.«

»Muss das sein?«, fragte Nikki. »Ich ertrage es nicht, mir anzuhören, was Erik und du mit dem Hof vorhabt. Meinem angebohrten Schädel wird das zu viel.«

»Es gibt kein ›ihr‹, nur ein ›ich‹. Ich habe heute die Scheidung eingereicht.«

»Wie bitte?«

»Alles gehört mir. Erik besitzt gar nichts, auch wenn er hier herumrennt und sich aufspielt.«

»Was sagst du da?« Nikki setzte sich im Krankenbett auf.

»Ich möchte einen Tausch vorschlagen. Du bekommst den Hof zurück, dafür, dass ich mein Haus behalten kann und all die Hektar Land, die wir seit Jahren gepachtet haben. Ich liebe unseren Hof und die Felder genauso wie du Gyllentofta«, sagte sie und zeigte mit dem Arm zum Fenster. »Wenn wir es schriftlich fixieren, dass mir dieser Teil vom Hof gehört, was in etwa ein Zehntel des gesamten Anwesens ausmacht, dann bekommst du den Rest zurück.«

»Du machst jetzt wirklich keine Witze, Karin?«

»Nein, das tue ich nicht.«

»Und Erik gehört gar nichts?«

»Nicht ein Cent. Das Geld stammt von einer Internetfirma, die ich im richtigen Moment verkauft habe. Ich war ziemlich erfolgreich, wenn ich das so sagen darf. Und offenbar schlau genug, einen wasserdichten Ehevertrag abzuschließen. Alles ist auf mich überschrieben, zum Glück.« Sie grinste breit. »Jetzt bin ich die Eskapaden meines Mannes wirklich leid, und als er sich am Ende so diebisch gefreut hat, dich ins Elend zu stürzen, da hatte ich die Nase voll. Ich bin nicht einmal traurig, sondern einfach nur erleichtert.«

Die Freude spürte sie als Erstes im Bauchraum, dann breitete sie sich über ihren ganzen Körper aus. Sie äußerte sich in Tränen, die sie schier überschwemmten. Schluchzend schob Nikki mit Mühe die Beine über die Bettkante und humpelte vor zu Karins Sessel. Sie hielt ihr die Hand hin. »Danke. Aber damit du kein Geld verlierst bei dem Geschäft, bekommst du das halbe Haus in Spanien noch dazu. Ich werde Katarina überreden, dir die andere Hälfte zu schenken. Das ist sie uns beiden schuldig. Dann sind wir wirklich quitt, und du hast deine vierzig Millionen zurückbekommen.«

Karin strahlte. »Ich habe seit Ewigkeiten davon geträumt, ein Haus im Süden zu besitzen, aber Erik wollte nicht mal eine Charterreise dorthin buchen.«

Nikki öffnete das Schlafzimmerfenster weit und sah hinaus auf ihren Hof. Die Luft war kühl, und sie fror, aber sie konnte von den Gerüchen, die ihr entgegenströmten, nicht genug bekommen. Und da war auch das vertraute Bild, das sie in den vergangenen Tagen so konsequent vermieden hatte: der Wald, die Felder, der Kiesweg, der Ausblick, den sie, seit sie ein kleines Mädchen war, jeden Morgen genossen hatte. Der ihr Trost und Heimat geschenkt hatte, wenn das Leben gerade nicht einfach war.

Die Liebe, die sie damit verband, war schwer zu erklären. Sie konnte ganz einfach nicht ohne Gyllentofta sein. Das war eine Liebe, die sie lebendig hielt.

Freudestrahlend drehte sie sich um und suchte ihr Zimmer ab nach etwas, das sie sich überwerfen konnte. Jetzt musste sie raus in den Stall.

57

Ein paar Tage später hatte Nikki den Entschluss gefasst, mit einem Fest zu feiern, dass Gyllentofta ihr nun ganz gehörte. Abzüglich der zehn Prozent, die Karin erhalten hatte, aber das erschien ihr eher als Gewinn denn als Verlust. Nikki hatte gleichzeitig gelacht und geweint vor Freude, als Sylvia mit den Vertragsunterlagen zu ihr auf den Hof gekommen war.

Dieses Fest sollte das schönste werden, das Gyllentofta je erlebt hatte, und zum ersten Mal konnte Nikki nachvollziehen, welche Freude ihr Vater empfunden hatte, wenn er hier Gäste empfing. Sie war unglaublich stolz auf ihren Hof und darauf, wie schön sie es hatten.

Sie deckten die Tische im Salon, und als die Kerzen an den Leuchtern gegen sechs Uhr angezündet wurden und Schüssel um Schüssel hereingetragen wurde, lief Nikki ein Schauer nach dem anderen über den Rücken, und sie spürte etwas, das sich wie pures Glück anfühlte.

All ihre Freunde und Mitarbeiter waren auf dem Weg. Nachbarn, Pächter, Bonnies Schulfreunde. Heute Abend würden sich an die hundert Personen auf dem Hof versammeln, um zu feiern. Nikki trug ihr neues rotes Kleid. Die kahle Stelle am Kopf war nicht zu sehen, weil sie ihren Scheitel einfach auf die andere Seite gelegt hatte und sie bei dem neuen schulterlangen Bob gar nicht auffiel. Keine Spur mehr von dem Unfall, der nun einen Monat zurücklag. Sie kam sich selbst richtig schön vor, zur Feier des Tages.

Ihr Fuß war noch nicht richtig verheilt, und die Hand musste sie täglich trainieren, nachdem vor Kurzem der Gips abgenommen worden war, aber Nikki war wieder ganz die Alte. Viele Stunden hatte sie bei Oberon im Stall verbracht. Hatte ihn um Verzeihung gebeten, weil sie ihn verletzt hatte, indem sie tagelang nur im Bett gelegen hatte.

Er hatte sie mit vertrauensvollem Blick angesehen. Es war ein Gefühl, als wolle er sagen, dass es in Ordnung sei, als verstehe er, warum sie nicht aufstehen konnte. Und außerdem war ja noch sein neuer Freund Winston da, der nicht mehr von seiner Seite wich. Wenn der Hund zu ihm in die Box gehen wollte, dann durfte er das.

Nikki und Bonnie hatten jetzt viel mehr Kontakt als vor dem Unfall. Als Bonnie erfuhr, dass sie nun doch nicht mehr umziehen musste, war sie wie ausgewechselt. Neugierig, fröhlich, hilfsbereit, und immer, wenn sie Zeit hatte, kam sie zu Nikki in den Stall. Natürlich gab es Tage, an denen Bonnie die Traurigkeit wieder überkam, sie sagte oft, dass sie wünschte, Papa könne sehen, wie schön sie es jetzt hatten, aber es war erstaunlich, wie wohltuend diese Geborgenheit war. Nicht nur für Nikki, auch für alle anderen, die den Hof mittlerweile als ihr Zuhause betrachteten. Bonnie hatte sich endlich eingelebt.

Nikki klopfte an Annies Tür. »Bist du fertig?« Sie hörte, wie es auf der anderen Seite rumorte.

Annie öffnete die Tür nur eine Handbreit. »Ich komme gleich«, sagte sie durch den Spalt. Sie sah ein wenig gestresst aus.

Nikki schubste die Tür auf. »Was machst du, beeil dich«, rief sie und trat einen Schritt ins Zimmer. Wem der nackte Hintern gehörte, der soeben im Badezimmer verschwand, war nicht schwer zu erraten, denn der Haarschopf war derselbe, ob Anders nun Kleider trug oder nicht.

»Annie«, rief Nikki instinktiv. Sie konnte sich nicht beherrschen. »Hübscher Hintern«, schob sie dann hinterher.

Annie hob die Augenbrauen und starrte sie an. Nikki verstand und verließ rückwärts das Zimmer. Bevor sie die Tür schloss, steckte sie ihre Hand noch hinein und hielt den Daumen hoch.

Mit einem Lächeln klopfte sie an die Tür gegenüber.

»Es ist offen«, rief ihre Mama.

Als Nikki hineinkam, sah sie Eva bei ihr sitzen.

»Wir trinken noch ein Gläschen Sekt«, sagte Bibbi und hielt Nikki die Flasche hin. »Möchtest du auch eins?«

»Unbedingt«, erwiderte Nikki und ließ sich neben Eva nieder, während ihre Mutter ein drittes Glas holte.

»Hier«, sagte Bibbi und reichte es Nikki. »Worauf trinken wir?«

»Auf die Frauen«, sagte Nikki. »Das alles hätte ich ohne die fantastischen Frauen hier nie im Leben überstanden.«

Als die Gäste eintrudelten, stand Nikki in der Tür und begrüßte sie. Bonnie zeigte ihnen, wo sie ablegen konnten, Bibbi führte sie zu dem Tisch mit dem Begrüßungssekt, Eva brachte sie in den Salon, und Annie stand im Esszimmer und hieß sie willkommen.

Nikki hatte zu Katarina gesagt, dass sie hier wohnen bleiben könnte, wenn sie Miete bezahlte und mitarbeitete, was sie liebend gern tun wollte. Sie hatte sich seit dem Unfall auch verändert. Sie half ordentlich auf dem Hof mit und verbrachte mehr Zeit mit Bonnie. Sie war freundlich und wollte ihre Tat offenbar sühnen. Ohne mit der Wimper zu zucken, hatte sie ihren Teil des Hauses auf Mallorca an Karin verschenkt, als Nikki ihr das vorgeschlagen hatte, und das ehrte sie, fand Nikki.

Und Nikki selbst wollte einfach nur Frieden haben. Es gab keinen Grund für weiteren Streit, und trotz allem war Katarina nun einmal Bonnies Mutter. Wenn sie mit ihr zusammenarbeiten wollte, würde Nikki sich ihr nicht in den Weg stellen. Sicherlich würden sie niemals beste Freundinnen werden, aber wenn man ihre Ausgangslage betrachtete, war es gut, dass sie jetzt miteinander unter einem Dach leben konnten.

Wo Lennartsson abgeblieben war, wusste keiner. Es kümmerte auch niemanden. Als Karin ankam, strahlte sie in ihrem neuen grünen Seidenkleid. Die Frauen vom Hof hatten alle gemeinsam eine Shoppingtour nach Norrköping unternommen und Garderobe eingekauft.

»Du siehst wunderschön aus«, sagte Nikki, als sie ihr im Eingang entgegenlief. »Komm herein ins Warme.«

Im Speisesaal hatte nun fast jeder seinen Platz gefunden,

als Nikki kam. Sie stellte sich hinter den Stuhl ihres Vaters, der nun endgültig ihr gehörte.

»Ein ganz herzliches Willkommen zum Winterfest auf Gyllentofta«, begrüßte sie ihre Gäste. »Ab diesem Jahr wollen wir dieses Fest immer wieder begehen und uns auf die Liebe zu diesem Fleckchen Erde besinnen. Das Essen, das heute Abend serviert wird, stammt ausschließlich von diesem Hof. Lasst es euch schmecken«, sagte sie, zog den schweren Stuhl vom Tisch und ließ sich nieder.

Um halb drei winkte Nikki dem letzten Taxi hinterher. Die hochhackigen Schuhe hatte sie schon vor langer Zeit abgestreift. Die älteren Frauen waren bereits zu Bett gegangen, Annie hockte mit Anders lachend in einer Ecke im Speisesaal, Bonnie kam zur Tür angetanzt, und zum allerersten Mal erkannte Nikki sich selbst in ihrer Nichte. Das berührte sie sehr.

»Könntest du die Tante mal in den Arm nehmen?«, fragte sie mit belegter Stimme und breitete die Arme aus.

»Kein Problem«, sagte Bonnie und umschlang Nikkis Taille. »Weißt du, was ich gern mal tun würde? Mit dir an die Westküste fahren.«

»Nach Hunnebostrand? Oh, da war ich nicht, seit ich zehn war.«

»Dann ist es doch wirklich an der Zeit?« Bonnie legte bittend den Kopf schräg. »Vielleicht am nächsten Wochenende? Mama will da nicht hin, und ich vermisse es so. Papa und ich sind um diese Jahreszeit immer noch mal kurz dort gewesen.«

»Am nächsten Wochenende?« Nikki glaubte nicht, dass dem etwas entgegenstand, doch natürlich brauchte sie jemanden für den Stall. »Okay.«

»Okay. Jau!« Bonnie gab Nikki einen Kuss auf die Wange, und dann rannte sie die Treppe hinauf in ihr Zimmer. Als Nikki hochkam, stellte sich Bonnie ans Geländer und sah runter.

»Nur dass du es weißt«, rief sie ihr zu. »Du bist eine *echt coole* Tante.«

58

Der Wetterbericht sagte Sturm vorher, möglicherweise gemischt mit Schneeregen. Am Küstenstreifen konnte das bedeuten, dass der Regen horizontal durch die Luft peitschte und jede Art selbst von wetterfester Kleidung durchnässte. Mit Überschwemmungen musste man außerdem rechnen.

Nikki hatte sich nicht informiert, bevor sie losgefahren war. Erst in Grästorp, als sie langsam Bohuslän erreichte, hörte sie im Radio die Warnung vor den großen Wassermengen. Es hieß, man solle sich im Haus aufhalten. Nikki seufzte. Auf ein Wochenende an der Westküste, in dem sie nur drinnen hockte, hatte sie sich nicht direkt gefreut.

Sie hätte daheimbleiben sollen. Es würde sie nicht wundern, wenn sie auch noch derselbe Magen-Darm-Infekt erwischte, der Bonnie über Nacht ereilt hatte. Das arme Mädchen. Sie hatte offenbar kein Auge zugemacht, und Katarina hatte nicht erlaubt, dass sie mitkam.

Einen Moment lang hatte Nikki auch mit dem Gedanken gespielt, den Ausflug abzublasen, aber Katarina hatte sie gebeten, die Plane auf dem Boot zu überprüfen, das hatte sie vergessen, als sie zuletzt vor Ort gewesen war, und es würde ja auch nicht schaden, das Haus mal wieder anzuschauen, an das sie so viele schöne Erinnerungen hatte. Ob es noch genauso aussah, würde sich zeigen. Fünfundvierzig Jahre waren eine lange Zeit.

»Innen haben wir einiges verändert«, hatte Katarina gesagt. »Aber von außen wirst du es erkennen.«

Es machte schon klick, als sie an Uddevalla vorbeifuhr. Hier war sie schon gewesen. Sie waren gern hierhergefahren, weil Nikodemus Wein kaufen wollte, den er im Sommer im Häuschen lagerte. Und dann hatten sie noch Badesachen für Nikki gekauft, weil sie aus denen vom Vorjahr längst herausgewachsen war. Das Kindermädchen Eva war natürlich mit von der Partie gewesen. In Nikkis Erinnerung war Eva jeden Sommer dabei gewesen, und deshalb hatte Nikodemus ihr wohl auch das Haus überlassen, nachdem Zac geboren war.

Eigentlich geizig, es ihr nicht gleich zu schenken, dachte Nikki jetzt. Aber wahrscheinlich hatte er sich gedacht, am Ende werde alles ausgeglichen, wenn Zac und Nikki sich das teilten, was er hinterließ.

Dann hatten ihr Bruder und sie ihre Sommerwochen mit derselben Frau verbracht, ohne es zu wissen. Eva, Bibbi und Nikodemus hatten es alle gewusst. Das war schwer zu verzeihen. Ihr Leben hätte völlig anders ausgesehen, wenn die Erwachsenen sich benommen hätten wie ebensolche.

Munkedal. Auch das kam ihr bekannt vor. Und dann das Schild nach Smögen. Das hatte wohl schon immer hier gestanden, auch wenn es jetzt eine Autobahn gab.

Smögen. Sie fragte sich, ob Matteo seine Wohnung inzwischen verkauft haben mochte. Nikki hatte die Gedanken an ihn verdrängt, so gut es ging. Aber manchmal ließ er von sich hören. Mit Mails. Oder SMS. Er schrieb, dass er traurig war. Dass er sie vermisste. Er fragte, ob sie Freunde sein könnten.

Sie hatte nie geantwortet. Sie hatte keine Ahnung, ob ihre Gefühle das aushalten würden, mit ihm Kontakt zu halten. Später vielleicht einmal, aber nicht jetzt.

Trotzdem konnte sie es sich nicht verkneifen, den Umweg über die Brücke nach Smögen zu fahren, zu dem langen berühmten Kai.

Sie parkte am Straßenrand, und es war ziemlich frisch, als sie die Wagentür öffnete und ausstieg. Sie erschauerte, lief über die Straße und kletterte über den niedrigen Zaun. Vorsichtig lief sie den Hang zum Steg hinunter. Der Himmel war besorgniserregend dunkel, und der böige Wind brachte sie aus dem Gleichgewicht, als sie neugierig die bunten Bootshäuser betrachtete. So hatte es früher nicht ausgesehen, als sie hier zuletzt gewesen war, aber sie hatte natürlich Bilder davon gesehen. Hätte sie keine Angst gehabt, dass der Wind ihr das Handy aus der Hand wehte, hätte sie ein Foto gemacht und es Bonnie geschickt.

Der Steg war sehr glatt. Hohe Wellen kamen und gingen, und schon nach ein paar Schritten beschloss sie, wieder zurück zum Auto zu gehen. Es war eisekalt draußen, und es war kein Wunder, dass außer ihr kein Mensch auf den Straßen war.

Als ihr Handy klingelte, steckte sich Nikki die Hörer ins Ohr, um weiterfahren zu können.

»Hallo, Karin«, sagte sie fröhlich. Sie freute sich über ihre neue Freundin.

»Hallo, wie läuft's? Bist du schon angekommen?«

»Gleich.«

»Alle Papiere für das Haus auf Mallorca sind vorbereitet, ich habe Matteo gestern gesehen. Er fand es von Katarina und dir sehr großzügig, dass ihr mir das ganze Haus überlasst.«

Das gab Nikki einen Stich.

»Matteo? Hast du ihn damit beauftragt?«

»Ja, er hat ja auch schon den Verkauf des Hofs für Katarina begleitet. Ich fand, er hat seine Sache sehr gut gemacht, und die Scheidungssache habe ich ihm jetzt auch übergeben.«

Nikki sagte kein Wort. Allein seinen Namen zu hören bereitete ihr Magenschmerzen.

»Er hat wohl gleich begriffen, dass ich mich in nicht allzu ferner Zukunft scheiden lassen will, denn er hat es bei dem Kauf des Hofs sehr genau genommen, dass ich im Kaufvertrag stehe, weil es mein Geld war. Erik sollte nichts davon besitzen, fand Matteo, obwohl ich das am Anfang noch vorgeschlagen hatte. Es war Glück für dich und mich, dass ich es mir noch mal anders überlegt habe. Heute weiß ich, dass Matteo auf die Art den Hof gerettet hat.« Sie musste lachen. »Wie auch immer. Die Unterlagen sind fertig, und er hat Sylvia die Kopie für dich ausgehändigt.

»Super, dann wird sie sich bestimmt umgehend bei mir melden.«

»Fahr vorsichtig, und grüß mir die Westküste.«

Als sie ihren Wagen vor dem Haus in Hunnebostrand geparkt hatte, sah sie, dass das Gartentor auf- und zuschlug. Sie hoffte, dass der Wind nicht noch stärker würde, denn dann musste sie Angst vor herunterfallenden Dachziegeln haben. Sie nahm ihre kleine Tasche vom Rücksitz und ließ ihren Blick über die vertrauten Häuserzeilen wandern. Nichts war hier neu, sie erkannte alles wieder. Da drüben hatte ein Mädchen namens Anna gewohnt. Und das war das Haus von Karlssons gewesen. Er hatte ihr beigebracht, wie man Makrelen angelte, und hatte immer nach Fisch gestunken, den Geruch wurde er irgendwie nicht los. Im Haus nebenan hatte eine alte Lehrerin gewohnt, Fräulein Ekborg. In der Zeit siezte man sich noch, zumindest hatte Nikki sie nicht duzen dürfen.

Nikki fragte sich, ob die Häuser auf den Inseln noch immer den Ortsansässigen gehörten. Sie sahen jetzt ganz unbewohnt aus. Das war traurig, aber vermutlich nichts Besonderes. Die alten Häuser waren einfach zu viel wert. Es kamen immer mehr Badeurlauber, die Geld mitbrachten, so wie ihr Papa vor Jahren auch.

Nikki ging durch das Gartentor und schloss es hinter sich. Die Kapuze ihrer Jacke flog ihr vom Kopf. Eine Mütze hatte sie nicht dabei, sie hatten ja noch keine Minustemperaturen, aber jetzt hätte sie gut eine gebrauchen können, dachte sie, während sie in ihrer Tasche nach dem Schlüssel kramte, den sie von Katarina bekommen hatte.

Sie schloss beide Schlösser auf und trat in das ausgekühlte Sommerhaus, das noch immer so roch wie früher.

Unglaublich. Nikki blieb im Flur stehen und fühlte sich um Jahrzehnte zurückversetzt.

Gleich am ersten Ferientag waren sie hierhergefahren. Da war das Haus seit dem letzten Herbst unbewohnt gewesen. Papa hatte das Boot zu Wasser gelassen, während Eva alle Fenster aufgerissen und den Sommer hineingeholt hatte, der bald im ganzen Haus Einzug gehalten und mit seinem Duft nach Sonne und Blumen den muffigen Geruch in den Zimmern vertrieben hatte.

Nikki lächelte gerührt, als sie den alten Korb mit den Gästepantoffeln an der Tür stehen sah. Sie zog ihre Turnschuhe aus und fuhr in die Schaffellschuhe, bevor sie ins Haus hineinging und als Erstes den elektrischen Heizkörper unter dem Fenster aufdrehte.

Katarina hatte ihr erklärt, dass es sehr schnell warm werden würde, wenn sie alle Heizkörper sofort anschaltete, auch die im Schlafzimmer, also drehte Nikki eine Runde und kümmerte sich darum. Etwas später wollte sie den Kamin anfeuern. Glücklicherweise war Holz da. Sie musste daran denken, noch mehr zu besorgen. Sie wollte drei Nächte hierbleiben, und frieren wollte sie wirklich nicht.

Als sie die Heizkörper aufgedreht hatte, zog sie im Wohnzimmer die Vorhänge auf. Sie sah, wie das Wasser auf dem Rasen stand. Der höchste Wasserstand, den sie hier je erlebt hatte, hatte fast bis zum Haus gereicht, und damals war das Grundstück nicht einmal eben gewesen.

Mist, die Einkaufstüten standen noch im Kofferraum.

Sie schlüpfte in ein paar Gummistiefel und blieb vor der Haustür wie angenagelt stehen. Auf einer kleinen Notiztafel an der Wand hing ein gelber Zettel angepinnt, auf den jemand mit großen, krakeligen Buchstaben MATTEO geschrieben hatte, daneben eine Telefonnummer. Das gab ihr einen Stich. Würde es jemals vorbei sein?

Sanft strich sie mit dem Finger über das gelbe Papier. Matteo war hier mit Zac gewesen. Hatte genau hier gestanden, wo sie jetzt stand. Hatte bestimmt seinen Kopf einziehen müssen, um durch den niedrigen Türrahmen hindurchzuschlüpfen. Seit dem Telefonat mit Karin hatte sie an ihn gedacht und an die Information, er habe dafür gesorgt, dass ihr Name im Vertrag stand ...

Doch diese Gedanken waren sinnlos und taten nur weh. Sie seufzte und zog sich die Jacke über. Dann öffnete sie die Haustür, die der Wind gleich mit voller Wucht aufriss.

Da, an ihrem Auto, stand er. Als ob er nur darauf gewartet hätte, dass sie die Tür öffnete. Ihre Blicke trafen sich, und Nikkis Herz schlug Salti.

Sie öffnete den Wagen mit der Fernbedienung und blieb in der Haustür stehen, während er die Einkaufstaschen aus dem Kofferraum hob und sie an die Tür brachte.

Sie schloss die Tür hinter ihnen.

»Zieh die Pantoffeln an«, sagte sie und nickte zu dem Korb hinunter. Sie versuchte, mit fester Stimme zu sprechen.

»Danke.«

»Kaffee? Wein? Bier?«

»Was möchtest du denn?«

»Wein. Es macht mich nervös, dich plötzlich zu sehen, da brauche ich etwas Beruhigendes.« Sie lächelte.

»Ich fühle mich auch nicht gerade cool«, erwiderte er. »Wein passt daher wunderbar.«

Gemeinsam gingen sie herüber in die Küche. Sie suchte nach einem Korkenzieher in den Schubladen unter der Spüle.

»Ich glaube, er liegt im Schrank über dem Herd.« Er zeigte darauf, während er sich auf einen der Barhocker setzte, die um die Kücheninsel herum standen.

»Weiß oder rot?«

»Entscheide du.«

Sie holte eine Flasche Weißwein. Sie war noch gar nicht richtig kalt, aber das musste jetzt reichen. Sie reichte ihm Flasche und Korkenzieher.

»Weingläser?«, fragte sie zögerlich.

Er zeigte auf den Schrank.

»Du kennst meine Küche besser als ich. Ist das nicht ein bisschen sonderbar?«

Sie holte zwei Gläser heraus und stellte sie vor ihnen auf den Tisch.

»Doch, jetzt, wo du's sagst.«

Während er die Flasche öffnete, packte sie die Lebensmittel aus. Dann setzte sie sich neben ihn.

»Warum bist du hier?«, fragte sie ihn, den Blick in ihr Glas gerichtet. Sie hielt es am Stiel und schwenkte es langsam.

»Ich habe die Wohnung auf Smögen verkauft, wir haben heute den Kaufvertrag unterzeichnet.«

»Und du wusstest, dass ich in Hunnebostrand bin?«

»Nein. Katarina hat mich gefragt, ob ich mal einen Blick

aufs Haus werfen könnte. Ich hatte keine Ahnung, dass du hier bist.«

»Ich wollte eigentlich mit Bonnie herkommen, aber sie ist krank geworden.«

Er lachte auf. »Bonnie ist überhaupt nicht krank, ich habe vor einer Stunde noch mit ihr telefoniert. Es war ganz wichtig, dass ich sofort hierherfahre und nach dem Haus sehe ... und hier finde ich *dich*.« Er holte tief Luft.

Jetzt sah sie ihn an.

»Hier bin ich.«

Sie schenkte ihnen ein. Hob ihr Glas.

»Worauf trinken wir?«, fragte sie.

»Ich würde vorschlagen: auf einen Neuanfang.«

»Du und ich?«

»Ja.«

Das Kribbeln breitete sich im ganzen Körper aus. Matteo war hier, bei ihr, ganz nah. Sie musste nur die Hand ausstrecken, um ihn zu spüren. Wie sehr sie ihn vermisst hatte ...

Sie stellte das Glas ab und zog seinen Stuhl zu ihrem. Sie sah ihm in die Augen, dann rutschte sie vom Barhocker und stellte sich zwischen seine Beine.

»Ich liebe dich auch.«

»Sicher?«

Sie nickte.

Er zog sie noch näher an sich. Legte seine Wange an ihre.

Als Nikki spürte, dass ihre Haut nass wurde, nahm sie ihren Kopf ein Stück zurück und sah ihn ernst an.

»Heulsuse«, sagte sie zärtlich. »Willst du heute Nacht bei mir bleiben?«

Danke

Der erste Dank geht immer an Jonathan. Du bist der Beste – und zu deiner Mama sehr lieb und nett. Und in Hinsicht auf die Story in diesem Buch: Ich verspreche dir, du bist mein einziges Kind!

Danke an den Rest der Familie, der mich immer anspornt und unterstützt; Linnea, Jörel, Sverker, Sofie, Arvid, Klara und Vidar.

Ein warmherziges Dankeschön an die ganze Familie Falk; Jein, der mein bester Freund ist, seit ich zwölf bin, Mikael, Emma und Andrea, deren fantastischer Stall bei Söderköping Pate gestanden hat für Gyllentofta. Ohne euch gäbe es kein Buch.

Die Seen, Bäche, Felder und Wälder hingegen stammen aus meinen Kindheitserinnerungen an den Hof Fossum Sör in Bohuslän, auf den ich im Alter von zwölf Jahren zog und wo mein kleiner Bruder heute mit seiner Familie wohnt.

Ich habe nie ein eigenes Pferd gehabt, ich bin in der Reitschule in Tanum auf dem Fjordpferd Frej geritten, aber der Stall war voller Tiere, und auf den Weiden kauten die

Schafe. Später kamen noch die schönen großen Hochlandrinder dazu. Auf dem Hof pickten Hühner ihre Körner, und vor dem Hauseingang lag der Hund Zita.

Meine Misse, die neben mir lag, als ich vor ein paar Jahren den ersten Entwurf dieses Romans verfasste, hat einen eigenen Charakter in diesem Buch erhalten: der Kater Trassel. Sie fehlt mir.

Und Oberon, der im Roman so eine wichtige Rolle spielt, war für mich eine Hauptperson, als ich zehn Jahre alt war. Ich las das Buch über ihn, *Tessy und das neue Pony* von Sheila Shapman, und das immer und immer wieder. Ich besitze es sogar noch. Es liegt gut behütet ganz hinten in einem Schrank. Oberon konnte ich nie vergessen.

Und da ich nun schon mit meinen heimatlichen Gefilden an der Westküste zugange war, wollte ich natürlich auch das Meer und die Schiffe und die Düfte aus Fjällbacka einbauen, die ich jederzeit in der Nase spüren kann. Ich muss nur die Augen schließen.

Wenn Sie den Duft eines warmen, sonnenbeschienenen Westküstenfelsens noch nicht kennen, dürften Sie sich darauf freuen.

Danke an meinen Verlag Forum: Teresa, Kerstin, Emelie, Sara, Lisa, Marie und all ihr anderen. Ihr seid unbezahlbar! Endlich erblickt Nikki das Licht der Welt.

Danke an Maria und Edith von der Enberg Agency, die dafür sorgen, dass meine Bücher auch in anderen Ländern erscheinen.

Danke euch, Jein, Helen und Simona. Unsere Freundschaft ist mir wichtiger, als Worte es je beschreiben könnten.

Und Ihnen, meinen Lesern, die zu Lesungen kommen, mir in den sozialen Netzwerken folgen, mich ermutigen und meine Hauptfiguren mögen, die sich in der Lebensmitte befinden: tausend Dank! Ich bin unglaublich dankbar, dass Sie lesen möchten, was ich mir ausdenke.

PS: In der Zeit, an der ich an diesem Roman schrieb, tauchten tatsächlich auch unbekannte Verwandte in meinem Leben auf. Ich erfuhr, dass ich sieben Halbgeschwister habe. Jetzt wurde ich völlig unerwartet zu einer Testamentseröffnung eingeladen, eine Tante war gestorben, die ich nie kennengelernt hatte. Es stellte sich heraus, dass mein biologischer Vater, dem ich nie begegnet bin, elf Geschwister gehabt hatte. Sie können sich ausrechnen, dass das einen ganzen Haufen Cousinen und Cousins ergibt. Die Liste des Anwalts war lang.

Manchmal schlägt die Wirklichkeit tatsächlich die Fiktion.

Vergessen Sie nicht, ein Testament zu machen!

Die Häuser in meiner Erzählung sind frei erfunden, wie auch sämliche Figuren. Jede Ähnlichkeit mit lebenden Personen, abgesehen vielleicht von mir, ist reiner Zufall.

Alle Fehler, die Sie im Text entdecken, sind allein mir anzulasten, wenn Sie sich also beschweren möchten oder sehr gern auch Lob loswerden, dann tun Sie das bitte hier:

Mein Blog: asahellberg.com/blogspot.se, wo ich jeden Tag über alles berichte, was ich tue.

Instagram: instagram.com/asahellberg, wo ich jeden Tag alles zeige, was ich tue.

Facebook: facebook.com/asahellbergwriter, wo ich immer wieder Filmtipps poste oder auf Dinge hinweise, die ich mag, wo ich aber auch von meinen Büchern erzähle, übers Wetter plaudere oder von Lesereisen berichte.

Fühlen Sie sich herzlich willkommen!

Stockholm 2018, Åsa Hellberg

Drama, Liebe und Intrigen im altehrwürdigen Hotel Flanagans

London, Silvester 1959: Im Luxushotel Flanagans knallen die Champagnerkorken. Die Gäste stoßen mit der umschwärmten Hotelbesitzerin Linda Lansing an. Sie führt das bekannte Haus seit dem Tod ihres Vaters ganz allein. Linda hat gekämpft – und den Ruhm des Flanagans noch gesteigert. Dabei hat sie die Liebe schmerzlich vernachlässigt. Doch das neue Jahr bringt nicht nur einen Mann in ihr Leben, der ihr Herz höherschlagen lässt, sondern auch eine Bedrohung, die Linda alles kosten könnte, was ihr lieb und teuer ist. Auch das Flanagans, das Hotel ihrer Träume ...

Auftakt einer farbenprächtigen Saga um das luxuriöseste Hotel Londons

Åsa Hellberg
Willkommen im Flanagans
Das Hotel unserer Träume

Aus dem Schwedischen von Stefanie Werner
Taschenbuch
Auch als E-Book erhältlich
www.ullstein.de

ullstein